ELLIS PETERS

Das Rätsel der Treverra-Gruft

Der schmale Pfad

Das Rätsel der Treverra-Gruft

Jan Treverra war ein berüchtigter Schmuggler und Schriftsteller im Cornwall des achtzehnten Jahrhunderts. Von den Leuten in Maymouth, einem kleinen englischen Küstenort, wird er als eine Art Volksheld verehrt, und so erwartet man die Öffnung seiner Gruft mit größter Spannung. Auch Inspector Felse, der mit seiner Familie gerade in Maymouth Urlaub macht, läßt sich dieses historische Ereignis nicht entgehen. Doch im Grab findet man nicht die Gebeine Treverras, sondern einen Toten, der sicher keine zweihundert Jahre unter der Erde gelegen hat ...

Der schmale Pfad

Als Herbert Terrell beim Bergsteigen in der Slowakei ums Leben kommt, geht die Polizei zunächst von einem Unfall aus. Doch schließlich stößt ein junger Mann aus der britischen Botschaft in Prag auf ein paar Ungereimtheiten. Und dann will auch noch jemand Tossa Barber, Terrells Stieftochter, am Unfallort gesehen haben. Hat sie vielleicht etwas mit der Sache zu tun? Inzwischen hat sich auch Dominic Felse, der Sohn des Inspectors und Freund Tossa Barbers, in den Fall eingeschaltet – da gibt es einen weiteren Toten. Und diesmal war es ganz sicher Mord ...

Autorin

Ellis Peters ist das Pseudonym der englischen Autorin Edith Pargeter. 1913 in Wales geboren, arbeitete sie nach ihrer Schulzeit als Apothekenhelferin, verlor aber ihr Ziel, Schriftstellerin zu werden, niemals aus den Augen. Nach dem Zweiten Weltkrieg begann sie, Romane zu schreiben, außerdem übersetzte sie eine Reihe tschechischer Werke ins Englische. 1959 begann ihre Karriere als Krimiautorin, und bereits zwei Jahre später, 1961, wurde *Der Tod und die lachende Jungfrau* mit dem *Edgar-Allan-Poe-Award* ausgezeichnet. Ellis Peters starb im Oktober 1995.

Außerdem als Goldmann Taschenbuch

Das Rätsel der Treverra-Gruft. Roman (4208) · Der Tod und die lachende Jungfrau. Roman (4236) · Die Nacht am Wasser. Roman (5973) · Die Primadonna lachte. Roman (5912) · Der Raga vom gewaltsamen Tod. Roman (4021) · Die Todestür. Roman (4279) · Grüne Witwe am Sonntag. Roman (4945) · Hexenflug. Roman (5950) · Mord zur Gitarre. Roman (3219)

ELLIS PETERS

Das Rätsel der Treverra-Gruft

Der schmale Pfad

Zwei Romane in
einem Band

GOLDMANN

Umwelthinweis:
Alle bedruckten Materialien dieses Taschenbuches
sind chlorfrei und umweltschonend.
Das Papier enthält Recycling-Anteile.

Der Goldmann Verlag
ist ein Unternehmen der Verlagsgruppe Bertelsmann

Genehmigte Ausgabe 8/98
»Das Rätsel der Treverra-Gruft«

»Der schmale Pfad«

Umschlaggestaltung: Design Team München
Umschlagfoto: Gruner + Jahr / Photonica
Druck: Elsnerdruck, Berlin
Verlagsnummer: 13193
AB · Herstellung: Heidrun Nawrot
Made in Germany
ISBN 3-442-13193-6

1 3 5 7 9 10 8 6 4 2

Das Rätsel der Treverra-Gruft

Aus dem Englischen von
Fried Holm

Die Originalausgabe erschien unter dem Titel
»A Nice Derangement of Epitaphs«

1

Der Junge draußen im Meer war in höchster Gefahr, daran zweifelte Dominic keinen Augenblick, seit er ihn entdeckt hatte. Man mußte schon die Geschicklichkeit einer Robbe besitzen, wenn man den gefährlichen Klippen des Drachenkopfes sicher entgehen wollte. Die Ebbe hatte in vollem Umfang eingesetzt, und die Wassermassen strömten im D-Zug-Tempo vom Strand weg auf die weiter draußen emporragenden Felsenklippen zu, während sie von den Wellen der Brandung wenigstens an der Oberfläche zurückgeschleudert wurden, in Richtung auf den Strand. Draußen bei den Felsen, die sich wie scharfe Zahnstummel über die Wasserfläche erhoben, prallte die Gischt mit ungeheurer Wut gegen den Stein, säumte ihn auf beiden Seiten mit schneeweißem Schaum und zischte dabei wie die Schlange in der Sage, die ihre Beute schlägt und verfehlt. Meilenweit hinaus, bis dort, wo das Wasser grüner als der edelste Smaragd schimmerte, kochte das Meer. Keiner, der einen Funken Vernunft besaß, wagte sich bei dieser Gezeitenströmung auch nur ein paar Meter weit ins tiefere Wasser.

Dominic legte die Hände um den Mund und rief laut hinaus. Der auf und ab hüpfende Kopf, ein Kork mitten in Fontänen aus Gischt, erhob sich einen Augenblick aus dem brodelnden Wasser und wandte dem Mann am Strand ein totenbleiches Gesicht zu. Dominic rief noch einmal und bedeutete dem Schwimmer mit gebieterischer Geste, er solle so schnell wie möglich hereinkommen. Vielleicht übertönte das Brausen der Brandung Dominics Rufe, aber sein Winken wurde gesehen und verstanden. Verstanden, aber offenbar nicht beachtet. Der Kopf verschwand in den schäumenden Wassermassen, tauchte wieder auf und kämpfte sich weiter weg vom Strand.

Verzweifelt schaute sich Dominic nach allen Seiten um, ob niemand da war, der ihm die Entscheidung abnehmen konnte – aber er sah keinen Menschen weit und breit.

Auf der anderen Seite des Drachenkopfes, drüben bei Maymouth, konnte man eher damit rechnen, ein paar Leute anzutreffen, aber hier, in der düsteren Pentarnobucht auf der Nordseite und dazu noch zur Tee-Zeit an einem schönen, aber windigen Tag, war der weite Sandstrand menschenleer. Rechts erstreckten sich meilenweit die Dünen und dahinter, auf das Land zu, saftig grüne Weiden und goldbraune Stoppelfelder; links dagegen ragten die schroffen Bastionen des Drachenkopfes auf, dessen Felsen sich weit ins Meer hinaus fortsetzten. Keine menschliche Behausung weit und breit, von woher Dominic Hilfe holen konnte. Und wenn er sich nicht rasch entschloß, war es vielleicht schon zu spät. Er mußte den Jungen hereinholen, auch wenn dieser gegen jede Vernunft in der tosenden Gischt weiterschwimmen wollte.

Dominic ging die paar Schritte zum Felsenvorsprung durch das spärlicher werdende Gras und ließ sich über die Steine hinunter auf den Sand. Er zog Hemd und Sommerhose aus, streifte die Sandalen von den Füßen und watete hinein in das Wasser, das immer mehr vor ihm zurückwich. Noch einige Schritte schlitterte er über die algenbewachsenen Steine vor der nächsten Klippe, dann warf er sich in die Flut und schwamm mit kräftigen Zügen auf den Jungen zu, der schon ziemlich weit nach draußen getrieben war.

Die ersten Züge machten ihm nicht viel Mühe, und er kannte seine Fähigkeiten als sicherer Schwimmer, konnte ihnen selbst in dieser gefährlichen Brandung vertrauen, wenngleich er sie bisher nur unter Fluß- und Schwimmbadbedingungen weit drinnen im Binnenland hatte erproben können. Immerhin war die Strömung zwischen den einzelnen Felsnasen bei einer so mächtigen Ebbe selbst für den erfahrendsten Schwimmer eine nicht zu unterschätzende Gefahr, und er wagte es gar nicht, an die scharfen Felszacken zu denken, die bei dem immer mehr sinkenden Wasserspiegel wie algenbewachsene Sägezähne unter ihm auftauchten. Eine halbe Meile nördlich von hier war die lang rollende Dünung so harmlos wie die Wellen im Kinderbecken eines Schwimmbades. Hier dagegen mußte er mit einem Kampf auf Leben und Tod rechnen.

Er tauchte tief mit den Schultern ins Wasser, hielt auch das Gesicht nur knapp an der Oberfläche und entfernte sich mit seinen kräftigen Stößen immer weiter von den gefährlichen Klippen.

Als er nach einer Weile den Kopf über das Wasser hob und sich umsah, erblickte er den Jungen, die schmalen Arme, die bei den Kraulzügen aus der schäumenden Gischt auftauchten. Er war näher, als Dominic angenommen hatte. Und es sah so aus, als befinde sich der Junge noch außerhalb des gefährlichen Sogs, der ihn auf die Felsen zuzutragen drohte. Möglicherweise wußte der Junge ganz genau, was er tat. Vielleicht war er an dieser Küste aufgewachsen, stammte in direkter Linie von den Fischen ab und warf sich jeden Nachmittag, wenn Brandung und Gezeiten auf gefährliche Weise zusammenwirkten, nur so zum Spaß in das Meer, um das Toben des Wassers zu genießen.

Aber nein, das konnte nicht sein! Die Jungen von der Küste badeten nicht auf dieser Seite der Felsspitze, dazu waren sie viel zu vernünftig. Und mochte dies auch der beste Schwimmer der Nordküste von Cornwall sein, jetzt mußte er an Land, selbst wenn Dominic, der Retter, ihn erst bewußtlos hätte prügeln müssen.

Das Meer brachte die beiden schließlich zusammen, ehe sie es erwartet hatten; zwei verdutzte Gesichter starrten einander mit offenen Mündern an, nur knapp zwei Meter wütenden Atlantiks zwischen sich, klar und grün wie Flaschenglas. Dominic bekam einen der schmächtigen Arme zu fassen und drehte den Jungen herum, wie er das bei den Rettungsschwimmern gelernt hatte. Der Junge öffnete wieder den Mund, wollte schreien, aber er schluckte einen großen Schwall Wasser und gurgelte nur einen Augenblick lang hilflose Töne. Als er danach von kräftigen Armen in Richtung auf den Strand gezerrt wurde, schien er alle Energie verloren zu haben vor Entsetzen über den beschämenden Vorgang. Aber er erholte sich fast ebenso schnell, und im Nu war er wütend bestrebt, sich aus dem Griff zu befreien. Er versuchte, unter seinem Retter durchzutauchen, aber dabei stieß er auf die gleiche zornige Entschlossenheit, die er selbst gerade wieder erlangt hatte. Dominic zog den untergetauchten Kopf an den Haaren nach oben und gab ihm eine kräftige Ohrfeige. Das Meer verschlang das Wutgebrüll, einziges Ergebnis der Befreiungsaktion; und Dominic festigte seinen Griff und steuerte mit kräftigen Stößen seines freien Armes auf den Strand zu.

Im ersten Stadium der Rückkehr zum Ufer hatte Dominic keinerlei Hilfe von seinem Schützling erhalten – aber nach ein paar Minuten änderte sich die Situation. Der Junge hatte sich wohl damit abgefunden, daß er nun an Land gebracht werden sollte, und besaß vermutlich genug Verstand, daß er einsah, es hatte wenig Sinn, dem Retter noch zusätzliche Schwierigkeiten zu machen.

So kamen sie gemeinsam gegen die gewaltige Unterströmung voran, bis sie schließlich das seichte, sonnenbeschienene Brackwasser vor dem Strand erreichten, Grund unter ihren Füßen fanden und ziemlich erschöpft über den Sand wateten, wobei sie bei jedem Schritt tief in den weichen Untergrund sanken. Als sie endlich im Trocknen waren, stellten sie fest, wie anstrengend das ganze Unternehmen doch gewesen war. Sie ließen sich beide auf den Sand fallen, lagen kopfüber auf dem Boden und husteten das Meerwasser aus ihren Lungen.

Dominic erhob sich als erster, stützte sich auf beide Hände und blickte seinen Fang in einer seltsamen Mischung von Besitzerstolz und Besorgnis an. Schlanker, sonnengebräunter Körper, vierzehn oder fünfzehn Jahre alt, schwarze Badehose. Brünettes Haar – wahrscheinlich blond, wenn es trocken war. Er lag mit dem Kopf auf den verschränkten Armen, sein schmaler Brustkasten bewegte sich heftig, um der Lunge endlich wieder genügend Luft zuzupumpen. Dominic erhob sich auf die Knie, faßte den mageren, leichten Körper an der Taille und schüttelte das restliche Wasser aus seinen Lungen.

Der Junge kauerte danach eine Weile auf Händen und Knien, dann krabbelte er weg mit schlängelnden Bewegungen, wie ein Aal im Sand. Unter den übers Gesicht gefallenen, immer heller werdenden Haarsträhnen blitzte ein halbgeöffnetes, stahlblaues Auge wütend auf Dominic.

»Zum Teufel noch mal«, hustete der undankbare Knabe, »wie kommen Sie mir eigentlich vor?« Er hustete wieder und mußte tief atmen. Dominic hockte im Sand und blickte den Jungen ärgerlich an.

»Hör mal, du Satansbraten, wie kommst du mir denn vor – bei einer solchen Strömung hier zu schwimmen! Weißt du nicht, daß es lebensgefährlich ist, auf dieser Seite des Drachenkopfes ins Wasser zu gehen? Überall am Strand sind Warntafeln – die stehen nicht nur zur Dekoration da. Schau mich gefälligst nicht so wütend an, sei lieber still und danke deinem Schutzengel, daß ich zufällig hier vorbeigekommen bin. Sonst wärst du jetzt nämlich an einer der Klippen angekommen – mit aufgeschlitztem Bauch und eingeschlagenem Kopf.«

»Quatsch – ich war überhaupt nicht in Gefahr ...« Jetzt klang es so, als kämen ihm selbst Zweifel darüber. Sicherlich war er ein ehrlicher Bursche, selbst im Zorn. »Ich hätte es schon geschafft. Ich kenne die Strömung vermutlich besser als Sie.« Seine immer noch wütend dreinblickenden Augen hatten in Dominic ohne Schwierigkeiten den Feriengast erkannt. »Ich bin schließlich hier zu Hause!«

»Dein Vater sollte dir den Hosenboden dafür strammziehen«, sagte Dominic verbittert, »daß du aus purem Blödsinn dein Leben riskierst.«

»Ich kann Ihnen nur immer wieder sagen, ich habe mein Leben nicht riskiert, und schon gar nicht aus Blödsinn!« Er atmete tief ein und strich sich die blonden Strähnen aus dem Gesicht. »Ich hätte es nicht gewagt, wenn ich nicht einen guten Grund dazu gehabt hätte. Ich schwamm hinaus, weil ich jemanden im Wasser treiben sah –«

Dominic sprang auf, daß der Sand nach allen Seiten stob. »Du hast jemanden gesehen? Du meinst, einen Menschen, der in Gefahr war? Wo?«

»An der Spitze des Drachenkopfes, am Kap – da, wo wir beide waren! Ich entdeckte etwas im Wasser, das rasch hinaus aufs Meer trieb, und ich bin sicher, es war ein Mensch. Ich schwamm hin und versuchte, ihn zu retten, falls er noch am Leben war – da kamen Sie mir ins Gehege. Wenn er jetzt ertrunken ist, dürfen Sie dreimal raten, wer daran schuld ist ...«

Dominic drehte sich um, ohne ein weiteres Wort zu sagen, und lief hinein in das Wasser. Er war noch keine zehn Meter weit, als er hinter sich eine andere Stimme rufen hörte. Die Küstenstraße von Maymouth über die Höhen des Drachenkopfes nach

Pentarno kam hier durch die Dünen ganz dicht an den Strand heran; ein Mann tauchte oben aus der Richtung von Maymouth auf und sprang mit ein paar Sätzen in den Sand, ihnen entgegen. Ein großer, muskulöser, gelenkiger Mann, der den Dünenabhang wie auf Skiern herunterschlitterte. Er lief geschmeidig auf den Jungen zu, der noch immer im Sand kniete, betrachtete ihn von allen Seiten und stellte mit Beruhigung fest, daß ihm nichts zu fehlen schien.

»Paddy, was war denn los? Ist alles in Ordnung?«

Er wandte sich abrupt Dominic zu. »Mußten Sie ihn retten? Aber das kann ich mir gar nicht vorstellen, der Junge schwimmt doch wie ein Fisch!«

»Gar nichts war los mit mir, Onkel Simon, ehrlich!«

Dominic hatte gehofft, der Mann sei der Vater des Jungen und würde sich nun seiner annehmen, aber auch ein Onkel war ihm willkommen, vor allem ein so entschlossener wie dieser.

Er war froh, im Telegrammstil berichten zu können, weshalb er den Jungen nicht bei seinem Unternehmen in Ruhe gelassen hatte. »Er sagt, er hat einen Menschen da draußen schwimmen oder treiben gesehen, deshalb wagte er sich so weit hinaus. Ich war oben auf der Straße und sah den Jungen. Vielleicht war er nicht in unmittelbarer Gefahr – aber ich wollte es nicht darauf ankommen lassen. Ich schwamm hinaus und holte ihn herein.«

»Sie hatten vollkommen recht, und ich bin Ihnen sehr zu Dank verpflichtet«, sagte Onkel Simon und hängte ein Lächeln an, das so kurz war, daß man es kaum bemerken konnte. Er zog Paddy hoch und rammte ihn richtiggehend vor sich in den Sand. »Na, und was hast du wirklich da draußen gesehen? Jemanden, der seine Arme hochwarf? Der um Hilfe rief? Oder was?«

»Nein, er tat überhaupt nichts. Er machte nicht einmal Schwimmbewegungen. Ich sah eigentlich nur einen Kopf, der von Zeit zu Zeit auftauchte, und dann wieder eine Gestalt – wie ein knapp zwei Meter langes Stück Holz, von Stoff umgeben.«

»Vielleicht war es wirklich nur ein dicker Balken mit ein paar Fetzen darum?«

»Das ist schon möglich – aber ich glaube es nicht.«

»Na gut, dann wollen wir uns mal ein bißchen umsehen.«

Er zog sein Sportjackett und das Hemd aus und legte beides neben den Jungen. »Du bleibst hier und bewachst meine Sachen!«

»Ich komme mit Ihnen«, bot sich Dominic an.

»Gut, aber bleiben Sie immer auf der dem Land zugewandten Seite. Und machen Sie nicht weiter, wenn Sie erschöpft sind! Ich kenne die Küste hier viel besser als Sie – und außerdem haben Sie schon eine Rettungsaktion hinter sich.« Er zog seine graue Flanellhose aus. »Und du machst dich von hier aus nützlich, Paddy! Geh hinauf zur Straße und winke uns zu, wenn du etwas entdeckt hast.«

Sekunden später war er unten am Wasser, Dominic hinter ihm. Wenn Paddys Sonnenbräune für diese Breiten schon ganz erstaunlich war, so glich sein Onkel einem bronzefarbenen Zeus, der sein ganzes Leben unter der Sonne Griechenlands zubrachte. Und er konnte schwimmen wie ein Delphin. Dominic mußte sich sehr anstrengen, daß er nicht zu weit abgehängt wurde.

Der Höhepunkt der Ebbe war überschritten, die Wassermassen rund um die Felsnase beruhigten sich allmählich. Dominic blieb noch eine Weile im Wasser, dann kletterte er auf die Felsen hinauf und beobachtete von dort aus Simon, der tauchte, an die Oberfläche kam und wieder verschwand. Der hervorragende Schwimmer arbeitete sich ganz nahe an die Felsen heran, wo die Brandung inzwischen stark nachgelassen hatte, schwang sich hinauf und verschnaufte einen Augenblick.

»Nichts zu sehen, Paddy?« rief er zu dem Jungen auf der Düne hinüber.

»Nein, gar nichts.« Und dann fügte Paddy ein wenig besorgt hinzu: »Ich glaube, es hat keinen Sinn mehr. Komm lieber wieder an Land.«

»Du hast recht, Junge.«

Er ließ sich vorsichtig ins Wasser gleiten und schwamm zurück an den Strand. Dominic war inzwischen über die Felsen bis zur Küstenstraße hinaufgeklettert und oben entlanggekommen. Nun rutschte er die Düne hinunter; Paddy folgte ihm, das Bündel mit Onkel Simons Kleidungsstücken unterm Arm. Der große, sehnige Mann stand da, schüttelte sich das Wasser aus den Ohren und fröstelte ein wenig. Es war Anfang September, und wenn die Sonne nicht mehr hoch stand, wurde es schon etwas kühl. Alle drei zogen sich jetzt an; irgendwie waren sie deprimiert, daß ihre Aktion überhaupt keinen Erfolg gebracht hatte.

»Vielleicht war es ja auch nichts«, sagte Paddy nachdenklich. »Aber wenn ich ehrlich sein soll, muß ich sagen, ich habe das Gefühl, es war doch ein Mensch.«

»Aber was hättest du tun können, Paddy? Ich werde die Küstenwache verständigen, wenn dich das beruhigt. Und jetzt brauchen wir alle drei eine Tasse Tee und ein paar Handtücher. Vielleicht auch einen Schuß Rum in den Tee. Kommen Sie doch mit uns auf den Hof – wie darf ich Sie nennen?«

»Ich heiße Dominic Felse. Wir wohnen im ›Drachen‹.«

»Fein, Dominic, dann kommen Sie mit uns nach Hause, dort können Sie sich trocknen und aufwärmen. Ich kann Sie doch nicht einfach so in Ihr Hotel gehen lassen, ohne mich gebührend bei Ihnen bedankt zu haben.«

Dominic zögerte und überlegte sich, ob man von ihm trotz der freundlichen Einladung nicht erwartete, daß er sich jetzt verabschiedete, aber eigentlich hätte ihm das sehr leid getan, denn mit seinen achtzehn Jahren war er der Meinung, daß man gar nicht genug Bekanntschaften schließen und Freunde gewinnen konnte und daß der Erfolg der Ferien stets davon abhing, was für Leute man kennenlernte.

»Nun«, fragte er schließlich höflich, »mache ich Ihnen da nicht zu große Umstände? Immerhin sind Paddys Eltern ja nicht darauf vorbereitet, auch gleich noch seinen verhinderten Lebensretter zum Tee zu begrüßen . . .«

Onkel Simon packte Paddy am Nacken und schubste ihn auf den kleinen Pfad, der von der Uferstraße weg durch die Dünen zu den Stoppelfeldern führte. »Na los, mach schon!« Und mit der gleichen Selbstverständlichkeit, als wäre Dominic Paddys älterer Bruder, nahm Simon auch diesen beim Kragen und zerrte ihn im Scherz auf den Pfad. »Los, laufen wir, damit uns warm wird!«

Sie rannten zu dritt durch die Dünen und Felder auf das Tor des Pentarno-Gutes zu. In einer baumbestandenen Senke mit üppiger Vegetation, wie überall, wo der Wind in diesem vom Meer und seinen Stürmen geprägten Land nicht einbrechen konnte, lag das mächtige, graue Gutshaus, umgeben von modernen landwirtschaftlichen Gebäuden.

»Übrigens, ich wohne nicht ständig hier«, erklärte Simon, als er das Tor öffnete. »Ich bin nur so eine Art Landplage, ein Schulfreund von Tim, falle hier immer mal wieder ein und lasse mich häuslich nieder.«

Durch den vorderen Eingang kamen die drei in eine breite, niedrige Halle mit vielen Türen, wie sie für die Gutshäuser in dieser Gegend typisch ist. Als ihre Schritte über den Steinfußboden hallten, öffnete sich eine der schweren Eichentüren, und Philippa Rossall begrüßte sie in einem blauen Overall aus Drillich, die Arme bis an die Ellbogen voller Mehl.

»Wurde ja allmählich Zeit! Ich dachte schon, ich müßte die Polizei und das Kreiskrankenhaus anrufen. Wenn ihr beiden nicht bei den Mahlzeiten und zur Teestunde erscheint, wo ihr doch immer Hunger habt –«

Sie unterbrach sich, und ihre grauen Augen öffneten sich weit, denn erst jetzt stellte sie fest, daß nicht zwei, sondern drei Teegäste vor ihr standen. Philippa war mittelgroß und mittelhübsch, schien überhaupt in allen Dingen den goldenen Mittelweg vorzuziehen – nur die Freundlichkeit ihrer Züge, die stets zu einem herzlichen Lachen bereit waren, ragten weit über das Mittelmaß hinaus. Ihr Haar war eine dunkle, ungebändigte Mähne, ihre nach oben gezogenen Augenbrauen gaben dem Gesicht selbst dann noch einen fröhlichen Ausdruck, wenn sie ernst dreinschaute, und ihr Lächeln wärmte selbst in der steifen Kühle der großen Halle.

»Oh, ich habe noch gar nicht gemerkt, daß wir Besuch haben. Hallo!« Mit einemmal wurde ihr bewußt, daß sie mit verschwitztem und strähnigem Haar dastand und daß sie nicht gerade im besten Empfangskostüm war. Einen Augenblick schwankte sie zwischen Erstaunen und Erschrecken, aber nachdem sie sich davon überzeugen konnte, daß alle drei zumindest keine äußeren Schäden aufwiesen, machten beide Gefühle rasch einer fröhlichen Stimmung Platz.

»Das muß man zugeben«, sagte sie, »wenn Simon Towne in der Gegend ist, gibt es immer wieder neue Überraschungen. Was habt ihr denn so lange gemacht? Nach Pennys getaucht, von der Ufermauer aus? Nun ja, zieht euch erst mal um, während ich meinen Kuchen in den Backofen schiebe. Simon, Sie kümmern sich um unseren Gast. Tim ist noch nicht von den Ställen zurück.«

Aber Tim kam im selben Augenblick zu einer der hinteren Türen herein: ein großer, breitschultriger, ruhig wirkender Mann mit skeptischem Gesichtsausdruck und offenem Blick. Er hatte Jeans aus feinem Kord und einen weiten, handgestrickten Pullover an.

»Nach Menschen, um es genau zu sagen«, erklärte Simon gerade. »Draußen am Kap.«

»He? Verstehe kein Wort!« Tim schaute Simon verdutzt an, war vielleicht sogar ein wenig verärgert über den ihm unverständlich erscheinenden Satz.

»Phil fragte, ob wir von der Ufermauer aus nach Pennys getaucht haben. Und ich sagte, nein, nach Menschen. Und zwar draußen am Kap. Aber wir haben niemanden entdecken können. Das hier ist übrigens Dominic Felse. Er wohnt mit seinen Eltern im ›Drachen‹. Dominic war so mutig, Paddy aus dem Meer zu fischen, als dieser in Gefahr schwebte. Paddy seinerseits erklärt zwar, niemals in Gefahr geschwebt zu haben, aber Dominic zog ihn für alle Fälle erst einmal an Land. Deshalb haben wir ihn mit hierher zum Tee gebracht.«

»Sehr gut!« sagte Philippa, wobei man nicht sagen konnte, ob sie damit die Rettung ihres Sprößlings oder die Einladung eines unbekannten jungen Mannes zum Tee meinte.

»Er hat mir sogar eine Ohrfeige gegeben«, fiel Paddy ein, und man konnte seinem Ton entnehmen, daß er Dominic diese Schmach längst vergeben hatte.

»Sehr gut!« sagte diesmal Tim. »Das tut ihm von Zeit zu Zeit wirklich gut. Wir sind Ihnen sehr zu Dank verpflichtet, Dominic. Wenn es Ihnen Spaß macht, bleiben Sie doch hier. Paddy wird Ihnen noch manchen guten Anlaß für eine verdiente Abreibung bieten.«

Jetzt hätte Dominic mit einer guten Pointe einfallen müssen, aber er brachte den Mund nicht auf, denn diese Art von Pingpong-Unterhaltung war ihm nicht vertraut genug, und er wollte schließlich auch keinen Ball verschießen.

Paddy half ihm aus der Patsche. »Bei uns geht es immer so verrückt zu«, sagte er lächelnd. »Sie werden sich schon daran gewöhnen.«

Aber es zeigte sich, daß Dominic nicht aus diesem Grunde sprachlos war. Er hatte, um die Wahrheit zu sagen, von der ganzen Konversation nicht viel mitbekommen. Immer wieder schaute er von Simon auf Phil, dann wieder auf Simon, und seine Augen leuchteten.

»Sagten Sie Simon Towne? Wirklich? Meinten Sie – den Simon Towne?«

»Du meine Güte!« sagte Phil Rossall ergeben. »Es wird doch nicht zwei von der Sorte geben!«

Kurz nach sieben rannte Dominic die Treppe im ›Hotel zum Drachen‹ hinauf, und zehn Minuten später hatte er sich umgezogen. Er stand vor dem Zimmer seiner Eltern und klopfte an. Bunty, die gerade einen aussichtslosen Kampf mit dem langen Reißverschluß am Rücken ihres Kleides aufgeben wollte, seufzte vor Erleichterung und rief ihren Sohn herein.

»Du kommst gerade zur rechten Zeit, Junge.«

Bunty war über Dominics dunklen Anzug erstaunt. Er warf sich ebenso wie sein Vater höchst verdrossen und nur dann in Schale, wenn es unbedingt sein mußte. Der zufriedene Blick, mit dem er jetzt das Goldlamékleid seiner Mutter betrachtete, während er die letzten Zentimeter des Reißverschlusses zuzog, bestätigte ihren Verdacht. Sie hatte intuitiv das richtige Kleid gewählt. Irgend etwas stand ihr heute abend noch bevor, darüber gab es keinen Zweifel, etwas, wovon sie keine Ahnung hatte. Doch aus der nur mühsam unterdrückten Aufregung ihres Sohnes schloß sie, daß es ihr nicht mehr lange verborgen bleiben würde. Vorausgesetzt natürlich, daß sie ihm keine Fragen stellte.

»Wo bist du denn gewesen? Du mußt ziemlich weit in der Gegend herumspaziert sein.«

»Nun, so weit war es gar nicht. Aber dann ist was passiert.«

»Etwas Angenehmes?«

»Ja und nein. Das heißt, eigentlich nichts besonders Angenehmes. Andererseits weiß man ja nicht, ob wirklich jemand da draußen im Meer war. Wahrscheinlich hat er nur ein Stück Treibholz gesehen. Und dann war ich zum Tee bei meinen neuen Bekannten.«

Das muß der angenehmere Teil des Nachmittags gewesen sein, dachte Bunty, denn seine Augen strahlten bei der Erinnerung daran. Vielleicht war da auch ein Mädchen im Spiel? Aber in solchen Fällen gab er sich gewöhnlich mehr weltmännisch-überlegen.

»Aus deiner dunklen Rede kann ich eigentlich nur eines entnehmen: Du bist im Wasser gewesen, um irgendwas zu suchen. Aber hattest du denn überhaupt die Badehose dabei auf deinem Spaziergang?«

»Nein, natürlich nicht. Paß auf, ich werde es dir von Anfang an erzählen!« Bunty wußte genau, nun wurde sie ebensowenig aufgeklärt wie zuvor. Im Erzählen hatte Dominic schon immer seine eigene Note gehabt. Aber er schien geradezu vor Begeisterung zu platzen.

»Mammi – weißt du, wer hier in Maymouth Urlaub macht?«

»Ja. Der berühmte Kriminalinspektor George Felse in Begleitung seiner bildschönen Frau Bunty und seines großartigen Sohnes Dominic.« Der berühmte George Felse war übrigens momentan unten an der Bar und wartete auf seine bildschöne Frau und den großartigen Sohn, damit sie gemeinsam zum Abendessen gehen konnten. Bunty fragte sich, ob sie ihren Mann zu einem formellen Anzug überreden konnte und ob Dominics Erlebnis überhaupt ein solches Opfer wert war.

»Du hast vollkommen recht, Mammi. Du siehst bildschön aus, und dein Kleid ist fabelhaft. Aber nun halte dich fest. Weißt du, wer hier ist? Nicht hier im Hotel, bei seinen Freunden auf dem Pentarno-Gut? Simon Towne!«

Sie blickte das triumphierende Gesicht ihres Sohnes im Spiegel an. »Nein, wirklich?« Sie fragte sich, wer um Himmels willen Simon Towne sein konnte. Und nachdem sie lieber mit offenen

Karten spielte, fragte sie mit schüchternem Schulmädchenblick und piepsiger Stimme: »Und wer ist Simon Towne?«

»Aber Mami, laß doch die Verstellung! Du warst ja selbst genauso begeistert wie ich über seine Harappa- und Mohenjodaro-Artikel. Und über sein Buch ›Peru – einst und heute‹. Simon Towne ist der vielleicht berühmteste und erfolgreichste britische Journalist bei Presse und Fernsehen, und du weißt das ganz genau. Er wohnt bei den Rossalls auf dem Pentarno-Gut, bis er im Oktober auf seine nächste Entdeckungsreise geht. Und ich habe ihn heute nachmittag kennengelernt!«

Und ich werde ihn heute abend kennenlernen, ergänzte Bunty in Gedanken – daher also die Gala-Aufmachung.

Sie nahm ihren exaltierten Sohn am Arm und zog ihn neben sich auf die Lehne ihres Sessels. Sie hörte ihm zu und brauchte sich nicht zu verstellen, um Begeisterung zu heucheln – sie war wirklich selbst ein wenig begeistert. Ja, George würde sich opfern müssen, da gab es keinen Pardon ... Also mußte sie vor Dominic hinunter an die Bar, um ihren Mann zu bearbeiten. Nun, das sollte nicht schwer sein.

»Jetzt hab' ich dein Haar ganz durcheinandergebracht«, sagte sie. »Nimm doch ein bißchen von Georges Haarcreme, drüben im Bad. Ich gehe inzwischen zu Daddy an die Bar.«

Sie konnte sicher sein, die nächsten fünf Minuten war Dominic mit seiner Frisur vollauf beschäftigt.

George saß so bequem wie möglich auf einem der hohen Barhocker – keine unelegante Erscheinung, groß, schlank und auf dezente Weise lässig gekleidet, aber eben nicht den hohen Anforderungen des Kommenden angemessen.

Bunty mochte ihren Mann eigentlich viel lieber so, aber nun schlich sie sich auf ihn zu, spreizte Daumen und Zeigefinger der rechten Hand in Form einer Pistole, drückte ihm den Zeigefinger-Lauf in den Rücken zwischen die Schulterblätter und flüsterte ihm gebieterisch ins Ohr: »Kragen und Krawatte, dazu einen Anzug, mein Freund, und zwar dalli! Dominic hat einen Gesellschaftslöwen gefangen, und er kommt hierher mit seiner stolzen Beute, auf eine Tasse Kaffee oder so ...«

George drehte seinen Kopf keinen Millimeter, ließ sich auch sonst nicht aus der Fassung bringen.

»Nicht einmal, wenn du versuchen solltest, mich zu bestechen. Schließlich bin ich in Ferien hier.«

»Dominic auch, und heute abend hat er das Verlangen, stolz auf uns zu sein. Du darfst ihn nicht enttäuschen. Schau mich doch an!«

George drehte sich nach ihr um und lächelte. »Na schön, wenn es unbedingt sein muß.«

»Es muß sein, und zwar schnell. Da kommt schon Dominic!«

George streckte seine langen Beine aus, schaute auf die Uhr und ging rasch auf die Tür zu, um Dominic noch auf dem Weg zu begegnen. »Du meine Güte«, erklärte er seinem Sohn, »ich habe ja ganz vergessen, daß es höchste Zeit ist zum Dinner. Werde mich mal umziehen – sei so nett und leiste deiner Mutter Gesellschaft. Ich bin in zehn Minuten wieder unten.«

Auf Dominics Gesicht und in seinen Schritten lagen äußerste Würde und Gesetztheit, wie er so zwischen den Tischchen hindurch auf die Bar zusteuerte und sich schließlich auf dem Hocker neben Bunty niederließ. Sie lächelte ihn voll stiller Begeisterung an. Sam Shubrough hinter der Theke zog die Augenbrauen fragend hoch.

»Manzanilla, bitte«, sagte Dominic würdevoll, warf aber einen unsicheren Blick auf das Gesicht seiner Mutter. Sie kicherte nicht, sie gab keinen Ton von sich, saß steif da, der Effekt war jedoch der gleiche. Dominic war einfach noch zu jung, um solche Situationen mit der entsprechenden Gelassenheit zu überwinden.

»Schon gut, mein Lieber«, flüsterte sie ihm ins Ohr, »du kannst es schon ganz prima – wirst gar nicht mehr rot dabei. Aber den Blick des Kaninchens, das von einer Schlange hypnotisiert wird, mußt du dir noch abgewöhnen.«

»Vielen Dank für den Tip. Ich werd's vor dem Spiegel üben«, sagte er mit unheilvollem Ton. »Du brauchst mir übrigens nicht zu sagen, wie du es bei Daddy geschafft hast, du weiblicher Machiavelli! Ich kann es mir schon vorstellen. Welche Krawatte hast du ihm denn empfohlen?«

*

»Wenn Sie Einzelheiten über Maymouth und Umgebung wissen wollen«, sagte Tim Rossall bei einer Tasse Kaffee in der Halle, »dann brauchen Sie sich nur an Simon, unsere weltbekannte Autorität, zu wenden. Er war zwar bis auf diesmal nie länger als drei Tage in der Gegend, aber was er nicht über unsere Küste, ihre Geschichte und Geographie weiß, das ist auch nicht wissenswert. Er hat einen großen Stein im Brett bei meiner Tante Rachel; sie läßt ihn jederzeit in ihre Bibliothek, oben auf der Burg.«

»Auf der Burg? Sie meinen im Treverra-Schloß, dieser gewaltigen Anlage mit den Türmen, am höchsten Punkt von Maymouth?«

»Genau. Die Türme sind übrigens reinstes neunzehntes Jahrhundert. Die alte Dame huscht da oben durch die Säle wie ein Schloßgespenst, aber sie hat immer noch genug Geld, um sich den Luxus ihres Herrensitzes leisten zu können. Wenn sie nicht mehr lebt, wird er wohl an den Staat fallen und dann völlig herunterkommen.«

»Der Staat wird sich schönstens für diese Erbschaft bedanken«, sagte Phil und lachte. »Tims Mutter war Rachels jüngere Schwester, und er ist ihr letzter lebender Verwandter. Jetzt zittert er schon davor, daß Tantchen ihm das Schloß vermacht. Immerhin gibt es da oben einen hübschen Kräutergarten vor der Küche. Außerdem hat Tante Rachel vorzügliche Aprikosen. Sie werden zwar ein bißchen spät reif, sind aber köstlich im Aroma.«

Dominic saß glücklich in seinem Eckchen und beobachtete voll Stolz die gelungene kleine Party. Alle seine neuen Bekannten waren gekommen, mit Ausnahme Paddys, der mit gleichaltrigen Freunden ins Kino gegangen war – aber Dominic fand in seiner achtzehnjährigen Arroganz, der Jüngere hätte unter all den Erwachsenen nur gestört.

Sie paßten wirklich gut zueinander, mochten sich auch auf den ersten Blick. Phil Rossall sah ganz anders, aber ebenso attraktiv aus wie am Spätnachmittag. Nun hatte sie ihr dunkles Haar hochtoupiert, und ihre knabenhafte Figur kam in einem schwarzen, hautengen Kleid vorzüglich zur Geltung. Simon – niemand nannte ihn anders als nur bei seinem Vornamen – war natürlich der Mittelpunkt jeder Gruppe, zu der er sich gesellte, selbst wenn er nur zuhörte. Alles ging vorzüglich.

»Ein wildes Geschlecht, diese Treverras«, sagte Simon und blinzelte dabei auf Tim. »Ich sollte einmal ihre Familienchronik schreiben. Vorausgesetzt, du hast nichts dagegen.«

»Ich? Wenn du mir die Filmrechte überläßt, kannst du noch heute abend damit anfangen. Zwei von ihnen wurden wegen Verschwörung gehenkt, einige haben den Schmuggel in großem Umfang betrieben . . .«

»Alle! Alle haben geschmuggelt, was das Zeug hielt«, ergänzte Phil.

»Aber der berühmteste war der Edelmann und Dichter Jan Treverra. Er lebte im achtzehnten Jahrhundert. Los, Simon, du bist doch ein Experte in Sachen Jan Treverra.«

»Du lädst den Fluch freiwillig auf dein Haupt! Keiner kann mich mehr bremsen, wenn ich mit dem Thema einmal angefangen habe. Aber wir sollten dazu in die Bar hinübergehen, dort ist es gemütlicher.«

Im Barraum fanden sie eine Nische mit genügend Platz für alle. Als sie sich niedergelassen hatten, blieb ein Stuhl frei, und Phil lächelte Simon an.

»Der ist für Tam, wenn sie noch vorbeikommen sollte.«

»Tam?«

»Tamsin Holt, Tante Rachels Privatsekretärin. Von der Burg bis hierher ist es nur ein Spaziergang von einer Viertelstunde, quer über den Drachenkopf. Ich kann mir vorstellen, daß sie nach einem anstrengenden Tag mit Tante Rachel ein wenig Abwechslung braucht.« Und dann fügte Phil ungeniert hinzu: »Sie ist nämlich der tiefere Grund für Simons leidenschaftliches Interesse an der Treverra-Bibliothek. Tam ist dort mit Katalogisieren beschäftigt und versucht, sämtliche mit den Treverras in Verbindung stehenden alten Dokumente in eine vernünftige Ordnung und Reihenfolge zu bringen. Wenn sie ihre Brille abnimmt, ist sie recht hübsch. Aber nun halte ich dich nicht mehr länger auf, Simon. Erzähle uns die Geschichte Jan Treverras.«

Simon lehnte sich in seine Ecke zurück und begann mit seinem

Bericht. Nicht im Ton des Fachmannes, nicht mit berechneten Effekten – er war noch viel besser, denn er war natürlich. Manchmal machte er eine Pause, suchte nach einem geeigneten Wort und freute sich darüber, wenn er die bestmögliche Bezeichnung fand.

»Jan war Individualist. Er schmuggelte, schrieb und jagte in dieser Gegend um die Mitte des achtzehnten Jahrhunderts. Ihnen allen ist wohl die Saint Nectan's Church aufgefallen. Vermutlich haben Sie schon darüber gelesen, bevor Sie hierher kamen – vorausgesetzt, Sie gehören zu den Leuten, die sich per Lektüre auf ihre Ferien vorbereiten.«

»Sie haben recht«, gab George Felse zu, »wir gehören zu ihnen.«

»Das freut mich, denn ich mag Leute, die sich informieren. Dann wissen Sie ja alles darüber, und außerdem können Sie den Kirchturm sogar von den oberen Stockwerken des Hotels aus sehen. Drüben in den Dünen, wo man die Tamarisken gepflanzt hat, um den Flugsand abzuhalten. Ich weiß auch nicht, woher das kommt, aber überall an der Nordküste von Cornwall findet man solche Stellen, an denen der Sand ins Land einzudringen versucht, und fast überall steht mitten in den Flugsandschneisen eine Kirche und läßt sich langsam begraben! Es sind nie Bauernhöfe oder Gutshäuser – immer Kirchen . . .«

»Aber Saint Nectan wird man wohl wieder vom Sand befreien, nicht wahr?« George schaute hinüber zu seiner Frau. »Du hast es ja gesehen, man war gerade dabei, den Friedhof freizuschaufeln, und das war schon vor ein paar Tagen. Vermutlich ist man inzwischen fertig damit.«

»Wir schaufeln ihn frei! Mit diesen Händen schaufle ich ihn frei, um an Dinge heranzukommen, die mich interessieren; in diesem Friedhof ist nämlich Jan Treverra begraben. Er hat sich eine gewaltige Gruft ausheben lassen, noch zu seinen Lebzeiten. Er war damals um die Vierzig und hat sich auch seinen Grabspruch selbst geschrieben. Für sich und für seine Frau. In Versen. Übrigens nicht seine besten, aber ganz interessant. Kurz nach seinem vierzigsten Geburtstag starb er, man sagt, an einem Fieber. Er führte nicht gerade ein beispielhaftes Leben, aber er zeigte immer Geschmack, war niemals gemein und schurkisch. Er war seiner Frau ein treuer Gatte und seinen Freunden ein verläßlicher Kumpan. Das Volk in der Gegend machte ihn zum Idol, und als ihm seine Frau schon sechs Monate später in die Ewigkeit folgte, begrub man sie in seiner inzwischen berühmt gewordenen Gruft. Sein Werk, vor allem die Lyrik, ist wirklich recht bedeutend, und man sagt, er habe sich seine schönsten Verse mit ins Grab geben lassen. Miss Rachel möchte herausfinden, ob das wahr ist.«

»Und wird dabei aufs heftigste unterstützt von Simon«, sagte Phil. »Jeder Vorwand, der ihm den freien Zutritt zu der Bibliothek und der Bibliothekarin ermöglicht, findet seine begeisterte Unterstützung.«

»Aber nicht, daß es mich einen Schritt weiterbrächte«, gab Simon mit charmantem Lächeln zu. »Sie hat mir vor kurzem den achten Korb gegeben. Ich habe das Gefühl, sie nimmt mich überhaupt nicht ernst. Wo war ich stehengeblieben? Ach ja! In der Nacht, die der Beisetzung von Jan Treverras Frau folgte, gab es hier in der Gegend einen fürchterlichen Sturm. Alle Fischerboote wurden ins Meer getrieben, und zwei davon zerschellten an den Klippen. Der junge Gutsherr Treverra, der neue Besitzer der Burg, lief allein auf den Strandpfad hinaus, wurde von einer Windhose ergriffen und weit hinaus in die tobende See getragen, wo er ertrank. Seine Leiche wurde nie gefunden. Also gab es auch keine weiteren Bestattungen in der Gruft, denn als sein jüngerer Bruder starb, nach 1830, hatte man schon den Kampf mit dem Sand aufgegeben und die Kirche von Saint Mary gebaut, auf dem höchsten Punkt von Maymouth. Diesmal wollten die Leute wohl sichergehen. – So gibt es also nichts, was die Sage von den Werken Jan Treverras in der Gruft widerlegt. Und da die Gemeinde Maymouth sich zur Zeit wieder einmal an ihre Pflichten erinnert und Saint Nectan vor der endgültigen Versandung retten will, haben wir gute Aussichten herauszufinden, was es mit den Versen auf sich hat.«

»Sie denken daran, die Gruft zu öffnen?« fragte George mit wachsendem Interesse.

»Wir haben die Erlaubnis bekommen. Wenn wir uns diese

Chance entgehen lassen, wird es demnächst für immer zu spät sein.« Er schlug mit der Faust plötzlich und unerwartet auf den Eichentisch. »Und mein Vorschlag lautet – hört, ihr Leut' und laßt euch sagen – übermorgen soll der Tag sein, wo wir das Geheimnis ergründen!«

Jeder in der Bar hatte es gehört, und viele wandten ihre Köpfe auf die Nische zu, in der Simon Towne und seine Gesellschaft saßen; allen Stammgästen war er bekannt, und er selbst kannte die meisten von ihnen. Sam Shubrough grinste breit, ließ sich aber nicht davon abhalten, weiter seine Gläser zu polieren. Auch das Mädchen, das gerade durch die Außentür hereingekommen war, hörte es und ging auf die Gruppe in der Nische zu, mit leichtem, wiegendem Gang, die Hände in den Taschen der grobgestrickten Wolljacke.

»Hallo!« sagte sie, während sie von Dominic fasziniert angestarrt wurde. »Was preist denn Simon so lautstark an? Geschmuggelte Orientteppiche?«

»Tamsin!« Die Männer suchten Platz für ihre Füße, um aufstehen zu können, und Phil machte den Sessel frei, den sie für das Mädchen reserviert hatte.

»Es hat auch etwas Gutes, wenn ein Mann seine sämtlichen Vorhaben wie mit dem Megaphon in die Gegend schreit – man braucht wenigstens nicht lange nach ihm zu suchen«, sagte sie, während sie Platz nahm und ihre langen, schlanken Beine ausstreckte. »Und notfalls kann man auch bequem ausweichen!«

»Aber mein Schatz, Sie kamen doch auf direktem Weg hierher, angezogen von meiner Persönlichkeit wie die Nadel vom Magneten!«

Sie schaute sich in der Runde um und zählte. »Hier sind also sechs Leute. Fünf wären mir auch genug gewesen. Einige davon«, fügte sie rasch hinzu, während sie freundlich lächelte, was ihren aggressiven Worten die Spitze nahm, »einige kenne ich noch gar nicht. Ich bin Tamsin Holt.«

Tim stellte sie den anderen vor. Am längsten lächelte sie Dominic zu, denn sie hatte bemerkt, daß er sie mit den Augen zu verschlingen drohte. »Hallo, ich habe von Phil über Sie gehört. Sie haben Patrick aus dem Wasser gezogen, nicht wahr?«

Sie drehte sich zu Sam Shubrough um, der wuchtig hinter der Theke thronte wie einer der Felsen von Maymouth, ein Monolith mit einer gutmütigen roten Rübe als Kopf. »Hallo, Sam! Eigentlich viel zu schön heute abend, um bei Ihnen hier drinnen zu sitzen!«

»Stimmt das«, fragte Sam neugierig, während er sich über die Brüstung zu Dominic hinunterbeugte, »Sie haben den jungen Paddy aus dem Wasser gezogen? Hätte nie gedacht, daß das einmal nötig sein würde. Wo war er denn, als Sie ihn sahen?«

»Draußen bei den Felsen, nicht weit vom Kap, und das bei Ebbe und hohem Seegang!«

»Hat ihn der Teufel geritten, daß er sich dort hinauswagte, wo er doch ganz genau weiß, wie gefährlich es ist?«

»Er glaubte, einen Menschen gesehen zu haben, der von der Gezeitenströmung hinausgetragen wurde«, erklärte Dominic. »Und er sprang ins Wasser, weil er ihn retten wollte. Nachher haben wir uns noch einmal umgesehen, aber wir konnten nichts mehr entdecken.«

»Ein Mensch? Hm. Wäre ja nicht das erste Mal. Aber ich habe noch nicht gehört, daß man jemanden vermißt hätte, und gesehen wurde auch niemand da draußen. Seit Monaten hatten wir kein Bootsunglück mehr – die Saison verläuft ruhiger als sonst. Glauben Sie, daß etwas dran ist?« fragte er Simon.

»Ich bezweifle es«, sagte Simon mit ruhiger Stimme. »Er hat natürlich etwas gesehen, der Junge ist ja kein Narr, aber ich glaube nicht, daß es ein Mensch war. Ein Stück Treibholz, ein Büschel Seegras – das war vermutlich alles.«

»Na ja«, meinte Sam, während er die leeren Gläser ordentlich auf der Theke aufstellte, »wenn es wirklich ein Mensch war, werden wir es spätestens morgen früh wissen. So, wie der Wind jetzt steht, schwemmt die nächste Flut alles, was da draußen treibt, in die Leichenhalle.«

»Die Leichenhalle?« Simon blickte ihn mit hochgezogenen Brauen an.

»Die kleine Sandbucht auf dieser Seite der Kirche von Pentarno, wo der viele Strandhafer wächst. Alles, was draußen am Kap umhertreibt, kommt mit der nächsten Flut dort herein. Von da haben wir schon manchen hinüber zum Friedhof getragen. Die Bucht hat ihren Namen nicht von ungefähr.« Er grinste bei dem Gedanken an die Toten der Leichenhallen-Bucht. »Was darf ich Ihnen servieren, Miss Holt? Gin und Tonic? Und wer hat sonst noch Wünsche, Ladies und Gentlemen?«

George bestellte die nächste Runde, worüber Dominic sehr froh war, denn eigentlich ging der Abend zu seinen Lasten.

Etwas Merkwürdiges war vor sich gegangen: Die beiden Lebhaftesten der Runde saßen plötzlich still und in sich gekehrt da. Simon hatte die Hände vor sich auf dem Tisch ineinandergelegt, sein ausdrucksvolles, längliches Gesicht glich einer gotischen Holzmaske. Und Tamsin – Dominic konnte sie jetzt zum erstenmal ausführlicher betrachten, das blasse Oval ihres Gesichtes, die breiten entschlossenen Brauen unter dem Rahmen rotblonden Haars, den scharfgeschnittenen und doch weichen Mund; und natürlich die Augen, sehr dunkelblaue Augen, weit und aufmerksam auf Simon gerichtet.

»Gin und Tonic«, sagte Sam und beugte sich zwischen Dominic und Tamsin, ein Tablett mit gefüllten Gläsern auf dem Arm. »Ein Bitter? Whisky on the Rocks war für Simon. Whisky mit lauwarmem Wasser für Mr. Felse.«

Simon erwachte aus seiner Geistesabwesenheit und griff nach dem Whiskyglas.

»Übermorgen geht's also los, unten, bei der Kirche?« fragte Sam. »Das wird ein Tag für Maymouth! Haben Sie denn alle Schwierigkeiten schon überwunden? Legt Ihnen keiner mehr Knüppel in den Weg?«

Es war auf einmal ganz ruhig in dem Barraum. Die Leute aus der Gegend schauten alle auf den Wirt, Schadenfreude zeigte sich auf ihren Gesichtern.

»Nur ein paar Querköpfe, Sam, nur ein paar Querköpfe. Schließlich haben wir die kirchliche Erlaubnis und die Genehmigung von Miss Rachel. Tim wird die Familieninteressen wahrnehmen, und der Pfarrer wird darauf achten, daß mit den seligen Gebeinen kein Unfug getrieben wird. Wie wär's mit Ihnen, Sam? Wollen Sie nicht meinen vierten Zeugen machen? Punkt zehn Uhr vormittags geht es los.«

Den Bruchteil einer Sekunde sahen die beiden Männer sich wohlwollend an, und die Stammgäste grinsten dazu wie gotische Wasserspeier.

»Das möchte ich mir nicht entgehen lassen, Simon«, sagte Sam Shubrough mit herzlichem Ton. »Wenn Sie einen Mann mit starkem Arm brauchen, können Sie auf mich zählen. Punkt zehn Uhr. Ich bin da!«

Vom Hotel im Binnenland kamen sie auf einem breiten Pfad über die leichte Mulde zur Straße zwischen Maymouth und Pentarno, die über den Buckel des im Mondlicht schlafenden Drachens führte. Der Pfad kreuzte die Straße und führte wieder höher hinauf zur turmbewehrten Monstrosität der Treverra-Burg.

»Eine schöne Nacht«, sagte Dominic verträumt und blieb an der Fahrbahn stehen. Er wäre gern den längeren Weg statt der schmalen Abkürzung gegangen.

»Sehr schön«, antwortete Tamsin.

»Wenn Sie nicht müde sind –«

»Ich bin nicht müde.«

»Ich dachte, wir könnten noch ein Stück über die kleine Straße entlang den Klippen in Richtung Pentarno gehen und von dort über die Küstenstraße zur Burg.«

»Wenn Sie Lust haben – gerne.«

Ein großer Tag für Dominic! Sie hatte zu allen seinen Vorschlägen ja und amen gesagt: zum ersten Tanz, dem Angebot, sie nach Hause zu begleiten, und jetzt auch noch zu der vielversprechenden Verlängerung dieses Vergnügens. Vielleicht wollte sie ihm auf diese Weise nur seine Grenzen zeigen, vielleicht aber auch, warum sie zu allen Angeboten Simons standhaft nein gesagt hatte. In Wirklichkeit wußte sie genau, was er noch nicht ahnte mit seinen achtzehn Jahren: daß er nämlich nicht im mindesten in sie verliebt war, daß er es vermutlich auch niemals sein würde, wenn er es sich im Augenblick auch einbildete. Es war ein Spiel, und sie würde darauf achten, daß beide ihren Spaß daran haben, daraus lernen und danach ein wenig klüger sein würden. Deshalb hatte sie zu allem ja gesagt.

Sie waren am Rand der Dünen angekommen und blieben auf der Seeseite der kleinen Straße stehen. Der Mond warf einzelne Streifen von Licht auf das Wasser, und rechts von ihnen ragte die kleine Kirche aus der Sandmulde mit den Tamariskenhecken hervor.

»Tamsin – darf ich Sie Tamsin nennen?«

»Ja, natürlich – Dominic.«

»Tamsin – wie sehr hängen Sie eigentlich an Simon?«

Nun war sie wirklich überrascht. Offenbar respektierte er den großen Mann ebenso wie der kleine Paddy. Vielleicht fand er es schmeichelhaft, der Rivale eines Simon Towne zu sein. Vielleicht wollte er es aber auch ganz einfach wissen.

»Ich mag ihn sehr gern – mit Ausnahme einiger seiner Angewohnheiten. Die kann ich nicht ausstehen.«

»Dann hat er also wirklich um Ihre Hand angehalten?«

»Ja, das stimmt.«

»Achtmal?«

»Ich habe es nicht gezählt. Möglich ist es schon.«

»Und warum tun Sie's nicht?«

»Was? Zählen?«

»Nein. Ihn heiraten.«

»Schauen Sie«, sagte Tamsin und wandte ihr Gesicht dem Meer zu, »selbst wenn er es wirklich ernst meinte, würde ich nicht ja sagen. Aber er meint es ja gar nicht ernst. Er macht sich nur seinen Spaß mit mir.«

»Ich zweifle daran, ob es mir Spaß machen würde, wenn ich immer wieder einen Korb bekäme«, sagte Dominic.

»Sie sind nicht Simon, mein Freund.«

Plötzlich riß er sie wildentschlossen zu sich her, noch einen Moment zu Rückschritten bereit für den Fall, daß sie sich ihm entziehen würde – womit er eigentlich nicht rechnete. Sie warf ihren Kopf zurück und lachte; er fühlte, wie sie sich nur mühsam beherrschte. Da umarmte er sie noch fester und preßte seine Lippen auf die ihren.

Danach hielt er sie ein paar Minuten still in den Armen.

Schließlich flüsterte sie ihm ins Ohr: »Das war eine gänzlich überflüssige Demonstration!«

»Nein, sie war sehr notwendig.«

»Wollen Sie sich nicht entschuldigen?«

»Im Gegenteil. Ich freue mich darüber. Es hat mir Spaß gemacht und Ihnen auch. Aber keine Angst – ich werde die Demonstration nicht wiederholen.«

»Sie sind ein sehr ungewöhnlicher junger Mann.«

»Nur, weil ich mit einem sehr ungewöhnlichen Mädchen beisammen bin.«

Während er seine Wange an ihre Wange legte und die unsinnige, schöne Stunde genießen wollte, überkam ihn plötzlich ein Frösteln. Seine Gedanken wurden von einer Erscheinung drüben in den Dünen abgelenkt. Tamsin fühlte es, stieß ihn von sich und drehte sich um.

»Tamsin, können Sie es auch sehen? Dort drüben, zwischen den Tamarisken!«

Ein Mann, zwei, drei Männer tauchten in der Senke auf, schlichen im Schatten der Hecke dahin, auf die Kirche in ihrem tiefen Sandbett zu.

Tamsin fröstelte, nahm seinen Arm und zerrte Dominic auf die andere Straßenseite. »Jetzt ist mir auf einmal kalt. Sie bringen mich jetzt besser nach Hause, Dominic. Kommen Sie, wir haben einen Weg von zehn Minuten vor uns.«

George Felse saß noch auf der Hotelterrasse, rauchte die letzte Pfeife des Tages und schaute hinaus auf das Meer.

»Hallo!« sagte er, als er die vertrauten Schritte seines Sohnes hinter sich hörte. »Bist du gut vorangekommen?«

»Mach dich nicht lustig über mich«, erklärte Dominic ernsthaft, kam auf seinen Vater zu und setzte sich auf die Lehne des Sessels.

»Glaubst du, daß hier noch immer geschmuggelt wird?« fragte er unvermittelt.

Nach einer langen Pause antwortete George mit bedeutsamer Betonung: »Schau, Dominic, ich bin hier, um Ferien zu machen. Und ich möchte, daß es dabei bleibt. Die hiesigen Beamten machen ihre Arbeit bestimmt, so gut sie können. Und es geht mich nichts an, woher Sam Shubrough seinen Kognak bekommt.«

»Das dachte ich mir auch«, sagte Dominic mit hörbarer Erleichterung und erzählte seinem Vater, was er in der Gegend von Saint Nectan beobachtet hatte, wenngleich er ein paar von den Begleitumständen geflissentlich verschwieg.

»Sie gingen auf die Kirche zu, sagst du?« wiederholte George. »Und Tamsin war sehr bedacht, dich von dort wegzubekommen, nachdem auch sie es gesehen hatte? Ja, das ist interessant.«

»Vor allem«, fuhr Dominic fort, »weil Simon eine so große Schau abgezogen hat, als er den Termin für die Öffnung der Gruft in der Bar bekanntgab. Und dann grinste er Sam an und lud ihn ein, bei dem Ereignis dabeizusein. Sam verstand den Wink und nahm die Einladung auf der Stelle an.«

»Nun frage ich mich nur, wo sie das Zeug verstecken.«

»Meinst du, vielleicht sogar in der Gruft?«

»Paß auf, mein Junge«, warnte George, »kein Wort zu irgend jemand anderem! Wir sind hier nur Gäste, die sehr höflich und freundlich empfangen wurden. Das ist eine Sache für die hiesigen Behörden.«

Dominic erhob sich von der Stuhllehne, streckte sich und gähnte.

»Wofür hältst du mich eigentlich?« sagte er ein wenig beleidigt und ging hinauf auf sein Zimmer.

2

»Morgen also«, stellte Paddy fest, als er vom Strand hereinkam und sich, nachdem er sich abgetrocknet und umgezogen hatte, mit offensichtlichem Bärenhunger am Frühstückstisch niederließ.

Tim schaute von seiner Zeitung auf. »Was ist morgen?«

»Der große Tag. Der Tag, an dem wir dem alten Herrn in der Gruft die ewige Ruhe stören. Mammi erzählte mir, daß Onkel Simon gestern abend in der Bar ein paar Warnschüsse abgegeben hat, damit keiner dort in flagranti ertappt wird. Ausgenommen natürlich den seligen Gutsherrn, auf den man es diesmal abgesehen hat, da draußen.«

Tim war nicht in bester Laune und fragte sich, wie man selbst im rosigen Alter von fünfzehn Jahren schon beim Frühstück so clever sein konnte.

»Daddy, glaubst du, wir finden wirklich etwas Bemerkenswertes in der Gruft?«

Phil hielt in ihrer Bewegung inne; die Kaffeekanne blieb zehn Zentimeter über dem Tisch in ihrer ausgestreckten Hand.

»Was heißt ›wir‹?«

Paddys Augen wurden einen Moment ganz schmal vor Enttäuschung, dann grinste er und war sicher, daß sie ihm nur einen Schrecken einjagen wollte. »Ach komm! Du wirst mich doch nicht zurückhalten, wenn es um Onkel Simons großes Projekt geht! Natürlich werde ich dabeisein müssen.«

Er lächelte ein wenig gequält, denn ihr Gesichtsausdruck hatte sich noch nicht verändert. Nur die Kanne hatte sie inzwischen auf den Tisch gestellt.

»Daddy, du hast es mir doch auch nicht verboten! Wir haben schon so oft darüber gesprochen, und nie hast du –«

»Ich habe es dir auf keinen Fall ausdrücklich erlaubt«, sagte Tim und wußte genau, daß er damit nur einer definitiven Antwort auswich.

»Das stimmt, und ich hätte vielleicht auch offiziell fragen sollen, aber schön, dann frage ich eben jetzt. Bitte, Mammi, ist es dir recht, wenn ich zusammen mit Onkel Simon und Daddy morgen um zehn Uhr Jan Treverras Grab öffne?«

»Nein«, sagte Phil entschlossen. »Tut mir leid, aber mir ist es nicht recht. Du gehst nicht mit, und damit basta!«

Paddy stand auf, versetzte seinem Stuhl einen ordentlichen Fußtritt und fragte in weinerlichem Ton: »Aber warum nicht? Warum ist es dir nicht recht?«

»Weil das keine Sache für Jungen in deinem Alter ist.«

»Hast du Angst, daß ich danach Alpträume bekomme?« fragte er und grinste plötzlich wieder übers ganze Gesicht. »Schau, Mammi, ich bin schließlich fünfzehn. Ich weiß, wie Knochen aussehen und daß wir alle einmal so enden. Du brauchst keine Angst zu haben, daß ich einen Schock davon bekomme.«

»Und es bleibt beim Nein«, erklärte Phil unwiderruflich. Sie wußte selbst nicht genau, warum sie so hart war, aber der Gedanke, er könnte mit den anderen die ausgewaschenen Stufen hinunter in die Gruft steigen, war ihr mehr als unbehaglich.

Paddy ahnte, daß die Tür jetzt zugeschlagen und verriegelt war, aber er ließ sich dennoch nicht aufhalten. Deshalb schielte er unvorsichtigerweise hinüber auf den Platz von Onkel Simon, wo eine sorglos zusammengefaltete Zeitung verriet, daß dieser das Frühstück schon hinter sich hatte. Das war ungewöhnlich und natürlich ein Jammer. Wäre er hier gewesen, dann hätte es gar nicht diese unglückliche Szene gegeben. Paddy stieß seinen Teller weg, glättete seine Stirn wie ein Mann von Welt, der sich anschickt, das prekäre Thema fallenzulassen, und fragte: »Wo ist eigentlich Onkel Simon?«

»Das ist keine gute Frage, mein Sohn. In ihm hast du diesmal keinen Verbündeten gegen Mammi. Er ist schon ganz früh hinauf auf die Burg. Laß dir sagen, es hat keinen Zweck, Mammi sagt nein, und auch ich sage nein. Schlag es dir aus dem Kopf!«

Paddys Faust schlug statt dessen auf den Tisch. Er stieß seinen Stuhl in die Ecke und stand da, rasend vor Zorn. Sein leidenschaftliches Temperament hatte seinen Eltern in früheren Jahren manchen Kummer gemacht, aber in letzter Zeit war es nur noch ganz selten zum Ausbruch gekommen. Diesmal war es schon fast der Zorn eines erwachsenen Mannes, und er wirkte auf Tim überraschend wie ein Blitz aus heiterem Himmel.

»Wie stellt ihr euch das eigentlich vor? Wollt ihr mich wie ein kleines Kind behandeln? Wenn ich trotz eurer heftigen Bemühungen erwachsen werde, verdammt noch mal, schließlich kann ich es nicht verhindern!«

Er brüllte gar nicht laut, im Gegenteil, seine Stimme war eher leiser als sonst. Aber er drehte sich um und rannte aus dem Haus, ehe Phil und Tim auch nur ein Wort herausbrachten.

Als Paddy atemlos in die Pedale stieg, um mit dem Fahrrad die steile Straße zur Burg hinaufzustrampeln, war seine ärgste Wut schon verraucht, und er war sogar zu der Feststellung gelangt, daß aus der Sicht seiner Eltern manches für das Verbot sprach. Immerhin war er entschlossen, nicht hinter ihrem Rücken Onkel

Simon ein Versprechen abzunehmen, das sie ihm nicht gegeben hatten. Nur zum Spaß stellte er sich die Situation vor, die sich daraus ergeben konnte, während er durch das bombastische Tor des burgartigen Herrenhauses der Treverras fuhr.

Er umrundete die Rhododendronbüsche wie bei einem Hindernisrennen und traf Tante Rachel, die vor dem viktorianischen Portal den Kies harkte, gerade aufgerichtet und steif, in ihrem bunten Tweedrock und dem selbstgestrickten purpurroten Jumper. Die typische ältliche Schloßherrin aus dieser Gegend, hätte man auf den ersten Blick gesagt. Auf den zweiten wirkte sie eher wie eine Hollywood-Version dieses Typs – ihr Gesicht hatte die Fähigkeit, sich in Sekundenschnelle zu verändern, und trug nur momentan den edlen aristokratischen Ausdruck, den ihre Rolle verlangte, schien aber bereit, sich der nächsten schauspielerischen Aufgabe anzupassen. Nur eines durfte sich nicht verändern: Sie mußte immer die Hauptrolle spielen. Manchmal erinnerte sie Paddy ein wenig an die Queen Victoria, nicht nur wegen ihres Äußeren, sondern auch wegen der ihr eigenen königlichen Haltung.

Paddy konnte seine Großtante sehr gut leiden. Sie wies ihn oft zurecht, aber er brauchte kein Hellseher zu sein, um festzustellen, daß sie ihn abgöttisch liebte.

»Hallo!« begrüßte er sie nun. »Sie sehen wieder mal vorzüglich aus, meine Teuerste!«

»Wirklich?« Sie stieß den Stiel ihrer Harke wie einen Marschallstab in den Kies. »Deine albernen Schmeicheleien führen zu nichts, mein Sohn. Du bist doch nicht den ganzen Weg hier heraufgefahren, um deiner alten Großtante dieses Kompliment zu machen, oder?«

»Ach, du meine Güte – was ist dir denn über die Leber gelaufen? Bist du heute morgen mit dem falschen Fuß aus dem Bett gestiegen?«

»Spar dir die langen Reden, mein Kind. Du findest Simon nicht in der Bibliothek. Er ist nicht da. Genau gesagt, er ist überhaupt nicht im Schloß. Und Tamsin wird dir nicht verraten, wo er hingegangen ist. Also –«

»Ich wollte gar nicht –« Paddy errötete.

»O nein, du liebe Unschuld, du! Du hast natürlich nicht im Traum daran gedacht, dich hinter dem Rücken deiner Mutter mit Onkel Simon zu verbünden, oder? Ich will dir mal was sagen: Du glaubst, er kann deine Eltern um den Finger wickeln und sie dazu bringen, daß sie doch noch ja sagen. Du siehst, ich bin bereits informiert. Ich hatte nämlich eben mit deiner Mutter ein kleines Telefongespräch!«

Zum Teufel! Mammi hatte natürlich nichts nötiger, als sofort mit Tante Rachel zu telefonieren! Sie konnte ihre Probleme nicht einen Augenblick bei sich behalten. Weiber! Rein gar nichts konnte man mit ihnen anfangen: Sie waren alle gleich.

»Dann hat sie dir wohl auch erzählt, daß ich meine Beherrschung total verloren habe?«

Die alte Dame nickte lächelnd.

»Nun gut, du kannst ihr sagen, daß es mir leid tut.«

Seine Stimme war jetzt von beispielloser Sanftheit, was Miss Rachel so gut gefiel, daß sie ebenfalls ganz sanft erklärte: »So ist es schon viel besser. Ich wußte, daß dir nur der Gaul durchgegangen ist. Jetzt vergißt du die ganze Sache, nicht wahr? Deine Eltern haben nein gesagt, und damit Schluß. Du wirst dich nicht an Simon hängen in dieser Angelegenheit! Du fährst jetzt direkt nach Hause und entschuldigst dich bei deiner Mutter.«

Den Teufel werde ich, dachte sich Paddy. Aber laut sagte er: »Okay, ich mache mich auf den Weg.« Dabei vermied er allerdings zu sagen, wohin.

Sie schaute ihm nach, wie er auf das Fahrrad sprang, ihr einen ritterlichen Gruß zuwinkte und – eine Karikatur von Reue und Pflichtbewußtsein – die Auffahrt hinuntersteuerte.

Er machte sich gar keine Gedanken darüber, daß er die alte Dame so schamlos zum Narren hielt. Und jetzt, nachdem es seine Mutter anscheinend nicht anders haben wollte, mußte er andere Seiten aufziehen. Nun hatte er nicht mehr die geringste Lust, den braven Sohn zu spielen. Jetzt würde er Simon so lange suchen, bis er ihn gefunden hatte.

Er brauchte nicht den ganzen Tag dazu, aber doch den ganzen Vormittag. Er fuhr zu der Kirche in den Dünen, dann zu der anderen Kirche, hoch über dem Städtchen, schließlich noch an ein paar andere Stellen im Ort, wo er Simon vermuten konnte, und zuletzt zur Lunchzeit in das ›Hotel zum Drachen‹, wo er Simon endlich entdeckte, der dort in einer Nische mit George und Dominic Felse bei einem Glas Bier saß.

Paddy zögerte einen Augenblick, hatte auch ein bißchen Scheu, seine Bitte vor Außenstehenden vorzutragen, aber es war zu spät. Als sich der Junge umdrehen wollte, hatte Simon ihn schon entdeckt und rief ihn an den Tisch.

Kein Zweifel, die Begrüßung war freundlich, wie immer – aber sah Simon nicht doch ein wenig düster drein, als wäre irgend etwas mit ihm nicht ganz in Ordnung heute morgen? Nun ja, dachte sich Paddy, schließlich war es eine ernste und ziemlich schwerwiegende Sache, die ihm morgen bevorstand.

»Hast du mich gesucht? Ist was passiert?«

Sie rückten zusammen und machten Platz für Paddy. Jetzt konnte er nicht mehr zurück.

»Nein, gar nichts. Ich wollte nur – aber ich fürchte, ich habe dich unterbrochen.«

»Keine Angst, mein Lieber, das war kein Staatsverbrechen. Dabei fällt mir ein: Sie haben meinen kleinen Freund Paddy noch gar nicht kennengelernt, George. Das also ist Paddy Rossall. Paddy, das ist Dominics Vater.«

Paddy hatte es längst erraten. Er beobachtete George mit scharfem Blick. Sah er wie ein Kriminalinspektor aus? Der Trick der meisten Kriminalbeamten bestand darin, meinte Paddy, daß sie eben nicht so aussahen. Aber bei George Felse stimmte das Äußere aufs Haar mit den landläufigen Vorstellungen von einem Kriminalinspektor überein. Paddy zeigte seine Hochachtung in einer tiefen Verbeugung, setzte sich und nahm die Einladung zur Ingwerlimonade gerne an.

»Also, was wolltest du? Heraus mit der Sprache!«

»Nun ... Ist es dir recht, wenn ich morgen früh mitkomme und bei der Öffnung der Gruft helfe?« Jetzt war es heraus, und auch noch in einem ganz passablen Ton. Er hatte weiß Gott Mühe, seine Stimme zu beherrschen, damit es nicht zu flehentlich klang.

Simon saß einen Augenblick schweigend da und schaute Paddy mit ausdruckslosem Blick an. Dann erklärte er: »Das ist so eine Sache, Paddy. Weißt du, wenn ich fair sein will, kann ich jetzt eigentlich nicht ja sagen, denn ich habe gerade vor ein paar Minuten zu Dominic nein gesagt. Und ich habe meine Gründe dafür, das kannst du dir vorstellen. Der Raum in der Gruft ist sehr eng. Und schließlich ist es ja auch kein Vergnügen, sondern eine hochoffizielle Untersuchung. Wir sollten kein Spektakel daraus machen. Die Zeugen sind nötig wegen des danach zu verfassenden amtlichen Berichts und nicht, damit sie an einer Sensation teilhaben können.«

In der darauffolgenden Stille schauten George und Dominic einander mit einem vielsagenden Blick an, während Paddy auf sein Glas Ingwerlimonade starrte, als liege darin das Geheimnis des Universums verborgen. Sein Mienenspiel war ein wenig zu eingefroren, als daß es den aufmerksamen Beobachter vollends hätte überzeugen können, aber sein verständnisvoller Blick, mit dem er schließlich aufschaute, war schon ein voller Erfolg.

»Nun, das kann ich begreifen. Okay, dann geht's eben nicht. Du bist mir nicht böse, daß ich dich gefragt habe, oder?«

»Paddy, unter anderen Umständen wüßte ich mir keinen besseren Helfer als dich.«

»Vielen Dank. Und jetzt gehe ich besser zum Lunch nach Hause. Kommst du mit?«

»Nein, ich bleibe über mittag hier. Ich habe mich schon heute morgen bei deiner Mutter abgemeldet.«

»Also dann – vielen Dank für den Drink.« Er stand auf, verabschiedete sich von George und Dominic und ging mit festen Schritten hinaus.

Besucher im Treverra-Schloß wurden in der Regel zuerst auf einen großen Rundgang durch sämtliche Gebäude und Gartenanlagen gebeten, wobei Miss Rachel den Führer spielte – was die ganze Tour um so sehenswerter machte. Diesmal hatte sie ein sehr elegantes schwarzes Seidenkleid an, dazu trug sie eine Smaragdkette um den Hals, ein Armband mit Smaragden und Smaragde im Haar. Ihre Schultern zierte ein chinesischer Schal.

Der elegante Spazierstock diente weit mehr zum Unterstreichen ihrer Erklärungen als zur Stütze beim Gehen. Erstaunlicherweise stellte die alte Dame mit maliziösem Ton die Unvollkommenheiten und Unbequemlichkeit ihres Familiensitzes weit mehr heraus als seine unzweifelhafte Schönheit und die Größe und Großzügigkeit der Anlage. Miss Rachel liebte es, Gäste zu haben – sie durften nichts, aber auch gar nichts versäumen.

Die Porträts der verschiedenen Treverras bedeckten die Wände der langen Korridore im Erdgeschoß, und Treverras aus allen möglichen Jahrhunderten starrten auch auf die Besucher, als sie über die breite Treppe in den ersten Stock hinaufgingen.

»Die meisten Gemälde taugen nicht viel«, sagte Miss Rachel zu George Felse. »Alles einheimische Künstler – wir waren keine besonders musische Familie, doch wir haben immer so getan, als ob.« Die Besucher hatten den Eindruck, als sei Miss Rachel seit Gründung des Hauses Treverra stets überall dabeigewesen. »Hier ist eine ganz hübsche Miniatur, das Porträt eines jungen Mannes.«

»Eines hübschen jungen Mannes«, flüsterte Tamsin in Dominics Ohr; die beiden beschlossen die kleine Prozession. Aber Tamsin sagte es nicht etwa zynisch, sondern voll Bewunderung und Freude über die Lebensnähe der alten Dame.

»Der Garten«, verkündete Miss Rachel und deutete mit dem silbernen Knauf ihres Stockes auf die Anlage jenseits der Terrasse, »ist eine Schande. Man bekommt heute einfach keine tüchtigen Gärtner mehr. Ich muß sehen, wie ich mit einem idiotischen Knaben und dem Küster von Saint Mary auskomme, der dreimal die Woche aushilft. Und auf die jungen Leute ist eben überhaupt kein Verlaß. Trethuan, der Küster, hat mir zum Beispiel versprochen, heute noch herüberzukommen und die Aprikosen und Viktoriapflaumen zu pflücken. Und ist er aufgetaucht? Er denkt gar nicht daran. Er hält es nicht einmal für nötig, mich anzurufen und sich bei mir zu entschuldigen!«

»Vielleicht wollte er erst den Rasen um die Kirche zu Ende mähen«, gab Simon zu bedenken, der an der Seite der alten Dame ging. »Er hat gestern nur die Hälfte geschafft, wie mir der Pfarrer erzählte.«

»Wenn er schon neben seiner Aufgabe als Küster auch noch als Gärtner tätig ist«, erklärte Miss Rachel in unduldsamem Ton, »dann muß er eben seine Zeit besser einteilen. Gestern nachmittag kam er hierher und pflückte gerade drei Bäume leer, dann mußte er schon wieder weg. Er erklärte mir, er habe sich nur eine Stunde freimachen können, wolle aber morgen, also heute, den ganzen Tag über bei mir arbeiten. Und jetzt gibt er nicht einmal ein Lebenszeichen von sich! Es ist kein Verlaß auf die jungen Leute von heute.«

»Trethuan ist gerade erst fünfzig geworden«, flüsterte Tamsin in Dominics Ohr.

»Dabei hatte ich vor, Phil ein paar Körbe voll Aprikosen zu schicken, wo sie jetzt gerade am besten sind. Sie hat so viel Geschick im Einmachen.«

»Ich mache Ihnen einen Vorschlag«, sagte Simon prompt, »holen Sie sich doch Paddy herauf, und lassen Sie ihn für Phil die Aprikosen pflücken. Dann ist er uns auch gleich aus dem Weg. Er brennt darauf, bei der Öffnung des Sarges dabeizusein.«

»Paddy?« fragte Miss Rachel in sanftem, geistesabwesendem Ton. »Absurd! So ein sensibler Junge, ich kann mir beim besten Willen nicht vorstellen, daß er bei einer so düsteren und unheimlichen Sache mitmachen will. Sicherlich wird ihn mir Phil heraufschicken, wenn ich sie darum bitte, aber was hat das mit der Exhumierung zu tun?«

Simon lachte laut. »Immerhin hat er mich gebeten, mit dabeisein zu dürfen. Er fragte sehr höflich und sehr raffiniert, kam aber leider nicht damit zum Ziel. Wir veranstalten zwar keine Horrorschau, aber ich finde, es ist doch nicht ganz das richtige für einen Jungen in seinem Alter.«

Sie war stehengeblieben und schaute jetzt sehr nachdenklich drein. Ohne Simon anzublicken, fragte sie in unschuldigem Ton: »Wann hat er Sie denn darum gebeten?«

»Heute mittag. Warum?«

»Ach, nichts. Ich konnte es mir nur kaum vorstellen.«

Dann drehte sie sich um, und während sie sich noch einen gehörigen Denkzettel für den mißratenen Großneffen überlegte, verkündete sie: »Und hier ist unsere Bibliothek!«

Sie führte ihre Besucher immer so durch das Schloß, daß die Bibliothek den Schlußpunkt bildete, und betrat den Saal von der Terrasse aus durch die breite Doppeltür. Auf diese Weise konnte man bereits mit dem ersten Blick die gewaltige Höhe und Breite der Eichenholzregale und Wandverkleidungen aus heller Eiche bewundern. Zwischen den Regalen waren von der Decke bis zum Fußboden reichende schmale Spiegel angebracht, welche das Licht der gegenüberliegenden Fenster hell reflektierten. Kein Zweifel, der Raum war mit großer Sorgfalt und viel Geschmack entworfen und möbliert. Rechts vor den Fenstern zur Terrasse stand Tamsins Schreibtisch, in der Mitte der große Eichentisch mit den sechs Sesseln, und auf beiden Schmalseiten des Raumes prangten zwei riesige Globen, wertvolle alte Stücke, die einander ergänzten und die Symmetrie des Raumes wahrten. Sonst sah man Bücher, nichts als Bücher.

Auf dem großen Tisch stand ein Tablett mit einer dampfenden Kaffeekanne und Gedecken für sechs Personen – es war genau zehn Sekunden, bevor Miss Rachel die Terrassentür öffnete, dort abgestellt worden, und während sie hereinkamen, schloß sich die Tür auf den inneren Korridor hinter Miss Rachels einziger, ältlicher Haushälterin. Wenn es galt, besonderen Gästen zu imponieren, dann klappte der Fahrplan im Treverra-Schloß wie am Schnürchen.

»Das ist er nun höchstpersönlich«, sagte Simon, »der Mann, um den sich alles dreht.«

Das Porträt war nicht sehr groß, in ziemlich dunklen Farben gehalten und nicht besonders kunstfertig in der Ausführung – eine En-face-Studie in der Art ländlicher Künstler: ein Auftragswerk, bei dem es vermutlich darauf ankam, möglichste Übereinstimmung mit dem Dargestellten zu erreichen. Quer über die ausgeprägten Kieferknochen verlief auf der rechten Wange eine scharfe Narbe, deren düsterer Eindruck von dem freundlichsten und humorvollsten Mund ausgeglichen wurde, den Dominic je gesehen hatte. Kein ungewöhnliches Gesicht, so schien es auf den ersten Blick, aber bei näherem Hinsehen entdeckte man, wie einzigartig und individuell die Züge waren.

Die Backenknochen hätten einem Seeräuber nicht schlecht angestanden, während die buschigen, ungleichen Brauen eher zu einem Friedensrichter paßten – der Jan Treverra tatsächlich ein paar Jahre lang gewesen war, bis er selbst fand, es sei wohl nicht mehr als taktvoll, sich von diesem Ehrenamt zurückzuziehen. Die Augen aber waren voll Abenteuerlust, dabei verträumt – die Augen eines Dichters, der keine Schranken für sich anerkennt, und der fröhliche Mund erinnerte an den jugendlichen, den unwiderstehlich galanten John Falstaff.

Simon trat ein paar Schritte zurück und schaute dem bedeutendsten der Treverras tief in die Augen.

»Er besaß ein Handelsschiff, das den Atlantik überquerte, und drei oder vier kleinere Fischerboote, die hier an der Küste entlangfuhren, gelegentlich auch Passagiere oder Güter transportierten und natürlich vor allem für Schmuggelfahrten benutzt wurden. Schmuggeln war eine Art Volkssport. Ein Gentleman-Delikt, das jeder hier in der Gegend beging.«

»Ist es möglich«, flüsterte Dominic Tamsin ins Ohr, »daß Simon sich nur versprochen hat? Wollte er nicht sagen – begeht?«

Das Mädchen wandte seinen Kopf so abrupt von ihm ab, daß ihm die roten Haare in Strähnen ins Gesicht wirbelten und ihn an der Nase kitzelten. Sie schaute ihn dabei mit zornig blitzenden Augen an, und von da an mied sie seinen Blick.

»Hoffentlich haben sie gestern abend noch alles gut wegräumen können«, sagte Dominic leise zu ihr. Er konnte sich die spitze Bemerkung einfach nicht versagen. Diesmal würdigte sie ihn keines Blickes, aber er sah, wie ihre Lippen bebten und ihre Wangen sich tiefrot färbten, und endlich zischte sie ihm noch leiser aus dem Mundwinkel zu: »Sie sind ein scharfer Beobachter, Dominic Felse! Wenn Sie sich nur nicht in die Nesseln setzen!«

»Und das hier ist seine Frau. Sie hieß Morwenna.«

»Eine Schönheit«, sagte Bunty, während sie die Kohlezeichnung studierte. Der Künstler hatte seine Linien fast leidenschaftlich auf graues, rauhes Papier geworfen und danach die Konturen mit weißer und roter Kreide hervorgehoben. Schöngeschnittene, tiefdunkle Augen, ein bildhübsches Gesicht und darüber eine aufgetürmte, schwarze Mähne.

Aus dem Hintergrund ließ sich Miss Rachel vernehmen. »Man sagt, ich habe ihr in jungen Jahren gleichgesehen.«

»In Wirklichkeit«, flüsterte Tamsin in Dominics Ohr, »ist sie das Ebenbild ihres Ahnherrn Jan, wenn man sich die groben Backenknochen wegdenkt.«

»Und das hier sind die berühmten Grabinschriften?« George machte einen Schritt auf die beiden gerahmten Fotografien zu, die unter dem Porträt Morwennas hingen.

»›O Sterblicher, den Schicksal sendet –‹«

»Sie haben es leichter, wenn Sie die Transkriptionen benutzen. Die Fotos der Inschriften wurden vor etwa fünfzehn Jahren gemacht, als man wieder einmal Anstrengungen unternommen hatte, die Kirche vom Sand zu befreien. Ich weiß nicht, wer sie fotografiert hat, aber ich finde sie recht günstig in der Beleuchtung. Die Schrift ist noch kaum zerstört, so exzentrisch der Wortlaut auch sein mag. Hören Sie den Text.«

Simon nahm ein Blatt vom Schreibtisch Tamsins und las laut:

»›O Sterblicher, den Schicksal sendet
Zu sinnen, wie Treverra endet,
Such niemals unter diesem Stein
Die stummen Zeugen, bleich' Gebein.
Standhafter Glaube kann erheben
Die Seelen, daß sie fernhin schweben
Aus Grabesdunkel, Todesnacht
Durch Labyrinthe in die Pracht
Der Zonen, wo der Liebe Licht
Durch goldgesäumte Wolken bricht,
Wo steter Sommer heilt Beschwer
In warmem Sand, saphirnem Meer.
Dorthin, o meine Seele, reise
Und find den Herrn, der gütig-weise
Dich schmecken läßt, daß es so bliebe,
Die Süße erst' und letzter Liebe.‹

Das war der Grabspruch für ihn selbst. Und hier ist der für seine Frau. Man behauptet, er habe ihn ganz kurz vor seinem

Tod verfaßt, weil er ahnte, daß auch sie ihm bald folgen würde. Und man sagt auch, er habe in ihrem Stil zu schreiben versucht. Der zweite Grabspruch ist eigentlich noch viel bemerkenswerter als der erste.

›Auf Morwennas Grab soll geschrieben sein:
DER MUT'GE VERDIENT DEN MUT ALLEIN.
Nicht Heil'ge scheiden – drum weine keiner –
Noch seliger von hier denn meiner.
Denn kurz nur rast' ich an diesem Ort,
Dann zieht die Liebe mich weiter fort
Ins Land, das meiner Sehnsucht Ziel,
An goldne Ufer, wenn er es will,
Wo an die Brust ich drücke gern
Den wiederauferstandnen Herrn.‹«

Keiner wollte die magische Stille brechen, die danach entstand. Nicht, daß sie von dem künstlerischen Wert des Grabspruchs so beeindruckt gewesen wären, vielmehr hatte er ihre Forscherinstinkte geweckt, denn jedes Wort konnte man zumindest auf doppelte Weise verstehen.

»Was sagen Sie dazu?« fragte Simon und zerriß mit rauher Stimme das Spinnennetz der Halluzinationen. »Abgesehen von der Tatsache, daß der Bursche seine Volksdichtung und seinen Dryden gleich gut beherrschte?«

Tamsin bohrte Dominic mit dem Ellbogen in die Rippen. »Los!« zischte sie ihm ins Ohr. »Nun können Sie Ihre scharfe Beobachtungsgabe unter Beweis stellen. Sagen Sie doch etwas Bedeutendes!«

Er war so überrascht, daß er einfach heraussprudelte, was ihm gerade in den Sinn kam.

»Nach den Versen zu urteilen, muß das Leben nach dem Tod so etwas wie eine Kreuzfahrt zu den Bahamas sein!«

3

»Mein lieber Paddy«, sagte Miss Rachel, während sie in dem Bogengang zum Kräutergarten stand und auf den Jungen wartete, den Stock mit der silbernen Krücke wie ein Gewehr geschultert – ein etwas ältlicher Engel, den man aus Personalmangel ans Paradiestor gestellt hatte, »du bist ein sehr ungezogener Flegel.«

»Kann sein«, resignierte Paddy. Er nahm den riesigen Korb vom Gepäckträger seines Fahrrads und stellte ihn auf die Erde. »Na schön, ihr Frauen habt eben wieder mal gewonnen. Ich bin hier, statt unten bei Saint Nectan, und ich pflücke Aprikosen, ganz wie ihr es wünscht.«

»Aber gestern bist du von hier direkt zu Onkel Simon gelaufen, obwohl ich dir ausdrücklich geraten hatte, es nicht zu tun. Das stimmt doch?«

»Wie habt ihr denn das schon wieder erfahren?« fragte er, und seine Stimme klang dabei ziemlich zornig.

»Simon erwähnte es gestern nachmittag ganz beiläufig. Übrigens ohne böse Absicht, er konnte ja nicht wissen, daß du gegen die Anweisungen deiner Eltern und gegen meinen Rat gehandelt hast. Paddy Rossall, wie konntest du das nur tun!«

»Sie haben es ja nicht anders gewollt«, stieß er heftig heraus. »Wenn du es genau wissen willst: Als ich hierherkam, hatte ich meinen Plan schon aufgegeben, mich an Onkel Simon zu wenden, und ich war auch zu der Ansicht gekommen, daß ich mich zuvor bei meinen Eltern töricht verhalten hatte. Aber war es nicht auch töricht von Mutter, gleich anzurufen und dir alles haarklein zu berichten? Wenn ich die Sache mit Onkel Simon bespreche, ist das weiß Gott was für ein Verbrechen! Aber wenn sie praktisch das gleiche tut –«

»Jetzt Schluß mit dem Unsinn!« kommandierte die alte Dame. »Deine Eltern haben schließlich das Recht zu entscheiden, was du tun kannst und was nicht – und sie können mindestens erwarten, daß du dich ihnen nicht widersetzt. Sie tragen die Verantwortung für dich, und wenn auch nur ein Funke von Dankbarkeit in dir ist, dann überlege dir, was sie für dich getan haben!«

Das war zuviel für Paddy. Er konnte es nicht mehr ertragen, daß man ihm die abgeschmackten Gehorsamsregeln aus der alten Fibel für das brave Kind predigte, seine Gefühle, die er gegenüber seinen Eltern hegte, auf solch billige Weise profanierte. Vielleicht reagierte er deshalb viel heftiger, als er das eigentlich beabsichtigte.

»Ja, das kenne ich schon! Die eine Seite besitzt alle Rechte, die andere gar keine. Und dafür soll ich dann auch noch dankbar sein? Habe ich sie vielleicht darum gebeten, daß sie mich ins Leben setzten? Sie hätten es schließlich verhindern können, oder nicht? Der einzige, der keine Wahl hatte, bin ich. Du scheinst zu vergessen, daß ich ihr Sohn bin.«

Miss Rachel richtete sich kerzengerade auf und glich dabei noch mehr der Queen Victoria als je zuvor. Ihre Stimme war voll heiligem Zorn, und klar, laut und deutlich sprach sie die Worte, die wie ein Urteil klangen und nie wieder ungesagt gemacht werden konnten.

»Nein«, sagte Miss Rachel ihm direkt ins Gesicht, »der bist du nicht!«

Erst wollte er so tun, als habe er es nicht gehört, wollte seinen Korb nehmen und hinüber zu den Aprikosenbäumen laufen. Dann dachte er, es war besser, einfach darüber zu lachen. Wenn sie so seltsame Erziehungsmethoden anwandte, sollte man sie gar nicht ernst nehmen. Aber wie sie vor ihm stand, mit tiefernstem Gesicht, vielleicht auch ein wenig erschrocken über die Worte, die ihr aus dem Mund geschlüpft waren, blieb ihm das Lachen in der Kehle stecken. Er starrte sie an, riß die Augen dabei weit auf und sagte mit leidenschaftlicher Stimme: »Das ist nicht wahr!«

»Und wenn ich noch so wütend auf dich wäre«, erwiderte Miss Rachel leise, »glaubst du, ich würde dich in einer so ernsten Sache belügen?«

»Nein, das kann ich mir nicht vorstellen.« Er zitterte jetzt am ganzen Körper, Tränen traten ihm in die Augen. »Aber ich muß doch ihr Kind sein – wer bin ich denn sonst? Ich kann doch nicht auf einmal ein ganz anderer sein als vor zehn Minuten!«

»Nun sei nicht töricht, Junge. Du bist alt genug, um so etwas zu verstehen, und brauchst dich nicht verrückt zu machen deshalb. Komm, setz dich und höre mir zu!«

Sie nahm ihn beim Arm und führte ihn zu der steinernen Bank unter der Mauer. Seine Augen starrten ins Leere. Sie tippte ihm auf die Wange, aber er reagierte gar nicht darauf. Erst nach einiger Zeit gelang es ihr, seine Blicke auf sich zu ziehen.

»Komm, komm, du hast schließlich schon davon gehört, daß manche Leute Kinder adoptieren – das ist doch gar nichts so Ungewöhnliches. Tim und Phil haben dich adoptiert, wie tausend andere Kinder auch adoptiert werden. Sie nahmen dich als Baby zu sich, von einem Freund, dessen Frau gestorben war. Aber glaube nicht, daß sie damals besonders scharf darauf gewesen wären, ein Kind zu adoptieren. Sie haben es seinerzeit fast gegen ihren Willen getan, nur weil du ihnen leid tatst und weil dein Vater dich nicht haben wollte.«

Der letzte Satz brachte wieder zornige Röte auf seine Wangen, und aus seinen Augen sprach ein verzweifelter Geist des Aufruhrs.

»Ja, du hast mich richtig verstanden! Er wollte dich nicht haben! Er hätte ohne Schwierigkeiten für dich sorgen können, aber ein Baby war ihm nur lästig. Es kam ihm gelegen, daß Phil schon einmal eine Fehlgeburt gehabt hatte und nun keine Kinder mehr bekommen konnte, und er bearbeitete sie, bis sie sich entschloß, dich aufzunehmen. Darin bestand seine einzige Sorge um dich. Tim und Phil haben dich aus Mitleid aufgenommen, und sie haben dich seitdem mit Liebe und Sorge umgeben. Und wie verhältst du dich? Wenn du so weitermachst, wirst du dir noch alle Sympathien verscherzen!«

Paddys Stimme war ganz ausdruckslos.

»Warum haben sie es mir bloß nicht schon früher gesagt?« fragte er verzweifelt. »Wenn ich es von Anfang an gewußt hätte . . .«

»Das war ihr Fehler, da hast du recht. Ich habe es ihnen wieder und immer wieder vorgehalten, aber sie hofften, du würdest es nie erfahren. Eine Illusion, das wußten sie genau – und dann war es zu spät. Der Schock wäre nicht geringer gewesen, ob du es nun heute, vor einem Jahr oder in ein paar Jahren erfuhrst. Ich finde, jetzt ist es an der Zeit, daß man dir reinen Wein einschenkt – vielleicht überlegst du dir dann auch ein bißchen besser, was du sagst und was du tust!«

Er schaute auf seine Hände, die den Rand der Steinbank so krampfhaft umfaßten, daß die Knöchel ganz weiß wurden. Er wußte nicht, ob sie nicht wieder zu zittern begannen, wenn er losließ – aber dann versuchte er es mit einer Hand und stellte fest, daß er sie mit etwas Konzentration einigermaßen ruhig halten konnte.

Er griff nach dem Korb.

»Na schön, welcher Baum kommt zuerst dran?«

»Sie könnten eigentlich dem Jungen ein Glas Ingwerlimonade und ein Stück Kuchen hinausbringen«, meinte Miss Rachel, die gegen halb elf unerwartet in der Bibliothek aufgetaucht war. »Ich kann mir vorstellen, daß er Hunger bekommen hat.«

»Das nehme ich auch an«, sagte Tamsin, »wenn er sich nicht inzwischen mit zu vielen Aprikosen den Appetit verdorben hat. Für mich wäre das Obst verlockender als der Kuchen.«

»Paddy braucht sich auch keine Sorgen um seine Figur zu machen«, erklärte Miss Rachel boshaft.

Tamsin stand seufzend von ihrer Arbeit auf und beeilte sich, das Friedensangebot zu überbringen. Marmorkuchen und die Mandelkeks, die Paddy so gern mochte! Was für eine Riesenscharte wollte sie wohl damit auswetzen? Und warum brachte sie es eigentlich nicht selbst hinaus?

Tamsin kam gleich darauf zurück und hatte das Tablett noch immer in der Hand.

»Er ist nirgends zu sehen.«

»Unsinn – er muß doch draußen sein!« Miss Rachels vertrauensvolle Miene wurde ungehalten angesichts der Vorstellung, die so wohlberechnete Angelegenheit könnte ihr aus den Händen geraten. »Sie haben nicht genau nachgesehen!«

»Ich habe jedes Blatt jedes Baumes einzeln umgedreht. Er ist nicht da, sein Fahrrad ist nicht da, und die Aprikosen des ersten Baumes sind auch verschwunden. Er muß sie wie ein Wilder gepflückt haben, um so schnell wie möglich mit dem vollen Korb das Weite suchen zu können. Ich denke mir, daß er schnurstracks hinunter in die Dünen gefahren ist, um die große Vorstellung nicht zu verpassen.«

Punkt zehn Uhr fuhren zwei Wagen auf die Kirche in den Dünen zu: Tims Land-Rover und Simons grauer Porsche bogen von der Küstenstraße ab und rumpelten über einen mit quergelegten Bohlen befestigten Pfad entlang den Tamariskenhecken. Vom Atlantik wehte der Geruch von Salzwasser herein, und ringsumher leuchteten die vom Salz gebleichten Gräser wie Stroh in der Sonne. Die feingezackten Tamarisken umrahmten auf beiden Seiten des Pfads einen wolkenlosen, aber windigen Himmel. Der Sportwagen fuhr voraus, Simon saß am Steuer und George neben ihm. Dahinter trottete der Land-Rover wie ein wohlerzogener Bernhardiner, von Tim gesteuert, durch die Dünen. Tim und Sam Shubrough saßen vorn, und der Pfarrer hatte wegen des günstigen Gewichtsausgleichs allein hinten Platz genommen, neben den Geräten, die sie für ihre Arbeit brauchten.

Ein prächtiges Team, dachte George, während er sie der Reihe nach betrachtete. Simon und George selbst waren zwar keine Schwächlinge, aber sie wären gegenüber den anderen eher als Leichtgewichte eingestuft worden. Tim war ein paar Zentimeter kleiner als die beiden ersten, aber dafür bedeutend breiter in den Schultern und von dem harten Leben im Freien bestens trainiert. Sam Shubrough glich einem gewaltigen Findling aus rotem Sandstein, wie man sie hier in der Gegend manchmal antraf. Aber die ungewöhnlichste Erscheinung war ohne Zweifel der Pfarrer, Reverend Daniel Polwhele.

Der Oberhirte der Gemeinde von Saint Mary in Maymouth maß knapp zwei Meter in voller Lebensgröße und wirkte wie das Produkt einer generationenlang betriebenen Zucht von Freistilringern im Schwergewicht. Er trug sein Amtskleid mit einfacher, selbstverständlicher Würde. Man konnte sich ihn ebensogut mit Pickel und Schaufel über der Schulter vorstellen wie mit dem Gebetbuch in der Hand, denn er begegnete den Widersprüchen des Lebens mit gewaltiger, beeindruckender und intelligenter Naivität, stets bereit, zu fragen und gefragt zu werden.

Er war vermutlich Mitte Vierzig, aber genau konnte man das nicht sagen. Über seinem breiten Gesicht, das den Einheimischen nicht verleugnete, prangte die struppige Mähne seines dunklen Haars, das er schon seit einiger Zeit nicht mehr hatte schneiden lassen, und seine Augen waren gedankenvoll und zugleich verblüffend direkt wie die eines kleinen Jungen – dazu voller Verständnis für alles, was sie zu sehen bekamen.

Vor ihnen lag die weite Sandfläche und dahinter die noch viel weitere Fläche des Meeres – zwei Ebenen von Horizont zu Horizont, die eine, weiter entfernte lebendig und vibrierend, die andere leblos und still. Über die Tamarisken ragte der Drachenkopf hervor, und zwischendurch konnte man gelegentlich auf die dunkle kleine Bucht schauen, die der Volksmund die ›Leichenhalle‹ getauft hatte und die ein Kranz verfaulenden Tangs umgab, den jede Flut erneuerte und verstärkte. Rechts von ihnen lag der weiße Strand, von dem aus Paddy während der Ferien jeden Morgen und Nachmittag zu schwimmen pflegte. Und links davon lag die Kirche von Saint Nectan, eingeklemmt zwischen die Düne auf der Landseite und die immer näher vom Meer heranrückende Wanderdüne. Zuerst sahen sie den niedrigen, plumpen Turm mit dem Spitzdach über dem Glockenstuhl, in dem schon lange keine Glocke mehr zur Andacht rief. Dann, als sie in die kleine Mulde hineinfuhren, stand die Kirche ganz vor ihnen: geduckt, ohne architektonische Finessen, mit kleinen, lanzettförmigen Fenstern, die planlos hier und da in das Gemäuer geschnitten schienen, einer niedrigen, windschiefen Tür, deren Schnitzwerk von Salz und Wind fast ganz zerfressen war, und darüber ein Torbogen, dessen primitive Verzierungen man kaum noch erkennen konnte.

»Der Grundstein ist angelsächsisch«, erklärte der Pfarrer, während er aus dem Land-Rover kletterte und auf George zukam, der sich das Bauwerk betrachtete. »Fenster und Türen sind frühromanisch, ebenso das Spitzdach auf dem Turm. Das Schieferdach über dem Kirchenschiff wurde im achtzehnten Jahrhundert erneuert, bevor man die Kirche endgültig aufgab und Saint Mary baute. Die Fundamente stehen auf dem felsigen Untergrund, und es kann sein, daß Saint Nectan eines Tages von Sand bedeckt wird, aber sie wird Saint Mary mit Sicherheit überdauern.«

Die Gewalt und Allgegenwart des Meeres schienen schon Besitz ergriffen zu haben von der Kirche, dem mühsam freigelegten Friedhof mit seinen verwitterten Grabsteinen und dem Zaun aus federförmigen Tamarisken.

Nur der gewaltige, graue Block der Treverra-Gruft, einen Meter hoch über den anderen Gräbern, behauptete noch seine Individualität.

Vor dem riesigen Stein führte eine säuberlich freigeschaufelte Treppe hinunter in die Gruft; die schmiedeeiserne Tür davor ließ sich in ihren frischgeölten Angeln mühelos bewegen. Auf den Stufen bis hinunter vor die schwere, niedrige Eingangstür der Gruft lag schon wieder ein dünner Film aus Flugsand.

»Wir sollten eigentlich noch warten, bis wir genügend Publikum haben«, rief Simon und kam mit einem großen Schlüssel in der Hand von seinem Porsche herüber.

Tim lachte. »Darüber brauchst du dir keine Sorgen zu machen, die sind schon da, wenn es soweit ist. Du kennst doch unsere Landsleute: Ich möchte wetten, halb Pentarno und ein guter Teil der Einwohner von Maymouth sind im Augenblick hinter allen möglichen Büschen in der Umgebung versteckt und bewegen sich leise und unbemerkt auf uns zu. Wenn wir erst die Stufen hinuntergegangen sind, stehen sie bestimmt am Rand der Senke in dichten Reihen. Sie wollen der Sache nicht zu nahe treten, aber andererseits auch nichts versäumen.«

»Einer meiner Chorbuben«, fügte der Pfarrer lachend hinzu, »hat mich heute morgen sogar um mein Fernglas gebeten. Ich habe es ihm geliehen ohne zu fragen, wozu er es braucht. Meine Soprane stehen vermutlich alle oben auf dem Drachenkopf und lassen das Fernglas von Hand zu Hand gehen. Also gut, steigen wir in die Gruft!«

Ihre Werkzeuge und Geräte hatten sie inzwischen vor der Eichenholztür deponiert. Simon ging langsam und bedächtig die Stufen hinunter und steckte Miss Rachels Schlüssel in das Schloß. Es ließ sich ganz leicht öffnen – eine erstaunliche Tatsache, fand George, aber keiner außer ihm schien sich darüber Gedanken zu machen. Sam Shubroughs gütiges, rotes Gesicht schien sich hinter den gewaltigen roten Koteletten auf den Wangen verbergen zu wollen, und seine Augen waren ruhig wie das Meer bei Windstille. Die Männer betraten die Gruft, und mit ihnen kam das Tageslicht in die düstere Totenkammer, flutete über den Fußboden aus Natursteinen, den kleine Sandhäufchen bedeckten. Die Tür schien recht dicht zu schließen, sonst wären in den vielen Jahrzehnten bedeutend größere Sandmengen eingedrungen. Ein wohlverschlossener Ort für die letzte Ruhe; selbst die Salzluft des Meeres schien nicht bis hier hereinzukommen. Treverra hatte sein Grab für die Ewigkeit gebaut.

Tim schaltete trotz des eindringenden Tageslichts die großen Batteriescheinwerfer an, die er mitgebracht hatte, und befestigte sie an dem steinernen Sims, der sich in Schulterhöhe rings an den Wänden der Gruft befand.

Und da waren sie nun, die beiden massiven Steinsärge, jeder auf einem Podest, das wohl entstanden war, als man die Höhlung in den Felsen getrieben hatte. Sie nahmen fast die ganze Fläche ein; nur in der Mitte zwischen den Särgen und rundherum blieb ein schmaler Durchgang frei. Außer den Sarkophagen war die Gruft leer.

Einfache Sargdeckel, geziert von einem steinernen Rankenwerk aus Trauben und Rebenblättern, und in der Mitte eine Tafel mit der Inschrift:

›O Sterblicher, den Schicksal sendet –‹

Das war Treverras Sarg. Und in dem anderen, dicht daneben wie in ihren glücklichen Tagen, der Sarkophag der schönen jungen Frau mit dem kühnen, eigenwilligen Gesicht. Sie muß ihren Mann ergänzt haben, dachte George, während er den parodierten Dryden-Satz entzifferte, der ihr in großen Lettern über die Brust geschrieben war:

›DER MUT'GE VERDIENT DEN MUT ALLEIN.‹

Der Pfarrer holte Brechstange und Pickel herein, dann hielt er sie aufrecht vor sich wie ein treuer Knappe und schaute gedankenvoll auf die beiden Steinsärge.

»Ich möchte erst ein Gebet sprechen.«

Er betete mit ungebeugtem Kopf, die Augen weit geöffnet – keine sehr orthodoxe Geste.

»Hilf uns«, sagte er, »wenn wir es recht machen, und vergib uns, wenn wir fehlen sollten. Herr, schenke Deinen Frieden allen Menschen, den Lebenden und den Toten.« Er sah einen Moment auf die kühne Inschrift in Morwennas Sargdeckel, dann fügte er voll Ehrerbietung hinzu: »Und glückliche Vereinigung all denen, die sich auf Erden lieben und geliebt haben.«

»Amen!« hörte man Simon mit lauter Stimme sagen.

Der Pfarrer drehte sich um.

»So, wie fangen wir's jetzt am besten an?«

»Ich glaube, es ist am einfachsten, wenn wir den Deckel von Jans Sarg auf Morwennas Grab hinüberwuchten«, sagte Simon. »Er ist weit genug, daß er über den anderen Deckel paßt. Ich habe Decken mitgebracht, die wir dazwischenlegen können, damit der Stein nicht beschädigt wird. Zwei von uns gehen auf die Seite von Morwennas Grab. Gut. Und wir drei heben den Dekkel erst einmal an der Außenseite an und versuchen, ein Brecheisen dazwischenzustecken. Dann sehen wir, ob der Deckel nur daraufgelegt oder am Rand verfugt ist.«

George stand am Kopfende des Sarkophags, der Pfarrer in der Mitte und Simon am Fußende. Sie setzten die breite Seite der Pickel in die dafür vorgesehenen Einkerbungen des Deckels und konnten ihn hoch genug heben, daß eine Brechstange in den entstandenen Spalt paßte. Danach war es nur noch eine Geduldsache. Der Rand war tatsächlich verfugt, aber nicht sehr tief, und sie bekamen ihn ohne Schwierigkeiten nach und nach an allen vier Kanten frei.

»Er ist bei weitem nicht so schwer, wie ich dachte«, stellte Tim überrascht fest. »Wenn wir nicht so sorgsam damit umgehen müßten, könnten ihn zwei Mann ohne weiteres hochheben.«

»Schon möglich – aber wir müssen eben vorsichtig sein.« Simon fühlte mit der Hand an die Kante und zog eine Grimasse. »Hier ist nämlich schon etwas abgebröckelt. Hm – hier auch. Nicht schlimm, aber es zeigt uns, wie brüchig der Stein ist.«

Der Pfarrer maß die Dicke des Deckels mit den Fingern und

stellte fest, daß er dünner war als erwartet. Der riesige Kerl stemmte sich mit der Schulter unter den leicht angehobenen Deckel und konnte den Sarg ein ganzes Stück öffnen.

»Wir kriegen ihn schon hoch, Simon. Ich glaube, wir fünf können ihn sogar bequem abnehmen und über den Sarkophag Morwennas stülpen. Versuchen wir's doch mal!«

Simon sah den Sargdeckel etwas zweifelnd an, maß nun auch noch einmal die Dicke des Steins und meinte schließlich: »Na schön, dann lassen wir es eben mal auf einen Versuch ankommen. Einer an jede Ecke, und ich helfe hier in der Mitte nach. Fertig? Also los: Vorsicht – hoch!«

Der Stein bewegte sich, ließ sich ein ganzes Stück hochheben, und der Sarg öffnete sich einen breiten Spalt.

»Jetzt kommt er, Vorsicht! Noch einmal, alle gleichzeitig: hoch!« Der Spalt wurde noch breiter, und aus dem Dunkel des Sarges strömte kalte Luft und der Geruch nach Meer und Verwesung.

»Ein drittes Mal! Hoch!«

»Kinderspiel«, sagte Sam Shubrough und stellte sich näher an den Sarkophag, um das nächste Mal den Deckel noch höher heben zu können.

»Und noch einmal – hoch!« Der Steindeckel ließ sich jetzt immer leichter bewegen – sie hatten auch schon Übung darin gewonnen –, aber sie setzten ihn ein letztes Mal ab, um Kräfte zu sammeln, die sie für den nächsten Schritt dringend brauchten. Nun galt es, den Deckel hinüber zu Morwennas Sarg zu tragen und über den kleineren Deckel zu stülpen. Simon breitete gerade sorgfältig die Decken darüber. Etwa dreißig Zentimeter weit klaffte Jan Treverras Sarg, und der Geruch, der ihm entströmte, ließ George erstaunt schnuppern. Es war nicht der Geruch nach Salz und Meerwasser. Irgend etwas an diesem Geruch erinnerte ihn an Schafherden, an das nasse Fell eines Hundes, an feuchte Wolle. Das war es: feuchter Stoff, Wollstoff!

»Ein letztes Mal, und hinüber mit dem Deckel auf den zweiten Sarg. Fertig – los!«

Sie trugen ihn die kleine Strecke hinüber und ließen ihn vorsichtig über den zweiten Sarkophag gleiten. Das Licht der

Scheinwerfer fiel in den offenen Sarg, und vier Männer beugten sich über den Stein und schauten, was sie da ans Licht gebracht hatten.

Nur George lehnte sich zurück statt vor. Beim letzten Hochheben des Deckels hatte er sich nämlich über den Sarg bücken müssen und dabei dem Mann, der darin lag, direkt ins Gesicht geschaut. Ein hohlwangiges, weißes Gesicht über einem breiten Brustkasten, den ein dunkelgrauer Pullover bedeckte. Riesige, grobknochige Hände kamen aus den Ärmeln einer alten schwarzen Jacke.

Überrascht und bestürzt starrten die vier Männer in den Sarg und schluckten.

»Wenn das Jan Treverra ist«, unterbrach George die Stille, »dann bin ich der Fliegende Holländer!«

Und der Pfarrer sagte: »Gott sei uns gnädig, wenn der Jüngste Tag anbricht! Es ist freilich nicht Treverra – es ist Trethuan!«

»Sie kennen den Toten?« George schaute den anderen ins Gesicht und stellte fest, daß er selbst der einzige war, der nicht wußte, wer in dem Sarg lag.

»Natürlich kenne ich ihn. Er ist – er war mein Küster. Der Küster von Saint Mary.«

George blickte hinunter auf den langen, mageren Körper, der so seltsam hoch in dem eigentlich viel tieferen Sarg lag, und erinnerte sich an seinen Besuch im Schloß. Es schien, als habe Miss Rachel ihrem Gärtner Unrecht getan. Während sie die Unzuverlässigkeit der Jugend beklagte, lag Trethuan, dem ein Schuh und eine Socke fehlte, mausetot in Jan Treverras Sarg.

»So heben wir ihn doch heraus«, drängte Sam voller Entsetzen. »Vielleicht lebt er noch.«

»Da brauchen Sie keine Hoffnung zu haben. Wer er auch ist, und wie er hierherkam – jetzt ist ihm nicht mehr zu helfen. Fassen Sie ihn nicht an!« George schaute auf Simon, dann auf den Pfarrer. »Ich fürchte, damit müssen wir die Sache aus der Hand geben. Wir haben einen Toten vorgefunden, der noch vor achtundvierzig Stunden am Leben war und der nicht ohne fremde Hilfe hier hineingelangte. Ich selbst habe in dieser Gegend keinerlei Befugnisse. Aber ich hoffe, Sie haben nichts dagegen, wenn ich mich um das Notwendige kümmere, bis die zuständige Behörde den Fall übernimmt.«

»Alles mögliche habe ich erwartet«, sagte Simon, »aber das nicht!«

Tim holte den Batteriescheinwerfer und richtete ihn auf den Toten im Sarg. George betastete sorgsam, damit er keine Spuren zerstörte, den abgetragenen, schwarzen Rock des Küsters, das fahle Haar, den handgestrickten Pullover und den einen Schuh, den der Tote noch trug. Dann befühlte er den Untergrund, auf den der Leichnam gebettet war.

»Es ist mir doch gleich aufgefallen, daß er so hoch liegt! Hier unter ihm ist ein hölzerner Sarg.« George klopfte ein wenig darauf; es klang hohl. »Nicht sehr stabil. Nur eine Hülle, bis man ihn hierherbrachte, in seine massive, letzte Ruhestätte. Hier unten liegt vermutlich Treverra. Aber über ihm –«

»Er ist am Hinterkopf verletzt, sehen Sie mal«, sagte der Pfarrer mit leiser Stimme. »Glauben Sie ...«

»Ich meine, er ist ertrunken – aber das zu bestimmen ist Sache des Arztes. Leuchten Sie einmal hierher, Tim!«

Tim richtete den Scheinwerfer nun direkt in das hohlwangige, bleiche Gesicht des Toten. Die linke Augenhöhle war tiefblau, und auch an der Schläfe zeigten sich blaue Flecke. Der Kiefer schien gebrochen.

»Kann er sich draußen im Meer am Kopf verletzt haben?« fragte Sam mit ungläubigem Ton in seiner Stimme.

»Nicht sehr wahrscheinlich. Ich nehme an, die Verletzungen hat er vor seinem Tod bekommen.« Er drehte sich um, sah die vier eindringlich an und trat vom Sarkophag zurück. »Ich fürchte, das zu entscheiden werden wir aber der Polizei von Maymouth überlassen müssen. Die sollte sich den Inhalt des Sarges genau ansehen. Es sieht nämlich ganz danach aus, als hätten wir es hier mit einem Mord zu tun.«

Aber das Unglaublichste des ganzen Saint-Nectan-Projekts kam erst am frühen Nachmittag ans Licht, als die Fotografen, Reporter, Sachverständigen und der Gerichtsmediziner die Gruft und den Friedhof bevölkerten und der magere, lange Leichnam des Küsters und Gärtners Zebedee Trethuan aus dem Sarkophag auf eine Bahre gelegt und abtransportiert worden war, während Fischer, Kinder, Hausfrauen und sonstige Bewohner der Gegend die makabren Vorgänge aus respektvoller Entfernung beobachteten und der gesamte Chor von Saint Mary sich oben auf dem Drachenkopf um ein Fernglas raufte.

In dem Sarkophag lag nur noch der leichte Holzsarg, und bei der ersten Berührung schon gab das Holz nach. Der Deckel rutschte fast vom Sarg und enthüllte – oder konnte man sich dessen wieder nicht sicher sein? – die letzte Ruhestätte Treverras. Da lagen sie, die Gebeine.

Dieser Körper hatte ohne Zweifel länger in der Gruft gelegen als der seines Bettgenossen. Er war schon fast ganz zum Skelett geworden, nur Fetzen von zerfallener Kleidung bedeckten an manchen Stellen das wenige, vertrocknete und mumifizierte Fleisch, das noch übriggeblieben war. Aber waren das wirklich die Reste eines Toten, der schon seit zwei Jahrhunderten und länger hier gelegen hatte?

Er lag da, als hätte man ihn hastig hineingeworfen, hatte so gar nichts von der üblichen Würde, mit der man vornehme Persönlichkeiten aufzubahren pflegt. Die Fragmente seiner Kleidung waren immerhin gut genug erhalten, daß man Webart und Farbe erkennen konnte. Der Stoff war tief dunkelblau und erinnerte an die wetterfesten, dicken Jacken, wie sie die Leute trugen, die draußen auf dem Meer ihre Arbeit verrichteten. Und über der Brust entdeckte man die Reste von Gestricktem, einem Pullover vielleicht.

Es gehörte sicher nicht zu den überlieferten Exzentrizitäten des Dichters und Edelmannes Jan Treverra, daß er in der groben Wolljacke der Seeleute und in einem handgestrickten Pullover begraben werden wollte.

Als der Freitag abend anbrach, wußte man es im weiten Umkreis um Maymouth, daß bei der Öffnung von Jan Treverras Grab nicht nur einer, sondern gleich zwei Tote zum Vorschein kamen und daß mit absoluter Sicherheit – so unwahrscheinlich das auch klang – keiner von beiden Jan Treverra war.

4

Kriminalsergeant Hewitt war reinstes Maymouth von den Stiefeln bis zu dem nur der Nützlichkeit dienenden Haarschnitt, ein hölzerner, vierkantiger Mensch in mittleren Jahren, der immer ein bißchen traurig wirkte, mit wenigen Worten auskam, dadurch aber die anderen zum Sprechen ermunterte. Als er jetzt einen letzten, prüfenden Blick auf die Treverra-Gruft warf, ehe er die schwere Holztür verschloß, sagte er kein Wort. Erst nach einer Weile wandte er sich an die fünf Männer, die ihn erwartungsvoll anschauten.

»Ja, meine Herren – wenn ich Sie nun bitten darf, mit meinem Kollegen Snaith auf meine Dienststelle zu kommen. Ich brauche dringend Ihre Aussagen für das Protokoll. Ihre Beobachtungen können uns sehr nützlich sein.«

Es klang nicht gerade hoffnungsvoll, wie er es sagte, aber vielleicht gab es für ihn keine solche Nuancen in der Stimmführung.

»Wenn es Ihnen nichts ausmacht, Mr. Felse, dann wäre ich Ihnen sehr dankbar, wenn Sie mit mir auf dem Weg zum Revier einen kleinen Abstecher machen würden. Ich muß einen Besuch abstatten und hätte gerne einen Zeugen dabei. Wir treffen die anderen dann in einer halben Stunde in Maymouth.«

»Gern, wenn ich Ihnen damit behilflich sein kann«, erklärte George.

»Darf ich Sie um den Schlüssel bitten, Mr. Towne?«

Simon übergab ihn dem Kriminalbeamten und schaute zu, wie er ihn ins Schloß steckte und lautlos, ohne die geringsten Schwierigkeiten, umdrehte. Auch Hewitt fiel es natürlich auf.

»Ich sehe, Sie haben diesen Tag gut vorbereitet. Ist das der Schlüssel aus der Burg?«

»Ja, und der einzige, den es gibt, soviel ich weiß. Ich habe ihn erst drei Tage. Miss Rachel händigte ihn mir aus, als ich ihr sagte, ich wolle ein paar Geräte hierherschaffen.«

»Daraus entnehme ich, daß Sie schon mehrmals in der Gruft waren. Wie oft, wenn ich fragen darf?«

»Zweimal. Am Mittwoch morgen – zusammen mit dem

Herrn Pfarrer –, um die Treppen zur Gruft vom Sand freizuschaufeln, das Schloß zu ölen und den Schlüssel auszuprobieren. Wir haben die Tür nur kurz geöffnet und sind nicht über die Schwelle getreten.«

Und bei dieser Gelegenheit, dachte George, entdeckte er das kleine, verdächtige Warenlager. Daher zog er sich gleich wieder so diskret zurück, deshalb auch seine laute Erklärung am gleichen Abend in der Bar. Er hat ja auch eben nicht behauptet, das Schloß selbst geölt zu haben – vermutlich hatte es sich als unnötig erwiesen.

»Und dann ein zweites Mal gestern nachmittag, um die Dekken hineinzuwerfen, die wir zum Schutz des zweiten Sarkophags brauchten.«

»Haben Sie bei dieser Gelegenheit irgendwelche Veränderungen in der Gruft feststellen können? Oder heute, als Sie die Tür öffneten?«

Simon überlegte kurz, dann sagte er: »Ich wüßte nichts, was mir dabei aufgefallen wäre.«

»Na schön, Sie haben noch ein bißchen Zeit zum Überlegen. Mr. Felse und ich werden bald nachkommen.«

Der Land-Rover und der Porsche setzten sich in Richtung auf das Polizeirevier in Bewegung, während Hewitt und George bei der Kirche zurückblieben. Erst als der kleine Konvoi einen ordentlichen Vorsprung gewonnen hatte, stiegen die beiden in den kleinen Morris des Kriminalbeamten und fuhren ebenfalls über den mit Planken befahrbar gemachten Pfad zur Küstenstraße.

»Es ist kein großer Umweg. Nur rasch hinüber zum Kai, wo das Mädchen wohnt. Ich kenne Rose schon seit meiner Schulzeit.«

»Trethuans Tochter?«

»Ja. Sie ist mit einem braven jungen Kerl verheiratet, Jim Pollard, ein Fischer wie die meisten hier ansässigen jungen Leute.«

Sie fuhren über den Drachenkopf, dann senkte sich die Küstenstraße hinunter zum Städtchen, und sie kamen an den kleinen Häusern des höher gelegenen, älteren Teils von Maymouth vorbei.

Unten am Kai lehnte eine kurze Reihe kleiner Holzhäuschen an den Felsabhängen des Drachenkopfes, jedes in einer anderen Pastellfarbe gestrichen. Hewitt parkte den Morris direkt am Kai und ging auf das zweite, rosa gestrichene Häuschen zu. Ein Türklopfer in Form eines Hufeisens prangte an der sauberen, pechschwarz lackierten Tür. Die ganze Straße, aber vor allem das rosafarbene Haus erinnerten an einen Spielzeugbaukasten.

Rose Pollard öffnete die Tür. Auf den ersten Blick war sie ein rundliches, niedliches, schlüsselblumenblondes Püppchen, das haargenau in diese Spielzeugwelt paßte. Aber wenn man ihre Augen betrachtete, die sich voll Schrecken auf das Gesicht des Kriminalbeamten gerichtet hatten, verschwand der Eindruck ebenso rasch, wie er gekommen war. Ihr rundes Gesicht, das wie eine Reklame für erstklassige Margarine in jugendfrischen Farben strahlte, hatte plötzlich gar nichts Liebliches mehr, wenn man die Angst in ihren Blicken sah. Hewitt war kein Fremder für Rose, war mit ihr zur Schule gegangen – warum erschrak sie dann über alle Maßen bei seinem Anblick?

Schließlich gewann sie ihre Beherrschung wieder und bat die beiden ins Haus, das in seinem Inneren genau so sauber, adrett und niedlich war, wie man es von außen erwarten konnte.

»Tut mir leid, daß ich Sie beim Abendessen stören muß, Jim«, sagte Hewitt zu dem jungen Mann, der sich bei ihrem Eintreten vom Tisch erhoben hatte. »Ich habe nur ein paar Fragen an euch.«

»Macht nichts, Mr. Hewitt«, erklärte Jim Pollard. »Wir sind sowieso schon fertig. Ich bin heute ein bißchen spät hereingekommen. Worum geht's denn?«

Er war sehr jungenhaft und wohl noch nicht viel über zwanzig; unter seinem braunen Haar prangte ein Gesicht voller Sommersprossen, das sich im Augenblick ein wenig sorgenvoll verzog, sonst aber sicherlich gutmütig und fröhlich wirkte.

»Nun, es geht um Mr. Trethuan«, erklärte Hewitt, wobei er sich bewußt so undeutlich wie möglich ausdrückte. »Haben Sie ihn heute schon gesehen?«

Rose sagte ganz rasch: »Nein!«, drückte sich an ihren Mann, und die ängstlichen Lichter in ihren Augen wurden immer deutlicher. Auch der Junge sagte nein, und sein Ton war recht unbestimmt, als wolle er sich erst einmal überlegen, was geschehen würde, wenn er statt dessen ja gesagt hätte.

»Oder gestern? Wann haben Sie ihn zuletzt gesehen?«

»Mittwoch früh«, sagte Mrs. Pollard, »als ich hinüberging, um seine Wohnung sauberzumachen. Ich sehe regelmäßig am Mittwoch und Sonnabend drüben nach dem Rechten. Ich habe ihn übrigens nur ein paar Minuten lang gesprochen, gleich darauf ging er zur Arbeit.«

»Und seitdem haben Sie ihn nicht mehr gesehen? Sie können nicht sagen, ob er am Mittwoch abend nach Hause kam?«

»Warum auch?« fiel Jim Pollard ein. »Er ist schließlich erwachsen und kann sich um seinen eigenen Kram kümmern. Wir sehen ihn oft tagelang nicht. Gott sei Dank!«

»Aber Jim!« sagte Rose mit tadelnder Stimme.

»Ach was! Mr. Hewitt weiß ebensogut wie jeder andere in der Stadt, daß wir einander nicht ausstehen können. Je seltener ich ihn sehe, desto besser!«

»Nun, das kann ich verstehen«, beschwichtigte ihn Hewitt. »Daraus kann ich entnehmen, daß Sie nichts mehr von ihm gehört haben, seit Ihre Frau ihn am Mittwoch morgen sprach?«

»Stimmt, Mr. Hewitt. Ich selbst habe ihn übrigens zuletzt am Sonntag in der Kirche gesehen. Aber was hat er denn getan, daß Sie sich so für ihn interessieren?«

Rose schien noch mehr zusammenzuschrumpfen; sie schmiegte sich an ihren Mann und versuchte verzweifelt, ihm Blicke zuzuwerfen, die ihn zur Zurückhaltung bewegen sollten. Aber Jim schaute Hewitt an und schien ihre Angst gar nicht zu bemerken, obwohl auch ihm sichtlich unwohl war in seiner Haut.

»Es geht weniger darum, was er getan hat«, sagte Hewitt mit forcierter Betonung, »als darum, was man mit ihm getan hat. Ich fürchte, was ich jetzt sage, wird Sie sehr erschrecken, meine liebe Rose. Ihr Vater wurde heute morgen gefunden, als Mr. Towne, der Pfarrer und die anderen die Treverra-Gruft öffneten . . .«

Ihr rundes Gesicht wurde kalkweiß, und ihre Augen starrten groß und dunkel wie im Fieber. Tonlos sagten ihre Lippen: »In der Gruft –?« Dann zuckten ihre Mundwinkel, und sie steckte sich die Finger der rechten, geballten Hand wie ein Kind zwischen die Zähne, um einen Schrei zu unterdrücken.

»Ja, in der Gruft. Er ist tot, Rose. Mein herzliches Beileid.«

Sie hing in Jims Armen und weinte, aber ihre Tränen waren nicht die Tränen der Trauer, sondern es schien fast, als weinte sie aus Erleichterung. Sie schluchzte, als sei sie von einem Alptraum befreit, und selbst ihre Angst schien verflogen zu sein, bis Hewitt ein wenig hölzern ergänzte: »Es sieht böse aus. Wir werden eine Menge Arbeit haben mit dem Fall, bevor wir ganz klarsehen. Aber ich werde Sie auf dem laufenden halten. Und wenn Sie uns doch noch ein paar Informationen über seinen Verbleib in den letzten Tagen geben könnten, wären wir Ihnen sehr dankbar.«

»Wollen Sie damit sagen«, fragte Jim Pollard entsetzt, »daß der alte Zeb ermordet wurde?«

»Ja, genau das will ich Ihnen klarmachen«, meinte Hewitt milde.

Die beiden erstarrten, und Rose hörte augenblicklich auf zu weinen. Sie atmete tief ein und schien die Luft anzuhalten. Leise gingen Hewitt und Felse hinaus.

»Nun«, sagte Hewitt, als er den Wagen wendete und in Richtung auf die Polizeidienststelle startete, »was halten Sie davon?«

»Rose ist total verängstigt«, antwortete George. »Ihr Mann dagegen scheint ganz normal zu reagieren. Schließlich ist kein Mensch davon begeistert, wenn die Polizei ins Haus kommt und nach einem Familienmitglied forscht. Viel interessanter ist die Tatsache, daß sie schon zu Tode erschrak, ehe Sie auch nur ein Wort mit ihr gesprochen hatten. Und der Höhepunkt ihrer Angst war erreicht, als Sie die Gruft erwähnten – noch ehe sie wußte, daß ihr Vater tot ist.«

»Aha«, meinte Hewitt befriedigt. »Es ist Ihnen also auch aufgefallen. Ich wollte es nur wissen. Aber dann haben Sie vermutlich auch die Besenspuren nicht übersehen.«

»Besenspuren?« fragte George vorsichtig.

»Auf den Treppen zur Gruft. Und auch drinnen, auf dem Boden. Mr. Towne hatte keinen Besen bei sich, also muß es jemand anders gewesen sein. Man kann auch mit der größten Mühe den Sand nicht mehr so verteilen, wie das die Zeit und der Wind in Jahrhunderten tun.«

Er schaute George ins Gesicht.

»Ach was, ich bin keiner von der Steuerfahndung. Mir soll's egal sein. Ich werde mich nicht dafür interessieren, was ein ganzer Haufen von Leuten fast direkt vor den Augen der Zollbeamten treibt. Mord dagegen ist ein Verbrechen, das von einem einzelnen begangen wird, Mr. Felse. Keiner von den leichtsinnigen Kognakschmugglern hat Trethuan in Treverras Sarg gelegt, das steht für mich absolut fest. Aber mich interessiert –«

»Was denn?« fragte George respektvoll.

»Der Schlüssel, mit dem sie sich Zugang verschaffen. Und wer alles an an ihn herankommt.«

»O nein«, sagte der Pfarrer gedankenvoll. »Daß er Feinde hatte, kann ich mir nicht vorstellen. Nur Leute, die Freunde haben, können auch mit Feinden rechnen. Wenn einer so mürrisch und verdrossen ist wie er, geben die Leute rasch auf und machen einfach einen Bogen um ihn.«

Hewitt schaute ihn einen Augenblick enttäuscht an, dann fuhr er fort in seiner Rekonstruktion der letzten Tage im Leben des Küsters Trethuan.

»Nun, wir sind also beim Mittwoch morgen angelangt. Er arbeitete im Vorhof von Saint Mary, stutzte die Hecken und mähte den Rasen, war den ganzen Vormittag damit beschäftigt oder jedenfalls als Mr. Towne und der Herr Pfarrer von der Treverra-Gruft zurückkamen, etwa zur Lunchzeit. Trethuan aß in der Küche des Pfarrhauses, ging wieder an die Arbeit und war noch dort, als Mr. Towne aufbrach und hinüberging ins Schloß. Sowohl Mr. Towne als auch der Herr Pfarrer bestätigen, daß es etwa Viertel vor drei war, als sich Mr. Towne auf den Weg machte. Kurz darauf sah der Herr Pfarrer, wie Trethuan seine Werkzeuge aufräumte und ebenfalls wegging. War das nicht etwas ungewöhnlich? Oder konnte er seine Arbeit einteilen, wie er wollte?«

»Freilich – ich habe mich nie darum gekümmert, es sei denn, ich hatte etwas Besonderes, was rasch getan werden mußte. Wenn man ihm Befehle erteilte, wurde er nur noch unleidlicher und mürrischer.«

»Das erklärt auch, warum es nicht weiter auffiel, daß er einfach so mitten in der Woche ein paar Tage dem Pfarrhaus fernblieb. Er richtete sich die Arbeit bei Miss Rachel so ein, wie es ihm gerade paßte, und er ist auch an diesem Tag aufs Schloß gegangen, nachdem er den Pfarrhof verließ. Um vier Uhr nämlich brachte er dort einen Korb voll Pflaumen zu Miss Rachel ins Haus und erklärte ihr, er könne nicht länger bleiben, wolle aber am nächsten Tag wiederkommen und das Obst zu Ende pflücken, damit Miss Rachel mit dem Einkochen beginnen könne. Dann verließ er das Schloß. Miss Rachel sah ihn die Auffahrt hinuntergehen. Das ist das letzte, was wir von ihm wissen, bis er heute morgen so unvermutet in dem Sarg wieder auftauchte. Nach der Annahme des Arztes dürfte der Tod wahrscheinlich schon am Mittwoch vor neun Uhr abends eingetreten sein. Meine Herren, das ist vorläufig alles – mehr wissen wir nicht. Hat jemand von Ihnen noch etwas zu ergänzen? Eine Vermutung vielleicht, eine Theorie?«

»Ja, ich«, sagten Sam Shubrough und Simon Towne wie aus einem Munde. Sie schauten einander einen Augenblick überrascht an, dann erklärte Simon: »Nach Ihnen, bitte!«

»Ich habe einen Schlüssel«, gestand Sam ein wenig schüchtern. »Einen zur Gruft. Ich habe nie etwas von diesem Schlüssel erwähnt, aber jetzt, wo man einen Ermordeten dort hineingelegt hat ... Es ist übrigens der einzige Schlüssel außer dem von Miss Rachel, jedenfalls, soviel ich weiß. Wenn Sie wollen, übergebe ich ihn der Polizei.«

Hewitt klappte mit unendlich nachsichtiger Miene sein Notizbuch zu. »Ach, Sie haben einen Schlüssel! Nun, wenn es auch ein bißchen spät kommt, so ist es uns doch eine große Hilfe. Wollen Sie uns erklären, wie Sie an den Schlüssel gekommen sind?«

»Aber gern. Die Dünen um Saint Nectan waren in meiner Kinderzeit unser Lieblingsspielplatz. Wir gruben nach dem und jenem im Sand und fanden eines Tages im Friedhof den Schlüssel. Er schien an einem Nagel an der Kirchenmauer gehangen zu haben, denn wir fanden ihn direkt darunter, daneben eine verrostete Drahtschlinge. Ich nahm ihn mit nach Hause, säuberte ihn und brauchte nicht lange, um herauszufinden, daß er in die Tür der Treverra-Gruft paßte. Wir hatten als Kinder ein bißchen Angst, da hineinzugehen, aber ein paarmal haben wir's doch gewagt. Seitdem besitze ich den Schlüssel, und er hängt an einem Schlüsselbund in meinem Werkzeugschuppen.«

»Wo ihn jedermann ›ausleihen‹ kann – oder ist Ihr Schuppen verschlossen?«

»Nein, denn ich habe nichts Wertvolles drin stehen, und es ist bei uns nicht Sitte, alles mit dicken Schlössern und Riegeln zu versehen, wie Sie wissen. Es konnte also jeder an den Schlüssel kommen, vorausgesetzt, er wußte, daß sich ausgerechnet dort an meinem Schlüsselbund ein Schlüssel zur Gruft befand. Wenn Sie wollen, hole ich ihn gleich.«

»Wenn Sie so gut sein wollen.« Der Kriminalsergeant stellte weder jetzt noch später irgendwelche Fragen darüber, wie oft und wann der Schlüssel von Sam Shubrough benutzt worden war. Hewitt war hinter dem Mörder her und wollte sich durch ein paar Kleinigkeiten wie Schmuggel oder ähnliche Delikte nicht aufhalten lassen. Sam stand auf und verließ die Besprechung mit einem erleichterten Blick in Simons Richtung.

»Nun, Mr. Towne, auch Sie wollten noch etwas sagen, nicht wahr?«

»Ja, das stimmt. Ich habe der Sache keine große Bedeutung beigemessen, tue es auch jetzt nicht – aber Sie können sich vermutlich an das Gerede erinnern, das es gab, als bekannt wurde, daß wir das Grab öffnen würden. Ein paar Leute ereiferten sich über die Entweihung der Grabstätte, vermuteten, daß ein Fluch auf uns fallen würde, und dergleichen Unsinn mehr. Sie müssen davon gehört haben. Aber als man erfuhr, daß es sich um ein ernsthaftes Projekt handelte und der Bischof und Miss Rachel ihre Zustimmung gegeben hatten, wurde es wieder ruhig um die Sache. Das heißt, alle beruhigten sich – bis auf Trethuan! Freilich, er war schließlich der Küster, und ich räumte ihm das Recht auf gewisse Vorurteile ein, aber allmählich wurde er immer lästiger. Bei jeder sich bietenden Gelegenheit versuchte er, mich von der Ruchlosigkeit meines Tuns zu überzeugen. Als seine Warnungen auf keinen fruchtbaren Boden fielen, begann er mir zu drohen. Ich hörte ihm ruhig zu, dann ließ ich ihn abblitzen.«

»Hat er Sie tätlich angegriffen?«

»Nein. Aber ich würde es bereuen, sagte er. Er war ganz verzweifelt, als gehe es für ihn um eine Sache auf Leben und Tod.«

»Und was antworteten Sie? Das war doch wohl das Gespräch, das Sie mit ihm am Mittwoch im Pfarrgarten hatten!«

»Ganz richtig. Ich sagte ihm, er solle doch tun, was er nicht lassen könne. Dann ließ ich ihn einfach stehen.«

»Und nach der Aussage des Herrn Pfarrers«, sagte Hewitt in scharfem Ton, »blieb er nicht lange im Pfarrgarten stehen. Sagen Sie, Mr. Towne – ist er Ihnen nicht nachgegangen, als Sie sich auf den Weg zu Miss Rachel machten?«

»Das kann ich nicht sagen. Wenn er hinter mir herkam, so habe ich es jedenfalls nicht bemerkt. Ich habe ihn auch drüben beim Schloß nicht mehr getroffen. Ich saß etwa eine Stunde mit Miss Rachel im Garten und verließ sie gegen vier. Es muß danach gewesen sein, als er den Korb mit den Pflaumen zu Miss Rachel brachte.«

»Was machten Sie, nachdem Sie das Schloß verlassen hatten?«

»Ich war, wie Sie wissen, an dem Tag zu Fuß unterwegs, und nach meinem Besuch im Schloß marschierte ich hinunter nach Maymouth und besorgte mir Zigaretten. Dann ging ich über den Drachenkopf hinüber nach Pentarno, wo man mich zum Tee erwartete. Und auf dem Weg traf ich Mr. Felses Sohn und Paddy unten am Strand. Ich sah sie von der Küstenstraße aus und rannte hinunter zu ihnen. Dominic hatte Paddy gerade aus dem Meer gefischt. Und das«, erklärte er plötzlich voll Aufregung, »bringt mich wieder auf die Erklärung des Jungen, warum er sich bei dieser Strömung so weit hinausgewagt hatte. Er sagte, er habe einen Menschen da draußen im Meer gesehen!«

»Einen Menschen draußen bei den Klippen?«

»Wir haben es ihm auch nicht geglaubt. Aber jetzt frage ich mich, ob er nicht recht hatte. Dominic und ich schwammen noch einmal hinaus, doch wir konnten nichts entdecken.«

»Um welche Uhrzeit war das ungefähr?«

»Nach fünf Uhr, vielleicht um halb sechs, vielleicht später. Konnte Trethuan denn zu dieser Zeit schon tot sein?«

»Außer Paddy hat aber keiner etwas gesehen?«

»Auch der Junge war sich nicht hundertprozentig sicher. Aber er war beunruhigt, und ich versprach ihm, die Küstenwache zu benachrichtigen – was ich danach aber einfach vergaß. Ich wollte, ich hätte ihn ernst genommen.«

Hewitt blickte hinüber zu Tim.

»Ich glaube, jetzt müssen wir uns mit Ihrem Sohn unterhalten, Mr. Rossall, und uns die Geschichte aus seinem Mund anhören. Vielleicht hat es gar nichts zu bedeuten, aber wir müssen jedem Hinweis nachgehen.«

»Ich rufe ihn an, und er wird wie der Blitz hier sein!«

»Fein. Und vielleicht können wir auch Ihren Sohn hierher holen, Mr. Felse. Er war bei Paddy, bevor Mr. Towne eintraf – möglicherweise hat auch er etwas gesehen, was uns weiterhilft.«

Er reichte denTelefonapparat über den Tisch, und Tim rief bei sich zu Hause an.

Und damit begann die große Suchaktion nach Paddy Rossall.

»Nein«, antwortete Phil, »er ist nicht zum Lunch gekommen. Ich möchte wetten, er trieb sich irgendwo in den Dünen herum und beobachtete eure Aktion aus gebührender Entfernung. Vielleicht ist er aber auch zum Lunch bei Tante Rachel geblieben. Versuch es doch dort einmal. Und sag ihm, ich warte auf die Aprikosen; er soll sich gefälligst beeilen!« Aber zum Schluß fügte sie dann doch mit einem leisen Anflug von Besorgnis hinzu: »Sei so nett und ruf mich an, wenn du ihn gefunden hast.«

»Nein, bei mir ist er nicht mehr«, sagte Miss Rachel etwas steif, weil sie kein gutes Gewissen hatte. »Tamsin wollte ihm gegen halb zwölf etwas zu essen hinausbringen, aber er hatte seinen Korb schon vollgepflückt und war gegangen. Natürlich nahm ich an, er sei nach Hause zum Essen gefahren. Und er war auch nicht unten bei der Kirche? Nun, er wird sich dort nicht haben sehen lassen. Wenn er Hunger hat, treibt es ihn schon heim.«

Sie legte den Hörer mit einer heftigen Geste auf die Gabel und bemerkte, daß Tamsin sie aufmerksam beobachtete.

»Ich nehme an, Paddy ist nicht nach Hause gefahren.«

»Nein, und Sie vermuteten ja selbst, wo man ihn mit größter Wahrscheinlichkeit finden kann«, fuhr ihr Miss Rachel über den Mund.

»Ich erinnere mich – aber es sieht so aus, als habe ich nicht recht behalten. Und als ich meine Vermutung äußerte, hatte ich auch keine Ahnung, was zwischen Ihnen und dem Jungen vorgegangen war – nicht wahr?«

»Und Sie haben auch jetzt keine Ahnung davon«, sagte Miss Rachel, die sich über ihre eigene Nervosität ärgerte. »Wenn er erst alle durcheinandergebracht hat, dann wird er in aller Seelenruhe daheim auftauchen und so tun, als wäre nichts geschehen. Kinder sind doch Erpresser, wie sie im Buche stehen!«

»Nein, hier ist er nicht aufgetaucht«, antwortete Dominic überrascht. »Ist mein Vater noch bei Ihnen? Nein, nichts Besonderes, wir hörten nur so ein paar wilde Gerüchte und wollten gern Genaueres wissen. Aber von Paddy keine Spur. Natürlich, ich bin gleich drüben. Ich werde mich auf dem Weg ein bißchen umschauen. Ja, so schnell ich kann.«

»Er ist nicht aufzufinden«, sagte Tim und legte den Hörer wohl schon zum zehntenmal auf. Dominic war inzwischen auch schon mit negativem Bericht eingetroffen. »Jetzt habe ich bei allen seinen Freunden, die mir bekannt sind, angerufen. Und er hat seit dem Frühstück nichts gegessen. Das gefällt mir gar nicht.«

Auch Hewitt gefiel es nicht. Er schaute besorgt drein.

»Ich frage mich«, sagte er, »ob der Junge vorgestern nicht noch etwas anderes beobachtet hat, als er den vermeintlichen Körper im Wasser treiben sah. Vielleicht ist es ihm selbst gar nicht bewußt geworden, was er gesehen hat. Genau gesagt: Ich frage mich, ob er in dem entscheidenden Augenblick noch jemand anders gesehen hat – vielleicht oben am Drachenkopf. Oder ob dieser andere nur denkt, er sei von Paddy gesehen worden, selbst wenn das gar nicht der Fall ist.«

»Sie glauben doch nicht, der Junge ist in Gefahr?« fragte Tim verstört.

»Bis heute mittag hätte ich gesagt, nicht im geringsten. Aber jetzt ist der Leichnam des Küsters zum Vorschein gekommen, und die Jagd auf den Mörder hat begonnen. Wer er auch ist – er wird jetzt ängstlich darauf bedacht sein, jeden vermeintlichen Zeugen zum Schweigen zu bringen.«

»Dann müssen wir Paddy so schnell wie möglich finden! Mein Gott, wenn ihm etwas geschehen ist –«

»Ach was«, protestierte Simon mit der ihm zur Verfügung stehenden Überzeugungskraft. »Nichts ist ihm geschehen, und er wird gesund und munter mit einer guten Ausrede auftauchen, das kannst du mir glauben.«

Aber Hewitt war schon auf den Beinen und griff nach dem Telefon. »Ich würde mich nicht so fest darauf verlassen, Mr. Towne! Was hatte er denn heute morgen an? Hallo, Blakey, ich brauche jeden zur Verfügung stehenden Mann, wir müssen die ganze Gegend durchkämmen. Ja, nach einem vermißten Jungen, Paddy Rossall, die meisten unserer Leute kennen ihn vom Sehen. Er hat ein Fahrrad bei sich. Seit heute mittag. Richtig, jeden, den Sie erreichen können.«

»Wenn Sie wollen, haben Sie in uns eine Handvoll Helfer, die sich gern für die Suchaktion zur Verfügung stellen«, sagte Simon mit bemerkenswerter Ruhe zu Hewitt. »Sie sind der Boss – geben Sie Ihre Anweisungen!«

Tamsin konnte es nicht mehr aushalten vor Unruhe und ging erst eine Weile vor den Fenstern der Bibliothek auf und ab, dann hinüber in Miss Rachels Wohnzimmer. Die alte Dame schaute mit einem resolut-gefaßten Ausdruck auf, nachdem sie sich selbst ungefähr zum zwanzigsten Mal vorgesagt hatte, die jungen Leute von heute hätten eben keine Ausdauer bei der Arbeit.

»Sie haben ihn immer noch nicht gefunden«, sagte Tamsin. »Ich glaube, ich gehe hinunter und schließe mich der Suchkolonne an.«

»Sie werden nichts dergleichen tun! Seien Sie doch nicht so töricht! Der Junge ist genau da, wo er sich aus eigenem, freiem

Willen hinbegeben hat, und er wird erst dann wieder auftauchen, wenn es ihm paßt. Nämlich wenn er sicher sein kann, daß sich alle ausreichend um ihn gesorgt haben. Dann braucht er keine allzu strenge Strafe zu befürchten.«

»Sie sind eine herzlose alte Frau«, platzte Tamsin heraus, »damit Sie's nur wissen. Ich wollte, Sie sagten mir, was Sie ihm heute morgen angetan haben. Ich weiß genau, daß es da irgend etwas gegeben hat.«

»Ich ihm angetan? Ausgerechnet! Werden Sie bloß nicht impertinent! Ich bin jedenfalls die herzlose alte Frau, die Ihr Gehalt bezahlt, vergessen Sie das nicht, Miss!« Miss Rachel war kaum mehr zu halten, denn die Dämonen der Angst machten nicht mehr vor ihrer Tür halt. »Ich hasse es, allein zu Abend zu essen, das wissen Sie ganz genau. Und ich habe heute noch nicht eine einzige Partie Schach gespielt. Also keine Melodramatik – holen Sie das Brett und die Figuren!«

»Heute abend werden Sie mit einer Patience vorlieb nehmen müssen«, erklärte Tamsin. »Ich werde jedenfalls nicht zu Ihrer Verfügung stehen.«

Miss Rachel rief ihr voller Empörung nach: »Wenn Sie jetzt gehen, brauchen Sie gar nicht mehr zurückzukommen!«

»Dann also – leben Sie wohl«, antwortete Tamsin höflich und schloß die Tür ganz sorgsam hinter sich.

Die allein gelassene Miss Rachel aber war erstaunt und verärgert darüber, daß sie dasaß und weinte.

5

Der Höhepunkt der Flut war schon seit zwei Stunden überschritten, als es dunkel wurde. In der Bucht hinter dem Kap begann die kochende Gischt zurückzuweichen, und zwischen den Fangzähnen des Drachens zeigten sich schon wieder schmale Streifen von Sand und kleine graue Kiesflächen. Bald würden die vom Wasser ausgespülten Felsenhöhlen wieder auftauchen, würde sich der Wasserspiegel rapide senken und die Grotten und natürlichen Bogengänge, die in der Gegend des Drachenlochs in den Fels gegraben waren, wieder ganz freigeben. Während der Ebbe konnte man dort hochklettern und durch Felslöcher und über natürliche Steige von Maymouth hinüber zu der kleinen Bucht von Pentarno gelangen. Einige von den Höhlen lagen so hoch, daß sie nie ganz mit Wasser gefüllt wurden, es sei denn bei einer gewaltigen Sturmflut, aber drei Stunden vor und nach der Flut lagen ihre Eingänge fast ganz unter Wasser.

Inzwischen beteiligte sich halb Maymouth und Pentarno an der Suchaktion. Phil war von der Farm in das Städtchen gekommen, um sich dem erstbesten Partner anzuschließen, der mit negativem Bericht zurück zum Polizeirevier kam, und begleitete ihn nun zu den entlegenen Stränden auf der Seite von Maymouth. Zum Glück war dieser erstbeste, auf den sie gewartet hatte, kein erstbester, sondern ausgerechnet George – denn dadurch war sie gezwungen, sich zusammenzunehmen. Wenn sie mit Tim gemeinsam auf die Suche nach Paddy hätte gehen müssen, wäre es ihr wahrscheinlich nicht gelungen, die schreckliche Angst und Nervosität im Zaum zu halten.

Tamsin und Dominic waren vom Hafen aus in Richtung auf den Drachenkopf gestartet und ohne Ergebnis unten an der Kaimauer entlanggewatet, bis sie an die Stelle kamen, wo die Quader fast nahtlos in den Granit des Felsens übergingen. Die Wellen umspülten noch immer die weiter unten gelegenen Klippen, daher konnten sie nicht unterhalb der Felsen weitergehen. Der einzige Weg, der ihnen blieb, führte über die fast senkrecht emporsteigende Wand zu einem der von den Wellen ausgespülten Pfade. Ihre Kleider waren durchnäßt von den Spritzern der Gischt, ihre Schuhe schwer vom Schlamm, durch den sie zuvor gewatet waren. Dominic trug die Taschenlampe, drehte sich manchmal um, damit er ihren Lichtstrahl auf eine besonders gefährliche Wegstelle richten konnte, die er gerade passiert hatte, und reichte dabei dem Mädchen seine Hand. Tamsin kannte zwar jeden Fußbreit hier an der Küste, aber sie ergriff gern seine Hand, und beide waren glücklich über die Berührung.

Rasch kamen sie um den am weitesten vorgelagerten Punkt des Drachenkopfes herum auf die Pentarno-Seite und erreichten auch bald die schmale Straße, die hoch über den immer mehr zurückweichenden Wassermassen die Felsen entlangführte, welche an Steilheit allmählich abnahmen, je weiter sie den Pfad entlanggingen.

Ein sausendes Geräusch warnte sie gerade noch im letzten Augenblick. Sie sprangen zur Seite, als etwas über den Steilhang herunterzurutschen schien, genau auf sie zu. Kies spritzte nach allen Seiten, und eine besorgte, leise Stimme fragte: »Tamsin, sind Sie das?«

Tamsin stolperte und wäre fast auf den mit Rollkies bedeckten Weg gestürzt, griff hinter sich und bekam den Kragen einer Tweedjacke zu fassen. Dominic richtete den Strahl der Taschenlampe auf die Szene und auf Simons kalkweißes, von Anstrengung und Sorge müdes Gesicht.

»Simon, um Himmels willen! Was machen Sie denn? Hier mit dem Fahrrad herunterzufahren – ja, sind Sie denn lebensmüde?«

Tamsin hielt inne, atmete tief, schluckte und schwieg. Das Licht der Taschenlampe glitt kurz über das Fahrrad, die Lenkstange, den Gepäckträger mit einem Obstkorb. Die Früchte darin sahen wie Aprikosen aus, soviel konnte Tamsin selbst in dem spärlichen Licht erkennen. »Wo haben Sie es gefunden?« flüsterte sie.

»In dem Ginstergebüsch, oben, nicht weit von der Straße. Sehr sorgfältig hingelehnt, der Korb mit dem Obst stand daneben. Nicht versteckt, nur von der Straße weggebracht, so sah es aus.«

»Sie meinen, er hat es selbst dort hingestellt?«

»Anscheinend. Das heißt, ich hoffe es. Ich werde ein paar Leute mit Lampen holen und gleich noch einmal an die Stelle zurückkehren, um nachzusehen, ob ich nicht doch irgendwelche Anhaltspunkte entdecken kann.«

»In welcher Höhe der Küstenstraße war es denn?« fragte sie.

»Fast an der Spitze des Kaps. Habt ihr die Felsen da unten schon untersucht?«

»Bis jetzt noch nicht. Die Flut war zu hoch. Aber das Wasser sinkt jetzt rasch; ich glaube, bis wir unten sind, können wir schon an den Grotten und Höhlen entlanggehen.«

»Steigt schnell hinunter, Tam und Dominic, bitte! Sobald ich hier oben fertig bin, komme ich auch dorthin.«

»Glauben Sie, er könnte abgestürzt sein?« fragte sie mit der Ruhe der Verzweiflung in der Stimme.

»Ich weiß nicht. Ich weigere mich, es zu glauben. Ich – ach, Tam«, sagte er plötzlich ganz leise und hielt ihre Hand für einen Augenblick, dann zog er sie zurück, schwang sich auf das viel zu kleine Fahrrad und strampelte über die unebene Straße davon in Richtung auf das Städtchen. In seiner verdreckten Hose, der lose flatternden Jacke und in der merkwürdigen Haltung, die er auf dem niedrigen Fahrrad einnehmen mußte, sah der große Held ziemlich lächerlich und vielleicht auch ein wenig tragisch aus. Soviel stand fest: Sie erlebten einen der seltenen Augenblicke in Simon Townes Karriere, in dem er nicht auf sein Image, seine Erscheinung und seine Wirkung auf andere bedacht war.

Dominic schaltete die Taschenlampe aus, dann legte er Tamsin den Arm um die Schulter und drehte sie in die andere Richtung, hinaus auf das Meer.

Sie folgten der zurückweichenden Flut Meter um Meter, kämpften sich an der geriffelten, steilen Wand nach unten, wo die breiten Felsstränge in einem Durcheinander aus blauen Kieseln und Muscheln endeten. Das Licht der Taschenlampe fiel auf die noch von der Nässe glänzenden Felsen und die Schaumreste, ein bleistiftdünner Strahl, der alle Ecken und Nischen ausleuchtete, die vom blassen Licht der Sterne nicht erreicht wurden.

»Das soll Simon gewesen sein?« fragte Tamsin unvermittelt, und in ihrer Stimme klang wieder die altbekannte Abneigung.

»Nun ja, man nennt ihn gewöhnlich so«, antwortete Dominic vorsichtig.

»Vielen Dank. Ich wollte nur sichergehen. Es war nämlich das erstemal, daß ich ihn erlebt habe ohne den berühmten unsichtbaren Spiegel vor sich, in dem er seine eigene, unübertroffene Wirkung ständig zu überprüfen pflegt. Er muß Paddy sehr gern haben.«

»Das glaube ich auch«, sagte Dominic.

Das Meer senkte sich jetzt immer rascher vor ihnen, reichte nur noch bis zu den untersten, niedrigen Felszacken. Tamsin und Dominic standen unter den überhängenden Klippen wie unter einem Dach auf dem ausgewaschenen, öden Strand, und direkt über ihnen verlief in fünfzig Meter Höhe die Straße, die außen um den Drachenkopf herumführte. Dort oben mußte das Ginstergebüsch sein, in dem Simon Paddys Fahrrad gefunden hatte. Das Wasser gab jetzt die Höhlen wieder frei. Tamsin warf einen Blick hinein.

»Er wird doch nicht – oder?«

»Bestimmt nicht ohne Grund. Vielleicht hatte er einen, wer weiß?«

»Aber er kennt doch die Gegend und kann sich vorstellen, was geschieht, wenn die Flut kommt ...«

»Kann sein, er hatte gar keine andere Wahl. Wir sollten die Höhlen auf jeden Fall gründlich durchsuchen.«

»Aber sei vorsichtig«, warnte sie ihn und lenkte ihn zugleich nach rechts, auf die dem Land zugewandte Seite des Weges an den Höhlen und Nischen entlang. »Auf dieser Seite ist es leichter zu gehen. Und gib acht, hier sind tiefe Löcher im Fels!«

In diesem Augenblick war Dominic bereits in eines gefallen; das kalte Wasser tränkte seine Schuhe, durchnäßte die Hose bis zu den Knien, und der Schreck und die Kälte ließen ihn kurz aufschreien. Das Echo weit hinten in der Tiefe der Höhle, wohin der Schein der Taschenlampe nicht mehr gelangte, nahm den Ton auf, vervielfachte ihn und schickte ihn zurück zu den beiden.

»Dominic!« Tamsin ergriff seinen Arm. »Hast du das gehört?«

Er war gerade damit beschäftigt, aus dem schlammgefüllten Loch herauszuklettern, in das er gestürzt war, deshalb schenkte er ihrer Frage keine allzugroße Beachtung, sondern versuchte erst einmal, wieder auf trockenen Grund und Boden zu kommen. »Hören? Schließlich war ich es ja selbst, der geschrien hat.«

»Nein – so hör doch!« Sie schüttelte ihn ungeduldig, und er hielt einen Augenblick inne und strengte sein Gehör an, so gut er konnte.

Nichts, kein Laut – nur das endlose, seit Jahrtausenden andauernde Tröpfeln des Meerwassers von der steinernen Decke der Höhle auf die Pfützen am Boden. Die Höhle war erfüllt vom vielfältigen Geräusch des Wassers, doch kein menschlicher Laut mischte sich darein.

»Aber es konnte nicht nur das Echo gewesen sein. Ich bin mir ganz sicher.«

Fast ängstlich, etwas Unerwartetes könne ihm antworten, rief er in die im Dunkeln liegende Öffnung der Höhle hinein: »Paddy?«

Der Ruf kam vielfach gebrochen und reflektiert zu ihm zurück, wiederholte sich dutzendmal in hoffnungsvollen, ängstlichen Variationen und verebbte. Dann ein letzter, schwacher Widerhall, ganz anders im Klang, aus einer anderen Richtung als das Echo zuvor.

»Da! Hast du das denn nicht gehört? Da ist jemand!«

Aber Dominic war schon dabei, über die kniehohe Schwelle in die Höhle hineinzuklettern, ließ schon den Schein seiner Taschenlampe über die Innenwände gleiten und eilte weiter hinein, auf die trockengebliebenen Seitengänge zu. Er wandte sich noch einmal rasch um, sah, daß Tamsin ihm gefolgt war, und reichte ihr seine Hand. Stolpernd, rutschend über den glitschigen Felsen des Untergrunds, arbeiteten sie sich ins Innere vor, und irgendwo vor ihnen im Dunkeln drangen die Schritte eines Menschen auf sie zu, der ihnen ebenso mühsam entgegenkam.

Und dann wankte Paddy Rossall in das Licht der Taschenlampe, wischte sich sein schmutziges Gesicht mit noch viel schmutzigeren Händen ab – bleich, naß und zitternd vor Kälte, aber am Leben, unverletzt und – allein.

»Da sind sie ja«, sagte George am Steuer, wendete den Mini und fuhr ganz an den Randstein heran. Dabei fiel das Licht der Scheinwerfer auf das ziemlich am Boden zerstörte Trio: eine schlanke, magere, sich nur mit Mühe aufrechthaltende Gestalt zwischen zwei ebenfalls nicht mehr ganz einsatzfähigen Begleitern, die man gerade noch als Tamsin und Dominic ausmachen konnte. Der Junge zwischen den beiden stolperte und wurde dann von allen Seiten umarmt. Phil war schon aus dem Wagen gesprungen, ehe George angehalten hatte.

»Aber Phil, so beruhige dich doch –«

»Zum Teufel, ich will mich nicht beruhigen!« schrie Phil in einer seltsamen Mischung aus Zorn und Freude und warf sich auf ihren verlorenen Sohn, bedeckte ihn mit Küssen, Liebkosungen und Vorwürfen.

Paddys Elternfrage wurde so in einem warmen, freundlichen Hurrikan hinweggefegt. Er brauchte sich gar nicht lange zu überlegen, wie er sich verhalten sollte – er brauchte sich überhaupt nicht irgendwie zu verhalten. Er wurde seinen Begleitern aus den Armen gezerrt, geschüttelt, empfing sogar – wie er sich nachher erstaunt erinnerte – den einen oder anderen Klaps, was ihm noch nie zuvor in seinem Leben geschehen war. Tim schnappte sich ihn aus Phils Armen und befühlte ihn am ganzen Körper, wollte sich davon überzeugen, daß sein Junge unverletzt war, fluchte in herzlichem Ton dabei, zog ihm den völlig durchnäßten Pullover aus und verschnürte Paddy wie ein Paket in ein viel zu großes, warmes, trockenes Sportsakko, wobei er seinen Gürtel zu Hilfe nahm. Paddy selbst brachte kaum ein Wort hervor, sagte nur immer wieder »Tut mir leid!« und »Ich wollte nicht –!« oder »Konnte nicht anders!«

Er hatte so vor den erhobenen, tadelnden Stimmen gezittert, in denen er lesen konnte, daß man sich vor ihm zurückzog, daß er keinen Freund auf Erden hatte! Und jetzt gab es keine tadelnden Stimmen rings um ihn her, im Gegenteil, man reichte ihn von einem zum anderen weiter, und er hatte nur die Sorge, daß man ihn in Stücke reißen könnte. Nein, er durfte nicht mehr daran zweifeln: Man liebte ihn! Phil und Tim liebten ihn, wie man nur seinen eigenen Jungen liebt. Phil war ganz verrückt gewesen vor Sorge, und bei Vater war es anscheinend nicht viel besser.

»Marsch, in das Auto«, kommandierte Tim, und seine Stimme wurde nun doch strenger, da er seinen Jungen unverletzt und sicher zurück hatte. »Jetzt wirst du dich bei Mr. Hewitt für die Mühe entschuldigen, die du ihm und allen anderen gemacht hast, und ich rate dir, dabei keinen Fehler zu begehen.«

Als er ihn auf den Rücksitz neben Phil geklemmt hatte, holte er auch noch die alte Autodecke aus dem Kofferraum, schüttelte sie aus und wickelte ihn darin ein wie eine Raupe im Kokon. Und alles für eine Fahrt von dreihundert Meter bis zum Polizeirevier.

»Du brauchst nicht zu denken, junger Mann, daß damit die Sache für dich erledigt ist. Dein Taschengeld für die nächsten sechs Monate wird schon für die Abnützung der Ledersohlen unserer Polizeistiefel draufgehen. Ich werde dir darüber eine gepfefferte Rechnung schicken!«

Hewitt grinste über Paddys strohfarbenen Schopf hinweg Tim an und zwinkerte mit den Augen. Der Junge konnte sich vor Müdigkeit kaum noch auf den Beinen halten.

»Nehmen Sie ihn mit, den Schwerenöter, stecken Sie ihn in die Badewanne und danach ins Bett, Mr. Rossall. Morgen früh unterhalten wir uns weiter.«

Paddy nahm nur noch ganz vage die große Runde bekannter Gesichter auf, die ihn umstand, als er allen eine gute Nacht wünschte. Mr. Felse war da mit seiner Frau, Tamsin, Dominic, der Pfarrer und Onkel Simon. Der schaute ihn ganz sonderbar an, lächelnd, aber ohne das übliche Augenzwinkern und viel aufmerksamer als sonst. Und er kam nicht mit den andern mit. Warum eigentlich nicht? Ach ja, er hatte wahrscheinlich seinen eigenen Wagen dabei, den er nach Hause fahren mußte. Aber es sah nicht so aus, als ob er gleich nachkommen wollte, denn er schaute Paddys Vater mit reuevollem Blick an, schüttelte traurig lächelnd den Kopf und sagte:

»Nein, ich komme später hinaus zu euch. Jetzt müßt ihr erst einmal unter euch sein. Das ist eine Angelegenheit für den engsten Familienkreis.«

»Mein Gott, bin ich froh, daß ihr wißt, was sie mir gesagt hat«, murmelte er leise aus den Kissen, nachdem er gebadet, erwärmt und verhätschelt auf einer Woge schläfrigen Glücksgefühls dahintrieb. »Erst war es ein ziemlicher Schock für mich, das muß ich zugeben – deshalb bin ich auch bei Tante Rachel einfach abgehauen, ohne ein Wort zu sagen oder mich von ihr zu verabschieden. Ich wollte euch keinen Schrecken einjagen, ich hatte auch nicht die Absicht, von zu Hause durchzubrennen oder so. Bestimmt nicht! Ich bin kein so undankbarer Flegel!«

»Das möchte ich auch nicht hoffen«, unterbrach ihn Tim.

»Nein – aber ich fürchtete, ihr denkt das von mir! Dabei war ich einfach verstört, wollte niemanden sehen und mit niemandem reden. Du weißt doch, wie das ist. Erst machte ich mich auf den Heimweg, aber dann traute ich mich doch nicht nach Hause, nicht, bevor ich mir alles noch einmal durch den Kopf hatte gehen lassen. Ich fuhr hinauf auf den Drachenkopf, aber da waren ganze Scharen von Leuten! Deshalb legte ich mein Fahrrad dort oben ganz einfach in die Büsche und kletterte von der Küstenstraße hinunter zu den Höhlen, wo ich allein sein konnte. Ich brauchte eben ein wenig Zeit, um mich mit der veränderten Situation abzufinden. Dann kamen ein paar spielende Kinder daher, und ich zog mich so weit in die Höhle zurück, wie ich nur konnte, damit sie mich nicht sahen.«

»Jetzt ist alles gut, mein Junge«, sagte Phil leise, und die Tränen standen in ihren Augen, »darüber können wir uns morgen früh unterhalten. Jetzt mußt du erst einmal schlafen!«

»Ja, aber vorher sollt ihr wissen, daß ich nicht aus Trotz oder sonst einem kindischen Grund da drinnen geblieben bin. Es war eben ein Zufall, daß ich den Durchgang am oberen Ende der Höhle entdeckte. Es ist nur ein kleines Loch, man muß auf Händen und Füßen durchkriechen. Ich schob mich mit der Schulter voraus hinein und kam in einen langen Gang; es dauerte eine ganze Zeit, bis ich an sein Ende kam, denn ich hatte keine Lampe bei mir und mußte mich sehr vorsichtig vorwärtsbewegen. Schließlich ließ ich es genug sein und kehrte um, doch als ich in die Höhle kam, war es schon zu spät. Ich hatte keine Möglichkeit gehabt, auf meine Uhr zu schauen, dazu war es zu finster dort drinnen. Nun ging die Flut schon bis an den oberen Rand der Höhle. Ich wollte nicht tauchen, denn die See war ziemlich stürmisch, das wäre zu gewagt gewesen. Also blieb mir nichts anderes übrig, als liegenzubleiben und zu warten, bis das Wasser wieder zurückging.« Er schaute auf, und der Schrecken, den er durchgemacht hatte, war noch deutlich in seinen Augen zu lesen. »Ich war zu Tode verängstigt, das kann ich euch sagen!«

»Das wäre mir auch nicht anders gegangen«, meinte Tim. »Selbst wenn man weiß, daß der obere Teil der Höhle trockenbleibt, ist es kein sehr angenehmer Aufenthalt für sechs Stunden.«

»Und dann fängt es von allen Seiten zu spritzen und zu tropfen an! Und das Wasser tobt, man wird fast taub davon. Ich konnte es kaum mehr aushalten, es schien eine Ewigkeit zu dauern. Ich konnte nicht ahnen, wann es so weit war, fühlte nur immer wieder, wie sich das Wasser allmählich zurückzog. Aber dann mußte ich ganz vorsichtig weitergehen, denn ausrutschen wäre lebensgefährlich gewesen, solange der Ausgang der Höhle noch nicht frei war. Erst als ich sicher sein konnte, daß es so weit war, kam ich aus dem Versteck heraus und traf Tamsin und Dominic.«

Phil drehte die Lampe zur Seite, strich die struppige blonde Strähne auf der Stirn des Jungen zurück und ermahnte ihn, er solle jetzt versuchen, ein bißchen zu schlafen.

»Ja, mir fallen schon die Augen zu. Ich wollte euch nur sagen, wie es wirklich war. Es tut mir so leid, euch Kummer gemacht zu haben.« Und halb im Schlaf schon sagte er einfach: »Mir war so elend da drinnen – ich wußte nicht, was ich tun sollte.«

Tim hielt dem Jungen seine geballte Faust vors Gesicht, dann öffnete er sie und tätschelte unbeholfen Paddys Wange.

»Ich hoffe nur, du weißt jetzt, wo du hingehörst. Und was du tun mußt, wenn dich in deinem Leben wieder einmal die Flut überrascht. Und jetzt überschlaf deinen Schrecken. Wenn du etwas brauchst, denke immer daran, wir sind bei dir. Du mußt nur rufen.« Er stand auf, drehte Paddy auf die Seite und fühlte dabei den Körper des Jungen, der sich unter der dicken Decke kuschelte. »Gute Nacht, Paddy!«

»Gute Nacht – Vater!«

Alle die Jahre hatten sie genau die gleichen Worte beim Schlafengehen gesagt, aber noch nie hatten sie so viel Bedeutung wie an diesem Abend.

Sie nahm seine Kleidungsstücke mit, als sie das Zimmer verließ. Die Flanellhose war reif für die Reinigung. Sie setzte sich neben

Tim, leerte die Taschen der Hose aus und lächelte, denn der Inhalt war ein Spiegelbild der Persönlichkeit ihres Jungen – ein außerordentlich dreckiges Taschentuch, ein Kugelschreiber, der vermutlich schon ganz ausgeschrieben war, am oberen Ende zerkaut, ein paar ausländische Briefmarken, ein Omnibusfahrschein, ein aufgeweichtes Bonbon und ein paar Münzen.

»Bist du sicher, daß ihm nichts fehlt?« fragte Tim und horchte wieder nach oben.

»Aber natürlich. Er bekommt im schlimmsten Fall eine kleine Erkältung.« Ihr Lächeln war mütterlich und beruhigend. »Mach dir keine Sorgen um den Jungen. Tim, ich bin froh! Ich bin so froh, daß sie es ihm erzählt hat. Es war die einmalige Gelegenheit, die nicht wiederkehrt. Ein Schreck mit glücklichem Ende.«

»Er ist ein prima Bursche«, sagte Tim. Spielerisch ließ er Paddys Münzen durch seine Finger gleiten. »Schau, ein ganz neuer Halfpenny!« Er starrte das Geldstück noch einmal an und erstarrte. »Aber nein! Das ist kein Halfpenny! Schau, Phil, das ist nicht Kupfer. Es sieht wie Gold aus!«

Sie ließ die zerknitterte Hose fallen und streckte ihre Hand neugierig nach der Münze aus. Sie zeigte das Profil einer grobnackigen Frau, die ihr langes, gelocktes Haar über die plumpe Schulter drapiert hatte.

»Tim, es muß eine Guinee sein! Oder eine halbe Guinee – aber dafür ist die Münze zu groß, oder nicht? Hier, die Inschrift: ANNA DEI GRATIA. Und unter ihrem Porträt: VIGO. Was bedeutet das? Auf der anderen Seite ist eine Jahreszahl, 1703. REG. MAG. BR. FR. et HIB.«

Phil schaute ihren Mann verdutzt an.

»Tim, wie um alles in der Welt kommt Paddy an eine Münze aus der Zeit der Queen Anne?«

6

Phil schaute in Paddys Zimmer, sobald sie am Samstag morgen aufgestanden war. Das Sonnenlicht drang gemildert und weich durch die zugezogenen Gardinen. Der Junge lag zusammengerollt wie ein Igel im Bett, die Nase tief in sein Kissen vergraben. Sie schaute ihn lange an, und mütterliche Liebe durchdrang sie wie eine warme, goldene Woge. Sie wollte sich schon wieder zurückziehen, als sie in der dunkelsten Ecke des Raumes eine Bewegung wahrnahm.

Simon saß dort in einem Sessel und schaute Phil im gleichen Augenblick an, als sie ihn bemerkte; sie wußte, daß er bis zu diesem Moment Paddys Schlaf bewacht hatte. Es sah so aus, als habe er schon die halbe Nacht dort gesessen, und vielleicht war das auch der Fall. Simon hatte seinen eigenen Schlüssel, und sie hatte ihn nicht heimkommen gehört.

Noch vor ein paar Tagen wäre sie vor Eifersucht erstarrt und hätte ihn mit gebieterischen Blicken zum Teufel gewünscht. Jetzt blieb sie stehen und schaute ihn ruhig und gedankenvoll an, und in der Tiefe ihres Herzens fühlte sie Mitleid für ihn; es schien allerdings auch das erste Mal in seinem Leben, daß er Mitleid verdiente.

Jetzt lächelte Phil, und Simon stand ohne einen Laut auf, um ihr hinaus und hinunter in die Küche zu folgen.

»Ich werde den Kaffee zubereiten«, bot er ihr auf der Treppe an. Er war geschickter bei Hausarbeiten und vor allem viel geräuschloser als Tim. Das waren eben die Erfahrungen eines Witwers, der schon seit fast fünfzehn Jahren ein Junggesellendasein fristete.

Während sie sich an die Frühstücksvorbereitungen machte, fragte sie ihn: »Waren Sie überhaupt schon im Bett?«

»Nein. Ich brachte erst den Land-Rover her, dann ging ich noch einmal zurück, setzte mich in meinen Wagen, der noch vor der Polizeiwache stand, und fuhr planlos in der Gegend herum. Schließlich kam ich hierher, ruhte mich ein wenig auf der Couch aus und nahm ein Bad. Hoffentlich habe ich Sie und Tim dabei nicht gestört!«

»Nein, ich habe Sie überhaupt nicht gehört. Wie lange haben Sie Paddys Schlaf bewacht?« Es klang weder vorwurfsvoll noch argwöhnisch, was ihn sehr überraschte und zu einer unausgesprochenen Abbitte veranlaßte.

»Ich weiß nicht. Ein paar Stunden, nehme ich an. Ich sehe ihm gern beim Schlafen zu. Ich hoffe, es macht Ihnen nichts aus?«

»Im Gegenteil, ich freue mich darüber.« Sie kam aus der Vorratskammer und balancierte eine Schüssel mit Eiern in der einen und zwei Milchflaschen in der anderen Hand. Simon nahm ihr die Eier ab, und dabei kam er ihr ganz nahe und küßte sie auf die Wange ohne irgendwelche näheren Erläuterungen.

Phil lächelte. »Schon gut, Simon. Ich habe genau bemerkt, was in Ihnen vorging, als Sie befürchten mußten, Paddy sei für immer fortgegangen. Aber wissen Sie eigentlich, was der Grund für sein plötzliches Verschwinden war? Eine fünfzehn Jahre alte Seifenblase ist gestern geplatzt, und das wird unser aller Leben von heute an gewaltig ändern. Miss Rachel war verärgert, weil sich Paddy recht schnippisch ihr gegenüber benahm und weil sie der Ansicht war, er schätze sein Zuhause und seine Eltern nicht so, wie er das ihrer Ansicht nach sollte. Deshalb erklärte sie ihm, daß wir uns nur aus Mitleid um ihn kümmerten. Er weiß jetzt, daß wir ihn adoptiert haben. Darum rannte er davon, wollte die veränderte Siutation erst einmal in Ruhe durchdenken.«

Simon stellte die Eierschüssel sehr vorsichtig auf den Küchentisch, dann richtete er sich auf und schaute in Phils ernstes Gesicht. Nach einer langen Pause sagte er mit einer Stimme, die sorgfältig die Anteilnahme zu verbergen suchte: »Hat sie ihm auch verraten, daß ich sein Vater bin?«

»Nein, das nicht. Aber sie sagte mir, daß sie große Lust gehabt habe, ihm auch noch darüber reinen Wein einzuschenken. Warum haben Sie es ihr bloß erzählt, nach so langer Zeit?«

»Ich weiß es nicht«, sagte er ehrlich. »Wahrscheinlich wollte ich mit irgend jemandem darüber reden und verstanden werden. Vielleicht habe ich sie ausgewählt, weil ich bei ihr am sichersten sein konnte, daß ich auch gebührend bemitleidet würde. Aber ich wollte natürlich nicht, daß sie es postwendend an den Jungen weitergibt. Es tut mir jetzt wirklich sehr leid.«

»Das glaube ich Ihnen, und ich mache es Ihnen ja auch nicht zum Vorwurf.«

»Aber wo er doch jetzt schon so viel weiß – ich frage mich, ob man ihm nun nicht auch noch den Rest sagen sollte.«

Er drehte einen Gashahn auf, zündete die Flamme an und setzte den Wassertopf darauf.

»Darum brauchen Sie sich nicht zu kümmern«, erklärte Phil. »Ich selbst werde es ihm sagen.«

»Sie?« Er war so überrascht, daß er aus Verlegenheit lachte.

»Ich habe ja keine andere Wahl, oder? Sie können sich doch ausrechnen, daß die bewußte Frage die erste ist, die er mir stellen wird, wenn er die Augen aufgeschlagen hat. Wer bin ich, wird er fragen. Und ich werde nicht darum herumkommen, es ihm zu sagen.«

Sie drehte sich zu ihm um und sah ihn eindringlich an. Auf seinem Gesicht erkannte sie genau den Ausdruck, den sie zu sehen erwartet hatte – ein verborgenes Lächeln des Triumphes, der Hoffnungen und der Wünsche.

»Schauen Sie, Simon, wachen Sie doch auf aus Ihren Träumen, solange es noch Zeit ist. Das, was Sie jetzt hoffen, wird nicht in Erfüllung gehen.«

»Glauben Sie nicht? Haben Sie nicht Angst davor, ich könnte Ihnen nun den Jungen unter dem mütterlichen Gefieder herauslocken, Ihnen abspenstig machen? Glauben Sie nicht, daß mir das gelingen könnte?«

»Nein! Ich weiß, daß es Ihnen nicht gelingt«, antwortete sie ganz ruhig. »Und ich glaube, Sie werden es gar nicht versuchen, wenn ich Sie darum bitte. Aber ich bitte Sie nicht darum, das ist gar nicht nötig. Sie sollten sich eher um das Naheliegende bemühen, was Sie bekommen können, nicht immer um Dinge, die außer Ihrer Reichweite liegen. Denken Sie daran, die großen Ferien sind bald vorüber. Machen Sie das Beste daraus, aber verfallen Sie nicht in Illusionen.«

Einen Augenblick schien es, als habe sie ihn aus dem Gleis geworfen, als sei sein strahlender Blick nur eine Maske, hinter der sich manche finstere Regung verbarg. Aber dann faßte er sich ein Herz und lächelte wieder.

»Wollen wir wetten? Was setzen Sie ein?« fragte er, und es war ihm halb Ernst, halb Spaß.

»Nun, ich setze Paddy ein, weil ich mir seiner so sicher bin«, sagte sie. »Was wünschen Sie mehr?«

Paddy öffnete die Augen, streckte sich und dabei fiel ihm wieder ein, warum heute alles ganz anders war als zuvor. Er konnte noch nicht sagen, ob es besser war oder schlechter – nur eben anders. Und als folgte sie einem Ruf, der nur in Gedanken laut geworden war, erschien Phil in seinem Zimmer, brachte ihm eine saubere Blue jeans und holte ein frisches Hemd.

»Guten Morgen, Dreckspatz! Wie fühlst du dich nach deinem gestrigen Ausflug?«

Er fühlte sich sonderbar – viel größer als sonst, hatte plötzlich viel mehr Verantwortung und war den anderen in viel größerem Umfang verpflichtet. Doch es gab keinen Zweifel, er fühlte sich wohl dabei.

»Prima. Ist es denn schon Zeit zum Aufstehen? Ich muß ja hinunter in die Stadt, aufs Polizeirevier!«

Er setzte sich auf, und die Erinnerung an den vergangenen Tag kehrte ganz zurück. Sein Gesicht drückte plötzlich den Ernst der Situation aus, in die er sich gestellt fühlte.

»Mammi!«

Die Weichheit seiner Stimme warnte sie vor dem Kommenden, aber er brauchte noch ein wenig Zeit, um es zu formulieren.

»Mammi – wer *waren* eigentlich meine Eltern?«

Ihr Herz machte einen Sprung vor Freude und Triumph. Armer Simon, dachte sie. Sie legte die Hose und das Hemd auf einen Stuhl und setzte sich auf den Bettrand.

»Du weißt schon«, sagte er, »wie ich das meine.«

»Ja, ich weiß es. Deine Mutter war eine wunderbare Frau, fast noch ein junges Mädchen, und sie gehörte zu unseren besten Freunden. Sie war erst einundzwanzig, als sie starb, an einer Krankheit, die sie überfiel, nachdem sie durch deine Geburt sehr geschwächt war. Und ihr Mann – dein Vater ... Du kennst ihn, Paddy. Sehr gut sogar, und er hat dich sehr lieb. Du nennst ihn Onkel Simon.«

Er schrie nicht auf, sein Gesicht zeigte keine Überraschung, keine Freude oder Trauer, sondern blieb ruhig und ernst wie vorher.

»Seine Frau starb«, sagte Phil, »und ließ ihn allein mit dir. Gerade zu dieser Zeit wurde er allmählich in seinem Beruf bekannt und hatte einen Vertrag in der Tasche für seine erste große Reise, über die er berichten sollte. Er konnte dich, ein Baby, natürlich nicht mitnehmen. Ich selbst hatte ein paar Monate zuvor ein Baby verloren, und die Ärzte erklärten mir, ich könne keine Kinder mehr bekommen. Du mußt ihm keine Vorwürfe machen. Er liebte seine Frau über alles und war ganz gebrochen, weil sie ihn verlassen hatte. Er wollte weg, wollte vergessen. Es war nicht nur die Sorge, er könne seine Karriere verpassen.«

Nachdem sie die Aufgabe übernommen hatte, ihn über seine Herkunft aufzuklären, wollte sie auch gewissenhaft vorgehen. Außerdem sollte man bei keinem Kind den Eindruck erwecken, es könne vielleicht vernachlässigt oder nicht genug geliebt worden sein. Aber war der Junge mit den ernsten, erwachsenen Augen und dem entschlossenen Gesicht wirklich noch ein Kind?

»Es war auf keinen Fall, weil er dich etwa nicht genug geliebt hätte«, sagte sie und hoffte, daß es überzeugend genug klang. Aber im Innersten sagte sie sich, daß Simon Towne nicht der Mensch war, der sich über Babys begeistern konnte, nicht einmal, wenn es sein eigenes war.

»Okay, Mammi, ich verstehe. Vielen Dank, daß du es mir gesagt hast. Jetzt ist alles klar, und es gibt keine Geheimnisse mehr.« Er schlug die Bettdecke zurück. »Jetzt, glaube ich, ist es besser, wenn ich rasch aufstehe, sonst schickt mir Mr. Hewitt noch eine Eskorte. Aber ich fürchte, ich bin ihm keine große Hilfe. Aus meiner Aussage wird er auch nicht entnehmen können, wer den alten Trethuan erschlagen und ins Meer geworfen hat, oder?«

»Dabei fällt mir ein«, sagte Phil und war froh, das Thema endlich wechseln zu können, »ich habe gestern abend deine Taschen ausgeleert und dies hier gefunden!« Sie brachte die kleine goldene Münze und hielt sie ihm vor die Nase.

»Ach, das!« sagte er enttäuscht. Und dann, als seine Blicke sich genauer darauf hefteten und er die ungewöhnliche Farbe und Gestalt der Münze erkannte: »Du meine Güte – das sieht ja sehr interessant aus!« Er nahm sie in die Hand, drehte sie um und betrachtete sie eingehend. »Was ist das? Weißt du es?«

»Du bist mir einer«, erklärte Phil lachend. »Erst sagst du ›Ach das‹, und dann glotzt du sie an, als hättest du sie nie zuvor gesehen.«

»Habe ich auch nicht!« stellte er mit gespielter Entrüstung fest. »Es war doch stockfinster da drinnen, deshalb habe ich es ja aufgegeben, den Gang bis zum Ende zu erforschen. Die Münze habe ich bisher zwar mit meinen Fingern betastet, aber gesehen habe ich sie eben zum erstenmal!«

»Du hast sie also in dem Gang gefunden?«

»Ja, ziemlich weit drinnen sogar. Ich stolperte über einen Felsbrocken und stützte mich mit den Händen auf – dabei bekam ich etwas Rundes zu fassen. Ich ahnte schon, daß es eine Münze war, aber ich dachte mir, da hat eben jemand, der wie ich die Höhle erforschen wollte, einen Shilling verloren. Es scheint, als wäre sie aus Gold«, sagte er mit ungläubiger Stimme. »Ist das denn möglich?«

»Freilich. Guineen und halbe Guineen wurden früher in Gold geprägt, und es sieht ganz so aus, als wäre diese Münze hier eine Guinee aus der Zeit der Queen Anne. Du solltest sie einem Sachverständigen zeigen.«

»Dann ist die Münze wirklich eine Guinee wert?«

»Mehr, wenn ich mich nicht täusche. Viel mehr sogar. Aber es kann natürlich sein, daß der Finder nicht ihr rechtmäßiger Eigentümer ist – das müssen wir erst noch herausbringen.«

»Aha – ich dachte mir ja gleich, daß ein Haken dabei ist!« Er grinste sie an und war offensichtlich bemüht, nicht allzu enttäuscht dreinzusehen. »Vielleicht gibt es noch mehr davon, wer weiß? Es ist doch möglich, daß ich auf ein Versteck der Schmuggler gestoßen bin.«

Sie wußte genau, was nun kommen würde. Er dachte nach und kam zu einem Entschluß – aber noch stand sie ihm im Wege, wie schon vor zwei Tagen. Diesmal mußte sie klüger handeln, diplomatisch sein.

»Mammi, hast du etwas dagegen, wenn ich noch einmal zu der Höhle gehe und den Gang untersuche? Natürlich mit einer Taschenlampe.«

Er wußte, daß sie sich gerade noch um ihn zu Tode geängstigt hatte, weil er in dieser Höhle steckte, und daß sie den Schrecken noch nicht ganz überwunden hatte. Aber Phil war sich zur gleichen Zeit bewußt, daß sie ihn nun nicht noch einmal wie einen kleinen Jungen behandeln durfte. Es war eine Barriere für beide, die es zu überwinden galt. Eine entscheidende Barriere!

»Natürlich ist es mir recht, mein Junge. Ich kann mir vorstellen, daß du vor Neugier brennst, der Sache auf den Grund zu gehen. Nimm Vaters große Taschenlampe mit! Die Ebbe hat um Viertel vor zwölf ihren Höhepunkt. Ich nehme an, so gegen zehn kannst du schon an die Höhle heran. Also beeil dich und geh gleich zu Mr. Hewitt, dann hast du genügend Zeit und bist zum Lunch zurück.«

Gut, daß sie ihn daran erinnerte, er wollte sein Mittagessen nicht missen, schon gar nicht an einem solchen Glückstag, nicht um alle Guineen, die von der Queen Anne je gemünzt wurden.

»Ich werde schon vorsichtig sein«, beruhigte er Phil ein wenig hastig, schlüpfte in seine Pantoffeln und rannte hinüber ins Bad.

»Tut mir leid«, sagte er eine Dreiviertelstunde später in Hewitts Büro, »daß Sie meine Aussage keinen Schritt weiterbringt. Aber ich habe gar nicht hinaufgeschaut auf den Drachenkopf und habe auch keinen Menschen weit und breit gesehen, bevor Dominic daherkam und zu mir hinausbrüllte, ich solle zurückkommen. Ich habe auch nicht etwa jemanden von dort oben herunterstürzen sehen. Ich bildete mir nur ein, daß etwas, das einer menschlichen Gestalt glich, im Wasser schwamm. Aber um welche Zeit das war, kann ich nicht genau sagen. Ich hatte meine Armbanduhr nicht an. Tut mir wirklich leid, Mr. Hewitt.«

»Da kann man nichts machen«, resignierte Hewitt, während sich George Felse und Simon Towne an der anderen Seite des Schreibtisches in Schweigen hüllten.

»Aber glauben Sie nicht, der Gang in der Höhle und die Guinee – wenn es eine ist – haben etwas mit Treverra zu tun?«

»Das kann ich noch nicht sagen, mein Junge. Ich halte es für ziemlich unwahrscheinlich, aber ich habe damit nicht gesagt, daß es mich nicht interessiert. Nur habe ich heute keine Zeit, der Sache nachzugehen.«

»Das kann ich verstehen. Was halten Sie davon, wenn ich noch einmal hineingehe und versuche, herauszubringen, was es mit dem unterirdischen Gang auf sich hat? Ich habe nicht mehr viel Zeit dazu, wissen Sie. Am Montag muß ich wieder zurück in die Schule.« Die ›Schule‹ war das Internat bei einem der besten Gymnasien in der Gegend, etwa fünfundzwanzig Kilometer landeinwärts. Ihr Schatten verdüsterte die letzte Ferienwoche, bot aber gleichzeitig einen Ausweg aus seinen augenblicklichen Problemen. Paddy hatte noch gar keinen Blick auf Simon geworfen, seit er hereingekommen war, überrascht, ihn hier zu treffen. Jetzt schaute er Simon an und stellte fest, daß dieser seinen Vorschlag nicht gerade begeistert begrüßte.

»Mutter hat es mir übrigens schon erlaubt«, erklärte der Junge mit würdevollem Triumph.

»Ich habe auch nichts dagegen«, sagte Hewitt wohlwollend. »Also los, und viel Glück bei der Expedition!« Er bemerkte, daß Paddy die kleine goldene Münze auf dem Tisch ansah, und warf sie ihm hinüber. »Da, nimm mal das Muster gleich wieder mit. Wenn ich es noch einmal brauchen sollte, wirst du es mir wohl zur Verfügung stellen.«

Paddy strahlte übers ganze Gesicht. »Aber selbstverständlich!«

»Willst du nicht Dominic dorthin mitnehmen?« schlug Simon vor. »Ich finde, das bist du ihm schuldig.«

Und Mr. Felse fiel ganz beiläufig ein: »Es würde ihm sicher viel Spaß machen. Es sieht so aus, als ob ich hier noch eine ganze Weile zu tun hätte, und immer mit seiner Mutter auf der Suche nach Souvenirs zu sein, wird ihm bald kein Vergnügen mehr bereiten. Sei so nett, Paddy, und rufe ihn an.«

»Ja, gern«, gab Paddy höflich zur Antwort. »Vielen Dank für den Tip.«

Ziemlich rasch zum Mitspielen bereit, dieser Kriminalinspektor, dachte er – aber natürlich hatte Mr. Felse sofort kapiert, worauf Simon hinauswollte. Ebenso wie ich. Er wollte mich nicht allein in die Höhle lassen. Mammi hatte genügend Vertrauen in mich, auch wenn es sie manche Überwindung kostete. Und er, ausgerechnet er hat Angst, daß mir etwas passieren könnte!

»Wie der Junge schon sagte, das bringt uns keinen Schritt weiter«, stellte Hewitt fest, nachdem sich die Tür hinter Paddy geschlossen hatte. »Allerdings überrascht es mich nicht, denn ich hatte mir auch nicht viel versprochen davon. Also haben wir noch immer zwei Leichen zuviel in der Gruft – und eine zu wenig. Mit der älteren von den beiden kommen wir nur sehr mühsam vorwärts. Zunächst einmal müssen wir sie identifizieren. Nach dem Bericht des Arztes war der Mann bei seinem Tod etwa dreißig Jahre alt, rund hundertachtzig Zentimeter groß und untersetzt. Seine Ohren sind durchstochen, und in dem einen trägt er einen goldenen Ohrring, wie es die Seeleute tun. Der Körper weist keine Beschädigungen auf, abgesehen von den Schädelverletzungen, die vermutlich die Todesursache gewesen sein dürften. Es sieht so aus, als sei er von hinten niedergeschlagen worden, und zwar mit einem schweren und vermutlich scharfen, kantigen Gegenstand – einem Felsbrocken vielleicht. Die Überreste der Kleidung weisen darauf hin, daß der Mann Fischer oder Seemann war.«

»Was zugleich vermuten läßt, daß er aus der Gegend stammt«, warf Simon bedeutungsvoll ein.

»Das ist zwar keine notwendige Schlußfolgerung daraus, aber die Wahrscheinlichkeit kann nicht von der Hand gewiesen werden. Er ist seit zwei bis drei Jahren tot – und nicht seit zwei Jahrhunderten, wie der Tote, den man in dem Sarg erwarten konnte. Es gibt aber eine Möglichkeit, ihn zu identifizieren, und zwar eine sehr sichere Möglichkeit. Sein Gebiß weist umfangreiche zahnärztliche Korrekturen auf, als habe der Tote die Pflege seiner Zähne ganz vernachlässigt und sich, als es nicht mehr anders ging, gleich alle Schäden auf einmal reparieren lassen. Man wird feststellen, wer diese Arbeiten ausgeführt hat. Das bedeutet aber, daß wir bei sämtlichen Zahnärzten hier an der

Küste und vielleicht auch noch in größerem Umkreis herumfragen müssen – aber es ist nur eine Frage der Zeit, bis wir ein Ergebnis bekommen. Und mit etwas Glück finden wir dann auch heraus, wer einen Grund hatte, ihn zu erschlagen. – Bei dem zweiten oder vielmehr dem ersten Toten ist es etwas ganz anderes. Hier geht es um einen Kerl, den jedermann in der Gegend kannte, der zuletzt am Mittwoch um vier Uhr lebend gesehen wurde und der nach der Auskunft des Arztes am selben Abend vor zehn Uhr niedergeschlagen wurde. Das heißt: Die Verletzungen am Kopf haben mit Sicherheit nicht seinen Tod verursacht, die waren höchstens dazu geeignet, ihn für kurze Zeit ins Land der Träume zu befördern – den Rest scheint dann das Meer besorgt zu haben, mit anderen Worten, er ist ertrunken. Danach hat man ihn in die Treverra-Gruft geschleppt und in den Sarkophag gelegt. Wir wissen inzwischen, daß außer dem Schlüssel von Miss Rachel, den Sie, Mr. Towne, zu dieser Zeit bei sich hatten, noch ein zweiter Schlüssel existiert, zu dem jedermann, der das Versteck wußte, ungehindert Zugang hatte. Das eröffnet unzählige Möglichkeiten. Aber dennoch gibt es eine Tatsache, die den Kreis der in Frage kommenden Personen ein wenig einschränkt: Nur jemand, der nicht wußte, daß die Gruft geöffnet werden sollte, würde den Leichnam dort versteckt haben.

Das Opfer ist ein unfreundlicher Mensch, der sehr zurückgezogen lebte und den anderen gegenüber so mürrisch war, daß man ihn gern allein ließ. Natürlich müssen wir vor allem genau überprüfen, was sein Schwiegersohn in den letzten Tagen getan und wo er sich aufgehalten hat, denn es ist kein Geheimnis, daß der junge Mann schon oft heftigen Streit mit dem Küster gehabt hatte, ehe er dessen Tochter heiratete, und daß seine Beziehungen zum Schwiegervater seitdem, nun, sagen wir, recht gespannt waren. Damit will ich nicht behaupten, Jim Pollard sei möglicherweise der Mörder, aber der Bursche ist recht jähzornig, und solche Dinge geschehen meist aus heiterem Himmel. Ich habe mir sein Alibi einmal genauer angesehen und ein paar Löcher darin gefunden, die er beim besten Willen nicht stopfen konnte. Er war am Mittwoch unten in Maymouth in seinem Häuschen und besserte ein paar Schäden am Dach aus, machte dazwischen Besorgungen in der Stadt, holte Farbe, um die reparierten Stellen zu streichen, und beschloß die Tagesarbeit mit dem Teeren eines alten Bootes, das er im Hafen von Pentarno liegen hat, wie er behauptet. Das heißt, er hatte genügend Zeit und Gelegenheit, in der Zwischenzeit ein paar Besuche zu machen – vielleicht auch einen bei seinem Schwiegervater.

Aber auch Jim Pollard ist nur eine Möglichkeit unter vielen. Wenn Sie nun fragen, was im Verhalten des Küsters in den letzten Tagen am sonderbarsten war – was würden Sie antworten?«

Er schaute auf Simon, doch der schwieg. Als der fragende Blick dann zu George wanderte, sagte dieser prompt: »Warum war er geradezu darauf versessen, daß die Gruft nicht geöffnet wurde?«

»Genau! Das frage ich mich auch. Warum? Waren es religiöse Gründe? Aberglauben? Das könnte man geltend machen, aber es reicht nicht aus, um sein Verhalten zu erklären. Er war geradezu verzweifelt – oder ist das übertrieben, Mr. Towne?«

»Nein«, lautete Simons knappe Antwort, »genau so ist es mir vorgekommen.«

»Also muß man sich doch weiter fragen, was die Verzweiflung ausgelöst hat. Ich erfahre so ziemlich alles, was hier vor sich geht, und ich gestehe Ihnen offen, ich bin auch über die Warnung informiert, die Sie an die richtigen Adressen vom Stapel ließen, als Sie am Mittwoch abend in der Hotelbar den genauen Termin für die Öffnung der Gruft bekanntgaben, Mr. Towne. Und wir alle, nehme ich doch an, haben die Spuren gesehen, die uns zeigten, daß der Boden der Gruft sorgfältig mit einem Besen präpariert worden war, so daß es fast – aber eben nur fast – so aussah, als sei er seit Jahrhunderten unberührt. Der Schmuggel ist ein altes und schon beinahe ehrwürdiges Delikt hier in der Gegend. Sie wissen ebensogut wie ich, daß es auch heute noch so eine Art Sport der Leute ist. Ich frage mich, ob es auch nur einen einzigen Ausschank an der Küste gibt, wo man nicht einen Schluck geschmuggelten Kognak bekommen kann. Die Gruft war ein Lager für geschmuggelte Alkoholika, wir wissen, daß der Schlüssel jederzeit zur Verfügung stand und daß sie ihr Schmuggelgut wegräumten, ehe der Freitag morgen anbrach. Sie nahmen Ihren Tip dankbar auf, Mr. Towne, und handelten entsprechend. Für die Schmuggler ging es nicht um Leben und Tod; sie räumten das Zeug weg und waren in Sicherheit. Nur einer konnte sich nicht beruhigen, und das war Trethuan. Ich glaube nicht, daß Trethuans Tod in irgendeinem Zusammenhang mit den Schmugglern und ihrer Ware steht. Und da sind wir wieder bei etwas Geheimnisvollem, das es für Trethuan so wichtig machte, auf die ewige Ruhe in der Treverra-Gruft zu achten. Ließ sich der Küster etwas zusammen mit dem Kognak herüberkommen? Ich bezweifle es. Nein, ich glaube, für ihn ging es um etwas ganz anderes. Und wir wissen nur so viel, daß es in der Gruft gewesen sein muß, was immer es ist. Denn warum sollte er sich sonst so dagegen gesträubt haben, daß man die Gruft öffnete?«

»Aber warum konnte er es nicht ebenso wegschaffen wie die Schmuggler den Alkohol?« fragte George. »Schließlich hat er es doch auch einmal dorthin gebracht.«

»Und wo, zum Teufel, ist es jetzt?« fügte Simon hinzu. »Die Gruft ist abgesehen von den beiden Sarkophagen vollkommen leer. Einen davon haben wir auch schon durchsucht. Es gibt also kein anderes Versteck mehr als den Sarg der alten Lady.«

»Das ist des Pudels Kern, Mr. Towne. Sie vertreten in dieser Sache Miss Rachels Interessen. Deshalb stelle ich Ihnen anheim, ob wir nicht auch noch den zweiten Sarkophag öffnen sollen. Der Pfarrer ist der Ansicht, man kann es vertreten, da doch die bischöfliche Genehmigung für die Öffnung des ersten Sarges ohne weiteres erteilt wurde. Wenn Sie bereit sind, schlage ich vor, wir gehen jetzt gleich hinunter zum Friedhof von Saint Nectan und schauen nach, ob es in dem zweiten Sarg etwas gibt, was Trethuans Verzweiflung erklärt.«

»Ich meine auch, wir sollten der Vollständigkeit halber nachsehen«, erklärte Simon. »Wenn sich allerdings herausstellt, daß der zweite Sarkophag mit Schweizer Armbanduhren vollgestopft ist, sind wir mit unserer Weisheit am Ende.«

»Na, das einzige, was ich nach meinen bisherigen Erfahrungen nicht in dem Sarg erwarte, sind die sterblichen Überreste der schönen Morwenna«, erklärte George trocken.

Doch in diesem Punkt sollte er nicht recht bekommen. Denn als sie vorsichtig den Sargdeckel des ersten Sarkophags, der über die letzte Ruhestätte Morwennas gestülpt war, auf den Boden der Gruft niederließen, den kleineren Deckel mit seiner rätselhaften Inschrift anhoben und neben den Deckel von Jans Sarg legten und als sie in den offenen Sarg starrten, zeigte sich, daß wenigstens Mrs. Treverra da war, wo man sie vermutete.

Es schien, als zögere der Schatten der Nacht, von ihr weichen zu wollen. Feiner Staub erhob sich und trübte das Licht der Batteriescheinwerfer, und ein trockener, toter, vergessener Geruch von gepreßten Blumen, die bei ihrer ersten Berührung in Staub zerfallen, erhob sich aus dem Sarg. Die frische Luft von außerhalb des Grabes strömte in den schmalen Behälter, drang durch den zerfallenden, von der Stelle gerückten Holzdeckel, der die Tote einst verschloß, und bauschte die gefrorene Woge duftiger Seide, die gleich darauf zusammenfiel mit flüsternden Seufzern, gerade noch ein Prunkgewand, jetzt nur staubige Fetzen.

Wie Asche senkte sich das feine Gewebe über die zarten, gekrümmten Knöchel der Hände, über die Knochenreste der Arme und hochgezogenen Knie, die aussahen, als seien sie gegen den Deckel gerichtet gewesen, über den Schädel, in ein Nest aus zerknitterter Seide und Spitzen gebettet, über das schwarze, einst glänzende Haar, das jetzt mit Staub und dem Hauch des Todes gepudert war.

Nein, auch Morwenna ruhte nicht in Frieden. Gekrümmt gegen die Enge ihres Gefängnisses ankämpfend, verzweifelt versucht, den steinernen Deckel anzuheben, schien sie noch jetzt einen Augenblick lang ihre Skeletthand zu erheben, ehe sie wieder zurücksank in die Tiefe des Sarkophags, in dem sie aller Wahrscheinlichkeit nach lebendig begraben worden war.

7

»Ach, Sie sind es, Miss! Wer hätte das gedacht!« sagte Miss Rachel tadelnd, denn sie fürchtete um die letzten Reste des Respekts, den man ihr zu zollen hatte. »War ja wohl höchste Zeit! Was glauben Sie eigentlich, sich einfach ohne Erlaubnis, ohne ein Wort zu entfernen – und wo sind Sie überhaupt?«

»Ich bin im ›Hotel zum Drachen‹. Sie selbst hatten mir empfohlen, mich nicht mehr bei Ihnen sehen zu lassen, wissen Sie noch? Außerdem habe ich inzwischen Alice angerufen und ihr Nachricht gegeben. Es war schon ziemlich spät gestern abend, nachdem wir Paddy gefunden hatten. Ich muß sagen, ich habe ihn innerlich um Verzeihung gebeten, denn es war ganz verständlich, daß er ein wenig allein sein wollte. Und alles war Ihre Schuld, das müssen Sie wissen für den Fall, daß es Ihnen noch keiner zu sagen gewagt hat. – Ich? Was habe ich schon zu verlieren? Schließlich haben Sie mich ja hinausgeworfen.«

»Davon kann gar keine Rede sein! Aber wenn Sie sich nicht umgehend bei mir einfinden, Miss, dann bin ich entschlossen, es zu tun. Ich darf Sie vielleicht daran erinnern, daß Sie die monatliche Kündigungsfrist einhalten müssen, und wenn Sie mir jetzt kündigen, nehme ich die Kündigung gar nicht an, also seien Sie nicht gleich eingeschnappt! Ist Paddy bei Ihnen? Ich bilde mir ein, gerade seine Stimme gehört zu haben.«

»Ja, er ist hier.« Paddy kicherte im Hintergrund wie ein Backfisch, aber zugleich hatte er auch ein etwas schlechtes Gewissen. »Er kam hierher, um Dominic abzuholen zu irgendeinem aufregenden Unternehmen, und ich sag's gleich: Ich gehe auch mit. Es macht Spaß, von zwei netten jungen Herren begleitet zu werden, also muß ich die Situation ausnutzen. Erwarten Sie mich nicht vor dem Lunch, ich fürchte, ich werde selbst dazu noch zu spät kommen. – Was? – Aber nein, ich bin doch nicht albern. Es war nur schon sehr spät, und ich war völlig durchnäßt und hungrig, deshalb nahm ich Mrs. Felses Einladung gern an. – Natürlich, Sie haben ganz recht, so etwas klärt die Atmosphäre wie ein Gewitter. – Ja, heute nachmittag bin ich im Haus. – Ihm geht es prima. Wollen Sie ihn sprechen?«

Paddy glättete die Wogen ihres Unmuts mit einem einzigen Satz. »Hallo, Tante Rachel, tut mir leid mit den Aprikosen, aber ich war ganz durcheinander, wollte eigentlich zurückkommen, aber dann ... Jawohl, meine Teuerste, sobald ich kann. Auf jeden Fall morgen, denn Montag muß ich wieder zur Schule. Bis später, Tante Rachel!«

Sie gingen nebeneinander den steilen Weg vom Hotel über die Küstenstraße hinunter zu den Felsen, auf denen Simon gestern abend mit dem Fahrrad Kopf und Kragen riskiert hatte. Dann wandten sie sich hinüber zum Hafen, um von dieser Seite aus näher an die Höhle heranzukommen. Als sie in den Steig zum Drachenkopf einbogen, schaute Paddy sich noch einmal um und entdeckte unterhalb der Kaimauer eine rundliche, adrette junge Frau mit schlüsselblumenblondem Haar, in der er mit scharfen Augen Rose Pollard erkannte. Sie schien die drei zu beobachten, und als sie merkte, daß sich Paddy umblickte, zog sie sich rasch zwischen zwei Felsen zurück. Doch sie lief nicht zu ihrem Haus – Paddy fühlte, daß sie hinter ihnen her starrte.

»Das kann ich nicht glauben«, sagte Tamsin enttäuscht. »Jetzt sind wir – wie weit eigentlich? – bis hierher unter der Erde vorwärtsgekommen, in diesem sorgfältig geebneten Tunnel, und nun endet er an dieser Steinwand! Warum sollte er hier plötzlich zu Ende sein? Da hätte die viele Arbeit ja gar keinen Sinn gehabt!«

Dominics Blicke folgten dem Strahl der Taschenlampe, den Paddy über die glatte Wand vom Boden bis zur Decke gleiten ließ. Eigentlich war es gar keine glatte Wand, vielmehr sah man, daß dort ein Meißel in verschiedener Höhe Löcher in das Gestein zu schlagen versucht hatte, den Versuch aber offenbar immer wieder abgebrochen hatte, denn es gab keinen Zweifel, der Gang führte von hier aus keinen Meter weiter, und kein Loch, keine Spalte durchbrach die abschließende Wand. Es half nichts: Hier war ihre Entdeckungsreise zu Ende.

»Vielleicht reichte der Gang zum Aufbewahren des Schmuggelguts, und man hat nicht mehr weiter gegraben. Schließlich haben wir auf dem Weg hierher genügend Nischen entdeckt, in denen man eine ganze Menge lagern kann.«

»Aber überlegen Sie doch«, gab Paddy zu verstehen, »wenn der Gang selbst schon das Versteck war, brauchten sie ihn ja nicht einen halben Kilometer weit in den Felsen voranzutreiben. Allein in der ersten größeren Ausbuchtung kann man ganze Schiffsladungen verstecken. Man macht sich nicht so viel Mühe mit einem Gang, der dann einfach mitten im Berg endet.«

»Das hat schon etwas für sich«, gab Tamsin zu. »Du hast wahrscheinlich recht, Paddy.«

»Vielleicht haben wir einen Seitengang übersehen? Vielleicht hat man aufgehört, hier zu bohren, weil man an einer anderen Stelle leichter weiterkam.«

»Das können wir beim Rückweg genau überprüfen. Es ist ohnehin Zeit dazu, und hier gibt's nichts für uns zu entdecken.«

Nur zögernd machten sich die drei auf den Weg nach draußen; nun schauten sie mit scharfen Blicken überall umher, ob sie nicht das eine oder andere von entscheidender Bedeutung übersehen hatten. Der Boden war sorgfältig geebnet worden, das war deutlich zu erkennen. Manchmal war es glatter Fels, dann wieder war der Stein abgeschliffen worden, und die Vertiefungen hatte man sorgsam mit Sand ausgefüllt, so daß man in der Dunkelheit nicht stürzte. Mit der entsprechenden Beleuchtung war es nicht schwer, die Strecke hinter sich zu bringen, und das größte Stück des Weges war vollkommen trocken, denn in Richtung auf das Landinnere stieg der Tunnel langsam aber stetig an und mußte sich an seinem Ende nicht allzu weit unter der Erdoberfläche befinden. Dabei machte er im letzten Stück eine scharfe Linkswendung.

»Wo glauben Sie, daß der Tunnel endet?« fragte Paddy und ließ das Licht der Taschenlampe wieder spielerisch über die festen Felswände gleiten. »Ein halber Kilometer – das ist weiter als bis zum Nacken des Drachens, das muß schon unter dem höher gelegenen Teil der Stadt sein.«

»Ich glaube nicht, daß wir so weit nach rechts gegangen sind«, gab Dominic zu bedenken. »Ich würde sagen, irgendwo unter dem Kopf, vielleicht auch bei den Dünen.«

»Es ist so glatt hier«, sagte Tamsin, »daß man kaum ein Licht braucht.« Und prompt stolperte sie gleich darauf und fiel auf Hände und Knie.

Dominic und Paddy halfen ihr wieder auf die Beine, und sie nahm die Taschenlampe und prüfte ihre Strümpfe. »So, jetzt ist mir jemand ein neues Paar Nylons schuldig!« rief sie lachend. Von ihrem rechten Knie zog sich eine breite Laufmasche nach unten.

»Ich kaufe sie Ihnen von meiner Guinee«, bot Paddy großzügig an. »Schließlich habe ich sie fast genauso gefunden, nur hatte ich keine Lampe bei mir. Schauen Sie sich doch lieber einmal um, vielleicht sind Sie über den Hort der Piraten gestolpert!«

»Kaum – vorausgesetzt, man hat nicht reinen Granit gehortet. Aber es war auch etwas Scharfes, Dünnes – es hat mir die Haut ein bißchen aufgeritzt.« Sie ließ den feinen Sand durch ihre Finger gleiten, prüfte noch einmal genau mit dem Knie, wo sie am Boden aufgekommen sein mußte, und brachte einen gelblichen Ring zum Vorschein, dessen Enden ein wenig auseinandergebogen waren. »Nein, ein Piratenschatz ist es wohl nicht, aber vielleicht der Ohrring eines Schmugglers!« Sie rieb den Ring an ihrer Jacke, und das Metall glänzte ermutigend. »Ja, das muß es sein. Es sieht nämlich so aus, als wäre der Ring aus Gold.«

Sie untersuchten nun den Boden Zentimeter für Zentimeter mit der Taschenlampe, aber es gab nichts mehr zu entdecken. Tamsin steckte ihre Beute in die Tasche, und die drei machten sich wieder auf den Weg zurück zum Ausgang. Hier und da schien es, als setzten sich die Nischen in weitere Gänge fort, aber immer wieder stellte es sich heraus, daß sie gleich darauf an einer glatten Wand endeten. Je näher sie dem Ausgang kamen, um so mehr Wasser tropfte von den Wänden und lief in schmalen Bächen über den Boden.

Dann erreichten sie den Eingang der Höhle und krochen hinaus auf die Felsplatte unter dem Drachenloch. Über den Stränden von Maymouth lag die Ruhe des Mittags. Weiter draußen sah man das glitzernde Band des Meeres, das nun nicht länger zurückwich, sondern unaufhaltsam auf die Stadt zukroch. Aber zwei Stunden würde es wohl noch dauern, bis die Flut den Eingang zur Höhle erreichte.

»Wenn du willst«, bot Dominic dem Jungen an, »dann kannst du mit uns zum Lunch kommen. Tamsin kommt auch mit. Wir könnten ja deine Mutter anrufen und ihr Bescheid geben.« Allerdings klang das Angebot nicht allzu eifrig, und Dominic war nicht traurig, als es von Paddy abgelehnt wurde.

»Vielen Dank, aber ich glaube, heute sollte ich zu Hause essen.«

»Dann komm wenigstens auf ein Eis mit uns!«

Diese Einladung nahm Paddy mit Freuden an. Sie kletterten alle drei wieder den steilen Pfad vom Hafen zum Hotel hoch.

»Nimm das mal zu deiner Guinee«, sagte Tamsin und reichte ihm den goldenen Ring, den sie in ihre Tasche gesteckt hatte. »Ich glaube zwar nicht, daß er viel wert ist, aber hebe ihn gut auf, wer weiß . . .«

»Meinen Sie, wir sollten Mr. Hewitt über unseren Fund berichten? Ich habe ihm erzählt, daß wir noch einmal zu dem Tunnel gehen, aber es schien ihn nicht sonderlich zu interessieren.«

»Er hat im Augenblick wichtigere Probleme zu lösen«, erklärte Dominic mit Nachsicht. »Ich an deiner Stelle würde ihm schon darüber berichten, aber erst, wenn er dafür Zeit hat. Wahrscheinlich ist er im Moment hinter einem Dutzend Spuren her, die heißer sind als das hier.«

Sie gingen am grasbewachsenen Rand der Felsen entlang, die steil zur Stadt und zum Hafen hin abfielen. Paddy schaute hinunter. Der ganze Uferstreifen war jetzt menschenleer, nur eine einzige Bewegung dort unten rief seine Aufmerksamkeit hervor.

Aus dem schmalen Gäßchen hinter den Häusern am Hafen tauchte die Gestalt eines Mädchens auf und strebte auf die Felsen zu. Sie hatte einen Schal um den Kopf geknotet, aber Paddy erkannte sie doch an ihrem rehbraunen Sweater. Sie lief mit gesenktem Kopf und trug ein kleines Bündel im Arm. Die überhängenden Felsen verdeckten ihm dann die Sicht fast eine Minute lang, doch zuletzt erblickte er sie wieder kurz vor dem Drachenloch, bei den Höhlen, in denen sie verschwand.

Er wollte schon den beiden anderen seine Beobachtung mitteilen, aber dann besann er sich eines Besseren und trottete schweigend neben ihnen her. Doch er konnte Rose Pollard nicht aus dem Kopf bekommen. Und je länger er darüber nachdachte, um so klarer wurde es ihm, daß sie vermutlich schon vor zwei Stunden zur Höhle eilen wollte und im letzten Augenblick entdeckte, wie Tamsin, Dominic und er selbst dorthin kletterten. Vermutlich hatte sie die drei beobachtet, als sie wieder aus der Höhle kamen, und nun war der Weg frei für sie.

Aber was wollte sie in der Höhle? Paddy kannte Rose seit seiner Kindheit, sie hatte oft auf ihn aufgepaßt, wenn seine Eltern einmal wegfahren mußten, und er mochte sie gern, weil sie freundlich und nett mit ihm umging. Genauer gesagt, er konnte sie um den Finger wickeln, konnte so lange aufbleiben, wie er wollte, wenn sie da war, herrlichen Unsinn im Badezimmer treiben und die unangenehmsten Details beim Waschen vernachlässigen. Nein, Rose hatte nicht genügend Entschlußkraft, etwas Gefährliches oder gar Verbotenes zu unternehmen, und außerdem war sie nicht gescheit genug, es für längere Zeit geheimzuhalten. Oder tat sie es nur für Jim? Liebte sie ihren Mann so sehr, daß sie für ihn alles wagte? Schließlich war ihr Vater ermordet worden, und sie hatte ihn nicht gerade geliebt. Jim haßte den Alten, weil Rose ihn haßte. Doch eines war Paddy klar: Die beiden hatten ihm bestimmt nichts angetan. Dazu waren sie viel zu offen und ehrlich. Und Rose fürchtete sich im Dunkeln, daran erinnerte sich Paddy ganz genau. Was tat sie also ausgerechnet in der Höhle?

Geistesabwesend aß er ein Cassata und verabschiedete sich von Tamsin und Dominic. Aber kaum war er aus Sichtweite des Hotels, da drehte er sich um und lief rasch in Richtung auf Maymouth, kletterte geschickt den steilen Pfad hinunter und befand sich schon bald vor dem weit offenstehenden Maul des Drachens.

Sie war nicht in der Höhle am Eingang geblieben, das wußte er intuitiv, sobald er in das dunkle Innere kroch. Dort gab es keine Echos, nur das ganz leise, scheinbar von allen Seiten auf ihn zukommende Murmeln des Wassers, das wegebbte, wenn sich Stimmen oder Geräusche in der Höhle erhoben. Vielleicht war sie auch gar nicht hereingekommen, so genau hatte er das von oben nicht beobachten können. Möglicherweise war sie den Steig an den Höhlen entlang und weiter zur Bucht von Pentarno gegangen.

Er kletterte wieder hinaus ins Tageslicht und blickte auf beiden Seiten die weite Fläche des Strandes hinauf und hinunter – nirgends war ein Mensch zu sehen, und von Rose weit und breit keine Spur.

Er wußte genau, wo sie war. Deshalb stieg er wieder hinein und blieb vor dem Tunnel in einer Seitennische der Höhle stehen. In den Gang kriechen konnte er nicht, sonst wäre er ihr wohl irgendwo im Dunkeln begegnet, eine Situation, die er aus verschiedenen Gründen vermeiden wollte. Er preßte sich in die Nische, bewegte sich nicht und wagte kaum zu atmen. Sein Herz klopfte ihm bis zum Hals.

Was sie auch vorhatte da drinnen, sie konnte nicht allzu lange ausbleiben, denn sie mußte zurück, bevor die Flut den Ausgang versperrte. Doch wenn sie nicht zurückkam, was dann? Sollte er hinausklettern, solange noch Zeit dazu war, und Jim holen? Aber Jim wußte vermutlich genau Bescheid. Zwischen Eheleuten gab es keine Geheimnisse. Also Hewitt holen? Oder sollte er hierbleiben und auf jeden Fall ihre Rückkehr abwarten? Nein, das konnte er seiner Mutter nicht antun. Nicht noch einmal!

Rose ersparte ihm eine Entscheidung. Noch ehe er ihre Fußschritte hörte, sah er schon den Lichtstrahl in dem Felsenloch. Sie schien es eilig zu haben, hatte vielleicht Angst, nicht mehr rechtzeitig vor der Flut aus der Höhle zu kommen, obwohl es noch früh genug war. Dann konnte er ihre Schritte hören, die Kiesel, die unter ihren Schuhen knirschten, und das plötzliche Anhalten, das Keuchen, als sie aus dem engen Loch in die Höhle kletterte. Sie stolperte und schaute einen Augenblick nach oben, dabei konnte er ihr Gesicht erkennen, das hoffnungslos und von Tränen verschmiert, verzweifelt nach draußen gerichtet war.

Hastig rannte sie auf den Ausgang der Höhle zu, und Sekunden danach hörte er nur noch das Prasseln von Kieseln und die hastigen Schritte des Mädchens, das sich schnell entfernte.

Er blieb noch ein paar Minuten in seinem Versteck, denn sie sollte ihn nicht erblicken, wenn sie sich zufällig einmal umschaute. Es war nicht anständig von ihm, ihr nachzuspionieren, aber nun war es einmal geschehen, und er wollte ihr schließlich nichts Böses, im Gegenteil. Das Beste war, er hielt seinen Mund über die ganze Sache, denn was sie auch so erschreckt haben mochte – Rose konnte nichts Böses getan haben.

Er stieg auf der Pentarno zugewandten Seite aus der Höhle, die einen knappen halben Meter tiefer lag als der Ausgang nach dem Strand von Maymouth. Hier reichte das Wasser schon bis vor das untere Ende der Höhle, und er konnte gerade noch trokkenen Fußes hinausklettern, hinauf auf den Pfad und weiter zur Küstenstraße. So kam er sicher und rechtzeitig nach Hause.

Doch er wurde das Bild der aus der Höhle fliehenden Rose Pollard nicht los; sie schien von tausend Teufeln gehetzt gewesen zu sein. Und dann fiel ihm noch etwas ein: Als sie von ihrem mysteriösen Ausflug zurückkam, trug sie kein kleines Bündel mehr unter dem Arm . . .

8

Phil war gerade dabei, das Teegeschirr zu spülen, als Kriminalsergeant Hewitt anrief. Sie ging hinüber und steckte den Kopf durch die Wohnzimmertür: »Für Sie, Simon. Mr. Hewitt sagt, der Sachverständige, den er bestellt hat, damit er die sterbliche Hülle von Mrs. Treverra untersucht, ist gerade angekommen. Er meint, es wäre nett, wenn Sie und Tim sich die Mühe machten, bei der Untersuchung anwesend zu sein. Ich nehme an, es ist ihm lieber, wenn jemand von der Familie dabei ist, damit es nachher keine Unstimmigkeiten gibt. Soll ich ihm sagen, daß ihr gleich hinüberfahrt?«

Alle drei hatten schon die ganze Zeit auf den Anruf gewartet; Paddy fühlte die Spannung und war selbst auch ziemlich aufgeregt. Tim schaute ihn an. »Und du, Paddy?« fragte er nach kurzem Zögern. »Kommst du auch mit hinunter?«

Das gespannte Gesicht des Jungen hellte sich auf; er strahlte. »Gern! Wenn ich auch nicht annehme, daß ich mit hinein in die Gruft kann.«

»Du hast recht – ich fürchte, das wird nicht gehen. Aber ich werde dir alles darüber erzählen – die Vorgeschichte auf dem Hinweg, und was wir entdecken, vorausgesetzt, es gibt etwas zu entdecken, auf der Fahrt hierher. Zufrieden?«

»Okay, Daddy, ich komme auf jeden Fall mit.« Er war noch nicht viel mit Tim beisammengewesen an diesem Tag, obwohl er sehr das Bedürfnis danach hatte. Bei Müttern kann man seine Gefühle demonstrativer äußern, aber es ist nicht ganz einfach, wenn man Vätern klarmachen will, daß man sie liebt und ihnen dankbar ist. Man muß die Gelegenheit nützen, wie sie kommt, und hoffen, daß sie es kapieren.

Sie fuhren die kleine Straße hinunter zu den Dünen, überquerten die Küstenstraße und ratterten über die Bohlen auf die Kirche im Sand zu. Der Abend roch nach Meer und September, nach Gras und Salz.

»Ich wußte nicht, daß man Morwennas Sarg auch geöffnet hat. War das notwendig? Und wann hat man ihn geöffnet? Heute morgen?«

Früher hätte er Simon gefragt, hätte sich über den Sitz nach hinten gelehnt und ihm auf die Lippen gestarrt wie ein Hündchen, das um ein Stück Kuchen bettelt. Jetzt saß er neben Tim und fragte ihn, ruhig und ernst.

»Ja, heute morgen. Nachdem du bei Mr. Hewitt warst, glaube ich, sind sie hinuntergefahren. Ich war nicht dabei. Hewitt meinte, man müsse die Gruft so gründlich wie möglich durchsuchen, denn es sieht so aus, als befinde oder befand sich etwas in der Gruft, was Trethuan veranlaßte, gegen die Öffnung zu protestieren. Doch außer den beiden Sarkophagen ist das Gewölbe leer, und Jan Treverras Sarg hat man inzwischen eingehend genug durchsucht. Blieb also noch der andere Sarg, und daher beschlossen wir, er müsse auch geöffnet werden.« Tim steuerte den Mini auf die glatte Sandfläche vor dem Friedhof und schwieg einen Augenblick. »Sie liegt in dem Sarg, Paddy! Es ist nicht wie bei ihrem Mann – sie ist da, wo man sie vermutete.

Der Sachverständige wird uns sagen, ob der Leichnam wirklich so alt ist; eigentlich besteht kein Zweifel daran. Aber als sie den Deckel öffneten, machten Simon und Hewitt eine andere, schreckliche Entdeckung: Sie – ja, wie soll man sagen – sie ruht nicht in Frieden! Sie ist ganz angezogen, trägt kein Leichenhemd, und es sieht so aus, als habe sie versucht, aus dem Sarg herauszukommen. Sie muß lebend dringelegen haben! Man hat sie lebendig in den Sarg gesperrt! Das kam früher manchmal vor.«

Er fühlte, wie der Junge neben ihm vor Schreck erstarrte, und wollte das Bild ein wenig mildern, ihn daran erinnern, daß die schreckliche Szene zweihundert Jahre zurücklag und heute eher wie ein böser Traum, eine traurige Ballade wirken mußte.

»Weißt du, damals war die medizinische Wissenschaft noch in den Kinderschuhen – es gibt tatsächlich todesähnliche Zustände, die sehr schwer zu erkennen sind. Und es ist kein so schlimmer Tod, wie du dir das vorstellst. Der Sauerstoff geht aus, dann ermattet man und sinkt in eine Art Schlaf. Es dauert nicht lange.«

Simon schien gar nicht da zu sein. Paddy lehnte sich dichter an Tim, dankbar und glücklich.

»Es sieht vielleicht nach einem Todeskampf aus, aber sie ist vermutlich sehr schnell ohnmächtig geworden. Dabei verharrte sie in der Stellung, die sie eingenommen hatte, die Beine gegen den Sargdeckel gepreßt. Und als sie dann tot war – aber du kennst ja ihren Grabspruch. Ich habe immer das Gefühl, sie hat ihn selbst verfaßt. Ich kann nicht genau sagen, warum, aber ich glaube, ich täusche mich nicht.«

Paddys Stimme war leise, aber sehr wachsam, sie klang eine Oktave tiefer als sonst. »Ich habe sie immer bewundert, weil sie so schön war!«

»Ich auch. Und sie wird ihn wiederfinden, dessen bin ich sicher. Der Tod ist kein Hindernis für eine Frau wie Morwenna!«

Der Mini hielt vor dem kleinen Sandwall, der den versunkenen Friedhof umgab. Das Türmchen von Saint Nectan ragte in den Abendhimmel.

»Es war kein häßlicher Anblick«, sagte Simon unvermittelt

und beugte sich nach vorn. »Ein seltsamer Geruch, ein bißchen Staub. Sie lag vor uns, sehr klein, wie auf dem Bild, in einem sicherlich einmal sehr attraktiven Reisekostüm und einer Haube – so schien es mir jedenfalls. Und um die zarten Schulterknochen wallte ihr reiches, schwarzes Haar.«

Paddy sagte keinen Ton. Er saß ganz in Gedanken versunken da, während die beiden aus dem Wagen stiegen und hinübergingen zum Friedhof. Erst als er Stimmen hörte, wachte er aus seinem Tagtraum auf und sah hinüber, wo Tim und Simon gerade Mr. Hewitt und Mr. Felse begrüßten. Ein dritter Mann, der mit den beiden Kriminalbeamten gekommen war, schien der pathologische Sachverständige zu sein. Paddy beobachtete, wie sie das Schloß des Eisengitters aufsperrten und dann die Treppe hinuntergingen, einer hinter dem anderen. Er hörte, wie die schwere Tür quietschend geöffnet wurde, aber er rührte sich nicht von der Stelle. Wenn das Fenster des Wagens nicht geöffnet gewesen wäre, hätte er nicht einmal die Stimmen und Geräusche wahrnehmen können. Merkwürdig, es klang so, als seien die Männer ziemlich aufgeregt. Sie sprachen laut durcheinander, und Paddy konnte kein Wort verstehen. Aber etwas schien nicht in Ordnung zu sein dort unten in der Gruft. Paddy wollte schon die Wagentür öffnen und hinauslaufen, zu der Gruft hin, oder zumindest auf den Friedhof, aber er hielt im letzten Moment inne.

Schließlich gewann aber die Neugier doch die Oberhand. Er kletterte aus dem Mini und rannte bis vor das Gitter der Gruft. Durch die offene Tür konnte er nur eine Ecke des linken Sarkophages erkennen, dazu die Beine von George Felse und Tim. Aber die Stimmen waren jetzt deutlich zu vernehmen.

»Keine Spur davon war in dem Sarg, als wir ihn heute morgen öffneten«, sagte Hewitt. »Außer ihr war nichts drinnen. Darüber gibt es gar keinen Zweifel.«

»Völlig ausgeschlossen, daß wir so etwas übersehen hätten«, fiel Simon ein. »Wir haben uns zwar bemüht, nichts in dem Sarkophag zu berühren, aber wir haben seinen Inhalt sehr genau betrachtet, das können Sie mir glauben! Nein, davon war mit absoluter Sicherheit nichts zu sehen!«

»Aber wenn Sie beide Schlüssel bei sich hatten und die Gruft, wie ich annehme, heute morgen wieder gut versperrt haben«, sagte die unbekannte Stimme, »wie soll er dann hereingekommen sein?«

»Es ist unmöglich, verdammt noch mal, aber es ist doch geschehen!«

Paddy war überrascht, denn zum erstenmal klang Hewitts Stimme gereizt und nervös.

»So sehen Sie sich es doch einmal an! Ist er wirklich da oder nicht? Na also. Und heute morgen war er noch nicht hier, gar nichts lag auf ihren Füßen, als wir um elf Uhr den Deckel abnahmen. Ich sage mir ja selbst immer wieder vor, daß wir die Gruft versperrt haben und die Schlüssel dazu nicht aus der Hand gegeben haben. Und außerdem – wie sollte ein Mensch, sei er schuldig, unschuldig oder verrückt, ausgerechnet diesen Beutel hierherbringen, damit wir ihn finden? Das gibt doch keinen Sinn!«

Er ließ offenbar seine Hand durch etwas gleiten, das wie lose Münzen in einer Damenhandtasche klimperte, dann zeigte er den anderen, einen Augenblick auch von draußen, von Paddys Standpunkt aus sichtbar, tatsächlich eine Handvoll Münzen, kleine Geschmeide und Kostbarkeiten, die den gelben Glanz alten Goldes offenbar auch nach Jahrhunderten nicht verloren hatten.

Er setzte sich auf den Beifahrersitz und schlug die Tür zu, wollte in Ruhe überlegen. Zu viele Gedanken schufen Unordnung in seinem Kopf, er mußte sie erst einmal ordnen. Eine alte Guinee im Sand des unterirdischen Ganges und eine Handvoll davon in Morwennas Grab! Dabei war die Gruft versperrt gewesen, beide Schlüssel waren in der Obhut der Polizei, und man konnte sich das Auftauchen des Schatzes überhaupt nicht erklären – es sei denn, es gab noch einen dritten Schlüssel. Das hatte auch Hewitt vorhin erwogen, ehe Paddy zurück zum Wagen gelaufen war.

Oder ein zweiter Eingang! dachte der Junge. Das hatte Hewitt nicht gesagt, aber Paddy bekam es nicht mehr aus dem Sinn. Keine richtige Tür, die auf den ersten Blick zu erkennen war, natürlich! Ein geheimer Ausgang, der allerdings nicht leicht zu finden ist.

Als er da unten in dem Tunnel war, hatte er keine Ahnung, wo sie sich befanden – aber Dominic hatte gemeint, es müsse irgendwo unter den Dünen sein. Paddy schaute hinüber zu der Kirche und maß mit den Blicken die Entfernung zum Drachenkopf ab. Ja, das war gut denkbar! Es mußte so sein, denn nur so konnte man die unwahrscheinlichen Ereignisse erklären.

Sie waren nun schon ziemlich lange da unten, fast schon eine Stunde. Paddy verließ den Wagen nicht mehr, denn es war ihm klargeworden, daß man ihn ausfragen würde, wenn man entdeckte, daß er ihnen nachspioniert hatte. Nein, noch durfte er ihre Fragen nicht beantworten, nicht, bevor er mit einer gewissen jungen Frau gesprochen hatte. Natürlich – das war es: Er mußte so bald wie möglich zu den Pollards gehen, ihnen sagen, was er wußte, und erreichen, daß sie selbst der Polizei einen ausführlichen Bericht erstatteten.

Aber andererseits konnte er nun Fragen stellen, und warum sollte er nicht schauen, was es zu entdecken gab, als die fünf Männer endlich aus der Gruft kamen? Hewitt ging direkt zu seinem Wagen, nahm eine Decke aus dem Kofferraum und stieg noch einmal hinunter in die Grabeshöhle. Als er gleich danach wieder nach oben kam, trug er etwas in den Armen, was er in die Decke eingerollt hatte, ein dickes, kurzes Bündel. Wenn man die Decke abrechnete, entsprach der Inhalt etwa der Größe einer Zweikilotüte voll Mehl, schien aber bedeutend schwerer zu sein. Man konnte annehmen, daß er einen kleinen Geldsack darin verpackt hatte – oder einen Lederbeutel, wie er vor zweihundert Jahren als Brieftasche und Geldbörse diente. Jedenfalls entsprachen Größe und Gewicht genau dem Bündel, das Rose Pollard heute mittag im Arm trug.

Tim stieg in den Wagen und war auf eine Flut von Fragen vorbereitet, aber Paddy schwieg hartnäckig.

»Willst du denn nicht wissen, ob es wirklich Morwenna ist, die in dem Sarg liegt?« fragte Mr. Rossall und war über die unwahrscheinliche Beherrschtheit des Jungen fast konsterniert.

»Aber freilich!« Paddy strahlte wieder. »Ich nahm an, du

würdest mir schon von selbst erzählen, was für meine Ohren bestimmt ist. Ich will schließlich nicht meine Nase in Dinge stecken, die mich nichts angehen!«

»Soviel tugendvolle Zurückhaltung, das ist ja nicht die Möglichkeit!« rief Tim ungläubig. »Du bist doch nicht etwa krank?«

Er ließ den Motor an, dann steuerte er den Mini durch den Sand auf den Pfad zu, hinter dem Polizeifahrzeug her, das mit Simon, Hewitt und dem Sachverständigen voraus durch die Dünen fuhr.

»Warum kommt Onkel Simon nicht mit uns?«

»Er wollte noch mit dem Pathologen sprechen. Wir sind so gut wie sicher, daß es sich bei der Toten um Morwenna handelt. Das Alter, die Mode der Gewänder, der Körperbau – alles stimmt mit dem, was wir wissen, überein. Man wird den Stoff analysieren müssen, aber er sieht ebenfalls authentisch aus.«

»Wohin fahren wir jetzt?«

»Zu Hewitts Dienststelle. Wir haben noch eine kleine Konferenz dort, und ich schlage vor, du vertreibst dir solange in der Stadt die Zeit. Oder soll ich dich zuerst nach Hause bringen?«

»Nein, nein«, sagte Paddy ein wenig zu rasch. »Ich komme mit in die Stadt, das paßt prima. Während ihr euch mit dem Protokoll befaßt, werde ich einen Besuch machen, den ich schon lange vorhatte.«

Er klopfte an die Vordertür des rosafarbenen Häuschens in der Gasse am Hafen. Die Uhr von Saint Mary schlug gerade halb acht. Er trat nervös einen Schritt zurück, wollte, er hätte nicht geklopft und könnte davonlaufen, denn allmählich dämmerten ihm die Konsequenzen seines Vorhabens. Drinnen zerklirrte etwas auf dem Fußboden – es klang wie Glas. Die Stimme einer jungen Frau stieß einen ärgerlichen Schrei aus, und ein Mann brüllte plötzlich laut und voller Zorn: »Zum Teufel, was ist denn los mit dir? Du erschrickst ja, als hätte man mit einer Kanone geschossen, dabei hat es nur an der Tür geklopft. Wenn irgendetwas nicht in Ordnung ist, sagst du es mir gefälligst. Ach, laß nur, ich mache schon auf.«

Plötzlich wurde die Tür weit aufgerissen, und Jim Pollards

braune Augen starrten unter den buschigen Brauen auf den erschrockenen Paddy.

»Nanu, du bist es? Was gibt's denn?« Der junge Fischer drehte sich um und rief zu seiner Frau hinein: »Der junge Rossall ist es, du brauchst dich nicht gleich wieder aufzuregen!« Und zu Paddy: »Also, was willst du?« Es klang nicht gerade unfreundlich, aber so, als würde Jim den Jungen gern so schnell wie möglich wieder loswerden, damit er seine Aussprache mit Rose fortsetzen konnte. Doch für Paddy gab es jetzt keinen Weg zurück.

»Ich möchte mit Ihnen und mit Rose sprechen, bitte. Es ist sehr wichtig!«

»Rose? Für dich immer noch Mrs. Pollard, mein Freundchen! Aber schön, komm 'rein!«

»Ich kenne sie schon so lange und habe immer nur Rose gesagt, aber wenn es Ihnen nicht recht ist ... Es war nur die Gewohnheit.«

Er kam in das Puppenwohnzimmer, und Jim schloß hinter ihm die Tür. Rose beugte sich in der Küche gerade auf den Boden und kehrte mit Besen und Schaufel die Scherben auf. Die Küchentür stand weit offen, und Paddy sah, wie die junge Frau ihn einen Moment scheu und erschrocken anschaute.

»Hallo, Paddy, was ist denn los mit dir?«

»Mit mir? Nichts. Aber mit Ihnen«, erklärte er ernst und streng. Jetzt war er zu allem bereit, komme, was da wolle. »Ich möchte Ihnen erst einmal sagen, daß ich weiß, wo Sie heute mittag hingegangen sind und was Sie da getan haben. Ich sah, daß Sie mit einem Bündel im Arm im Drachenloch verschwanden, und ich weiß, wo Sie es gelassen haben. Glauben Sie nicht, es ist sehr unklug, sich so zu verhalten, als habe man weiß Gott was ausgefressen, obwohl man gar nichts Böses getan hat? Mrs. Pollard, Sie müssen alles bei der Polizei angeben, es ist das Beste für Sie, glauben Sie mir. Ich weiß von dem Geld und den Schmuckstücken, und wo Sie sie –«

Sein Eifer und die Absicht, die Sache so schnell wie möglich hinter sich zu bringen, hatte die beiden Eheleute zunächst einmal in Schweigen verharren lassen, aber jetzt brach ein Wirbelsturm los, wie Paddy es nicht vermutet hatte. Rose warf sich heulend auf einen Stuhl, die Hände vorm Gesicht. Jim schaute die beiden mit offenem Munde an, dann gab er Paddy mit der flachen Hand eine Ohrfeige. Der Junge taumelte von der Gewalt des Schlages an die Wand.

»Du neunmalkluger Rotzjunge!« zischte Jim wütend durch die Zähne. »Du kommst hierher, verleumdest meine Frau und drohst uns mit der Polizei! Aber du siehst schon, wie es dir bekommt!«

Es war die erste Ohrfeige, die Paddy in seinem Leben erhalten hatte. Und sie zeigte keineswegs die erwünschte Wirkung, im Gegenteil, jetzt kam zu seinem Eifer auch noch die Wut.

»Ich dachte gar nicht daran, sie zu verleumden«, schrie er, »und von Drohungen kann nicht die Rede sein. Ich sagte –«

»Wir haben genau gehört, was du gesagt hast! Du hast ihr vorgeworfen, Geld und Schmuckstücke gestohlen –«

»Verdammt noch mal, seien Sie doch nicht so stur!« brüllte Paddy mit hochrotem Kopf. »Ich habe nicht behauptet, daß sie gestohlen hat, ich wollte sagen, daß ich weiß, wohin sie sie zurückgebracht hat. Zum Teufel, dann sperren Sie doch erst einmal Ihre Ohren auf und hören Sie mir zu!«

Der ehrliche Zorn des Jungen ließ Jim innehalten. Schatten des Zweifels und Verdachts huschten über sein einfältiges, gutmütiges Gesicht. Und Rose sagte schluchzend: »Tu ihm nichts, Jim! Er meint es ja gut.«

Ihr Mann drehte sich zu der jämmerlich schluchzenden, in den Sessel gekauerten Gestalt um.

»Jetzt paßt mal auf, ihr beiden! Es gibt einen Trottel, der keine Ahnung hat, was ihr für seltsame Geheimnisse miteinander habt – und der bin ich! Aber jetzt werde ich auf der Stelle alles erfahren, darauf könnt ihr euch verlassen. Vielleicht ist etwas dran an dem, was der Junge gesagt hat. So, wie du dich die letzten Tage aufführst, würde mich das nicht wundern. Also, 'raus mit der Sprache, und zwar dalli!«

Seine Stimme hatte laut und ärgerlich begonnen, aber inzwischen war sie ganz leise geworden, wenn auch nicht minder beeindruckend. Er nahm Paddy bei den Schultern, zog ihn von der Wand weg und drückte ihn in den zweiten Sessel.

»Wenn ich dir Unrecht getan habe, dann tut es mir leid, mein Junge. Aber zuerst will ich wissen, was wahr ist und was nicht. Seit Tagen bemerke ich doch, daß mit Rose etwas nicht in Ordnung ist. Jetzt habe ich das Rätselraten satt. Wenn du also was zu sagen hast, dann los!«

Paddy atmete tief ein, dann berichtete er alles, was er von der Sache wußte und was er vermutete. Rose hörte auf zu schluchzen, aber sie bedeckte noch immer ihr Gesicht mit den Händen.

»Ich bin nicht zuletzt deshalb zu Ihnen gekommen, weil ich weiß, Mrs. Pollard und Sie haben nichts Böses getan, und weil ich davon überzeugt bin, es ist nicht nur unklug, sondern auch gefährlich, sich so zu verhalten, wie es Mrs. Pollard tut. Am besten wäre es, wenn Sie beide jetzt zur Polizei gingen und Ihre Aussage machten. Nur so können Sie heil aus dem Schlamassel herauskommen.«

Jim schaute seine Frau an, deren Schultern zuckten. Er brauchte eigentlich nicht mehr zu fragen, ihre Haltung war Antwort genug, doch er wollte es aus ihrem Munde hören, deshalb sagte er mit ganz sanfter Stimme: »Ist es wahr, Rose? Hast du wirklich –«

Sie wischte sich die Tränen ab, aber ihre Stimme klang verzweifelt.

»Ich mußte das Zeug aus dem Hause haben, und ich wollte dich nicht zum Mitwisser machen. Es ist alles nicht meine Schuld, aber deine erst recht nicht, und ich wollte dich aus der ganzen Sache heraushalten.«

»Geh und wasch dir die Augen aus, dann zieh dich an und mach dich schön – wir gehen zur Polizei. Jetzt gleich.«

Er wandte sich wieder an Paddy und schaute ihn ernst, aber nicht mehr feindselig an.

»Und zwar alle drei«, erklärte er mit bedeutsamer Betonung.

»Ja, das stimmt«, sagte Rose, während sie mit bleichem Gesicht auf Kriminalsergeant Hewitt starrte, kerzengerade und steif in dem harten, unbequemen Armesünderstuhl, »es gibt einen Gang in die Gruft. Ich werde es Ihnen zeigen. Wenn man sich an eine bestimmte Stelle eines bestimmten Steins lehnt, öffnet sich der Durchgang – aber die Einrichtung ist so geschickt angebracht, daß man den Mechanismus kaum unwillkürlich auslösen kann. Es ist eine der vorderen Platten in der finstersten Ecke. Sie dreht sich an einer Achse aus Stahl, die quer durch die Steinplatte geht. Wahrscheinlich hat man sie eingebaut, als man die Gruft aus dem Felsen meißelte. Die Platte dreht sich übrigens nur einmal um die eigene Achse, danach schnappt der Mechanismus wieder zu, und man hat große Mühe, vom unterirdischen Gang aus die richtige Stelle zu finden.

Und es ist auch wahr, daß ich durch den Tunnel dort hingekommen bin, wie Paddy behauptete. Ich ging hinein, weil ich die Sachen in das Grab der alten Dame zurückbringen wollte – aber ich selbst habe sie nicht herausgenommen, damit Sie's nur wissen! Ich wollte sie wieder loswerden und wußte nicht, wie ich es sonst hätte tun sollen. Ich wollte sie lose in der Gruft verstreuen, denn ich war sicher, ich hätte den Deckel niemals in die Höhe stemmen können – hätte es auch nicht gekonnt, wenn ich die Kraft dazu gehabt hätte. Doch dann sah ich, daß sie – sie – daß das Grab offen war. Ich sah Lady Morwenna –«

Sie schlug sich die Hände wieder vors Gesicht und schien im nächsten Moment in hysterische Tränen auszubrechen. Jim legte ihr die Hand auf die Schulter und beruhigte sie. Der Tod war fern, und Jim bedeutete Leben und Liebe. Sie legte ihre Wange an seine Hand.

»Woher wußten Sie von dem unterirdischen Gang und dem verborgenen Eingang in die Gruft?« fragte Hewitt in seinem bekannt neutralen Ton.

»Mein Vater hat ihn mir gezeigt.«

»Und wie hat er ihn entdeckt?«

»Keine Ahnung. Vielleicht durch Zufall. Er war ein neugieriger Mensch, wollte immer alles ganz genau wissen. Er hat mir nie davon erzählt. Aber es muß vor drei Jahren gewesen sein. Von da an brachte er manchmal kleine, wertvolle Dinge mit nach Hause und versteckte sie. Nun, ich habe vielleicht seine Neugier geerbt, und er hat die Sachen wohl auch nicht gut genug versteckt. Jedenfalls fand ich eines Tages ein paar goldene

Knöpfe. Ich hatte keine Ahnung, daß sie aus Gold waren, aber er hat es mir dann gesagt.«

»Und bei der Gelegenheit haben Sie ihm die Frage gestellt, wie er zu den Dingern kam?«

»Freilich, aber er wollte es mir nicht sagen. Dann gelang es mir, ihn ein bißchen aus seiner Reserve herauszulocken, und da zeigte er mir das eine oder andere, mal einen Ring, eine Brosche, mal drei Goldmünzen. Und eines Tages nahm er mich mit und zeigte mir den unterirdischen Gang, und wie man die geheime Tür an seinem Ende öffnet. Wir gingen in die Gruft, und ich sah zum erstenmal die beiden Sarkophage. Er erzählte mir, daß er die Sachen aus dem kleineren der beiden genommen hat – dem Sarg der Lady Morwenna. Ich wollte nichts damit zu tun haben und bettelte ihn, er solle alles der Toten zurückgeben und sie in Frieden ruhen lassen, aber er hörte mir gar nicht zu. Ich war entsetzt über ihn, aber ich konnte es keinem Menschen sagen, schließlich war er doch mein Vater! Selbst wenn ich damals jemanden gehabt hätte, dem ich es erzählen konnte«, sagte sie und streichelte Jims Hand an ihrer Schulter. »Nein, ihn gab es auch noch nicht zu dieser Zeit. Nicht für mich.«

»Haben Sie eine Ahnung, ob er die Dinge, die er aus dem Grab holte, auch anderen gezeigt hat?«

»Ja, ich glaube schon. Ich nehme an, er wollte sie verkaufen und wußte nicht, wie er sie an den Mann bringen sollte. Bald danach befreundete er sich mit einem Fischer, einem komischen Kerl, der wie verrückt hinter mir her war. Er hieß Ruiz, stammte wohl von Spaniern ab, aber seine Familie lebte schon seit langer Zeit in Cornwall, und er ist auch hier geboren. Vater machte ihm Hoffnungen, daß es mit mir klappen würde, und befahl mir, nett zu ihm zu sein. Aber ich konnte den Kerl nicht ausstehen. Die Freundschaft zwischen ihm und Vater wurde immer enger, die beiden steckten die ganze Zeit beisammen. Ich nehme an, dieser Ruiz brachte ein paar von den Schmucksachen außer Landes, denn er kannte einen Haufen Leute in Frankreich und Spanien, und er sprach auch beide Sprachen ganz gut. Das dauerte so ungefähr sechs Monate, aber dann war es auf einmal aus mit den beiden. Wahrscheinlich verlangte Ruiz einen größeren Anteil an dem Geschäft und drohte Vater, das Ganze auffliegen zu lassen, wenn er nicht einwilligte.«

»Haben die beiden vor Ihnen je über einen solchen Handel oder was damit zusammenhängt gesprochen?«

»Nein, nur ein einziges Mal, als sie sich verkrachten, und auch da konnte man nicht viel aus ihren Worten entnehmen. Ruiz rannte aus dem Haus und schlug die Tür zu, aber Vater lief hinterher, und da stritten sie sich draußen. Sie kamen übrigens gemeinsam zurück und steckten den ganzen Abend lang die Köpfe zusammen, als wäre alles wieder wie zuvor. Kurz danach ertrank dieser Ruiz im Meer. Ich weiß nicht, ob Sie sich daran erinnern – sein Boot kehrte in einer stürmischen Nacht nicht mit den anderen vom Fischfang zurück. Ein paar Wochen später wurde sein Leichnam unten in der Leichenhallen-Bucht angetrieben. Ich hoffte, mein Vater würde es jetzt aufgeben, da er niemanden mehr hatte, der die Sachen für ihn verkaufte, und ich glaube, das war auch ein Jahr lang so. Doch dann brachte er wieder das eine oder andere von dort nach Hause, ging manchmal für ein paar Tage weg und wollte mir nicht verraten, wohin.«

»Und wohin, glauben Sie, ist er gegangen? Sie müssen sich doch Gedanken darüber gemacht haben.«

»Nein, eigentlich nicht. Wenigstens nicht, wohin er ging. Aber ich dachte mir, jetzt verkauft er die Sachen eben selbst, vielleicht in Antiquitätenläden, nicht gerade in der unmittelbaren Umgebung, und ich versuchte immer wieder, ihn zurückzuhalten. Er gab mir jedoch zur Antwort, ich solle mich um meinen eigenen Kram kümmern. Das war die Zeit, als Jim sich mit mir anfreundete.« Sie errötete, während sie seinen Namen erwähnte. »Es war nicht gerade einfach für mich, denn Vater wollte seine kostenlose Haushälterin nicht verlieren. Aber schließlich haben wir dann doch geheiratet, und ich war glücklich, mein eigenes Heim gründen zu können.«

Hewitt spielte mit seinem Bleistift und schaute zwischendurch die beiden mit wohlwollenden Blicken an.

»Das war doch noch nicht alles, oder?«

»Das war alles – bis vor ungefähr einer Woche.« Sie überlegte und biß sich auf die Unterlippe. »Letzten Montag war es, ja, vor fünf Tagen. Vater kam herüber zu uns, als Jim draußen beim Fang war, und brachte einen ganzen Sack voll Münzen, Ringen und anderen Dingen. Er sagte, das sei alles, was noch von dem Schatz übrig sei. Ich sollte den Sack verstecken und ihn für ihn aufbewahren. Ich weiß, ich hätte es ablehnen sollen, aber ich hatte Angst vor ihm. Man kann nicht auf einmal keine Angst mehr vor einem Menschen haben, wenn man ihn ein ganzes Leben lang gefürchtet hat«, sagte Rose einfach und ehrlich, »Wenn ich es nicht täte, sagte er, würde er Jim darum bitten, und der würde es schon tun. Ich wollte aber Jim nicht in die Sache hineinziehen, das wußte er genau. Also schien es das einfachste für mich, den Schatz erst einmal an mich zu nehmen und zu verstecken. Doch dann«, sagte sie mit Betonung und schaute dem Kriminalbeamten voll ins Gesicht, »dann kamen Sie gestern bei uns vorbei und sagten uns, daß er tot ist. Und ich wußte, Sie würden ein paar von Ihren Leuten herüberschicken und Jim und mich ins Kreuzverhör nehmen, vielleicht auch das Haus durchsuchen und den Sack finden. Also mußte ich den Schatz loswerden, und der einzig halbwegs anständige Weg war, die Sachen dort hinzubringen, wo er sie gestohlen hatte. Und das tat ich dann auch. Aber sie – ich werde es mein Lebtag nicht vergessen, wie ich sie so liegen sah . . .«

»Du hättest es mir sagen sollen«, meinte Jim vorwurfsvoll, »statt auf eigene Faust alles vertuschen zu wollen.«

»Jim hatte keine Ahnung davon bis zu diesem Augenblick. Er wußte nichts von dem Schatz in unserem Haus. Und glauben Sie mir, ich wollte auch nichts damit zu tun haben.«

»Nun regen Sie sich nicht mehr auf, Rose. Sie haben ja jetzt getan, was Sie eigentlich gleich hätten tun sollen. Nun aber brauchen wir Ihre Hilfe. Zeigen Sie uns bitte den zweiten Eingang in die Gruft. Können Sie uns ein paar von den Kostbarkeiten beschreiben, die Ihr Vater damals mitbrachte?«

»Ja, an einige Stücke erinnere ich mich sehr genau«, antwortete sie hoffnungsvoll. »Sie sahen ganz anders aus als der Schmuck, den es heutzutage zu kaufen gibt.«

»Dann bitte ich Sie, sich alles noch einmal gut zu überlegen und eine Liste der Gegenstände aufzustellen, an die Sie sich erinnern. Je besser Sie sie beschreiben, um so mehr erleichtern Sie uns die Arbeit.«

»Ich will es versuchen.«

»Und haben Sie keine Geheimnisse mehr vor Ihrem Mann, wenn Sie eine glückliche Ehe führen wollen! Na schön. Vielleicht muß ich Ihnen morgen noch ein paar Fragen stellen, aber jetzt lasse ich Sie erst einmal in Ruhe. Jim, seien Sie so nett, und fahren Sie mit Ihrer Frau und Snaith hinunter zu der Kirche in den Dünen, ich komme in zehn Minuten nach. Anschließend können Sie sie nach Hause nehmen, und ich rate Ihnen, passen Sie gut auf sie auf, damit sie keine Dummheiten mehr macht.«

»Wird sie nicht«, erklärte Jim in gutmütigem Ton und zerrte sie zärtlich an einer Strähne ihres blonden Haars.

Draußen stand Paddy, den man während der Vernehmung der Eheleute Pollard hinausgeschickt hatte, und Jim blieb vor dem Jungen stehen und sah sich die Fingerabdrücke auf Paddys Wange genau an. Ganz schön geschwollen, dachte er und war unsicher, wie er sich verhalten sollte. Aber der Blick in den großen Augen des Jungen sagte ihm, daß Paddy nicht nachtragend war.

»Vielen Dank, mein Junge!« murmelte Jim schließlich. »Vielleicht kann ich mich eines Tages mal revanchieren.«

»Das nehme ich gern an«, erklärte Paddy.

»Und glauben Sie ihr die ganze Geschichte?« fragte Simon, als Hewitt ihm die vor ein paar Minuten zu Ende gegangene Unterredung mit den Pollards schilderte.

»Ja, ich glaube ihr. Und ich bin auch nicht der Ansicht, daß Jim klug genug ist, um mir ein solches Theater vorzuspielen.«

Der Kriminalbeamte griff nach seinem Hut. »So, und jetzt werde ich mir mal den drehbaren Stein der Weisen näher betrachten. Wollen Sie mitkommen?«

»Ich darf mich entschuldigen«, erklärte Tim förmlich, nachdem er einen kurzen Blick auf seinen Sohn geworfen hatte. »Paddy und ich müssen schleunigst nach Hause.«

Erstaunlicherweise tat es Paddy gar nicht einmal besonders

leid, jetzt nicht dabeisein zu können. Er hatte ohnehin einen mehr als aufregenden Tag hinter sich, und nachdem er den Tunnel schon genau kannte, konnte er auch darauf verzichten, sich den Eingang in die Gruft anzusehen. Jetzt, wo man wußte, wie er zu erreichen war, gab es eigentlich nicht mehr viel zu entdekken. Er war derjenige, der die aufregendste Entdeckung gemacht und Rose zu ihrem Geständnis veranlaßt hatte. Was jetzt noch geschah, konnte er sich mit etwas Phantasie leicht vorstellen.

»Nein, nein«, sagte George Felse gerade zu Mr. Hewitt, »wir haben noch keineswegs den Grund dafür gefunden, warum Trethuan verhindern wollte, daß die Gruft geöffnet wurde. Bestimmt nicht wegen der Schätze, die er aus dem Sarg gestohlen hatte. Die konnte er hinein- und heraustransportieren, sooft er dazu Lust hatte – jedenfalls bedeutend leichter als einen Stapel Schnapsflaschen, die ja auch aus der Gruft verschwanden, ehe es brenzlig wurde. Nein, der Grund, warum ich über den kleinen Hort erstaunt bin, ist ein ganz anderer.«

Sie standen jetzt vor den geparkten Wagen im Hof der Polizeidienststelle.

»Und der wäre?« fragte Simon.

»Na, zum Beispiel, wozu der Schatz ursprünglich dienen sollte.«

»Genau! Das ist es«, seufzte Hewitt, der offenbar den gleichen Gedanken gehabt hatte und ebenfalls zu keinem Schluß kam. »Es sieht so aus, als habe die alte Lady nicht gewußt, daß sie auf ihrer letzten Reise keinen Schmuck und kein Geld mehr brauchte.«

9

George Felse hatte seinen Kollegen aus Maymouth am Sonntag ins Hotel zum Lunch eingeladen, und nach dem Kaffee und französischen Kognak, den Sam Shubrough ohne zu erröten serviert hatte, stiegen der Inspektor und Sergeant Hewitt den steilen Pfad vom Hotel hinunter in die Stadt.

»Seit Freitag sind zwei Männer dabei, den Zahnarzt ausfindig zu machen, der die Zähne unseres unbekannten Toten plombiert hat.« Hewitt verlangsamte seinen Schritt. »Nun haben wir's geschafft. Rackham hat ihn gefunden. Der Zahnarzt sagt, es sieht so aus, als seien es die Zähne, die er behandelt hat, aber der Bursche ist vorsichtig und will allein auf Grund der Fotos keine Aussage machen. Er ist hierhergekommen, um sich das Gebiß selbst anzusehen, und meint, er kann seine Arbeit mit Sicherheit wiedererkennen, sofern es sich bei dem Toten um einen seiner Patienten handelt.«

»Wenn er so vorsichtig ist«, sagte George, »nehme ich an, er hat noch keinen Namen genannt. Wo hat ihn denn Ihr Kollege gefunden? Nach dem, was Sie sagen, kommt er jedenfalls nicht aus der unmittelbaren Umgebung von Maymouth.«

»In Plymouth. Er ist gerade mit Rackham angekommen, hat man mir am Telefon gesagt.«

»Was ist er denn für ein Typ, Ihr Zahnarzt? Hoffentlich weiß er, wie entscheidend seine Aussage sein kann.«

»Rackham meint, er ist klein, adrett und ein bißchen überspannt«, antwortete Hewitt. »Ich glaube, mit ihm haben wir Glück. Die großen Kleiderschränke von Kerlen sind da viel zaghafter und können sich nicht so leicht entscheiden.«

Sie kamen auf den Marktplatz, der am frühen Sonntag nachmittag wie ausgestorben dalag.

»Ich muß sagen, der Zahnarzt kommt mir sehr gelegen, da wir wohl in der Trethuan-Affäre vor morgen früh doch nicht weitermachen können. Er hatte übrigens nicht mehr Geld auf seinem Sparbuch und im Haus – Trethuan, meine ich –, als es sich für einen sparsamen Mann seines Standes gehört, aber ich nehme an, er hat noch eine Menge Bargeld aus seinem unlauteren Handel irgendwo versteckt. Vielleicht in einem Bankfach, vielleicht unter dem Fußboden in seinem Haus – es gibt da unzählige Möglichkeiten. Ich bin überzeugt, wir werden noch darauf stoßen. Und den Rest, den er nicht verklopfen konnte, haben wir erst einmal sichergestellt. Rose hat das meiste aus dem Beutel identifizieren können und hat uns auch eine nette Liste von Dingen zusammengestellt, die er nach Hause brachte und die sich nicht mehr bei dem Schatz befinden. Vielleicht können wir über den Antiquitätenhandel ihre Spur verfolgen – aber das muß bis morgen warten. So, und hier sind wir schon. Sie brauchen nicht mit ins Leichenhaus zu kommen, George, wenn Sie keine Lust dazu haben.«

»Ich werd's überstehen. Vielleicht kann ich dabei etwas lernen – es ist immer interessant, einen Fachmann über Dinge reden zu hören, in denen er sich auskennt.«

Rackham, der Polizeibeamte, war ein einfacher, ehrlich dreinschauender junger Mensch aus der Gegend, ein Mann von athletischem Körperbau. Neben ihm sah der Zahnarzt wie ein mageres Gespenst aus, und er erwies sich auch als so überspannt, wie Rackham angekündigt hatte. Bei näherem Hinsehen mußte man seine Ansicht jedoch revidieren. Der Mann war viel zäher und widerstandsfähiger, als man vermuten konnte, und außerdem mit seinen sämtlichen Unterlagen und Karteien ausgerüstet, bereit, wenn notwendig, ins kleinste Detail zu gehen. Sein Beruf war anscheinend zugleich sein Hobby, und so machte es ihm nicht das geringste aus, in welchem Zustand sich der Körper des Dahingeschiedenen befand – Hauptsache, das Gebiß war noch da. In der gespenstischen Abgeschiedenheit des Leichenhauses verglich er, untersuchte die Plomben und Füllungen und wies auf bestimmte Einzelheiten hin – arbeitete fast wie in Trance, unter einem Zwang, und als er fertig war, ließ er das Gummiband wieder um die Karteikarten schnappen und erklärte, er sei bereit, die Identität des Toten bei einem eventuellen Gerichtsverfahren unter Eid zu bestätigen.

»Ich war mir eigentlich schon sicher, als Ihr Mann mir die Fotos zeigte, aber natürlich mußte ich mich erst noch persönlich überzeugen. Ja, das ist meine Arbeit, und ich kann Ihnen die genauen Behandlungsdaten mitteilen. Sie erstrecken sich über acht Wochen im Frühling vor drei Jahren – ich mußte die Behandlung ein wenig forcieren, weil der Mann wieder zur See fahren wollte. Wir hatten vereinbart, daß er sechs Monate später noch einmal zur Kontrolle bei mir vorbeischauen sollte, aber er ist dann nicht mehr erschienen. Das passiert sehr häufig bei meinen Patienten, vermutlich bei den Patienten aller Zahnärzte. Sie sind froh, die Behandlung hinter sich zu haben ... Es kann allerdings im speziellen Fall auch bedeuten, daß der Mann nicht mehr zu mir kommen konnte, weil er tot war. Er war Fischer und nannte mir eine Adresse hier in Maymouth – Moment, ich habe sie hier auf dem Behandlungsblatt ... Ja, hier ist es«, erklärte der kleine Mann unbewegt und wußte noch nicht, daß er damit eine Bombe zur Explosion brachte. »Sein Name war – Walter Ruiz.«

»Eigentlich ist es ein Ding der Unmöglichkeit«, sagte Sergeant Hewitt gereizt und ging wie ein Tiger im Käfig in seinem Büro auf und ab. »Wer weiß, ob ich seiner Aussage viel Bedeutung beimessen sollte. Vielleicht ist er ein Wichtigtuer ... Jedenfalls, unser Walter Ruiz ist seit drei Jahren im Friedhof von Saint Mary begraben, und der Grabstein gibt darüber deutliche Auskunft. Ich weiß, was Sie sagen wollen – aber selbstverständlich gab es vor seiner Beerdigung eine Untersuchung, und dabei wurde er identifiziert.«

»Aber eben hat man ihn ein zweitesmal identifiziert«, meinte George Felse trocken.

»Und zwar ziemlich beeindruckend, wenn Sie mich fragen. Das ist ja mein Problem! Denn daraus ergibt sich logischerweise, daß eine von den beiden Identifikationen falsch sein muß. Die Frage ist nur, welche?«

»Aber Sie haben doch die Ausführungen des Zahnarztes gehört! Die große Zahl von Ausbesserungen an dem Gebiß belegt durch die ordentlich geführte Kartei, die genau entsprechende Form des Kiefers und all das andere sind doch zur Identifikation des Mannes mehr wert als die besten Fingerabdrücke. Das hält doch jeder Untersuchung stand!«

»Ich gebe Ihnen ja recht, Mr. Felse. Doch es muß auch bei der Untersuchung der im Friedhof von Saint Mary begrabenen Leiche ein untrügliches Merkmal oder eine hundertprozentige Auskunft gegeben haben, sonst hätte man den Toten nicht als Walter Ruiz bestatten dürfen, davon bin ich überzeugt.«

»Nach dem, was Rose Ihnen gestern abend berichtete, ist Ruiz bei einem schweren Sturm vom Fischfang nicht zurückgekehrt, und sein Leichnam wurde in dieser Bucht mit dem schrecklichen

Namen ein paar Wochen später angetrieben. Einige Wochen im Meer verändern einen Leichnam ganz enorm, und es mag schon Schwierigkeiten bei seiner Identifikation geben, das weiß sogar eine Landratte wie ich. Na schön, es hat ihn also jemand identifiziert. Wer? Seine Eltern, ein Bruder, seine Frau? Aber nein, er hatte keine Frau, er bewarb sich ja um Rose, und ihr Vater war damit mehr als einverstanden. Ihr Vater fand, er war ein ganz brauchbarer Bursche – bis er eines Tages seine Forderungen zu hoch schraubte, weil er wohl schon ein bißchen mehr wußte, als dem alten Trethuan lieb war.«

Hewitt drehte sich um und kam auf den Schreibtisch zu. Er starrte George lange schweigend an.

»Wenn Sie versuchen, mich auf solche Gedanken zu bringen, kommen Sie zu spät, George. Das habe ich mir alles auch schon überlegt.« Er griff nach dem Telefon und wählte sorgfältig eine Nummer, die er auswendig zu kennen schien.

»Eigentlich wollte ich meine Gedanken nur ein wenig in Ihrem Beisein sortieren«, erklärte George. »Dabei macht es ganz den Eindruck, als steuern wir beide auf dasselbe Ziel zu. Also, wie stand es mit der Familie? Ich meine, ein Einzelgänger wie Trethuan wird sich am liebsten auch einen Einzelgänger zum Freund suchen.«

»Damit haben Sie vollkommen recht. Ruiz hatte keine Angehörigen. Wir rennen Kopf an Kopf, George.«

Aber als er das Telefon abnahm, gewann der Sergeant einen gehörigen Vorsprung vor dem Inspektor.

»Hallo, Henry! Tom Hewitt. Tut mir leid, dein Sonntagmittagsschläfchen stören zu müssen, aber ich brauche eine dringende Auskunft über eine Sache, die zweieinhalb Jahre zurückliegt, und von dir kann ich sie am schnellsten und besten bekommen. Sei also so nett und geh hinunter in dein Archiv. Du kannst mir vermutlich aus dem Kopf antworten, aber ich hätte es gern genau und mit Details belegt. Es geht um die Identifikation eines in der Leichenhallen-Bucht aufgefundenen, ertrunkenen Seemannes namens Walter Ruiz. Ich will wissen, wodurch oder von wem er identifiziert wurde, das ist alles. Sei so nett, und ruf mich an, wenn du es gefunden hast. Vielen Dank!«

Er legte den Hörer so sorgsam auf die Gabel, daß kein Geräusch die Spannung in dem Raum unterbrach. Dann setzte er sich sachte nieder, faltete die Hände und schaute George an.

»Keine Familie. Keine Brüder oder Schwestern. Seine Mutter starb vor sechs oder sieben Jahren, ich glaube, sie war seine letzte Angehörige. Sie hatte ein Häuschen im Süden der Stadt, dicht am Strand. Nach ihrem Tod lebte Walter dort ganz allein und kümmerte sich nicht um die anderen. Natürlich gab es dennoch ein wenig Gerede über ihn, aber er ist niemals in irgendeiner Sache amtsbekannt geworden, wie man so schön sagt.«

»Ich nehme an, Sie haben gerade mit jemandem von der Lokalpresse gesprochen?« Die Lokalpresse ist eine wunderbare Einrichtung, dachte George. Es kommt schon vor, daß sie nationale Ereignisse einfach übersieht – aber hier, in ihrer nächsten Umgebung, entgeht ihr nicht das kleinste Detail. »Ist er der Verleger oder der Chefredakteur? Oder beides?«

»Beides. Henry wohnt über seinen Büroräumen, deshalb werden wir nicht lange auf den Rückruf warten müssen. Außerdem hat er sein Archiv in mustergültiger Ordnung. Natürlich hätte ich mir die Information auch auf mindestens drei anderen Wegen besorgen können – nur nicht so schnell.«

Es dauerte nur knapp eine Viertelstunde, bis sich der Mann von der Presse wieder meldete. Hewitt hörte mit unbewegtem Gesicht, was ihm der andere zu berichten hatte. Dann sagte er: »Vielen Dank, Henry. Genau das wollte ich wissen! Ja, das hilft mir ein großes Stück weiter. Ich bin dir sehr zu Dank verpflichtet. Wiederhören!«

Diesmal knallte er den Hörer auf die Gabel und schaute George direkt ins Gesicht.

»Der Leichnam, den man in der Bucht fand und als Walter Ruiz begrub, wurde von dem Mann identifiziert, der als sein nächster, vielleicht einziger Freund galt: Zebedee Trethuan.«

Das war die Erklärung für eine ganze Kette von Tatsachen! George Felse und Tom Hewitt saßen am Schreibtisch im Büro des Kriminalbeamten und dachten darüber nach, paßten Details aus Rose Pollards Geständnis in das immer vollständiger werdende Puzzle, das ihnen noch am Morgen so geheimnisvoll und unlösbar erschienen war.

»Nun, jetzt wissen wir wenigstens, welcher Identifikation wir trauen können und welcher nicht«, sagte Hewitt und ging wieder in seinem Büro auf und ab, diesmal mit viel ruhigeren, langen Schritten. »Der Leichnam in der Bucht kam allzu gelegen, man brauchte nur zu sagen, da, das ist er, und schon war Walter Ruiz für alle Welt ordentlich beigesetzt und begraben. Aber dann kommt dieser lästige Simon Towne daher, beschwatzt Miss Rachel und will die Treverra-Gruft öffnen!«

Eine kühle, beherrschte Stimme sagte von der Tür her: »Ich fürchte, der lästige Simon Towne ist schon wieder einmal dabei, zu stören. Tut mir leid, aber ich habe ein paarmal geklopft.«

Die zwei Männer am Schreibtisch drehten sich überrascht um. Sie waren so vertieft gewesen in ihre Feststellungen und Folgerungen, daß sie Simons leichte Schritte auf der Treppe und sein Klopfen völlig überhört hatten.

Er lächelte ein wenig gezwungen und zog die Augenbrauen in die Höhe. »Der Diensthabende sagte, ich könne ruhig nach oben gehen. Bitte machen Sie ihm keine Schwierigkeiten, ich erklärte ihm, daß es dringend sei. Ich habe geklopft, aber kein Mensch antwortete. Da bin ich einfach hereingekommen.«

»Schon gut, Mr. Towne, bleiben Sie nur da. Sie hätten den Satz übrigens ruhig ganz hören können«, sagte Hewitt augenzwinkernd. »Ich habe Sie nämlich nicht aus meiner eigenen Sicht lästig genannt, sondern das war so eine Art dialogisierter Schlußfolgerung, die Schilderung dessen, was ein anderer Ihnen gegenüber empfunden haben muß. Setzen Sie sich her, aber machen Sie zuvor die Tür zu.«

»Da scheint mir ja wirklich eine Menge entgangen zu sein.« Simon blickte vom einen zum anderen. »Habe ich eben den Namen Walter Ruiz gehört? Das ist doch der Bursche, von dem Rose Pollard gestern abend erzählte, der die Kleinodien für ihren Vater verkauft hat? Was, um Himmels willen, hat der denn mit der Treverra-Gruft zu tun? Ich dachte, Ruiz liegt auf dem Friedhof von Saint Mary!«

»Das dachten alle, Mr. Towne, mit Ausnahme des einen, der

wußte, wo sich Walter Ruiz in Wahrheit befand. Im Sarkophag des Jan Treverra nämlich, wo wir ihn entdeckten.«

»Wir haben ihn entdeckt?« Simon zog den Atem kurz ein, dann warf er einen zweifelnden Blick auf George. »Meinen Sie das im Ernst? Sie wollen sagen, der unidentifizierte Leichnam – der untere – ist dieser Ruiz? Aber das ist doch unglaublich! Man hätte nicht einfach einen anderen unter diesem Namen begraben. Jemand muß doch den Walter Ruiz, der oben im Friedhof liegt, identifiziert haben!«

»Genau das war auch der Fall. Der Tote wurde nach einigen Wochen, die er im Wasser gelegen hatte, in der Bucht angeschwemmt. Und für den Mann, der den wirklichen Walter Ruiz in den Sarkophag gelegt hatte, kam der Unbekannte wie gerufen. Er identifizierte ihn als Walter Ruiz, und damit wäre die Sache für ihn erledigt gewesen, wenn Sie nicht auf die Idee gekommen wären, herauszufinden, ob Jan Treverra wirklich seine besten Gedichte mit ins Grab genommen hat. War das nicht genug für den Mörder, um mehr als nervös zu werden? Erklärt das nicht auch seine Drohungen Ihnen gegenüber? Schließlich hat er ihm wahrsten Sinne des Wortes Himmel und Hölle in Bewegung gesetzt, um Sie von Ihrem Vorhaben abzubringen.«

Mit großen Augen flüsterte Simon fast tonlos: »Trethuan?«

»Wer sonst? Wenn man davon ausgeht, paßt plötzlich eines zum anderen.«

»Es sieht so aus«, sagte George, »als hätte Trethuan ihn entweder direkt in der Gruft oder ganz in ihrer Nähe, vielleicht in dem unterirdischen Gang, getötet. Warum hätte er ihn sonst dort versteckt? Ruiz war ein ziemlicher Brocken. Sicher, auch Trethuan war nicht gerade ein Schwächling, aber er hatte vermutlich keine Lust, den Toten weiter zu schleppen als unbedingt nötig. Zum Meer war es nicht weit, aber ihn dort hineinzuwerfen konnte er nicht wagen. Immerhin hatte er ihm den Schädel mehrmals eingeschlagen – und zwar so, daß man es nicht für die Folgen eines Aufpralls auf die Felsen oder etwas Ähnliches halten konnte. Bei einem Menschen, dessen Tod durch Ertrinken herbeigeführt wurde, wie bei Trethuan selbst, ist das schon etwas anderes.«

»Ich sehe zwei Möglichkeiten«, meldete sich Hewitt zu Wort. »Entweder Ruiz gab sich versöhnt, spionierte dann hinter Trethuan her, wurde dabei von dem Küster erwischt und an Ort und Stelle erschlagen – denn darauf können Sie Gift nehmen, ein Mann wie Trethuan hätte sein Geheimnis keinem außer seiner Tochter Rose verraten. Die andere Möglichkeit – vielleicht die wahrscheinlichere – ist die: Trethuan gab vor, auf die Forderungen von Ruiz einzugehen und ihm sein Vertrauen zu beweisen, indem er ihn mit an den geheimen Ort zu nehmen versprach. Er ging tatsächlich mit ihm durch den Gang zur Gruft, erschlug ihn aber auf dem Weg dorthin und warf die Leiche in den Sarkophag. Wenn er schon in den Sarkophag der Morwenna geschaut hatte, so hatte er sicher auch herausgefunden, daß der andere leer war. Er legte einen Toten hinein, wie sich das gehörte.«

»Aber ist es denn überhaupt möglich, daß er allein den Steindeckel aufheben und den Toten in Jan Treverras Grab legen konnte?« fragte George, drehte den Kopf und schaute Simon an.

»Ja, das ist keineswegs ausgeschlossen«, antwortete der Journalist. »Natürlich kann nicht ein Mann allein den Deckel ganz abheben, ohne ihn schwer zu beschädigen oder zu zerstören. Aber er kann ihn ohne weiteres an der Seite anheben. Und zwar hoch genug, um hineinschauen zu können oder um einen Toten hineinzulegen. Er brauchte den Deckel nur vorsichtig wieder hinunterzulassen und darauf zu achten, daß er gut in die Fugen paßte –« Simon hielt einen Augenblick den Atem an: Ihm wurde bewußt, was er damit gesagt hatte. Er blieb sprachlos und bewegungslos sitzen, seine Augen schienen durchsichtig und farblos wie Glas, und er war ganz in seine eigene Vorstellungswelt versunken.

»Ja, da bin ich Ihrer Meinung«, pflichtete ihm Hewitt bei. »Ein kräftiger und geschickter Mann schafft das ohne weiteres. Und Trethuan hatte schon Übung darin, nicht wahr? Morwennas Deckel ist allerdings leichter. Den anderen, schwereren hat er vermutlich nur zweimal gelüpft, nämlich als er die Entdekkung machte, daß der Sarkophag leer war, und als er ihn mit einem Leichnam versah.«

»War es denn nicht riskant, den anderen als Ruiz zu identifizieren?« gab George zu bedenken. »Angenommen, er behauptete, es sei Ruiz, und dann erkannte ein anderer, wer der Tote wirklich war – an einem Ring, einer Narbe oder dergleichen?«

»Nein, nein. Er hat sich ja Zeit gelassen. Trethuan wartete erst lange, ob sich kein anderer meldete, der den Toten zu erkennen glaubte. Henry sagt, die Polizei habe tagelang die Bevölkerung aufgerufen, bei der Identifikation mitzuhelfen, ehe Trethuan sich meldete. Außerdem konnte er sich im Zweifelsfall immer auf die eine oder andere Weise herausreden. Er ließ seinen Schatz vorsichtshalber ein Jahr lang ruhen, dann fing er selbst mit dem Handel an. Aber da kamen Sie, Mr. Towne, und machten ihm einen Strich durch die Rechnung. Freilich, auch die Schmuggler gingen aus und ein in der Gruft, aber keiner hatte ein Interesse an den Sarkophagen gezeigt, und unter diesen Umständen konnte es Trethuan nur lieb sein, wenn nicht er allein Spuren in der Gruft hinterließ. Doch nun war mit einem Schlag alles anders. Er entfernte in Eile die übrigen Preziosen, schreckte allerdings noch davor zurück, den Leichnam aus der Gruft zu schaffen. Auf der anderen Seite wußte er ganz genau, daß man diesen nicht lange für den toten Treverra halten würde, wenn erst einmal die Wissenschaftler ihre Nasen hineingesteckt hatten.«

Simon erhob verwirrt den Kopf, den er auf seine beiden Hände gestützt hatte, und starrte vor sich hin. Jetzt erst fielen George die tiefblauen Ringe unter Simons Augen auf, die Schatten, die sich auf seinen schmalen Wangen zeigten.

»Sagen Sie – meinen Sie wirklich, derjenige, der Trethuan tötete, wer immer es gewesen sein mag, brachte den toten Küster in die Gruft und legte ihn zusammen in ein Grab mit dem Mann, den Trethuan selbst ermordet hatte?« Simon sprach ganz langsam und artikuliert, als müsse er sich Mühe geben, die Silben zu finden.

»Genau das will ich damit sagen.« In Hewitts Stimme klang der Triumph der Überzeugung. »Ich habe nicht den geringsten Zweifel daran. Was für eine Ironie des Schicksals!«

»Sie meinen, was für eine unglaublich kitschige Situation!«

rief Simon plötzlich wütend. »Wenn ich das in einer meiner Geschichten schreiben würde und es drucken ließe, hätte ich die längste Zeit als zuverlässiger Journalist und Schriftsteller in gutem Ruf gestanden. Nicht einmal der verrückteste Romanschreiber würde es wagen, einen solchen Zufall in seine Geschichte einzubauen.«

»Ach was, es ist ja gar kein Zufall«, widersprach ihm Hewitt ziemlich brüsk. »Es gibt vollkommen logische Gründe, warum Ruiz ausgerechnet in diesen Sarkophag gelegt wurde, und wir können auch erklären, wie das geschehen ist. Ich bin sicher, auch für die Anwesenheit des zweiten Leichnams im gleichen Sarkophag gibt es logische Gründe und Erklärungen. Vergessen Sie nicht, daß der Boden in weitem Umkreis aus flüchtigem Sand besteht, dem gegenüber eine steinerne Gruft ein vorzügliches Versteck für einen Leichnam ist. Allerdings gebe ich zu, daß wir die Gründe im Fall Trethuan erst finden müssen. Eines steht fest: Er ist ertrunken. Und zwar in Meerwasser. Also wurde er als Toter in die Gruft geschleppt. Wie und warum, wissen wir noch nicht. Vielleicht durch die Tür, mit Hilfe eines der beiden Schlüssel, vielleicht auch durch den unterirdischen Gang. Wenn es stimmt, daß der junge Paddy ihn um halb sechs vor dem Drachenkopf im Meer hat treiben sehen, dann ist es durchaus denkbar, daß er von der nächsten Flut wieder hereingeschwemmt und in der Leichenhallen-Bucht zurückgelassen wurde. Er kann auch näher bei Saint Nectan angetrieben worden sein. Und jeder, der nicht wußte, daß die Gruft in der allernächsten Zeit geöffnet werden sollte, mußte sie für ein ideales Versteck halten.«

»Es gibt sicher nicht viele Leute in der Gegend«, sagte Simon, »die das nicht wußten. Ich habe meine Absicht weiß Gott laut genug verkündet.«

»Das stimmt, und hier werden wir mit unseren Ermittlungen beginnen müssen. Der Fall Trethuan steht erst an seinem Anfang. Mit dem anderen dagegen sind wir, meine ich, so ziemlich am Ende. Es gibt vielleicht einige Details, die zu ergänzen sind, aber im großen ganzen gibt es keine Zweifel mehr. Es ist allerdings eine rechte Pein«, fügte er gedankenvoll hinzu, »wenn man den mittleren Teil einer Geschichte kennt – aber weder ihren Anfang, noch ihren Schluß.«

»Das findet sich auch – zu seiner Zeit«, sagte Simon und stand auf. Er suchte in seinen Taschen und brachte ein etwas in Mitleidenschaft gezogenes Päckchen Zigaretten zum Vorschein, aus dem er den anderen anbot. Dann begann er seine Suche von neuem, diesmal nach Streichhölzern. »Du meine Güte, und ich habe ganz vergessen, warum ich eigentlich hier bin!« Irgendein kleiner Gegenstand in der Hosentasche hatte ihn daran erinnert. Er fischte ihn heraus: ein winziges, gefaltetes Stückchen Einwickelpapier.

»Paddy vergaß, es Ihnen gestern abend noch zu zeigen, was kein Wunder war nach all den Aufregungen, die er durchmachen mußte. Ich versprach ihm, es heute gleich zu Ihnen zu bringen. Sie fanden es gestern mittag in dem unterirdischen Gang, nicht weit von der Geheimtür in die Gruft.«

Er lehnte sich zu George hinüber, der inzwischen sein eigenes Feuerzeug gefunden hatte, und zündete damit seine Zigarette an. Ehe er das Papier entfaltete, inhalierte er gierig ein paar Züge, dann erst zeigte er den kleinen Gegenstand, der in seiner Handfläche lag. Ein dünner, goldener Ring, dessen Enden einige Millimeter auseinandergebogen waren.

Hewitt griff danach, hielt ihn zwischen Daumen und Zeigefinger und starrte ihn an, als würde er sich die Finger daran verbrennen.

»Ich glaube nicht, daß er große Bedeutung hat«, entschuldigte sich Simon, »aber ich habe Paddy versprochen, ihn bei Ihnen abzuliefern. Kann ich Sie zum Hotel mitnehmen, George? Es liegt an meinem Weg.«

»Mr. Towne!« Hewitt ließ den Ring nun an seinem Zeigefinger baumeln und starrte noch immer darauf. »Wo, sagten Sie, wurde er gefunden?«

»In dem Tunnel vom Drachenloch zur Gruft. Etwa fünfzehn Meter vom Ende des Ganges entfernt, vor der geheimen Tür, behauptet Paddy, aber ich nehme an, er kann Ihnen die Stelle genau zeigen. Eigentlich war es Tamsin, die den Ring fand. Ist das irgendwie wichtig?«

»Die Stelle, an der der Ring lag, ist höchstwahrscheinlich der Ort, an dem Walter Ruiz ermordet wurde«, erklärte Hewitt fröhlich. »Dies hier ist nämlich das genaue Gegenstück zu dem Ring, den der Tote noch in seinem linken Ohrläppchen trägt.«

10

Auf ihrem Weg durch die sonntäglich ruhige Stadt kamen sie an der schmalen Church Street vorbei, und Simon bremste scharf, nachdem er über die Kreuzung hinausgefahren war. Er stieß zurück, bog in das Sträßchen ein und fuhr stadtauswärts.

»Ich hoffe, Sie haben nichts einzuwenden gegen einen kleinen Umweg von ein paar Minuten, George? Ich wollte nämlich, weil wir gerade hier vorbeikommen, einen Blick auf das Grab des falschen Walter Ruiz werfen.«

An der halbkreisförmigen Kiesfläche vor dem Friedhofstor hielt er den Wagen an. Zwei junge Linden warfen mit ihrem gelbgrünen Laub große Schattenflecken auf den kleinen Platz.

»Ein trauriges Ende für den armen Kerl«, sagte Simon, während die beiden durch das Labyrinth der Pfade zwischen den Gräbern schritten. »Draußen auf dem Meer ist er einsam gestorben, dann gaben ihn die Wellen der Gemeinschaft der Menschen zurück – aber nun wurde er Mittel zum bösen Zweck, mußte sogar den Namen eines anderen annehmen, so sehr nützte man die Tatsache aus, daß er sich nicht mehr dagegen wehren konnte ... Das ist die Sorte von Gespenstern, vor der ich mich hüten würde. – Sie sagten, man hat ihm einen Grabstein gesetzt?«

»Hewitt hat es behauptet. Würde mich interessieren, wer ihn bezahlt hat.«

»Ja, das wäre aufschlußreich. Wo mag das Grab sein? Wahrscheinlich im neueren Teil des Friedhofs.«

Ihr Weg führte an der Sakristei vorbei; der Pfarrer kam in der Soutane heraus und gesellte sich zu ihnen, so selbstverständlich wie ein Fluß, der in den anderen mündet. In der linken

Hand trug er die Anzeigetafel für die Kirchenlieder, die bei der Abendandacht gesungen werden sollten, in der rechten die entsprechenden Nummernschilder. Während er neben George und Simon herging, steckte er die Schilder in der richtigen Reihenfolge auf die Tafel.

»Dan, Sie sind genau der Mann, den wir jetzt brauchen«, sagte Simon zu dem Geistlichen mit dem Habitus eines Schwergewichtringers. »Wir suchen nämlich ein ganz bestimmtes Grab. Die letzte Ruhestätte eines Mannes, den Sie als Walter Ruiz vor knapp drei Jahren begraben haben.«

»Dann gehen Sie in die falsche Richtung«, erklärte der Pfarrer ruhig, als habe er den Zweifel, den Simon über die Identität des Toten andeutete, völlig überhört. »Er war Seemann von Beruf, deshalb haben wir ihm einen Platz unter den älteren Gräbern hergerichtet, dort, wo eine ganze Reihe von Seeleuten begraben ist. Ich dachte, da fühlt er sich nicht so einsam. Kommen Sie mit, ich zeige es Ihnen.«

Durch seine gewaltigen Schritte wogte der schwarze Rock über immer schmaler werdende Pfade zwischen den Gräbern hin bis zur Mauer, wo der Pfarrer auf ein Grab deutete.

»Hier ist es, hier liegt –« Er wollte gerade ›Walter Ruiz‹ sagen, aber besann sich schnell und ergänzte: »– der Mann, nach dessen Grab Sie suchen.«

Ein niedriges, schmales Grab mit einer Einfassung aus Granitsteinen unter den herabhängenden Zweigen eines Hagedorns. Rundherum alte, graue Steine, von Moos überwachsen und offenbar beiseite geräumt, damit es Platz gab für das Grab des toten Seemanns.

Am Kopfende des kleinen Hügels erhob sich eine schlichte Steinsäule mit der Inschrift:

WALTER RUIZ
geb. 8. Mai 1929
ertrunken im März 1962
›Ich führe mein Volk zurück
und sei es auch
aus den Tiefen des Meeres.‹

»Der Mann, der hier liegt, war nicht Ruiz, wissen Sie«, erklärte Simon dem Pfarrer. »Keiner wird je erfahren, wer hier in Wahrheit begraben ist. Ich weiß nicht, aber das gibt mir kein gutes Gefühl. Der Tote hier ist und bleibt ein Niemand.«

»Er ist jemand, ebenso wie Sie und jeder Mensch. Ihn hat ein anderer identifiziert«, sagte der Pfarrer schlicht und klemmte sich die zu Ende gesteckte Tafel unter den Arm, »einer der keine Fehler macht dabei.«

»Aber sagen Sie – wer hat den Stein bezahlt? Sie?«

»Es ist eine langgeübte Tradition, daß die Toten des Meeres, die keine Angehörigen haben, von der Kirche mit den letzten Dingen versorgt werden. Schauen Sie sich um, dann werden Sie erkennen, daß ein fremder Name noch lange keinen Fremden ausmacht, jedenfalls nicht hier, an dem Ort, wo alle einander gleich sind.«

Sie blickten über die langen Reihen schmaler Gräber. Mindestens die Hälfte aller seefahrenden Nationen waren hier vertreten. Edvard Kekonnen, Seemann. Hugh O'Neill, Obersteuermann. Jean Plouestion, Fischer. Alfonso Nuñez, Steuermann. Vassilis Kondrakis, Seemann. Zwei spanische Seeleute, Name unbekannt. Sean MacPeake, Steuermann. Walter Ruiz oder besser Mr. X, Fischer, Seemann oder Steuermann. Es machte nichts, wenn man den Namen nicht auf den Stein schreiben konnte – die Stimme, der sie jetzt folgten, kannte sie schon auseinander.

»Wenn man es sich genau überlegt«, meinte Simon, und ein gar nicht spöttisches Lächeln ließ seine Mundwinkel zucken, »dann geht es von hier aus in viele, weit voneinander entfernte Häfen – nach Walhall, ins Nirwana, nach Tir-nan-Og, ins Paradies. Sie sehen alle gleich aus, diese Endstationen der Seelen, und erinnern alle ein bißchen an die paradiesischen Inseln Westindiens. Ich glaube, das seefahrende Volk hat den Landratten von deren heiterer Schönheit erzählt und die Vorstellung des Paradieses geprägt – wie immer man es auch nennt. ›Wo steter Sommer heilt Beschwer / Im warmen Sand, saphirnem Meer . . .‹ So heißt es im Grabspruch von Jan Treverra.«

»Ich dachte auch gerade daran«, pflichtete ihm George lächelnd bei. »Was sagte Dominic über die beiden Grabinschriften? Sie klingen so, als sei das Leben nach dem Tod eine Kreuzfahrt zu den Bahamas.«

Simon hatte sich umgedreht und marschierte, die Hände tief in den Taschen vergraben, auf den breiten Kiesweg zu. Plötzlich blieb er wie erstarrt stehen. Dann wandte er George sein unter der Sonnenbräune vor Erregung blasses Gesicht mit den fiebrig glänzenden Augen zu.

»Wie hat er das formuliert? Wollen Sie mir das bitte wiederholen?«

»Er sagte, die Treverra-Grabinschriften klingen so, als sei das Leben nach dem Tode wie eine Kreuzfahrt zu den Bahamas. Warum? Was finden Sie so bemerkenswert daran?«

»Ach, wenn ich nur halbwegs meine fünf Sinne zusammengehabt hätte, wäre ich schon an dem Nachmittag im Schloß darauf gekommen. Ein phantastischer Tip! Und was habe ich getan?« fragte er und bebte fast vor Zorn über sich selbst. »Ich habe ihn überhört!«

»Sie haben darüber gelacht, nehme ich an, wie wir anderen auch. Die Pointe war gar nicht einmal so schlecht«, antwortete George.

»Das sieht mir ähnlich! Mein Gott, warum höre ich keinem richtig zu außer mir selbst? Natürlich, jetzt sehe ich, wie alles begann – den ersten Teil der Geschichte! Wenn man ein Mosaiksteinchen richtig setzt, fügen sich die anderen alle wie von selbst. – George, kommen Sie heute abend mit mir auf die Burg? Wir sind bei der alten Dame eingeladen, weil Paddy morgen wieder zur Schule muß. Kommen Sie mit Ihrer Frau und Dominic zum Kaffee nach dem Dinner herauf, und Sie auch, Dan. Ich möchte, daß Sie alle da sind.«

»Mit Vergnügen«, sagte der Pfarrer gelassen, »wenn ich Ihnen damit einen Gefallen erweise.«

»Das tun Sie wirklich. Ich will, daß sich alle dort versammeln, die mit dem Anfang der Geschichte zu tun hatten. Denn ich sehe jetzt klar«, fügte Simon hinzu und fröstelte ein wenig, teils von der kühlen Luft des späten Herbstnachmittags, teils aber auch von der Erregung, die ihn ergriffen hatte. »Ja, ich glaube, jetzt kann ich den seltsamen und tragischen Fall Treverra aufklären

– das Geheimnis des Dichters und seiner schönen Frau Morwenna, das alle anderen geheimnisvollen Ereignisse erst möglich machte.«

Sie saßen zu zehnt um den großen Tisch in Miss Rachels Bibliothek. Die Vorhänge waren zugezogen, aber ein paar Fenster standen offen, und man hörte, wie draußen, in der milden hellen Nacht die Flut gegen die Felsen klatschte, die hier fast senkrecht vom Wasserspiegel zur Burg anstiegen. Miss Rachel schenkte in aufgeräumter und erwartungsvoller Stimmung den Kaffee ein. Zu ihrer Linken hatte Paddy Platz nehmen müssen, denn nun, da sie ihn wohlbehalten und mit völlig verändertem, fast allzu untadeligem Benehmen wiederhatte, wollte sie ihn nicht mehr aus ihrer Reichweite lassen. Rechts von Miss Rachel thronte Simon Towne, erstaunlich schweigsam, müde – aber sehr interessant aussehend. Am anderen Ende des Tisches waren Tamsin und Dominic mit dem Einschenken von Kaffee aus der zweiten Kanne beschäftigt. Zwischen ihnen saßen George und Bunty auf der einen, Tim, Phil und der Pfarrer auf der anderen Seite des Tisches. Miss Rachel mußte sich schon weit zurückerinnern, wenn sie sagen wollte, wann sich zuletzt eine so illustre Gesellschaft in ihrer Bibliothek versammelt hatte. Sie nahm gar nicht zur Kenntnis, daß es ja eigentlich eher Simons Gesellschaft als die ihre war – und je mehr er es abstritt, je überzeugender er ihr die Palme der großartigen Gastgeberin überließ, desto gelungener würde der Abend für sie beide werden.

»Ich bin ja noch nicht einmal darauf gekommen«, sagte er gerade und legte damit ein neues, ungewöhnliches Zeugnis seiner Bescheidenheit ab, »als man mich mit der Nase darauf stieß. Dominic war derjenige, welcher es intuitiv erfaßte und aussprach – aber ich hatte keine Ohren, um zu hören!«

»Ich?« fragte Dominic verblüfft.

»Sie schauten nur ein einziges Mal auf den Text der Grabsprüche und deuteten geradezu mit dem Finger auf die eine, die einzig wichtige Tatsache. Nach den Versen zu urteilen, muß das Leben nach dem Tod so etwas wie eine Kreuzfahrt zu den Bahamas sein, sagten Sie!«

»Wirklich? Dann war es ein Scherz, der mir gerade einfiel, nichts weiter. Große Geheimnisse jedenfalls habe ich keine in den Versen entdeckt.«

»Vielleicht ist es Ihnen nicht bis ins Bewußtsein gedrungen, oder Sie haben Ihre Entdeckung nicht ernst genommen. Aber die schönen und erstaunlich ausführlichen Stellen vom warmen Sand und vom saphirnen Meer, vom Sommer, der jahraus, jahrein dauert – Sie haben ihre tiefere Bedeutung erfaßt und gemerkt, daß es dabei um höchst diesseitige Dinge geht. Aber ich hatte nicht genug Grips, um auf Ihre Worte zu hören, sonst hätte ich genau an dieser Stelle einhaken müssen.«

Sie erkannten nun alle, wohin er sie führen wollte. Und sie saßen wie hypnotisiert da, die Augen auf Simon gerichtet. Er hatte seine langen, schmalen Hände verschränkt; die Zigarette, die er sich angezündet hatte, rauchte im Aschenbecher still vor sich hin. Natürlich ging wieder einmal die Spannung, die sie alle erfaßt hatte, von Simon aus – doch der schien es gar nicht zu bemerken.

»Wenn es überhaupt einen Anhaltspunkt in den Versen gibt – das ist er. Da standen wir hilflos vor Treverras Sarkophag – freilich, leer war er nicht, aber jedenfalls lag der nicht darin, den wir anzutreffen dachten. Und daneben der Sarg seiner Frau, der ein weiteres Geheimnis birgt ... Später erfahren wir, daß er auch noch ein nettes kleines Vermögen in Goldstücken und Juwelen enthielt. Ein verrücktes, tragisches Puzzle – und der einzige Schlüssel dazu: die beiden Grabinschriften, sonst nichts!

Sie wissen ja, Treverra war der bewunderte und hochgeschätzte Chef der Schmuggler in dieser Gegend. Wir wissen, daß er zumindest ein Schiff besaß, das regelmäßig über den Atlantik nach Amerika und zu den Westindischen Inseln fuhr. Nun, wir kennen auch den Tunnel von der Gruft zum Drachenloch, und mit etwas Phantasie können wir uns sehr gut vorstellen, wer den Tunnel hat graben lassen. Er war ein idealer Fluchtweg für jeden, der Zugang zu der Gruft hatte. Dort war er völlig ungestört, denn wer hätte es gewagt, den Frieden der Toten zu stören und in eine Familiengruft einzudringen? Nach den Aufzeichnungen hat Treverra die Gruft sechs Jahre vor seinem Tod in den Stein hauen lassen. Ich nehme an, er hat sie in weiser Voraussicht angelegt, für den Fall, daß er einmal gezwungen sein würde, still und heimlich aus Cornwall zu verschwinden.

Wer weiß, vielleicht gab es Intrigen gegen ihn, vielleicht trieb er es mit seinen Schmuggelgeschäften gar zu kühn, und selbst sein Name und seine Beliebtheit konnten ihn nicht mehr retten vor einem bösen Verfahren? Ich meine, er hat sich immer einen Spaß daraus gemacht, die anderen an der Nase herumzuführen. Und das hat man ihm nicht verziehen. Daß etwas gegen ihn im Gange war, zeigt die Tatsache, daß er sich immerhin von dem Amt des Friedensrichters entheben ließ, obgleich er, wie die Akten berichten, ein sehr guter und milder Richter war und diese Position ihm selbst auch recht nützlich gewesen sein muß. Ich vermute, er konnte sich hier von einem bestimmten Zeitpunkt an nicht mehr sicher fühlen. Und daher dieser geniale Plan. Zu dieser Zeit muß er seinen Grabspruch verfaßt haben, und auch der für Morwenna entstand in dieser Zeit, verfaßt von ihm, von ihr, von beiden gemeinsam? Das scheint mir am wahrscheinlichsten. Ich kann die beiden geradezu vor mir sehen, wie sie hier in diesem Raum saßen, Zeile um Zeile entwarfen und sich dabei totlachten über den großartigen Spaß.

Und dann war der Moment gekommen: Treverra, gerade vierzig, in der Fülle seines Lebens – und hinter ihm die Schergen eines Staates, der ihm seine Streiche nicht mehr durchgehen lassen kann. Was geschieht?

Treverra ›stirbt‹ und wird in der Gruft beigesetzt. Als es draußen dunkel ist, die pompösen Zeremonien der Bestattung sind längst vorbei, befreit er sich aus seinem engen Gefängnis. Vielleicht hat man ihm dazu eine Brechstange mit in den Sarkophag gelegt, viel wahrscheinlicher aber hat man ihm dabei geholfen. Treverra hatte zwei Söhne, der ältere von ihnen war zu der Zeit gerade zwanzig, der jüngere vierzehn. Ich nehme an, der ältere war in die Pläne voll und ganz eingeweiht – wir werden noch darauf kommen, wenn ich den Fall Morwenna zu klären versuche. Treverra steht also aus dem Grab auf, setzt die Steinplatte in Bewegung, passiert den unterirdischen Gang und kommt bei Ebbe hinaus, entweder zum Hafen von Pentarno oder sogar nach Maymouth. Dort liegt ein Schiff bereit und bringt ihn über den Ozean dorthin, wo jahraus, jahrein Sommer herrscht, wo es warmen Sand gibt und das Meer von der Bläue des Saphirs ist – nach Westindien! Sicher hat er inzwischen auch ein ganz nettes Startkapital dort hinbringen lassen, wie man heute ein Konto in der Schweiz anlegt. Es war also genau, wie Dominic sagte: eine Vergnügungstour zu paradiesischen Inseln, und wenn schon nicht zu den Bahamas, so lag sein Ziel doch nicht weit davon entfernt. Nach den Büchern zu urteilen, gingen seine Handelsbeziehungen vor allem nach Trinidad, Tobago und den Barbados.

Wer wußte von der Sache, wer war eingeweiht? Ich würde sagen, auf alle Fälle drei Personen: Jan, Morwenna und ihr älterer Sohn – vielleicht auch der Kapitän des Schiffes. Möglicherweise gab es auch einen Leibarzt, der die Totenscheine ausstellte – aber der hatte danach allen Grund, den Mund zu halten. Vermutlich tat er es für ein nettes kleines Säckchen in der Art, wie wir es in Morwennas Sarg gefunden haben.

Natürlich hätte Morwenna einem solchen Plan niemals zugestimmt, wenn er ihr nicht die Möglichkeit geboten hätte, ihrem Mann nachzukommen. Also bestand der zweite Akt der Komödie in der Überführung Morwennas nach dem Paradies, in das ihr Mann aus zwingenden Gründen vorausgeeilt war. Sechs Monate nach Jans ›Tod‹ wird das gleiche Programm noch einmal abgewickelt. Sie ›stirbt‹ an gebrochenem Herzen, und man setzt sie in der wohlpräparierten Gruft bei.«

Simon brach ab, denn jemand in der Runde hatte einen Laut ausgestoßen, der einem erstickten Schrei nicht unähnlich war. Die Zuhörer räusperten sich, schluckten, bewegten sich einen Augenblick, als seien sie aus tiefer Trance erwacht. Paddy wurde feuerrot im Gesicht und drückte sich in ein dunkleres Eckchen. »Tut mir leid, daß ich dich unterbrochen habe – ich dachte nur gerade nach . . . Sie war doch so klein und zart!«

»Das hat man sicherlich nicht übersehen, Paddy. Es war klar, sie selbst konnte nicht den Deckel von ihrem Sarg stemmen – doch auch dafür war Vorsorge getroffen worden. Sie sollte in dem Sarg liegenbleiben, bis die Nacht eingebrochen war. Dann würde ihr älterer Sohn in die Gruft kommen, sie befreien und auf dem dunklen Weg durch die Felsen hinausbegleiten, auf das Schiff und in Sicherheit. Vielleicht haben Sie die fünf Löcher in dem Holzsarg bemerkt, George ... Auf den ersten Blick sahen sie wie ein hübsches Muster, eine Verzierung aus, aber sie erfüllten ihren Zweck! Die Luft in dem Sarkophag, mindestens drei Kubikmeter, reichte ohne weiteres bis zur Nacht. Und für die Reise war Morwenna wohl versehen mit Geld und Wertsachen. Wahrscheinlich hat man den Holzdeckel nur auf den Sarg gelegt, ohne ihn festzunageln, so daß sie sich wenigstens daraus schon eher befreien konnte. Alles, was sie brauchte, war ein mutiges Herz, und wir wissen, daß es ihr nie an Mut und Kühnheit gefehlt hatte. Denken Sie an die Dryden-Parodie: DER MUT'GE VERDIENT DEN MUT ALLEIN!

Aber am Abend ihrer Beisetzung, Sie erinnern sich, gab es den großen Sturm, der überall erwähnt wird. Die Fischerboote rissen sich los und wurden ins Meer hinausgetrieben. Und der junge Treverra, der neue Schloßherr, befand sich auf dem schmalen Felspfad zum Drachenloch, als ihn eine Bö ergriff und hinunterschleuderte in die tobende See. Er ertrank. Und das geschah, ehe er in die Gruft gelangen, seine Mutter daraus befreien und sie an Bord eines Schiffes nach den Barbados bringen konnte. Er war der einzige, den man in den Plan eingeweiht hatte – für die anderen war Morwenna tot und begraben! Wenn der Leibarzt wirklich informiert war, so konnte er frühestens dann von dem tragischen Ausgang der Geschichte erfahren haben, als er die Nachricht erhielt, der ältere Sohn sei verschwunden. Aber er mußte wissen, daß es zu diesem Zeitpunkt längst zu spät war. Er konnte niemandem mehr helfen und hätte sich und den jüngsten Treverra nur in Gefahr gebracht mit dem Versuch, jetzt noch in die Gruft einzudringen.«

»Aber das Schiff«, wandte Dominic mit rauher Stimme ein, »es lag doch ein Schiff für sie bereit! Wenn sie nun nicht erschien, wie es geplant war ...«

»Das habe ich mir auch überlegt, und ich bin zu dem Schluß gekommen, daß es in dem Fall bestimmt nicht Treverras eigenes Schiff gewesen sein konnte. Für dieses wäre es viel zu riskant gewesen, sich noch einmal an der heimatlichen Küste blicken zu lassen. Nein, ich nehme an, Treverra hat einen anderen Kapitän beauftragt, zu einer bestimmten Zeit eine Dame dort an Bord zu nehmen. Vielleicht hatte das Schiff bis nach dem Sturm gewartet – wenn es ihn überstanden hat –, aber dann, als der Passagier nicht erschien, hat man wohl damit gerechnet, daß er nicht mehr auftauchen würde. Was konnte der Kapitän also anderes tun, als ohne die Dame abzusegeln?

All das Geld, all die Juwelen nützten ihr nichts mehr, lagen zwei Jahrhunderte in dem Sarkophag – bis eines Tages Zebedee Trethuan kam, sie nach und nach in die Valuta seines Jahrhunderts verwandelte und damit den Grund für den nächsten und wohl auch übernächsten schrecklichen Tod im Zusammenhang mit der Treverra-Gruft lieferte.

Der ertrunkene Treverra wurde nie gefunden, was bei einem so gewaltigen Sturm nicht allzu verwunderlich ist, deshalb blieb das Geheimnis der Gruft bewahrt. Der Jüngste der Treverras übernahm Schloß und Besitz, doch er sollte nie erfahren, welche Tragödie sich abgespielt hatte. Für ihn waren seine Eltern eines natürlichen Todes gestorben. Und als er selbst starb, war Saint Nectan schon längst aufgegeben und vom Sand bedrängt, so daß man ihn oben im Friedhof von Saint Mary beisetzte. Morwenna lag allein in der Gruft, getrennt von ihrem Jan, und nur Gott weiß, wer von den beiden der Unglücklichere war.«

Tamsin war leise von ihrem Platz aufgestanden und zu ihrem Schreibtisch gegangen. Sie kam mit einem Umschlag zurück und entnahm ihm die Transkriptionen der beiden Grabsprüche.

»Ich kenne sie zwar schon fast auswendig«, sagte sie leise, »aber jetzt erscheinen sie mir in ganz anderem Licht, als könnten wir sie erst jetzt richtig verstehen.«

»Sie meinen also, ich habe ins Schwarze getroffen?« Simons Blicke begegneten den ihren, und sie sahen einander verwundert und ein wenig traurig an.

»Ich glaube, Sie haben so unwahrscheinlich ins Schwarze getroffen, daß ich mich jetzt frage, wie uns die vielen und deutlichen Hinweise entgehen konnten. Es steht hier ja alles! Er sagte es jedem, der genug Verstand besaß, die Texte zu lesen.

›Such niemals unter diesem Stein
Die stummen Zeugen, bleich' Gebein.‹

Das heißt nichts anderes als: Sucht mich nicht in dem Grab, ihr werdet mich nämlich nicht finden. Und dann die ›Labyrinthe‹, durch die man aus dem Grabesdunkel kommt – was sind sie anderes als der Gang durch den Felsen? Er hat es ja ganz klar gesagt, wie er entkommen ist! Die letzten Zeilen gelten natürlich ihr.

›Dorthin, o meine Seele, reise
Und find den Herrn, der gütig-weise
Dich schmecken läßt, daß es so bliebe,
Die Süße erst' und letzter Liebe.‹«

Simon saß schweigend da und hörte Tamsin zu. Dann nahm er die beiden Blätter, die sie ihm reichte, warf einen Blick darauf und begann mit unpersönlichem Ton: »Jetzt hören Sie noch einmal den Grabspruch Morwennas, und ich meine, Sie werden nicht daran zweifeln, daß sie selbst ihn verfaßt hat.

›Auf Morwennas Grab soll geschrieben sein:
DER MUT'GE VERDIENT DEN MUT ALLEIN.
Nicht Heil'ge scheiden – drum weine keiner –
Noch seliger von hier denn meiner.
Denn kurz nur rast' ich an diesem Ort,
Dann zieht die Liebe mich weiter fort
Ins Land, das meiner Sehnsucht Ziel,
An gold'ne Ufer, wenn er es will,
Wo an die Brust ich drücke gern
Den wiederauferstand'nen Herrn.‹

Hören Sie nicht die Stimme der schönen, kühnen Frau?« fragte Simon.

Sie alle hatten sie vernommen, die gewagten, ruchlosen, arroganten und fröhlichen Worte, die das genaue Gegenteil dessen ausdrückten, was man auf den ersten Blick annehmen konnte. Miss Rachel schüttelte sich, als wolle sie nicht wahrnehmen, was für gotteslästerliche Worte ihre Urahnin, der sie in ihrer Jugend ähnlich gewesen sein sollte, vor ihrem Tod verfaßt hatte – und wie furchtbar sie sich gerächt hatten! Sie warf einen scheuen Blick auf den Pfarrer.

»Nun, wenn das nicht der Gipfel der Blasphemie war! Glauben Sie, Reverend, daß Gott sie gerichtet und mit einem schrecklichen Ende bestraft hat?«

»Nein!« fiel ihr der Pfarrer mit sehr unklerikalem, entschieden ablehnendem Ton ins Wort. »Nein – denn ich sehe Gott nicht als den Strafenden, den Engel mit dem Flammenschwert! Aber man könnte vielleicht sagen, sie habe so verwegen mit dem Feuer gespielt, daß es nicht verwundert, wenn sie sich schließlich dabei verbrannt hat. Andererseits war es ein Spiel, das in ihr kühnes Leben paßte, das es erst lebenswert machte.«

»Wenn sie gotteslästerlich war«, sagte Phil und erschauerte, »dann hat sie dafür hart und grausam gebüßt. Denn ihr Schicksal war bei weitem das Schrecklichere.«

»Glauben Sie?« Simon blickte auf und schaute sich in der Runde um; ein gequältes Lächeln lag auf seinen Lippen. »Wer weiß, wie lange Treverra auf sie wartete und wartete, auf eine Nachricht, ein Zeichen, ein Wort von ihr ... Er konnte nicht nach Hause, er konnte nicht einmal einen Brief übers Meer schicken, denn er hatte keinen Vertrauten hier, keinen, der wußte, daß er noch am Leben war. Er mußte das sein und bleiben, was er für die anderen war: tot, gestorben und begraben. Sein Plan, über den er oft gelacht hatte, verkehrte sich ins Gegenteil, richtete sich gegen ihn. Glauben Sie mir, wenn es etwas gab, wofür er hier zu Lebzeiten schon bezahlen mußte – er hat bezahlt, und zwar doppelt und dreifach. Nur eines blieb ihm erspart – er brauchte nie zu erfahren, wie grauenvoll seine geliebte Frau enden mußte ...«

Der Schloßhof lag in hellem Mondlicht, als sie hinaus zu ihren Wagen gingen, nicht zu spät, denn Paddy mußte am kommenden Vormittag mit dem traditionellen Zehn-Uhr-Zug ins Internat fahren, und sein Koffer war noch nicht gepackt. Die Ebbe hatte fast ihren Höhepunkt erreicht, und der leuchtende Streifen des zurückweichenden Meeres erglänzte weit draußen bei den letzten Felszacken. Das Mondlicht verzauberte den nassen Sand in reinstes Silber, und die Wolkensäume strahlten hell.

»Ich schmeichle mir, daß auch Sie von meiner heutigen Vorstellung beeindruckt sind«, sagte Simon zu George Felse, als die beiden gemeinsam die Treppe zur Auffahrt hinuntergingen. Seine Stimme klang kühl und gelassen, aber ein wenig müde. Erst war er etwas steif hinter Tamsin her gegangen, hatte gehofft, daß sie an der Tür auf ihn warten würde – doch sie hatte sich in eine Gesellschaft begeben, bei der sie sicher war, daß man sie freudig begrüßen würde. So stand sie nun mit Paddy und Dominic lachend und scherzend vor dem Mini, wenn auch ihre Stimmen, sicherlich ebenfalls beeindruckt von dem heutigen Abend, gedämpfter und nicht so fröhlich klangen wie sonst. Es lag etwas von den Schatten des Herbstes darin, fand Simon.

»Ja, Sie sind wirklich der geborene Detektiv«, mußte George zugeben. »Wie wär's, wenn Sie sich zu guter Letzt auch noch mit dem übriggebliebenen Rätsel in dieser Affäre befassen würden? Ich bin davon überzeugt, Sie könnten auch noch herausbringen, wer Trethuan ermordet hat, wenn Sie es ernsthaft versuchen.«

Das Lächeln fror für einen kurzen Moment ein, dann vertiefte es sich demonstrativ.

»Vielleicht tu ich's auch – aber nicht jetzt gleich. Geben Sie mir bis morgen früh Zeit!«

»Schön, aber ich komme darauf zurück.«

»Kann ich Sie zum Hotel bringen? Es wird zwar nicht allzu bequem sein für vier, doch es ist ja nicht weit.«

»Vielen Dank, aber wir gehen gern zu Fuß. Die Nacht ist zu schön, als daß wir nicht noch einen kleinen Spaziergang machen sollten. Und zuvor möchte ich mich noch von Paddy verabschieden – denn morgen früh wird ihn wohl seine Familie ganz in Beschlag nehmen. Glauben Sie nicht?«

11

Als Paddy am nächsten Morgen zum Frühstück herunterkam, war er zwar ziemlich schweigsam und still, aber den Verhältnissen entsprechend recht gefaßt und in sein Schicksal ergeben. Man mußte die vielen stumpfsinnigen, quälenden, aber notwendigen und vielleicht auch ablenkenden und erlösenden Dinge erledigen, die mit der Abreise für mehrere Monate in Zusammenhang standen, und es gab kaum Zeit zum Nachdenken. Das hatte er noch einmal am vergangenen Abend versucht, ehe Mutter hereinkam, um ihm einen Gutenachtkuß zu geben – und er war wieder zu demselben Ergebnis gekommen wie an den beiden vorhergegangenen Abenden. Er wußte, wohin er gehörte, und keiner, auch nicht Simon, konnte ihn davon abbringen.

Und er hatte sie gefragt: »Mammi – wie wird er sich eigentlich dazu verhalten?« Sie hatte sofort gewußt, was er meinte, und hatte ihn ernst, aber liebevoll-verstehend angeschaut.

Jetzt war es wieder Phil, die den ersten Schritt tat. Sie schlug vor, Simon sollte mit ihnen zur Bahnstation kommen, und gab damit Paddy die Gelegenheit, die Einladung zu bekräftigen.

»Ja, komm doch mit! Natürlich haben wir alle Platz. Mein Gepäck ist ja schon auf der Bahn, ich habe nur noch die kleine Reisetasche.«

So fuhren sie zu viert im Mini zum Bahnhof: Simon vorn neben Tim – schweigsam wie nie zuvor, und Paddy mit Phil auf dem Rücksitz, bedeutungsvoll aneinandergekuschelt, ein bißchen trostlos vielleicht – aber im Beginn eines neuen Lebensabschnittes liegt immer auch ein wenig Trostlosigkeit.

»Es waren herrliche Ferien, Mammi. Schade, daß die Zeit so schnell vorübergegangen ist! Vergiß nicht, mir zum Wochenende zu schreiben.«

»Natürlich – aber glaub mir, die Zeit bis Weihnachten wird so rasch vorübergehen, daß du gar nicht zum Antworten kommen wirst, wie immer.«

Weihnachten – das klang, als liege es noch in weiter Ferne, aber auch er wußte, wie bald er wieder hier sein würde, und daß das Fest praktisch schon vor der Tür stand. Dabei schweiften Paddys Gedanken zu der neuen Fußballsaison und zu seiner Mannschaft ab, und er dachte schon weit über Weihnachten hinaus an die Schulmeisterschaften im kommenden Frühjahr.

Am kleinen Bahnhof hielten sie an, und alle vier stiegen aus dem Wagen. Sicher hatte man dies oder jenes vergessen, und jeder dachte darüber nach, was es wohl sein mochte.

»So, und jetzt werde ich mich gleich mal verabschieden«, sagte Simon, dem es genau gelang, den richtigen, nicht zu bedeutungsvollen Ton zu finden. »Ich muß noch einen Besuch in der Stadt machen. Alles Gute, Paddy, und angenehme Fahrt! Ja, freilich, und ein erfolgreiches Schuljahr!«

»Vielen Dank!« Paddy hatte es sich bis zuletzt aufgespart, weil es so den größten Effekt auslöste. Er ergriff Simons Hand herzlich, aber nicht ohne ein gewisses Maß an Zurückhaltung. »Auf Wiedersehen –« Sein Kopf wurde puterrot, aber seine Augen blieben unbewegt. »Auf Wiedersehen, *Onkel* Simon!«

Simon drehte sich um und ging rasch weg, den Holzzaun entlang, der früher die Sperre zu den Bahnsteigen gebildet hatte. Am Ende des Perrons, wo gerade ein Trupp ABC-Schützen von besorgten Eltern in den Zug gesetzt wurde, lehnte ein schlanker, ruhiger Mann an der Barriere, beobachtete die Schulanfänger und die erhabenen Abiturienten, die schon eine ebenso weitgehende Vergeistigung ihrer Bewegungen wie ihrer Gedanken erreicht hatten. Die Jungen in den dazwischenliegenden Jahrgängen wie Paddy genossen das beste aus den beiden Welten, indem sie sich je nach Bedarf zu der einen oder zu der anderen Gruppe zählten.

»Wenn ich ihnen so zuschaue«, sagte George Felse und wandte sich mit leichtem Lächeln ab, »ergreift mich eine tiefe Zufriedenheit, daß ich über diese Jahre hinaus bin. Sie müssen wissen, ich habe die Schule gehaßt wie die Pest. – Aber warum bringt man sie eigentlich nicht die fünfundzwanzig Kilometer mit dem Wagen ins Internat? Wenn man das ganze Gepäck betrachtet, das immer wieder ein- und ausgeladen werden muß, wäre es doch einfacher, die Jungen und die Koffer in die Land-Rover zu packen und erst vor der Schule wieder abzuladen?«

»Ich glaube, sie würden es keinen Augenblick in Erwägung ziehen. Das ist der Schulzug, und er ist es seit jeher gewesen«, antwortete Simon. »Bis sie dort ankommen, ist das Eis gebrochen, haben sie ihren anfänglichen Widerstand gegen die Schule überwunden, und es beginnt ihnen sogar ein wenig Spaß zu machen.«

»Ich verstehe«, erklärte George, während sie nebeneinander den Weg zum Städtchen einschlugen. »Offenbar verfügen Sie über mehr als nur die Grundbegriffe, die man kennen muß, um ein guter Vater zu sein.«

»Grundbegriffe – mag sein. Aber leider nicht über alles andere, was damit zusammenhängt. – Zigarette?« Sie blieben einen Augenblick stehen, während Simon nach einem Streichholz suchte und es anzündete, dann setzten sie ihren Weg fort. Simon inhalierte den Rauch tief und atmete ihn mit einem Seufzer wieder aus. »Ich weiß – ich habe Ihnen gestern abend eine Lösung versprochen.«

»Zumindest wollten Sie mich wissen lassen, ob Sie eine Lösung finden würden oder nicht.«

Simon schritt eine Minute schweigend neben George her, die Augen auf den Boden gerichtet. Dann brach er das Schweigen.

»Nicht, daß ich Ihnen allzuviel verraten müßte, Sie wissen es doch schon — oder täusche ich mich?«

»Ich weiß schon seit einiger Zeit, wer ihn dort hineingesteckt hat«, sagte George. »Ich kam darauf, als Miss Rachel erwähnte, Sie hätten sich mit ihr draußen auf dem Rasen über Paddy unterhalten, an jenem Nachmittag, als der Küster im Garten war und die Pflaumen pflückte. Ein paar Stunden vor seinem Tod. Aber natürlich kann ich es nicht beweisen«, erklärte er mit bedeutsamer Betonung.

Wieder schwiegen die beiden Männer. Sie gingen nebeneinander her über das holprige Pflaster. Hinter ihnen ertönte das schrille Pfeifsignal einer Lokomotive.

»Wenn Paddy sich für mich entschieden hätte – dann wäre kein Wort davon über meine Lippen gekommen, und Sie hätten sich schon sehr bemühen müssen, mir etwas Definitives nachzuweisen. Ich hätte ihn mit mir genommen auf meine Reise ...

Aber der Junge dachte gar nicht daran. Und wissen Sie, eigentlich finde ich es auch besser so. Ich kann mir nicht helfen, trotz allem stehe ich viel lieber auf der Seite des Gesetzes.« Er vergrub seine Hände tief in den Hosentaschen und zog die Schultern hoch vor der kühlen Brise, die sich vom Meer her erhoben hatte. »Ich nehme an, Sie wissen auch, daß Paddy mein Sohn ist – selbst wenn es nicht danach aussieht.«

»Ich war zusammen mit Phil auf der Suche nach dem Jungen am Freitag abend, und dabei kamen wir auch bei Miss Rachel vorbei. Die alte Dame gab zu, was sie dem Jungen gesagt hatte, und auch, daß Sie selbst mit ihr darüber gesprochen hatten – eben an dem bewußten Nachmittag. Aber machen Sie sich keine Gedanken – von mir erfährt es kein Mensch, wenn Sie das meinen.«

»Und wie haben Sie den Rest herausbekommen? Was hat Sie darauf gebracht?«

»Eine Reihe von kleinen Indizien. Zunächst einmal die Tatsache, daß Ihnen so sehr daran gelegen war, mich an der Öffnung der Gruft teilnehmen zu lassen. Ich wußte, das hatte einen tieferen Grund. Sie kannten mich ja kaum, aber dann hörten Sie, daß ich Kriminalbeamter bin – auf Ferien zwar, aber auch das paßte vorzüglich. Ich habe mir lange überlegt, warum Sie mich als Beobachter brauchten – und dann wurde es mir klar. Einerseits sollte es ein genauer, geübter Beobachter sein, dessen Aussage einiges Gewicht hat. Andererseits sollte es niemand sein, der auf irgendeine Weise mit dem Fall in Verbindung gebracht werden konnte. Sie wollten schließlich nicht, daß andere in Verdacht gerieten. Sie wußten demnach genau, was man in dem Sarkophag finden würde. Und da Sie es so genau wußten, war es mehr als wahrscheinlich, daß Sie den Toten auch dort hineingelegt hatten. Wenn man es sich überlegt, paßte alles folgende vorzüglich zu dieser Theorie. Die Organisation bei der Öffnung, die Entdeckung – all das war prächtig inszeniert. Die Frage nach dem Regisseur war nicht schwer zu beantworten. Dann gab es ein paar kleine, persönliche Dinge, die ebenfalls haargenau paßten: Sie gingen Tamsin aus dem Weg, zum Beispiel. Entschuldigen Sie, wenn ich wie ein Elefant im Porzellanladen auf Ihren

Gefühlen herumtrampeln muß, aber Sie wollen ja von mir wissen, wie ich darauf gekommen bin. Sie haben sich von ihr in den letzten fünf Tagen bewußt ferngehalten. Aber – verzeihen Sie – nicht etwa, weil Sie nichts mehr von ihr wissen wollten.

Als Paddy dann vermißt wurde, waren Sie der einzige, der sich vollkommen sicher war, dem Jungen drohte keine Gefahr von Seiten des von uns vorausgesetzten Mörders. Sie wußten als einziger, daß es einen solchen Mörder gar nicht gab. Sie machten sich erst dann Sorgen um den Jungen, als es immer später wurde und er noch immer nicht aufgetaucht war. Es konnte ihm ja auch etwas zugestoßen sein ... Soll ich weitermachen?«

Simon blieb einen Augenblick stehen und trat seinen Zigarettenstummel am Rand des Bürgersteigs aus. Direkt vor den beiden quollen gewaltige, rosarote Ballen von Hortensien über eine Mauer, üppig, wie man sie nur in Cornwall finden kann.

»Ja, natürlich! Es interessiert mich sehr.«

»Jedermann in der Gegend wußte, daß die Gruft geöffnet werden sollte. Wenn Sie also den Toten da hineinlegten, so taten Sie es deshalb, weil Sie wollten, daß er entdeckt wurde. Das war bei weitem nicht so überraschend, wie es zunächst aussah. Vorausgesetzt, Sie waren für seinen Tod verantwortlich, dann war es gar nicht so ungeschickt, es so einzurichten, denn dann würden die Indizien auf jeden anderen eher weisen als auf Sie. Sicherlich hätten Sie die Leiche auch ganz verschwinden lassen können – aber Sie wollten auch, daß seinen Angehörigen jahrelange Zweifel erspart blieben. Aber wenn er schon im Meer ertrunken war – hätten Sie dann nicht warten können, bis er, wie man vermuten konnte, in der Leichenhallen-Bucht angeschwemmt wurde? Das war mir, offen gestanden, lange ein Rätsel. Aber dann kam ich darauf: Der erste, der morgens in dieser Gegend an den Strand kam, war Paddy. Sie wollten unter allen Umständen vermeiden, daß der Junge den Leichnam fand. Nicht nur, weil er über den Anblick erschrecken konnte. Der Junge war auch in gewissem Sinne der Grund, warum Sie den Mann getötet hatten, und es war für Sie erschreckend genug, als Sie erfuhren, daß Paddy den Leichnam im Wasser entdeckt hatte und ihm nachgeschwommen war.

Sie hatten Paddy übrigens versprochen, die Küstenwache zu verständigen – aber Sie haben es nicht getan, auch nicht, als es Dominic in der Bar am Abend erwähnte und Sie daran erinnerte. Sie hatten es keineswegs vergessen!

Blieb nur die Frage nach dem Motiv. Und da tappte ich ziemlich lange im dunkeln. Sicher, Trethuan hat Ihnen gedroht, aber was konnte Sie das kümmern? Er hatte nichts in der Hand gegen Sie. Bis Sie bei Miss Rachel die Katze aus dem Sack ließen und sich als Paddys Vater bekannten. Trethuan folgte Ihnen seit dem Mittag im Pfarrgarten, wo Sie ihm wieder einmal eine Abfuhr erteilten. Er wollte Sie mit allen erdenklichen Mitteln von Ihrem Vorhaben abbringen, und er hatte seinen guten Grund dazu. Wer weiß, vielleicht hätte er Sie sogar aus dem Weg geräumt, wenn Sie ihm eine Gelegenheit dazu geboten hätten?«

George blickte nach der Seite und sah Simons gebräuntes Gesicht im Profil: Seine Züge waren hart und angespannt.

»Schon möglich. Aber ich glaube nicht daran. Und er hat es ja auch nicht versucht.«

»Nein, was dann geschah, war nicht Notwehr von Ihrer Seite, das denke ich auch. Immerhin aber folgte er Ihnen, wohin Sie gingen, suchte verzweifelt nach einem Mittel, mit dem er Sie von Ihrem Plan abbringen konnte. Er lauschte Ihrem Gespräch mit Miss Rachel . . .

Ich glaube nicht, daß er alles mitbekommen hat. Aber ihm genügte es. Und was er gehört hatte, konnte nur eines bedeuten: Wenn Sie Paddys Vater waren, so war Phil Ihre Geliebte! Das war es doch, was Trethuan vermutete und womit er Sie erpressen wollte. Jetzt, glaubte er, würden Sie nach seiner Pfeife tanzen müssen. Er folgte Ihnen auf den steilen Pfad, der über den Drachenkopf führt. Er wollte Sie an einem einsamen Ort, wo keiner zuhören konnte, zur Rede stellen.«

Die beiden waren am südlichen Ende des Hafenbeckens von Maymouth angekommen und lehnten sich über das Geländer, Schulter an Schulter, schauten auf den Morast und die Fischerboote, die jetzt im Trockenen lagen. Das glitzernde Wasser wich immer weiter zurück, aber die Ebbe hatte ihren Höhepunkt noch nicht erreicht. Simon griff mit verkrampften Händen nach dem

Geländer und starrte blindlings vor sich hin. Er schloß die Augen, schüttelte seinen Kopf, und die Benommenheit wich allmählich.

»Entschuldigen Sie«, sagte er. »Ich habe sehr schlecht geschlafen.« Er wischte sich mit dem Handrücken über die Augen, dann schwieg er wieder.

»Ich glaube, es ist gut für Sie, wenn Sie es mir sagen«, ermunterte ihn George nüchtern. »Schließlich wissen Sie es am besten, wie es war.«

»Es war genau so, wie Sie es dargelegt haben. Der blinde, wahnwitzige Jähzorn war es, der mich packte!« Simon schüttelte sich vor Abscheu. »Manchmal kann ich mich nicht beherrschen, dann weiß ich nicht mehr, was ich tue. Da war dieser Dreckskerl, und er sagte so gemeine Dinge über mich und über – Phil. Ausgerechnet Phil, die treueste aller Frauen! Ich sah nur noch seine gemeine Fratze, hörte sein Schandmaul reden – da schlug ich zu!

Ich weiß nicht, ob Sie es sich vorstellen können. Es war genau der wunde Punkt, den er nicht hätte berühren dürfen. Nach allem, was ich Phil und Tim angetan hatte, konnte ich ihnen nicht zumuten, daß sie von Trethuan in den Dreck gezogen wurden.«

»Doch«, sagte George leise, »das kann ich mir sehr gut vorstellen. Sind Sie sich eigentlich so sicher, daß nicht doch er als erster die Hand gegen Sie erhob?«

»Führen Sie mich nicht in Versuchung, George! Ich bin vielleicht ein Angeber, aber kein Lügner. Er hat nie seine Hand gegen mich erhoben.«

»Hatten Sie denn, und sei es nur für den Bruchteil eines Augenblicks, die Absicht, Trethuan zu töten?«

»Himmel, nein! Das heißt – nein, ich glaube nicht. Ich hatte überhaupt keine Absicht. Ich schlug einfach zu. Und ich schlug nur ein einziges Mal. Als ich sah, daß er taumelte, griff ich nach ihm, aber ich konnte ihn nicht fassen. Ich hatte nicht damit gerechnet, daß ihn mein Hieb so sehr aus dem Gleichgewicht bringen würde. Er taumelte ein paar Schritte rückwärts, dann fiel er zu Boden und rollte auf die Kante zu. Bevor ich ihn halten konnte, stürzte er schon hinunter in die Tiefe. Er schlug auf dem

Wasser auf, und ich nahm an, der Schock und der Aufprall ließen ihn ohnmächtig werden. Jedenfalls ist er danach nicht mehr aufgetaucht.«

Die harten Züge milderten sich langsam wieder, und auch das Blut kehrte in seine Wangen zurück. Er atmete tief ein und ließ das Geländer los.

»Wir machen uns besser auf den Weg, nicht wahr?«

»Wenn Sie wollen.«

»Sie haben es nicht so eilig, mich einzubuchten, oder?« fragte Simon, und zum erstenmal war wieder der Versuch eines Lächelns auf seinem Gesicht.

»Ich habe überhaupt nicht die Absicht, Sie einzubuchten. Und eilig habe ich es in meinem Urlaub nie. Übrigens sind wir ja nicht hinter einem Mörder her. Aber fahren Sie fort, wenn Sie wollen. Sie sprangen ihm hinterher, stimmt's?«

»Woher wissen Sie das?« Simon war verblüfft.

»Weil Sie danach noch einmal mit Dominic ins Wasser gingen, obwohl Sie wußten, daß es überhaupt keinen Sinn hatte, nach so langer Zeit. Ich nehme an, Sie brauchten eine plausible Erklärung, daß Ihr Haar und Ihre Unterhose naß waren. Die Jungen hatten es zunächst nicht bemerkt, dazu waren sie viel zu aufgeregt.«

»Gar nicht schlecht kombiniert – aber es gab noch einen triftigeren Grund: Ich hatte mir bei meinem Faustschlag die Knöchel verletzt; beim Schwimmen und Tauchen konnte ich ohne Schwierigkeiten auch meine andere Hand verletzen. Als wir uns abtrockneten, fiel es Paddy auch prompt auf.« Er schaute auf seine Hände, und die Knöchel waren rechts wie links mit kleinen, verschorften Wunden bedeckt. »Natürlich sprang ich hinterher. Ich tauchte nach dem Mann, bis ich nicht mehr konnte und einsah, daß es sinnlos war. Ich bin ein guter Schwimmer, aber die Strömung wurde stärker und stärker. Ich konnte nichts anderes tun als mich wieder anziehen und kam gerade über die Küstenstraße, als Ihr Junge Paddy aus dem Wasser gezogen hatte. Den Rest kennen Sie ja. Ich hoffte, ich betete, daß die Leiche nicht gefunden würde. Dann, am Abend, erklärte Sam, daß die Flut alles, was draußen am Kap im Wasser schwamm, in der Leichenhallen-Bucht antreiben würde. Ich war zu Tode erschrocken, als ich es hörte.«

»Dann dachten Sie an Paddy –«

»Stimmt. Ich blieb die Nacht über wach und schlich mich noch vor dem Morgengrauen aus dem Haus. Ich traute meinen Augen nicht, als ich den Toten genau an dem Abschnitt des Strandes sah, wo Paddy jeden Morgen gegen sieben zum Schwimmen herunterkam. Wo sollte ich ihn verstecken? Das Meer würde ihn auch ein zweitesmal zurückgeben, und im Sand einscharren war auch nicht sicher genug. Aber ich hatte den Schlüssel zu der Gruft in der Tasche! Also brachte ich den Leichnam erst einmal dort hinein. Wir hatten schon einen Teil der Geräte in die Gruft transportiert, und es war nicht besonders schwer, den Leichnam in den Sarkophag zu legen. Zunächst sollte es nur für einen Tag sein – aber dann dachte ich mir, es wäre vielleicht am besten, wenn man ihn dort bei der Öffnung der Gruft entdeckte.«

Sie waren inzwischen in das Städtchen hineingegangen und näherten sich durch die Geschäftsstraße dem Marktplatz. Vor den Treppen zum Eingang des Polizeigebäudes blieben sie stehen. Keiner der beiden achtete auf die leichten Schritte, die sich ihnen näherten.

»Ja, das ist alles. Genauso ist es geschehen. Sinnlos und idiotisch. Keiner wollte es, aber dann ist es doch geschehen. Unglücklicherweise bin ich derjenige, der die Hand erhoben hat.« Simon atmete tief ein, als würde er nicht mehr genügend Luft bekommen, wenn er erst einmal in das Haus hineingegangen war. Dann sagte er in nüchternem Ton: »Wieviel werde ich dafür bekommen?«

Die Schritte hielten inne, sehr nahe bei den beiden. George drehte sich um und blickte erstaunt in die weit offenen, ungläubigen Augen seines Sohnes.

»Daddy – ich – ich wollte nur –« Er verstummte, schaute von einem zum anderen und trat einen Schritt zurück. »Tut mir leid, ich wollte nicht –«

»Schon gut, Dominic«, sagte George ruhig. »Laß uns noch ein bißchen allein. Und sag Bunty, daß ich zum Lunch hinüberkomme.«

»Ja, selbstverständlich. Ich ahnte nicht, daß ich – daß du –« Er drehte sich auf dem Absatz um und überlegte sich die Bedeutung dessen, was er gegen seinen Willen von dem Gespräch der beiden Männer aufgeschnappt hatte. Er konnte es fast nicht glauben, aber je länger er es überdachte, um so mehr wurde es ihm zur Gewißheit.

»Jetzt ist für ihn eine Welt zusammengebrochen«, sagte Simon und schaute hinter dem Jungen her, der sich rasch entfernte. »Aber er hätte es so oder so bald erfahren. – Doch nun sagen Sie mir, was mich im schlimmsten Fall erwartet.«

»Wenn Sie ein bißchen Glück haben, wird der Fall gar nicht erst aufgerollt«, sagte George. »Im schlimmsten Fall: drei Jahre. Das ist die Höchststrafe für Totschlag bei mildernden Umständen. Vorausgesetzt, Sie gestehen vor Gericht das, was Sie mir eben gestanden haben.«

»Ja, ich verstehe. Das werde ich nicht tun, George. Auf keinen Fall. Und Sie werden mein Geständnis nicht zu Protokoll geben, dessen bin ich mir sicher. Wenn keine Mordanklage gegen mich erhoben wird, das heißt, wenn man mich des Totschlags oder der fahrlässigen Tötung anklagt, werde ich mich schuldig bekennen und auf ein mildes Urteil hoffen. Das spart dann doch die ausführliche Beweisführung, oder? Ich glaube, das bin ich Paddy, Phil und Tim schuldig!«

»Den Teufel werden Sie«, unterbrach ihn George fast ein wenig wütend. »Sie werden sich einen guten Anwalt nehmen, und der entscheidet dann darüber, ob es günstiger ist, ein Bekenntnis abzulegen oder nicht. Sie sagen ihm die Wahrheit und überlassen gefälligst alles andere ihm! Es sollte mich sehr wundern, wenn er nicht einen Freispruch erreichen könnte.«

Aber Simons Ausdruck zeigte deutlich, daß er neben seinem früheren Selbstbewußtsein und seinem Lebensmut auch den alten Widerspruchsgeist zurückgewonnen hatte. »Jawohl«, sagte er, »ich werde die Wahrheit sagen und nichts als die Wahrheit. Aber vielleicht nicht die ganze Wahrheit. Ich werde sagen, er ist mir gefolgt, er hat mir gedroht, und wenn erst einmal aktenkundig ist, was er mit Ruiz angestellt hat, werden sie mir auch glauben. Damit kann ich Paddy, Phil und Tim aus der Sache heraushalten. Ich bin nicht das, was man einen guten Menschen nennt, George – aber ich werde es nicht zulassen, daß man die drei, die ich liebe, vollends aus dem Gleis wirft. Versprechen Sie mir, daß Sie sich aus der Sache heraushalten, sonst leugne ich alles, und dann steht Ihre Aussage gegen die meine. Ich bin sicher, daß Sie mich nicht überführen können.«

»Und ich bin sicher, daß Sie das nicht glücklich machen würde«, erklärte George lächelnd.

»Nein, da haben Sie recht. Viel lieber würde ich schnurstracks da hineingehen und mir alles von der Seele reden. Aber nicht um diesen Preis!«

»Ich sagte es Ihnen ja schon«, beruhigte ihn George, »ich habe nicht die Absicht, Sie ins Gefängnis zu bringen. Schließlich haben Sie selbst den Weg hierher eingeschlagen. Machen Sie ruhig weiter, es ist Ihre Schau!«

»Gut – dann lasse ich also diese Einzelheiten einfach aus. Und Sie treten nicht auf und versuchen, mich Lügen zu strafen. Ich nehme das als ein Versprechen, George. Jetzt möchte ich Sie bitten, mich zu begleiten. Und wenn Sie so nett sein könnten, es Tim nachher schonend beizubringen? Ob sie es Paddy auch sagen, sollen die beiden selbst entscheiden.«

Während er unter der Tür stand, schaute er noch einmal zurück und seufzte tief.

»Ach ja, wenn es schon sein muß!« Sein Lachen klang nicht ganz echt. »Es ist immerhin das erstemal, daß ich ins Gefängnis muß. Ich werde versuchen, es als Entspannungspause anzusehen.«

Von einem schmalen Durchgang auf der anderen Seite des Platzes aus beobachtete Dominic, wie sein Vater und Simon Towne in dem Gebäude der Polizeiwache verschwanden. Er kam erst aus seinem Versteck, nachdem sich die Tür hinter den beiden Männern geschlossen hatte. Dann aber nahm er die Beine in die Hand und rannte hinauf zum Treverra-Schloß. Erst in der Auffahrt verlangsamte er seine Schritte, um nicht ganz außer Atem anzukommen.

Tamsin war in der Bibliothek damit beschäftigt, die Daten

des Archivkatalogs auf eine Matrize zu schreiben. Er ging geradewegs auf ihren Schreibtisch zu, beugte sich über sie, stützte seine Arme rechts und links von der Schreibmaschine auf und schaute in das überraschte Gesicht des Mädchens, das ihn mit einem Lächeln begrüßte. Er fragte sich, wieso er sich als Überbringer einer guten Nachricht fühlte, wo er doch eigentlich nur Katastrophales zu berichten hatte.

»Tamsin, ich muß dir etwas sehr Wichtiges mitteilen. Vor zehn Minuten traf ich Papa und Simon vor der Polizeiwache und entnahm ihrem Gespräch, daß Simon im Begriff war, Mr. Hewitt zu gestehen, er habe Trethuan erschlagen.« Wenn es seine Absicht gewesen war, ihr einen tüchtigen Schock zu versetzen, so hätte er nicht überraschender mit der Tür ins Haus fallen können.

»Simon?« schrie Tamsin, und ihre Augen öffneten sich weit vor panischem Schrecken; im Nu war sie auf den Beinen. »Simon soll einen Mord begangen haben? Du bist ja vollkommen von Sinnen!«

»Ich sagte auch nicht ›Mord‹. Ich sagte, er habe Trethuan erschlagen. Die beiden waren vollkommen ruhig und ernsthaft. Ich habe gesehen, wie sie gemeinsam die Polizeiwache betreten haben. Ich würde sagen, im schlimmsten Fall wird man ihm Totschlag zur Last legen. Aber jedenfalls ist Simon für den Tod des Küsters verantwortlich, ich habe es selbst gehört, wie er das zugegeben hat. Er sagte laut und deutlich: ›Es ist eben geschehen. Unglücklicherweise bin ich derjenige, der die Hand erhoben hat‹, oder so ähnlich. Außerdem wollte er von meinem Vater wissen, mit welcher Strafe er rechnen könne. Tamsin, was willst du jetzt tun?«

Sie war wirklich ein bemerkenswertes Mädchen, er hatte es immer gewußt. Nur einen Augenblick lang hatte sie die Fassung verloren, jetzt sagte sie ganz ruhig: »Deshalb also! Deshalb! Fünf Tage hat er so getan, als wäre ich Luft für ihn. Seit dem Tag, als der Küster verschwand. Und ich dachte, er macht sich nur einen Spaß mit mir, hält mich zum Narren. Was denkt er sich überhaupt?«

»Ich nehme an, er wollte dich nicht mit in die Sache hineinziehen. Außerdem warst du ja der Ansicht, es täte ihm einmal ganz gut, wenn er von seinem Podest gestürzt würde.«

»Mit hineinziehen? Das soll er nur versuchen, mich nicht mit hineinzuziehen. Dieser großartige, verrückte Kerl — ich möchte nur wissen, wie er in ein solches Schlamassel kommen konnte!«

»Was kümmert es dich?« fragte Dominic und konnte sich nicht zurückhalten, ein wenig enttäuschten Triumph in seine Stimme zu legen. »Du willst ja nichts mehr mit ihm zu tun haben. Du kannst ihn nicht ausstehen.«

»Ich weiß. Ich könnte ihm sogar den Hals umdrehen! Fragt sich nur, was kümmert das alles einen gewissen Dominic Felse?«

Inzwischen war sie in ihr Zimmer geeilt, hatte sich ihren Mantel aus dem Schrank geholt, die Akten von ihrem Schreibtisch in eine Schublade gefegt, die Matrize aus der Maschine gerissen und ebenfalls verstaut und die Schreibmaschine zugedeckt.

»Als er mich das letztemal gefragt hat, habe ich weder ja noch nein gesagt, sondern bin ganz einfach weggegangen. Jetzt komme ich zu ihm zurück«, erklärte sie fast wütend, als habe ihr Dominic widersprochen. »Kann sein, es paßt ihm, kann sein, es paßt ihm nicht. Das ist mir egal. Ich möchte wetten, er hat sich noch nicht einmal einen tüchtigen Anwalt besorgt. Kann er in einem solchen Fall nicht gegen eine Kaution auf freien Fuß gesetzt werden?«

»Keine Ahnung, Madam – ich bin ja nur der Laufbursche.«

Bevor er protestieren konnte, hatte sie ihn schon bei der Hand genommen und zog ihn mit sich durch die Tür. Dort schauten sich die beiden einen Augenblick erschrocken an, und sie zog ihn zu sich heran, gab ihm einen Kuß auf den Mund.

»Bei mir bist du beinahe die Hauptperson! Aber jetzt bist du erst einmal der Chauffeur – vorausgesetzt, du kannst überhaupt fahren. Ich habe nämlich erst ein paar Stunden Fahrkurs hinter mir. Kannst du?«

»Selbstverständlich – ich habe schon seit einem Jahr den Führerschein. Doch wir können unmöglich –«

»Ob wir können oder nicht, jetzt müssen wir! Sie ist vor ein paar Minuten mit dem Chauffeur und dem Morris weggefahren, also bleibt uns nur der Rolls Royce.«

»Der Rolls Royce?« stammelte Dominic. »Ich würde es nicht wagen, ihn auch nur mit dem kleinen Finger zu berühren. Stell dir vor, ich zerkratze seinen edlen Lack!«

»Du wirst gar nichts zerkratzen«, sagte sie im Kommandoton und erwartete keinerlei weiteren Widerspruch.

Und sie behielt recht. Vielleicht war das auch genau das richtige, verrückte Finale dieses tollen Tages, die Fahrt durch Maymouth in dem königlichen Monstrum von Automobil, mit Tamsin, einer zum letzten entschlossenen Amazone, auf dem Beifahrersitz, und das abschließende Parkmanöver auf einem mit gelber Farbe angezeichneten Platz vor der Wache, den der Rolls bis zum letzten Zentimeter ausfüllte ...

Dominic saß noch ganz erstarrt da, als Tamsin ihm auf die Schulter tippte und ein gehetztes Kompliment hervorstieß, ehe sie wie der Blitz in der Tür der Polizeiwache verschwand.

Dominic fragte sich, ob er überhaupt aussteigen konnte. Er hatte das Gefühl, seine Knie würden beim ersten Schritt nachgeben und einknicken. Aber als er es endlich versuchte, war er erstaunt, daß man mit so weichen Knien doch relativ gut gehen konnte. Eines wußte er mit absoluter Sicherheit, während er sich umschaute und das königliche Fahrzeug aus der Entfernung noch einmal betrachtete: Er würde um keinen Preis das Schicksal noch einmal herausfordern. Der Chauffeur mußte den Rolls in die Burg zurückfahren!

George hatte sich während der Vernehmung diskret ans Fenster von Mr. Hewitts Büro zurückgezogen und betrachtete von dort aus die Ankunft des imposanten Fahrzeugs, das mit dem Mut der Verzweiflung genau auf dem dafür vorgesehenen Parkplatz abgestellt wurde, sah, wie ein mutiger Chauffeur mit hochrotem Kopf ausstieg und die Tür so vorsichtig schloß, als sei sie aus Seidenpapier, und erkannte in dem Fahrer mit Schrecken seinen Sohn Dominic. Dabei rutschten Georges Augenbrauen ein paar Zentimeter nach oben, doch das Lächeln auf seinem Gesicht hielt sich erstaunlich gut.

Die anderen im Raum hatten keine Ahnung von dem Sturmwind, der sich ihnen da näherte. Simon war gleichzeitig mit seinen Zigaretten und seiner Geschichte am Ende, fühlte sich erleichtert und sonderbarerweise völlig leer. Ich bin ein siebenunddreißigjähriger Witwer, dachte er, und dennoch sieht es so aus, als sei es zu spät für mich, als habe ich mein Leben versäumt. Paddy war eine meiner Chancen – versäumt. Und Tamsin, die zwölf Jahre jünger ist als ich? Kein Wunder, daß ich nie den richtigen Ton finden konnte bei ihr, kein Wunder, daß es immer so klang, als wollte ich sie vor den Kopf stoßen. Vielleicht habe ich sie intuitiv vor mir selbst bewahrt. Nein, und Paddy war sich dann auch zu gut, um als Trostpreis zu fungieren. Glücklicherweise besaßen die beiden genügend gesunden Menschenverstand.

Die Stille des Raumes wurde plötzlich durchbrochen von lauten Stimmen, die sich von der Treppe her näherten. Zwei tiefe Stimmen, die der Wachhabenden, und die dritte, höhere, die Stimme einer Frau, welche sich den Anordnungen der beiden anderen nicht fügen wollte. Alle im Raum spitzten die Ohren. Das ist doch nicht möglich, dachte Simon. Sie kann es noch nicht erfahren haben, und selbst wenn sie es wußte – was will sie hier?

George kam vom Fenster herüber, Hewitt stand von seinem Schreibtisch auf, irritiert und erstaunt zugleich, öffnete die Tür und rief hinaus ins Treppenhaus: »Was ist denn los? Wer macht denn da soviel Lärm?«

Die höhere Stimme klang gebieterisch wie eine Posaune des Jüngsten Gerichts: »Ach, Mr. Hewitt, gut, daß Sie da sind! Ich komme nach oben.« Stöckelschuhe klapperten im Stakkato die Treppen herauf. »Ist Simon bei Ihnen?«

Und Simon war schon auf den Beinen, hin und her gerissen von Hoffnung und Zweifeln. Hoffnung, daß es dem Kriminalsergeanten doch noch gelingen möge, sie abzuweisen, und Zweifel, ob es eine weltliche Macht in ganz Maymouth gab, die das zuwege bringen konnte.

»Sie können jetzt nicht heraufkommen, Miss Holt. Ich bin beschäftigt.« Hewitt versperrte die Tür mit seinem nicht gerade schmächtigen Körper.

»Ich bin ja schon oben, und er ist hier, nicht wahr? Was hat er Ihnen erzählt? Worüber wurde Anklage erhoben?«

»Bis jetzt ist er überhaupt noch keiner Straftat angeklagt«, erklärte Hewitt trocken. »Er hat einige Dinge zu Protokoll gegeben, und dieses Protokoll wird momentan niedergeschrieben. Aber Sie haben hier nichts zu suchen, Miss, wenn ich Ihnen das klarmachen darf!«

Er kannte sie schon, seit sie ein kleines Mädchen mit Zöpfen war, und hatte es deshalb doppelt schwer, sich bei ihr Autorität zu verschaffen.

»O ja, ich habe hier sehr wohl etwas zu suchen. Ich möchte wetten, er hat sich nicht um einen Anwalt bemüht. Ich muß mit ihm sprechen. Lassen Sie mich sofort hinein!«

Sie tauchte oberhalb Hewitts breiten Schultern auf, blaß, hübsch und ziemlich wütend, und blitzte den ebenfalls zum äußersten entschlossenen Simon an. Die Fronten waren aufgezogen, der Kampf konnte beginnen. Schwierig zu sagen, dachte George, wer die besseren Chancen hat. Vielleicht fifty-fifty.

Die ersten Worte der Liebe waren gleichzeitig der erste Waffengang.

»Sie sind mir ein feiner Kavalier!« zischte Tamsin wütend. »Was, zum Teufel, haben Sie angestellt, daß Sie derart in der Patsche sitzen?«

»Möglich, daß ich in der Patsche sitze – aber dann ist es immer noch meine eigene Patsche«, antwortete Simon, um so lauter und zorniger, als er ein immer stärker werdendes Verlangen nach dem Mädchen unterdrücken mußte. »Was, glauben Sie, daß Sie hier zu suchen haben? Um Himmels willen, Mädchen, machen Sie sich nicht lächerlich, und sehen Sie zu, daß Sie auf dem schnellsten Weg nach Hause kommen!«

»Lächerlich? Nach Hause? Das muß dieser Narr zu mir sagen, den man noch nicht einmal einen Augenblick allein lassen kann!«

»Ich frage mich, ob dieser Narr nicht für die nächsten ein, zwei Jahre zwangsweise allein gelassen werden wird«, fuhr ihr Simon über den Mund. »Sie brauchen sich jedenfalls nicht für die nächste Zeit um den Posten einer Aufseherin zu bemühen. Und jetzt machen Sie gefälligst, daß Sie verschwinden!«

Vielleicht war es der flehentliche Ton, vielleicht aber hatte Tamsin gar keine solchen Hinweise nötig. Jedenfalls nutzte sie ihre Chance. Das Blau ihrer Augen wurde mild und dunkel wie Enzian.

»Es geht mir jetzt nicht um ein, zwei Jahre! Ich mache mir viel mehr Sorgen um die vierzig Jahre, die danach kommen«, erklärte sie seelenruhig. Sie schaute Hewitt an und lächelte.

»Und Sie lassen mich jetzt besser hinein zu ihm. Geben Sie uns zehn Minuten. Ich glaube, ich habe sogar ein Recht darauf. Dieser Schwerverbrecher hier ist nämlich mein Verlobter.«

Sie taten alle so, als hätten sie es von Anfang an gewußt. Hewitts langer Arm legte sich einen Moment um Tamsins Schultern, dann gab er den Weg frei. Ihr Blick war so entschlossen, als mache es ihr nicht das geringste aus, notfalls sogar durch Gefängnismauern zu schreiten. Sie marschierte mit fliegenden Fahnen auf Simon zu.

»Zehn Minuten!« ermahnte sie Hewitt, schob George vor sich her aus dem Büro und schloß sachte die Tür von draußen.

ENDE

Der schmale Pfad

Aus dem Englischen von
Mechtild Sandberg-Ciletti

Die Originalausgabe erschien unter dem Titel
»The Piper on the Mountain«

1

In seinem Sommerurlaub reiste Herbert Terrell zum Bergsteigen auf den Kontinent und stürzte in der Slowakei einen Steilhang hinunter. Auf einem schmalen Grat schien er an einer unübersichtlichen Biegung, wo der Fels jäh hervorsprang, den Halt verloren zu haben. Man fand ihn dreißig Meter weiter unten auf einem Sims am Fuß des Hangs. Er war tot.

Da Herbert Terrell nicht mehr zu helfen war, tat die einheimische Polizei das Naheliegende. Mit kühler Sachlichkeit prüfte man die Umstände, die zum Tod geführt hatten, verfaßte einen ausführlichen Bericht an die zuständigen Behörden, legte die Leiche auf Eis und harrte weiterer Instruktion.

Auf dem Weg über diverse Dienststellen wurde die Nachricht nach England geschleust und zu gegebener Zeit den Betroffenen zur Kenntnis gebracht.

Sir Broughton Phelps, Leiter des Marrion Research Institute, erhielt die Nachricht an einem Sonntagmorgen in seiner Londoner Wohnung. Tadellos gekleidet, eben von der Kirche zurückgekehrt, saß er an seinem Schreibtisch und ackerte sich unwillig durch den Berg von Arbeit hindurch, der ihn gezwungen hatte, an einem herrlichen Wochenende in der Stadt zu bleiben, obwohl er sich viel lieber in einem Liegestuhl in seinem Garten in Berkshire gesonnt hätte. Er war jedoch ein fleißiger, gewissenhafter und zuverlässiger Beamter, der sich der Verantwortung seines Amtes wohl bewußt war und einen verpfuschten Sonntag in Kauf nahm.

Einen Moment lang, während er den Hörer des Telefons ans Ohr drückte, konzentrierte sich sein ganzes Denken auf Herbert Terrell. Er sah ihn klarer vor sich, als er ihn in

Fleisch und Blut je gesehen hatte: etwa fünfundvierzig, mittelgroß, mit regelmäßigen Gesichtszügen, ein Allerweltstyp, der keinen Eindruck hinterließ; ein tüchtiger, zuverlässiger Angestellter, gründlich, brauchbar, phantasielos und uninteressant. Er sah wieder den vertrockneten, zähen Körper, das strenge Gesicht, die humorlosen Augen. Phelps sah seinen ersten Sicherheitsbeamten so klar wie nie zuvor, doch er sah ihn nur einen Moment lang. Sogleich begannen sich die Konturen zu verwischen, bis nichts übrig war von Herbert Terrell, dem Menschen, nichts, außer der freigewordenen Stelle, die es neu zu besetzen galt.

Das Marrion Research Institute hatte seine Existenz einer Stiftung des alten Marrion zu verdanken, der die Millionen, die er mit Öl verdient hatte, für die Forschung auf dem Gebiet der Dynamik und der Treibstoffentwicklung verwendet sehen wollte. Der Staat hatte aus der unbekümmerten Ausgabefreudigkeit eines überoptimistischen Direktors Kapital geschlagen und sich seinen Anteil an der gewinnversprechenden Arbeit des Instituts gesichert, indem er dem zeitweilig wackeligen finanziellen Gerüst des Unternehmens eine solide Grundlage untergeschoben, sich jedoch als Gegenleistung eine Option auf alle Erkenntnisse und Erfindungen ausbedungen hatte, die die Computer und Laboratorien des Institutes lieferten. Und diese recht unselige und umstrittene Verlobung hatte ein Jahr später zur Heirat geführt, wobei das Ministerium die Rolle des Haushaltsvorstands übernommen hatte. Die Wissenschaftler und Techniker des Instituts sahen sich plötzlich durch Erwägungen nationaler Sicherheit abgekapselt und eingeengt, wo sie doch bis zu diesem Zeitpunkt geglaubt hatten, der ganzen Menschheit zu dienen. Einige von ihnen hatten sich unterjocht gefühlt wie die Kinder einer autokratischen Familie aus der Viktorianischen Zeit. Andere hatten rebelliert. Aber nicht lange.

Herbert Terrells Stellung hatte unversehens an Bedeutung gewonnen. In einem Unternehmen, wo strengste Sicherheitsmaßnahmen von so entscheidender Wichtigkeit sind, darf der plötzliche Tod eines Menschen die Funktionsfähigkeit der

Sicherheitsabteilung auf keinen Fall stören. Morgen schon mußte ein neuer Mann auf Terrells Stuhl sitzen, ein neuer Mann mit scharfem Auge das geheimste aller Geheimdossiers bewachen: das vertrauliche Personaldossier.

Er hielt es für besser, sich mit dem Minister in Verbindung zu setzen, um Vorsorge zu treffen, daß man später nicht seine Kompetenz, Berufungen vorzunehmen, anzweifeln würde. Dem Alten war es gleich, was er tat, doch er konnte unangenehm werden, wenn er das Gefühl hatte, übergangen zu werden.

Sir Broughton Phelps griff nach dem Telefon und ließ sich die Nummer des Ministers auf dem Land geben. Er wußte genau, wo *er* sich an einem strahlenden Sonntag im Juli aufhielt.

»Einen Augenblick noch, Liebling«, sagte er über den Schreibtisch hinweg zu seiner gutaussehenden und einflußreichen Gattin, die eben zur Tür hereinsah, um ihn zum Mittagessen zu rufen. »Ich habe noch etwas Unvorhergesehenes zu erledigen. Ich komme sofort.«

Sie schnitt eine Grimasse.

»Schlimm?«

»Nein, gar nicht«, versetzte er beschwichtigend. »Nichts Ernstes. Im Institut ist ganz plötzlich eine Stelle freigeworden, die schleunigst wieder besetzt werden muß.«

Der Privatsekretär des Ministers war ein lebensprühender junger Mann, dessen angeborene Respektlosigkeit lediglich durch sein unfehlbares Gefühl für das rechte Wort im rechten Augenblick gebremst wurde. Sir Broughton Phelps brachte er mehr Respekt entgegen als den meisten Menschen, doch selbst das wollte nicht viel besagen. Er beabsichtigte jedoch, Karriere zu machen, und beherrschte die Amtssprache. Daß Sir Broughton in der Lage war, seine Äußerungen ohne Schwierigkeiten zu dechiffrieren, spielte keine Rolle. Zu Protokoll wird gebracht, was gesagt wird, nicht was gemeint ist.

»Es tut mir sehr leid, Sir Broughton, aber der Minister hat

eben das Haus verlassen, um zu seiner geistigen und körperlichen Erholung einen kleinen Spaziergang zu machen. Er hat den ganzen Morgen konzentriert gearbeitet. Handelt es sich um eine dringende Angelegenheit? Soll ich sehen, ob ich ihn finden kann? Oder kann ich ihm etwas ausrichten und ihn bitten, Sie später zurückzurufen?«

Beim Angeln, sagte sich Sir Broughton. Hat den ganzen Morgen verschlafen und kommt vor Einbruch der Dunkelheit nicht zurück.

»Ich wäre Ihnen verbunden, wenn Sie ihm Bescheid geben würden. Ich hörte eben aus Prag, daß der Sicherheitsbeamte des Instituts, der seinen Urlaub in der Tschechoslowakei verbrachte, dort einen Unfall erlitten hat. Beim Bergsteigen. Ich muß seine Stelle sofort neu besetzen. Nein, es handelt sich nicht um eine vorübergehende Maßnahme. Terrell ist tot. Es wäre mir angenehm, wenn Sie den Minister erreichen könnten. Ich persönlich würde Blagrove berufen, aber die Entscheidung überlasse ich selbstverständlich ihm.«

Der Sekretär dechiffrierte: Dem alten Knaben geht es doch sowieso nur darum, daß die Arbeit getan wird. Gehen Sie los und holen Sie mir seine Genehmigung, dann kann er weiter faulenzen.

Der Sekretär ging.

Der Minister lag der Länge nach ausgestreckt im üppigen Rasen am Fluß, die Angelrute neben sich aufgepflanzt. Er öffnete ein stahlblaues Auge, überraschend jung unter der buschigen, weißen Braue, und richtete es ungehalten auf seinen Sekretär.

»Die Hausbewohner verbitten sich jegliche Ruhestörung«, sagte er in jenem beherzten Ton, den er sich erst im Alter angewöhnt hatte, nachdem er ein Leben lang leise getreten war.

»Nein, Sir, ich verspreche Ihnen, daß Sie sich nicht von der Stelle zu rühren brauchen. Phelps ist am Apparat. Was er auf dem Herzen hat, würde ich nicht gerade ein schwerwiegendes Problem nennen, eher eine kleine Ungelegenheit. Terrell, sein erster Sicherheitsbeamter, hat ganz plötzlich das Zeitliche gesegnet.«

»Unsinn!« versetzte der Minister und klappte das Auge wieder zu. »Terrell ist irgendwo im Ausland, im Kaukasus oder so einer gottverlassenen Gegend. Beim Bergsteigen. Macht er jedes Jahr. Ich konnte nie verstehen, daß es Leute gibt, die sich für solche unintellektuellen Hobbys begeistern können. Was ist an so einem Felsbrocken schon dran? Was kommt dabei schon heraus?«

»Ein gebrochenes Genick offenbar, Sir. Diesmal scheint er von so einem Felsbrocken heruntergestürzt zu sein. Er wurde tot aufgefunden. Nein, Sir, nicht der geringste Zweifel. Sir Broughton hat die Meldung amtlich bekommen. Er möchte die Stelle gern schnellstens wieder besetzen und erbittet Ihr Einverständnis, eine Berufung vorzunehmen.«

»Hm, ja«, murmelte der alte Mann nach kurzem Nachdenken. »Damit werden wir uns wohl oder übel befassen müssen. So, da hat er also tatsächlich ins Gras gebissen? Ich habe ja immer gesagt, daß das ein ausgesprochen dämlicher Zeitvertreib ist. Ich vermute, Phelps konnte bereits mit einem Vorschlag aufwarten?«

»Er sprach von Blagrove, Sir, Ihr Einverständnis vorausgesetzt.«

»Der Junge vom alten Roderick. Gar nicht so übel. Er hat mit Terrell zusammengearbeitet, bevor dieser befördert wurde, wenn ich mich recht erinnere. Schön, richten Sie ihm aus, ich bin einverstanden.« Er schloß wieder beide Augen und sog die Wärme der Sonne auf. Zwar kein Angelwetter, aber man konnte ja schließlich nicht alles haben. »Ach, und Nick ...« Noch einmal schlug er widerwillig das eine Auge auf.

»Sir?«

»Die Frau – oder vielmehr Witwe ... Von Terrell, meine ich. Ich glaube, sie lebten seit ungefähr einem Jahr getrennt. Wenn Phelps weiß, wo er sie erreichen kann, dann wäre es vielleicht angebracht, wenn er sie gleich vom Tod ihres Mannes in Kenntnis setzen würde.«

»Natürlich, Sir. Ich werde es ihm ausrichten.«

»Gut«, brummte der Minister und schloß diesmal mit unmißverständlicher Endgültigkeit wieder sein Auge. Für ihn war der Fall erledigt.

Chloe Terrell, geborene Bliss, verwitwete Barber, drehte an diesem Abend gegen elf Uhr den Schlüssel im Schloß ihrer Wohnung in Chelsea und hörte das Summen des Telefons. Sie zog Paul Newcombe mit sich durch die Diele und hob hastig den Hörer ab. Es war charakteristisch für sie, daß sie selbst mit dreiundvierzig Jahren immer noch nur angenehme Überraschungen erwartete. Telegramme, unerwartete Besucher zu später Stunde, Briefe in unbekannter Handschrift aus unbekannten Orten – all diese Dinge, die bei den meisten Menschen düstere Ahnungen heraufbeschwören, brachten Chloes Augen zum Leuchten und trieben sie, dem wohlmeinenden Schicksal willkommenheißend die Hand zu bieten. Und das Schicksal enttäuschte sie selten.

»Oh, Sir Broughton – wie reizend! Sie haben schon früher versucht, mich zu erreichen? Das tut mir leid. Es war ein so herrlicher Tag. Da sind wir nach Windsor hinausgefahren.«

Sie zog die Brauen hoch und zuckte die Achseln, während sie Newcombe ansah.

»Hole dir etwas zu trinken, Liebling, und mach es dir gemütlich. Für mich auch einen Drink bitte. Ich bin gleich fertig und –«

Die Stimme am anderen Ende der Leitung verlangte ihre Aufmerksamkeit, und sie nahm die schmale Hand von der Sprechmuschel.

»Nein! Das ist doch nicht Ihr Ernst! Aber nein, ausgeschlossen!«

Die leuchtend braunen Augen in dem ovalen, pikanten Koboldgesicht weiteten sich. Noch stand weder Schrecken noch Entzücken in ihnen, nur Staunen.

»Ich bin sprachlos. Ich weiß gar nicht, was ich dazu sagen soll. Oh, das ist sehr verständnisvoll und gütig von ihnen. Ja, ich glaube, ich würde wirklich gern hinfahren. Doch, ich finde, das sollte ich tun, meinen Sie nicht auch? Wo, sagten Sie, war es? Augenblick, ich möchte es mir aufschreiben.« Sie kritzelte Unleserliches auf den Rand des Telefonbuchs. »Vielen Dank, daß Sie mir Bescheid gegeben haben, Sir Broughton. Das war wirklich sehr freundlich von Ihnen. Auf Wiederhören.«

Sie legte auf und starrte Newcombe aus großen, glänzenden Augen an.

»Paul, das ist wirklich das Verrückteste, was mir vorgekommen ist. Stell dir vor: Herbert ist tot.«

Paul Newcombe verschüttete seinen Whisky. Ein paar Tropfen fielen auf die große Fotografie, die Chloe Bliss als Viola zeigte. Chloe nahm sich in Hosenrollen bezaubernd aus.

»Was sagst du da? Terrell ist tot?«

»Ja, Liebling. Er ist im Gebirge abgestürzt. In der Niederen Tatra. Das ist in der Slowakei. An einem Ort namens« – mühsam entzifferte sie, was sie aufgeschrieben hatte – »namens Zbojská Dolina. Die Alpen waren für ihn nur noch ein alter Hut, weißt du. Er soll ein guter Bergsteiger gewesen sein, habe ich mir erzählen lassen. Aber diesmal ist er von einem Grat gestürzt. Er war tot, als man ihn fand.«

»Bist du auch ganz sicher, Liebstes? Wer hat dir das erzählt? Kannst du dich darauf verlassen, daß es stimmt?«

»Natürlich stimmt es. Das war der Leiter des Forschungsinstituts, der mich da eben angerufen hat. Der arme Herbert! Wer hätte das gedacht!«

»Tot! Unglaublich.«

»Ich weiß. Und noch etwas, Liebling. Die tschechischen Behörden sind bereit, mir sofort ein Visum zu erteilen, wenn ich hinüberfahren möchte, um selbst die nötigen Maßnahmen für die Überführung der Leiche zu treffen. Ist das nicht allerhand? Und ich war noch nie in der Tschechoslowakei. Warum also nicht? Ich meine, sie haben schließlich angefragt –«

»Chloe«, unterbrach er konsterniert, »du weißt gar nicht, was das heißt!«

»O doch. Aber *ich* bin ja an seinem Tod nicht schuld. Ich habe nichts dazu getan. Es ist geschehen, und ich kann es nicht ungeschehen machen. Soll ich vielleicht heucheln? Du mußt doch zugeben, daß das ganz gelegen kommt, wenn man ehrlich ist. Jetzt brauche ich mich wegen einer Scheidung nicht mit ihm herumzustreiten. Wir können heiraten, wann immer wir wollen. Und er hat ja auch etwas Geld gehabt, abgesehen davon, daß er versichert war. Nicht, daß ich ihm deshalb jemals etwas Böses gewünscht hätte, aber man kann doch jetzt, wo es passiert ist, ruhig zugeben, daß einen die Konsequenzen interessieren. Ich hasse Heuchelei. Geld kann man immer gebrauchen, und als Witwe kann ich mich ohne weiteres wieder verheiraten. Und ich möchte deine Frau werden – das willst du doch auch, nicht wahr?«

Newcombe stellte sein Glas ab, zog ihren Kopf an einer Strähne dichten, glatten Haars sachte nach rückwärts und küßte sie leidenschaftlich. Sie lächelte, als er sie wieder freigab.

»Also! Du fährst doch mit mir in die Tschechoslowakei?«

In zwei Wochen mußte er sowieso geschäftlich auf den Kontinent – er fertigte und vertrieb Lederwaren –, aber wenn sie ihn dabeihaben wollte, dann würde er natürlich mitfahren. Sie erreichte bei ihm immer, was sie wollte.

»Das wird doch keine Geschäftsreise, Liebling. Und ich bin ja auch dabei. Dieses Jahr ist es der letzte Schrei, in den Ländern hinter dem Eisernen Vorhang Urlaub zu machen. Und das wenigstens können wir für Herbert tun«, fügte sie hinzu.

»Ich dachte, du haßt Heuchelei. Ja, ja, also schön, natürlich, wenn du unbedingt fahren willst ...«

»Liebling«, murmelte Chloe und umarmte ihn zärtlich. »Es wird bestimmt aufregend. Aber erst muß ich mir noch schwarze Kleidung besorgen. Schwarz steht mir gut, und in Mitteleuropa sind die Leute bestimmt sehr konventionell. Witwe und Braut zugleich! Phänomenal!«

Adrian Blagrove war am Montagmorgen noch keine drei Minuten in seinem Büro, als er zu Sir Broughton Phelps gerufen und zunächst von Herbert Terrells Ableben und sodann von der Wahrscheinlichkeit seiner Berufung in die freigewordene Stellung in Kenntnis gesetzt wurde. Beide Neuigkeiten nahm er mit dem gebührenden Maß an Bestürzung, Ernst und staunender Dankbarkeit auf, fein abgeschmeckt mit einer Bescheidenheit, die ihm beileibe nicht angeboren war. Strotzend vor Gesundheit und Energie nach einem vierzehntägigen Urlaub, fühlte er sich imstande, virtuose Leistungen zu vollbringen. Seit Jahren schon hatte er diese Stellung angestrebt. Jetzt hatte er sie und war entschlossen, sie nicht wieder herzugeben.

»Endgültig ist diese Berufung noch nicht. Es bedarf noch der amtlichen Genehmigung des Ministeriums. Das ist Ihnen natürlich klar.«

»Natürlich.«

»Wenn Sie sich aber so gut bewähren, wie ich glaube, dann wird die amtliche Bestätigung kaum ausbleiben. Sie haben mit Terrell zusammengearbeitet, Sie sind mit seiner Arbeitsweise vertraut. Es ist von höchster Wichtigkeit, daß jemand sein Amt übernehmen kann, ohne daß es zu Stockungen oder Fehlleistungen kommt. Trauen Sie sich das zu?«

»Ich glaube, Sie können sich auf mich verlassen. Ich werde mein Bestes tun.«

Er war ein schlaksiger, geschmeidiger junger Mann, nicht so hochgewachsen, wie er wirkte, mit langen Händen, langen Füßen, langem Hals und einem langen Gesicht. Er war ein Pferd aus einem guten Stall, doch gewisse Anzeichen deuteten darauf hin, daß mit der Intelligenz, die er vom Vater mitbekommen hatte, sich das Temperament einer eigenwilligen Mutter paarte.

Er war einundvierzig und immer noch Junggeselle, dies allein schon war eine diplomatische Hochleistung, insbesondere angesichts des gesellschaftlichen Lebens, das er führte, und angesichts der Tatsache, daß er, wie der Minister bemerkt hatte, der einzige Junge vom alten Roderick war.

»Dann ziehen Sie am besten gleich um. Viel Glück, Blagrove.«

»Danke, Sir.«

Mit gebührender Ergebenheit zog er sich aus dem Allerheiligsten zurück. Im langen, stillen Korridor von Gebäude eins machte er ein paar dezente Freudensprünge, als niemand in Sichtweite war, doch sein Gesicht blieb verschlossen, während seine Gedanken sich ganz auf seinen neuen Posten konzentrierten.

Chloe brachte den ganzen Montag damit zu, elegante Trauerkleidung einzukaufen, und dachte erst gegen Abend daran, ihre Tochter anzurufen. Während sie auf die Verbindung mit Oxford wartete, probte sie vor dem Spiegel witwenhafte Kümmernis und murmelte immer wieder: »Der arme, arme Herbert.«

Es summte und knackte in der Leitung, dann meldete sich Tossa. Ihre Stimme klang abwehrend und skeptisch wie üblich. Unerwartete Anrufe zu dieser Abendzeit konnten nur von zu Hause kommen.

»Hier Tossa Barber. Mutter?«

Woher nur hatte das Kind diese rauhe Stimme, die klang wie die eines verlegenen Chorknaben, der seinen Stimmbruch hatte? Beim Fernsehen würde sie eines Tages vielleicht Karriere machen können, niemals aber auf der Bühne. Mit diesem befangenen, unterdrückten Baritongestammel konnte man keinen Theatersaal füllen.

»Herzchen, natürlich bin ich es. Habe ich dich gestört?«

»Nein, nein, gar nicht, wir überlegten gerade, welche Route wir fahren sollen. Die Jungen wollen durchfahren und praktisch überhaupt nirgends halten, weißt du. Aber es spielt ja gar keine Rolle. Wenn wir drüben in Le Touquet sind, dann können wir fahren, wie wir gerade Lust haben, und jederzeit unsere Pläne ändern. Auf jeden Fall haben wir den Wagen schon, und das ist ja die Hauptsache. Es ist ein VW-Bus, gebraucht natürlich, aber sehr gut erhalten. Und du brauchst dir um uns gar keine Sorgen zu machen, wir haben ja zwei erstklassige Automechaniker mit.«

Seit Anfang des Semesters planten Tossa und ihre Kommilitonen diese Ferienreise. Sie hatten bereits den Flug über den

Kanal bezahlt. Ein unvorhergesehener Ausbruch von Mutterliebe konnte jedoch noch immer die Reise ins Wasser fallen lassen. Nun, selbst wenn sie alle Pläne zunichte machen sollte – Tossa war fest entschlossen, auf keinen Fall mit ihr nach Mentone zu reisen, um für sie und ihren nächsten Ehemann die Anstandsdame zu spielen.

»Tossa, Herzchen, ich habe dir etwas zu sagen. Ich muß ins Ausland reisen, morgen schon, wenn wir die nötigen Formalitäten so rasch erledigen können. Du mußt versuchen, tapfer zu sein. Ich weiß, daß du ein tapferes Kind bist. Es ist wegen Papa –«

Ach du lieber Gott! dachte Tossa, sie reist tatsächlich einmal wieder auf die fürsorglich-mütterliche Masche. Es ist doch ausgeschlossen, daß sie sich mit ihm versöhnt hat? Das wäre selbst für sie einmalig verrückt. Sogar als sie noch ganz hingerissen war von ihm, hat sie es niemals auf diese ›Papa-Tour‹ versucht – nie im Leben!

»... ihm ist etwas zugestoßen. Im Urlaub. Er hat einen Unfall erlitten. Er ist tot, Liebling.«

Nie im Leben, nein, nur im Todesfall. Nun, das wenigstens war verständlich. Im Tod war eine Geste angebracht, und Chloe Bliss nahm die Gelegenheit nur zu gern wahr. Tossa stand wie angewurzelt, den Hörer ans Ohr gepreßt wie eine Muschel, aus der ihr die Gesänge fremder Welten entgegenschallten. Und nach einer Weile krächzte sie mit belegter Stimme: »Ist das wirklich wahr? Er ist tot?«

»Ja, Herzchen. Er ist im Gebirge abgestürzt. Alle sind ganz reizend zu mir. Sein Vorgesetzter hat mich persönlich angerufen, um mir die traurige Nachricht mitzuteilen, und die tschechischen Behörden haben sich erboten, mir sofort ein Visum auszustellen, wenn ich hinüberfahren will, um die Überführung der Leiche selbst zu veranlassen. Und ich finde, ich sollte fahren, meinst du nicht, Kind? Ich habe jedenfalls zugesagt, und Paul erledigt alles und begleitet mich. Allein würde ich mich so schrecklich hilflos fühlen. Das verstehst du doch, nicht wahr, Kind? Lasse dir nur nicht deine Ferien davon verderben, das wäre mir gar nicht recht.«

»Nein«, antwortete Tossa mechanisch. »Das tut mir leid, Mutter. Das ist wirklich ein Schock. Wie lange wirst du denn wegbleiben?«

»Nur ein paar Tage, denke ich, vielleicht eine Woche.«

»Und es macht dir nichts aus, wenn ich trotzdem mit Chris und den Jungen losfahre? Wir fahren allerdings sowieso nicht gleich morgen, erst in zehn Tagen oder so.«

»Natürlich fährst du, Herzchen. Ich weiß, daß du bei Christine und ihrem Bruder gut aufgehoben bist. Gib nur gut auf dich acht, Kind, mehr verlange ich nicht.«

»Ach Mutter, es tut mir wirklich so leid. Das mit Mr. Terrell – Herbert ...«

Sie wußte einfach nicht, wie sie ihn nennen sollte. So groß war der Abstand gewesen, der sie getrennt hatte.

»Ja, Kind, das weiß ich. Aber das kann man nicht ändern, solche Dinge kommen vor. Versprich mir jetzt, daß du heute nacht gut schläfst und nicht grübelst.«

»Nein, ich werde nicht grübeln. Du weißt ja, daß wir einander nie nahegestanden haben. Es tut mir leid, daß es ausgerechnet ihm zustoßen mußte. Mutter, wo ist es eigentlich geschehen?«

Mit peinlicher Genauigkeit wiederholte Chloe die Namen, die auf ihrem Telefonbuch niedergekritzelt waren. Zbojská Dolina, Niedere Tatra, Slowakei.

»Ich schreibe dir eine Karte, Liebchen. Gute Nacht jetzt. Bleibe nicht zu lange auf.«

»Bestimmt nicht, Mutter. Gute Nacht. Es tut mir wirklich schrecklich leid.«

Sie war die erste und die einzige, die das zum Tod Herbert Terrells sagte und dabei aufrichtig war. Sie wußte, daß das, was sie gesagt hatte, wahr war, aber sie wußte nicht, warum. Sie hatten niemals miteinander warm werden können, sie und der Tote. Er hatte alles verkörpert, was sie nie gekannt hatte und woran sie sich nicht gewöhnen konnte. Er war pedantisch gewesen, kalt, methodisch, gründlich, kleinlich. Er hatte sie hartnäckig umworben, auf eine Art und Weise, die nur dazu geführt hatte, die Fremdheit zwischen ihnen unüberbrückbar zu vertiefen. Doch wessen Schuld war das? Ein wenig mehr Anstrengung, nein, ein wenig mehr Entgegenkommen, und sie hätte vielleicht den Kontakt zu ihm gefunden, hätte vielleicht unvermutete Quellen der Wärme in ihm entdeckt. Und jetzt war es zu spät. Jetzt war er tot. Man konnte nichts Neues an Menschen entdecken, die tot waren, und man konnte das Unrecht, das man ihnen vielleicht angetan hatte, nicht wiedergutmachen.

Ach was, es hatte keinen Sinn, hier herumzustehen und Trübsal zu blasen. Es war zu spät. Entschlossen marschierte sie in ihr Zimmer zurück, wo Freunde vergnügt um eine riesige Landkarte herumlagen, die auf dem Boden ausgebreitet war.

»Jemand Interessanter?« erkundigte sich Christine, blitzartig von einem Abstecher nach Dubrovnik zurückkehrend.

»Nein.« Es kam so kurz und abrupt heraus, daß es wie ein Schlag ins Gesicht knallte, und sie beeilte sich, die Wirkung zu mildern. »Nur meine Mutter.«

Sie wollte einfach nicht darüber sprechen, jedenfalls jetzt nicht, vielleicht niemals. Denken, ja; sprechen, nein. Doch selbst in ihren eigenen Ohren klang die Antwort entschieden grob, sogar ein wenig verletzend in ihrer Kürze. Warum war sie nur so ungewandt? Sicher, auch Chloe Bliss besaß ein unfehlbares Talent dafür, ins Fettnäpfchen zu treten, doch sie tat es immer auf unglaublich charmante und entwaffnende Art und Weise ... Ihre Tochter jedoch, so schien es, mußte unweigerlich mitten hineinpatschen und alle Anwesenden durch ihren Mangel an Grazie schockieren. Toddys Freund jedenfalls würde derart barsche Töne weder bezaubernd noch entwaffnend finden.

Sie streifte ihn mit einem raschen Seitenblick. Er hieß Dominic Felse und studierte Anglistik. Viel mehr wußte sie nicht über ihn, außer daß Toddy viel von ihm hielt. Er war im zweiten Semester, genau wie sie, und wahrscheinlich im gleichen Alter. Er war ziemlich groß, ein wenig ungelenk noch, mit ungebärdigem kastanienbraunem Haar und grünlich braunen Augen, denen nicht viel entging.

»Sie wird uns doch nicht noch die Reise verpatzen?« fragte Christine auffahrend und kniff argwöhnisch die grauen Augen zusammen.

»Nein, nein, keine Sorge. Sie hat mir ihren Segen gegeben. Ihretwegen braucht ihr euch keine Gedanken zu machen. Sie fährt selbst ins Ausland.« Tossa runzelte die Stirn und beugte sich mit betontem Interesse über die Landkarte. »Wie weit waren wir gekommen?«

»Ach, so genau brauchen wir gar nicht zu planen. Wir müssen uns nur auf jeden Fall alle Papiere besorgen, die wir eventuell brauchen werden. Dann sehen wir einfach, wie weit die Zeit reicht.« Toddy zog die langen Beine an und umschlang sie unter den Knien mit den Armen. Er war eine Stunde älter als seine Schwester und den anderen beiden um ein gutes Jahr voraus. Es war klar – das meinte er jedenfalls –, daß er zum Führer dieser Expedition ausersehen war. »Wir haben alle gültige Pässe, und ich habe mich schon um die Versicherungskarte gekümmert. Brauchen wir sonst noch etwas?«

Tossa neigte ihren Kopf noch tiefer über die Karte. Das schwere dunkle Haar fiel nach vorn und verbarg ihr Gesicht wie ein Vorhang. Ihre Augen folgten der West-Ost-Route durch Nürnberg, zur Grenze hin, über die Grenze hinweg, durch Pilsen und Prag bis hin zum Rand der Karte, die gerade noch die Grenze zur Slowakei zeigte. Wozu eigentlich? Er hatte einen Unfall erlitten. Sie hatte keine Schuld daran. Wenn sie ihm Unrecht getan hatte, so war es jetzt nicht wiedergutzumachen.

Ach, wenn sie ihm nur eine Chance gegeben hätte! Wenn sie sich ein wenig bemüht hätte!

Mit einem Gefühl der Verwunderung und Ungläubigkeit hörte sie sich beiläufig sagen: »Es wäre doch gar nicht dumm, wenn wir uns für den Wagen ein Carnet besorgen, was meint ihr? Nur für den Fall, daß wir plötzlich einen Abstecher machen wollen? Ich meine, das ist doch drin – oder nicht?«

2

Der Mann, der die Katze aus dem Sack lassen sollte, präsentierte sich am Donnerstag morgen am Pförtnerhaus des Marrion Institute. Gerade zwei Tage, nachdem Chloe Terrell und Paul Newcombe nach Prag abgeflogen waren. Er war ein Mann, an dessen Erscheinung nichts ungewöhnlich oder auffallend war, zwischen fünfundzwanzig und fünfunddreißig, ein Mann, der das undefinierbare Kastenzeichen der Beamten trug.

Er erklärte, er wollte Sir Broughton Phelps sprechen, und schien in seiner Arglosigkeit tatsächlich zu erwarten, daß man ihm auf Anhieb die Schranken öffnen würde. Er weigerte sich zu erklären, in welcher Angelegenheit er käme, betonte lediglich, daß es äußerst dringend sei. Als ihm gesagt wurde, daß ohne einen Paß vom Ministerium niemand zu Sir Broughton vorgelassen werden könnte, nahm er dies ohne mit der Wimper zu zucken zur Kenntnis. Ob man dann dem Direktor oder vielleicht dem Leiter der Sicherheitsabteilung eine kurze Mitteilung überbringen könnte, so daß die Herren Gelegenheit hätten, sich zu überlegen, ob sie ihn sprechen wollten oder nicht? Dagegen war nichts einzuwenden. Der Fremde schrieb eilig ein paar Worte auf seine Visitenkarte, steckte sie in einen Umschlag, den er verschloß, und reichte den Brief dem Pförtner.

Ein Bote trug den Brief zu Adrian Blagroves Sekretär, der ihn ungeöffnet seinem Chef aushändigte. Blagrove war also der erste, der die Karte aus dem Umschlag zog und las, was der fremde Besucher geschrieben hatte.

›Robert Bencroft Welland‹ stand auf der Karte, ›Legationssekretär in der Wirtschaftsabteilung der Britischen Botschaft, Prag 1, Thunowská 14, ĆSSR.‹

Und über dem Namen stand in energischer Schrift: »Terrells Unfall war kein Unfall.«

Ernsten Gesichts trat Robert Bencroft Welland ein, in seinen Zügen keine Spur von Triumph darüber, daß er die erste Schutzmauer überwunden hatte. Ohne Eile ließ er sich in dem angebotenen Sessel nieder, nahm dankend eine Zigarette an und stellte die Aktentasche auf den Teppich neben seine Füße. Als die beiden Männer allein waren, betrachteten sie einander über den Schreibtisch hinweg, der in der Woche zuvor noch Terrells Domäne gewesen war.

»Mr. Welland«, begann Blagrove trocken, »Sie stellen da eine Behauptung auf, an die bisher kein Mensch auch nur gedacht zu haben scheint. Die tschechische Polizei fand an den Umständen, die den Tod Herbert Terrells begleiteten, nichts Verdächtiges und lieferte ausführliche und korrekte Berichte, die allem Anschein nach auch unsere Behörden davon überzeugt haben, daß Terrell tatsächlich einem Unfall zum Opfer gefallen ist. Ich nehme an, daß Ihr Besuch bei mir nicht amtlich ist, sonst hätte man sie gewiß mit einer Empfehlung versehen, die Ihnen hier Tür und Tor geöffnet hätte. Das Briefchen hätten Sie nicht erst zu schreiben brauchen.« Er hielt die Karte mit spitzen Fingern hoch und ließ sie wieder verschwinden. »Darf ich fragen, ob Sie in Prag mit jemandem über Ihre Vermutung gesprochen haben? Mit einem Ihrer Vorgesetzten vielleicht?«

»Nein. Ich bin direkt hierher ins Marrion Institute gekommen, weil ich der Ansicht bin, daß Ihr Institut vom Tod Terrells am unmittelbarsten betroffen ist und folglich auch von den Begleitumständen seines Todes. Ich bin erst gestern hier angekommen, ich habe mir eine Woche Urlaub genommen und mußte noch einige Erkundigungen einziehen, ehe ich Sie aufsuchen konnte.«

»Und da Sie nun hier sind«, stellte Blagrove so trocken wie zuvor fest, »haben Ihre Erkundigungen offenbar positive Ergebnisse gezeitigt. Es ist Ihnen doch klar, daß Sie der einzige sind, der nicht an einen Unfalltod Terrells glaubt?«

»Aber davon kann ich mich doch nicht beeinflussen lassen«, versetzte der junge Mann milde, mit solcher Schlichtheit, daß Blagrove sich veranlaßt sah, ihn eingehender zu mustern.

Unter Dreißig wahrscheinlich, mittelgroß, schlank, gepflegt, sorgfältig gekleidet, sehr annehmbar, sehr durchschnittlich. Man brauchte ihn nur in ein Büro voller Beamten zu stecken und verlor ihn sofort aus den Augen. Nur sprang das Kinn in dem gutmütigen, ernsten Gesicht ein wenig zu stark hervor, um auf Nachgiebigkeit zu schließen, nur blickten die blauen Augen überraschend direkt und unerschrocken in das Gesicht des Gegenübers. Auf den ersten Blick sah er nicht anders aus als alle, die seinem Stand und seinem Beruf angehörten; auf den zweiten Blick jedoch wurde klar, daß die Tatsache, daß er allein stand, ihn nicht daran hindern würde, das zu tun, was er für seine Pflicht hielt.

»Vielleicht«, meinte Blagrove, »würden Sie mir erklären, warum Sie sich der amtlichen Meinung nicht anschließen können.«

»Erstens einmal, weil ich Terrell persönlich kannte und die Stelle gesehen habe, wo man ihn gefunden hat. Ich war nicht mit ihm befreundet, aber ich bin zufällig im vorigen Jahr mit ihm im Zillertal geklettert und weiß daher, was er konnte. Er war ein ganz ausgezeichneter Bergsteiger, ob er nun mit der Seilschaft ging oder allein. Die Zillertaler Alpen waren für einen Kletterer seines Kalibers das richtige. Aber die Niedere Tatra, da, wo er gefunden wurde, ist ein Gelände für Spaziergänger. Keine Steilwände, keinerlei Schwierigkeiten, nichts als grasbewachsene Hänge und bewaldete Täler. Sicher, man kann dort Übungshänge finden, Felsvorsprünge, Kletterpfade, aber nichts, was einen Bergsteiger vom Format Terrells gereizt hätte. So heißt die erste Frage, die sich stellt: *Was hat er dort überhaupt getan?*«

»Ich sehe nicht ein, was einen passionierten Bergsteiger daran hindern sollte, hin und wieder einmal Urlaub zu machen, wo er zur Abwechslung nur wandert«, wandte Blagrove ein.

»Gar nichts. Nur tun Bergsteiger das nicht. Terrell hätte es bestimmt nicht getan. Wenn man einmal so weit ist wie er, dann interessiert einen eine malerische Hügellandschaft nicht mehr. Jede Erstbesteigung muß schwieriger sein als die letzte; jeder angestrebte Gipfel muß höher sein als der zuletzt bezwungene. Und wenn sich keine höheren Gipfel mehr bieten, wenn kein größerer Schwierigkeitsgrad mehr erreicht werden kann, dann sucht man sich eine neue Gegend, wo die Gipfel einem noch unbekannt sind. Aber man wird nicht plötzlich wieder zum beschaulichen Wanderer. Und außerdem, selbst wenn man plötzlich wieder am Wandern Lust finden sollte, würde man keinesfalls von einem durchaus gangbaren Grat herunterstürzen.«

»Oh, da bin ich nicht so sicher. Die Geübten und Erfahrenen versäumen es manchmal, leichtere Übungen mit der gehörigen Aufmerksamkeit anzugreifen.« Blagrove spielte leicht gereizt mit der Karte in seiner Hand. »Wenn Sie sonst keine Grundlage für Ihren Verdacht haben –«

»Oh doch, ich habe noch weitere Gründe. Sehen Sie, Anfang dieses Jahres setzte sich Terrell mit mir in Verbindung und wollte von mir wissen, ob ich ihm ein gutes Klettergebiet in der *Hohen* Tatra empfehlen könnte. Sie kennen diesen Teil der Welt nicht? Nun, die Hohe Tatra ist das höchste Gebirge der Karpaten. Es liegt nördlich von einem breiten, weiten Tal, das von der Waag durchflossen wird. Und südlich davon befindet sich die Hügelkette der Niederen Tatra. Die Hohe Tatra hat dem passionierten Bergsteiger wirklich etwas zu bieten. Die höchsten Erhebungen sind fast dreitausend Meter hoch, über dreihundert Gipfel sind da auf einem Raum von etwa fünfundzwanzig Kilometern zusammengedrängt. Eine prachtvolle Landschaft. Ich riet ihm, sich am Strba See oder in Tatranska Lomnice einzumieten. Und das tat er auch. Er reservierte für zwei Wochen ein Zimmer am See. Was also hatte er auf der anderen Seite des Waagtales in der *Niederen* Tatra zu suchen?«

Blagrove hob die Brauen.

»Es ist wohl möglich, daß er es sich anders überlegte. Woher wollen Sie denn wissen, daß er tatsächlich an dem See ein Zimmer buchte?«

»Das will ich Ihnen sagen«, versetzte Welland gelassen. »Weil ich schon im April das Zimmer für ihn bestellte. Und ich weiß, daß er wie geplant im Hotel eingetroffen ist, weil er mir unmittelbar nach seiner Ankunft eine Karte schrieb. Und da erwähnte er nichts von einem möglichen Umzug. Im Gegenteil, er bestätigte noch einmal die Verabredung, die wir schon früher brieflich getroffen hatten. Wir hatten ausgemacht, daß ich hinkommen und ein Wochenende mit ihm zusammen klettern würde. Wir wollten den Krivan besteigen. Aber ehe das Wochenende kam, erhielten wir in der Botschaft die Nachricht, daß man ihn tot aufgefunden hatte – fünfzig Kilometer entfernt, auf der anderen Seite des Tals, in der Niederen Tatra. Am dritten Tag seines Aufenthalts war er plötzlich aus seinem Hotel am Strba See ausgezogen und hatte sich in einem kleinen Gasthaus in einem der Täler in der Niederen Tatra eingemietet. *Was* er getan hat, ist, wie Sie sehen, kein Geheimnis, aber *warum* er es getan hat.«

»Und Sie glauben«, fragte Blagrove, dessen Hände jetzt starr auf dem Schreibtisch lagen, »Sie wissen warum?«

»Nein, noch nicht. Alles, was ich zu bieten habe, sind gewisse Hinweise, die auf Gründe schließen lassen könnten. Beispielsweise muß einige Zeit nach seiner Ankunft am See sich etwas ereignet haben, was ihn veranlaßte, seine Rechnung im Hotel zu begleichen und schleunigst auf die andere Talseite zu ziehen. Keiner im Hotel konnte mir eine Erklärung für seinen fluchtartigen Aufbruch geben. Doch es muß etwas geschehen sein, was ihn veranlaßte auszuziehen. Wenn es lediglich so gewesen wäre, daß ihm etwas im Hotel nicht paßte, daß ihm der Service nicht gut genug war, daß er sich dort nicht wohl fühlte, dann hätte er sich doch wahrscheinlich einfach in einem anderen Hotel am See eingemietet oder wäre nach Prag zurückgekommen. Statt dessen ließ er sich aus unerfindlichem Grund in diesem Tal der Niederen Tatra nieder, das nicht einmal ein bekanntes Urlaubsgebiet ist. Ganz gleich, was sich ereignet hat, es trieb ihn nicht nur vom Strba See weg, es führte ihn nach Zbojská Dolina. Und Sie können mir glauben, mit Bergsteigerei hatte das nichts zu tun. Nun, Mr. Blagrove, finden Sie das nicht interessant?«

»O doch, bis zu einem gewissen Grad schon. Und Ihren Vorgesetzten in Prag haben Sie von dem nichts erzählt?«

»Nein. Man spricht einen solchen Verdacht nicht gern aus, ehe man nicht so viele Fakten wie möglich zusammengetragen hat. Ich hatte noch Urlaub gut und nahm mir die eine Woche, um hierher zu reisen. Ganz gleich, was es war, das Terrell in die Niedere Tatra getrieben hat; mit seinem Privatleben oder mit einem Ereignis aus seiner eigenen Vergangenheit kann es nichts zu tun gehabt haben, weil er zu dem Land dort keinerlei Verbindung hatte. In diesem Jahr besuchte er die Tschechoslowakei das erstemal. Er wußte nichts über das Land, er kannte niemanden dort. Da ich jedoch wußte, auf welchem Gebiet er beruflich tätig war, dachte ich mir, daß vielleicht ein Zusammenhang mit einem Fall bestand, den er einmal bearbeitet hatte oder über den er aufgrund seiner Tätigkeit auf dem laufenden war. Ich hoffte, ich könnte mit seiner Witwe sprechen, doch sie war nicht in der Wohnung.«

»Sie ist gegenwärtig in der Slowakei«, erklärte Blagrove, »um die Überführung der Leiche zu veranlassen.«

»Ach so. Aha. Nun, da ich mit ihr nicht sprechen konnte, verbrachte ich Nachmittag und Abend im Zeitungsarchiv und suchte nach Veröffentlichungen über Fälle, die Terrell in den letzten Jahren bearbeitet hatte. Ich habe einige Freunde bei der Presse. Ich sagte ihnen natürlich nicht, worum es ging, ich wußte es ja selbst nicht. Ich ließ mir nur erzählen, woran sie sich noch erinnerten, und setzte mich dann über die alten Zeitungen. Ich war fest davon überzeugt, daß sich irgendwo etwas finden würde, was die Verbindung zwischen Terrell und der Slowakei herstellen könnte.«

Blagrove stieß zischend die Luft aus und lehnte sich dann mit gestrafften Schultern gegen die Rückenlehne seines Sessels.

»Und Sie haben etwas gefunden?«

»Ich fand«, erklärte Welland langsam und überlegt, »den immer noch offenen Fall des Charles Alder.«

Während des folgenden Schweigens starrten sie einander unverwandt an.

»Oder«, sagte Welland, »wenn Ihnen das lieber ist, der Fall des Karol Alda.«

Es war schade. Es war wirklich schade. Es wäre so viel einfacher und befriedigender gewesen, wenn man die ganze Geschichte schlicht als Unfall hätte ad acta legen können; doch es gab zwei gute Gründe dafür, jetzt gleich jeden Versuch aufzugeben, den jungen Mann davon abzubringen, daß er seine Nachforschungen fortsetzte. Erstens, er würde sich nicht davon abbringen lassen. Zweitens, es war ein zu großes Risiko, die Verantwortung dafür zu übernehmen, eine derart ernste Sache einfach im Keim zu ersticken und zu vertuschen. Sie würde an höhere Stelle weitergeleitet werden müssen, ganz gleich, wie unangenehm die Folgen sein würden.

»Ich glaube«, sagte Adrian Blagrove und schob seinen Sessel zurück, »ich glaube, es ist wirklich das beste, wenn Sie mit mir zum Direktor kommen und ihm selbst berichten.«

Sir Broughton Phelps saß vorgebeugt an seinem Schreibtisch, das spitze Kinn auf die geschlossene Faust gestützt, und ließ kaum ein Auge von seinem Besucher, während dieser seinen Bericht wiederholte.

Erst als Charles Alders Name genannt wurde, trat eine kleine Pause ein. Welland sah ein wenig bleich aus und wurde etwas nervös, als die Pause sich unerwartet in die Länge zog. Es wäre ihm lieb gewesen, wenn einer der beiden Männer etwas beigesteuert hätte, eine Spur von Anerkennung oder wenigstens Zustimmung. Doch obwohl keiner von beiden ein Wort äußerte, geriet seine Überzeugung nicht ins Wanken, ließ seine Hartnäckigkeit nicht nach.

»Ich weiß, daß Sie wesentlich besser informiert sind als ich, Sir, aber wenn Sie wünschen, daß ich alles einmal zusammenfasse, wie ich es sehe, so will ich das gern tun.«

»Bitte«, forderte ihn der Direktor auf und strich mit zwei Fingern über das silbrige Haar an seiner Schläfe. »Sie dürfen meiner ungeteilten Aufmerksamkeit gewiß sein.«

»Was ich entdeckte, war natürlich das Dossier – das heißt, jener Teil des Dossiers, der veröffentlicht wurde –, das Terrell nach Alders Verschwinden zusammengetragen hatte. Meine gesamten Informationen stammen also praktisch von Terrell selbst. Alder war ein Flüchtling, der 1940 mit seinen Eltern nach England kam. Die Familie ließ sich hier nieder. Alder war damals fünfzehn Jahre alt und bereits so eine Art Wunderkind, sowohl auf dem Gebiet der Musik als auch auf dem der Mathematik. Ich glaube, daß Begabungen auf diesen beiden Gebieten häufig Hand in Hand gehen. Sein Vater war Physiker, und nachdem er eine Probezeit hier bestanden hatte, bekam er die Genehmigung, wieder in seinem Beruf zu arbeiten. Er erwies sich als wertvoll, und noch vor Ende des Krieges wurden die drei Alders eingebürgert. Der Junge hatte ebenfalls Physik studiert, zeichnete sich jedoch schon bald auf den beiden Gebieten besonders aus, die ihm von Natur aus am meisten lagen. Er machte sich einen Namen als Komponist, Musiker und Mathematiker. Vielleicht war er sogar ein Genie. Nach dem Krieg betätigte er sich unter anderem als Testpilot und regte technische Verbesserungen an Flugzeugen an. Er kam schließlich hier ans Institut. Er scheint allerdings hin und wieder Meinungsverschiedenheiten mit Regierung und Vorgesetzten gehabt zu haben. Er erhob nachdrücklich Einwendungen gegen den ausschließlich militärischen Einsatz aller jener Neuerungen, die seiner Meinung nach auch für nicht-militärische Zwecke hätten genutzt werden können. Und es paßte ihm nicht, daß Verfahrensweisen, die er entwickelt hatte, geheimgehalten wurden, wenn sie seiner Ansicht nach in unterentwickelten Ländern Vereinfachung der dortigen Methoden hätten bringen können. Er scheint ein schwieriger Kollege mit eigenwilligen Ansichten gewesen zu sein, der sich der Autorität nicht beugen wollte. Und er muß auf jeden Fall ein brillanter Wissenschaftler gewesen sein, denn einem Artikel im ›Manchester Guardian‹ zufolge gehörte er zum engsten Kreis der Kandidaten für die Leitung dieses Institutes, und in seinem Alter war das etwas nie Dagewesenes.« Der junge Mann richtete seine unerschrockenen Augen auf den Direktor. »Können Sie das bestätigten, Sir?«

»Ja, das kann ich«, versicherte Phelps, ohne zu zögern. »Der Mann war tatsächlich ein brillanter Wissenschaftler. Er war ein Computer, der logisch und selbständig denken konnte. Aber schwierig war er auch, oh, ja. Bitte, fahren Sie fort.«

»Nach dem Tod seiner Eltern schließlich bat Alder hier um seine Entlassung. Warum, weiß ich nicht. Ich vermute, daß er das Gefühl hatte, daß das Institut seinen ursprünglichen Zielen nicht treu geblieben war, daß seine eigenen Ziele mit denen des Institutes jetzt nicht mehr vereinbar waren. Kurz und gut, da er ein hochgeschätzter Mitarbeiter war, überredete man ihn, sich seinen Entschluß noch einmal zu überlegen, während er einige Wochen Urlaub machte. Es ist wohl anzunehmen, daß man hoffte, er würde sich umstimmen lassen und bleiben. Ganz allein reiste er nach Savoyen ab. Und er kam nie zurück. Als er zur rechten Zeit nicht zurückkehrte, gab es Gerüchte, man wurde unruhig, und Terrell wurde nach Frankreich entsandt, um seine Spur aufzunehmen. Sie endete in der Dauphiné. Automatisch vermutete man, daß er zu den Kommunisten übergelaufen war, doch man hörte nie wieder etwas von ihm. Es ist möglich, daß er im Gebirge verunglückte. Er war ja ganz allein. Doch man gelangte allgemein zu dem Schluß, daß er Verrat begangen hatte. Terrell war es, der den Fall bearbeitete und ein belastendes Dossier über all die Ungereimtheiten in Alders beruflichem Leben und seiner persönlichen Einstellung zusammentrug. Ich würde sagen, daß diese Akte es ihm unmöglich machte, jemals zurückzukehren – vorausgesetzt natürlich, daß er überhaupt je die Absicht gehabt hat, zurückzukehren.«

»Das zu vermuten haben wir keinerlei Grund«, bemerkte der Direktor kurz. »Sie haben fleißig gearbeitet, Mr. Welland. Finden Sie das alles denn nun relevant?«

»Ich finde, es wird relevant, Sir, wenn man sich daran erinnert, daß Charles Alder als Karel Alda, Sohn eines tschechischen Vaters und einer slowakischen Mutter, zur Welt kam. Besonders, wenn sich herausstellt, daß die Mutter in einem Dorf namens Liptovsky Mikulas, keine dreißig Kilometer von Zbojská Dolina entfernt, geboren wurde.«

»Wenn ich Sie recht verstehe, wollen Sie damit sagen, daß Alda sich jetzt möglicherweise in dieser Gegend aufhält, daß er in sein altes Heimatland zurückgekehrt ist?«

»Genau. Und meiner Ansicht nach haben Sie auch damit gerechnet, daß er das tun würde.«

»Das stimmt natürlich. Dennoch bleibt die Tatsache bestehen, daß wir niemals auch nur den geringsten Hinweis erhalten haben, daß er das wirklich getan hat.« Sir Broughton stand unvermittelt auf und begann, im Zimmer auf und ab zu wandern; nicht von Rastlosigkeit getrieben, sondern mit beherrschtem energischem Schritt, wie ein Mann, der sich Bewegung verschaffen will. Die beiden jüngeren Männer folgten ihm mit aufmerksamen Blicken und warteten. »Sie glauben also, daß Terrell Alda gesehen haben könnte?«

»Es liegt auf der Hand, daß ihm etwas Unerwartetes zustieß, etwas, was ihn trieb, den Fluß zu überqueren und sich in Zbojská Dolina niederzulassen. Es ist möglich, daß dieses unvorhergesehene Ereignis mit Alda in Zusammenhang stand. Mehr will ich nicht behaupten.«

»Aber Ihre Vermutungen gehen doch wesentlich weiter. Sie glauben, daß er Alda entweder gesehen oder aber zumindest einen Hinweis darauf erhalten hat, wo dieser sich aufhält? Sie glauben, daß er diesem Hinweis nachging und kurzerhand umgebracht wurde, als er unbequem zu werden drohte. Das glauben Sie doch, nicht wahr?«

Welland wurde ein wenig bleich bei der unverblümten Frage; selbst in ihm war in Spurenelementen die Abneigung des Diplomaten vorhanden, die Dinge so präzise zu formulieren. Doch tapfer erwiderte er den forschenden Blick und sagte nachdrücklich: »Ja.«

Blagrove erhob Protest.

»Aber der Fall ist jetzt sechs Jahre alt. Er ist doch gar nicht mehr wichtig. Selbst wenn Terrell Alda unverhofft auf die Spur gekommen sein sollte, was hätte Alda das kümmern sollen? Weder Terrell noch sonst einer von uns konnte ihm dort drüben gefährlich werden. Aus welchem Grund also hätte er Terrell töten sollen?«

»Ich glaube, Sie haben nicht ganz die Bedeutung dessen verstanden, was Sir Broughton soeben sagte«, widersprach Welland energisch. »Man rechnete damit, daß er in der Tschechoslowakei auftauchen würde. Früher oder später sickert so etwas doch immer durch, nicht wahr? Doch über Alda verlautete nie auch nur ein Wort. Folglich muß es von höchster Bedeutung sein, daß sein Aufenthaltsort geheim bleibt – für ihn von Bedeutung und für die Leute, die jetzt von seiner Arbeit profitieren. Sechs Jahre erfolgreicher Geheimhaltung sprechen dafür, daß den fraglichen Leuten die Wahrung des Geheimnisses sogar einen Mord wert ist. Ich bin der Meinung, daß in der Niederen Tatra etwas vorgeht, was unter allen Umständen geheimgehalten werden muß, und daß Alda bei diesen Vorgängen eine wichtige Rolle spielt. Ich glaube ferner, daß Terrell dem Geheimnis auf die Spur kam oder daß man zumindest glaubte, er wäre ihm auf die Spur gekommen. Man konnte nicht zulassen, daß er seine Entdeckung weitermeldete.«

»Wenn daran wirklich etwas Wahres ist«, begann Phelps nach einer langen, lastenden Pause, »und ich sage damit noch lange nicht, daß tatsächlich etwas daran ist, doch *wenn* in alledem ein Körnchen Wahrheit steckt, dann steht es nicht in unserer Macht, Ermittlungen anzustellen. Wenn er wirklich in der Slowakei ist, wenn wirklich so peinlich auf Geheimhaltung geachtet wird, dann müssen wir davon ausgehen, daß die Vorgänge, von denen Sie gesprochen haben, von nationalem Belang sind. Und in einem solchen Fall müssen wir weiter davon ausgehen, daß die tschechischen Behörden, wenn auch vielleicht nicht unbedingt die einheimische Polizei, über die wahren Umstände von Terrells Tod informiert sind.«

»Davon bin ich überzeugt«, erklärte Welland heftig.

»Aber wir können nichts unternehmen, Mr. Welland«, versetzte der Direktor nüchtern. »Ich kann Sie gar nicht nachdrücklich genug darauf hinweisen, daß alles, was mit unserem Institut und unserer Arbeit hier zu tun hat, strengster Geheimhaltungspflicht unterliegt. In diesem besonderen Fall, wie in jedem anderen Fall, der uns betrifft, können wir es uns einfach nicht leisten, die Behörden eines fremden Landes, ob es sich nun um ein befreundetes Land handelt oder nicht, ins Vertrauen zu ziehen. Es geht unter keinen Umständen an, daß wir nun in aller Offenheit beginnen, Nachforschungen anzustellen.«

»Das sehe ich ein, Sir. Aber ich bin ja an Ort und Stelle. Ich verbringe häufig das Wochenende in den Bergen, man kennt mich dort. Ich kann mich frei und ungehindert bewegen, ich spreche die Sprache einigermaßen. Ich könnte der Sache nachgehen, ohne die geringste Aufmerksamkeit zu erregen.«

Er schwieg pflichtschuldig, um den beiden Männern Gelegenheit zu geben, sich zu seinem Vorschlag zu äußern; doch keiner schien etwas zu sagen zu haben. Nachdenklich blickten sie ihn mit reglosen Gesichtern an, und er empfand es als enervierend, daß er nicht die geringste Ahnung davon hatte, was in ihren Köpfen vorging.

»Ich bin fest entschlossen«, sagte er, »herauszufinden, ob Terrell ermordet wurde. Ich kann es nicht ändern. Wenn er getötet wurde, weil er etwas tat, was er für seine berufliche Pflicht hielt, dann ist es unsere Pflicht und Schuldigkeit, den Tatsachen auf den Grund zu gehen und dafür zu sorgen, daß der Gerechtigkeit Genüge getan wird. Er hat Anspruch auf Gerechtigkeit. Ganz abgesehen von der Möglichkeit, daß dort in der Slowakei etwas im Gange ist, was unsere nationalen Interessen und unsere nationale Sicherheit berührt. Wir können einen Mord nicht einfach im Versäumnisverfahren bereinigen. Das ist nicht recht.« Er brachte diese Einfältigkeit mit einem Ton der Autorität hervor, der ihr Glanz verlieh. »Es versteht sich von selbst«, fügte er würdevoll hinzu, »daß es mir wesentlich angenehmer wäre, wenn ich mit Ihrem Einverständnis handeln könnte. Ich hoffe, daß ich darauf zählen kann.«

Handeln würde er auf jeden Fall, mit oder ohne Einverständnis. Dazu verpflichtete ihn sein Gewissen.

»Mein lieber Junge!« sagte Sir Broughton und ließ sich zum erstenmal zu jenem herzlichen Lächeln herbei, das seinem dienststrengen Gesicht einen Anflug von Menschlichkeit und Wärme verlieh. »Selbstverständlich haben Sie unseren Segen, doch ich möchte nicht versäumen, Ihnen auch unsere guten Ermahnungen mitzugeben. Wenn Ihre Vermutungen zutreffen, ist ein Mann bereits getötet worden. Ich bitte Sie, äußerste Vorsicht walten zu lassen. Das ist Ihre erste Pflicht. Ihre zweite Pflicht besteht darin, auf keinen Fall das Gebot der Geheimhaltung zu verletzen, dem dieses Institut unterworfen ist. Und schließlich möchte ich Ihnen noch etwas sagen, was Sie meiner Auffassung nach wissen sollten, wenn Sie sich wirklich auf diesen gefährlichen Weg begeben wollen. Es handelt sich hier um etwas, was ausschließlich diesem Institut und dem zuständigen Ministerium bekannt ist.«

Langsam kehrte er zu seinem Schreibtisch zurück und stützte die Hände auf die Platte. Einen Moment lang sah er viel älter aus, als er tatsächlich war, wie ein alter Mann, den die Last der Verantwortung gebeugt hatte.

»Als Charles Alder verschwand, da verschwanden mit ihm seine Arbeitsunterlagen. Sie enthielten Aufzeichnungen über alle Projekte, mit deren Entwicklung er zu jener Zeit befaßt war. In diesem Stadium waren sie noch so ausschließlich die Produkte seines Geistes, daß niemand die Arbeit an ihnen fortführen konnte. Weder von Skizzen noch von ersten Berechnungen existierten Kopien. Wir haben keine Ahnung, was diese Unterlagen enthielten. Doch er war damals auf dem Höhepunkt seiner geistigen Leistungskraft. Er arbeitete Tag und Nacht, zum größten Teil an Problemen der Aerodynamik. Wenn er an anderem Ort diese Forschungsarbeiten weitergeführt hat, dann ist es möglich, daß sensationelle Entwicklungen stattgefunden haben. Möglicherweise steht hier so viel auf dem Spiel, daß man auch vor Mord nicht zurückschreckt, um die Geheimhaltung zu gewährleisten. Ist Ihnen das klar?«

»Ja, Sir«, antwortete Welland erleichtert und dankbar, »das ist mir klar.«

»Und Sie sehen auch ein, daß absolutes Schweigen bewahrt

werden muß? Sie dürfen keinem Menschen gegenüber auch nur ein Wort über diese Sache verlauten lassen. Sie haben doch noch niemanden ins Vertrauen gezogen? Einen Ihrer Freunde von der Presse vielleicht?«

»Ich habe keinen von ihnen ins Vertrauen gezogen, Sir.«

Er war voller Eifer und Enthusiasmus, geschmeichelt vom Vertrauen, das der Direktor in ihn setzte.

»Und auch sonst niemanden?«

Wenn Welland überhaupt zögerte, dann so kurz, daß es nicht bemerkt wurde.

»Nein, Sir. Von mir hat kein Mensch etwas erfahren.«

»Gut. Dann machen Sie sich an die Arbeit, aber geben Sie auf sich acht. Wenn Sie tatsächlich auf eine Spur von Alda stoßen sollten, dann müssen Sie uns das sofort melden. Unternehmen Sie nichts auf eigene Faust, gehen Sie keinerlei Risiken ein. Erstatten Sie sofort Bericht und warten Sie auf Instruktionen, verstanden? Ich werde dafür sorgen, daß der Minister unterrichtet wird; außer uns darf niemand von diesem Vorhaben wissen. Ich werde mich mit der Botschaft in Prag verständigen, damit man jede Meldung von Ihnen unverzüglich per Telefon an uns übermittelt. Wir werden uns auf ein Codewort einigen, ehe Sie hier weggehen. Wenn Sie Alda aufgespürt haben, dann geben Sie es durch. Sobald wir es erhalten, wird voraussichtlich Mr. Blagrove unter irgendeinem Vorwand nach Prag reisen – um Ihnen zu helfen«, sagte er, und das herzliche Lächeln huschte flüchtig um seine Lippen, »falls Sie Hilfe brauchen sollten. Selbst Sie brauchen irgendwann einmal Hilfe, Mr. Welland. Wer weiß?«

»Ich werde sehr vorsichtig sein, Sir. Sie können sich auf mich verlassen.«

»Wir verlassen uns vollkommen auf Sie, mein Junge. Sie werden nur uns Meldung machen. Nur uns. Nicht einmal Ihrer Dienststelle in Prag. Ist das klar?«

Robert Welland hatte erreicht, was er gehofft hatte. Er fühlte sich bestätigt, ja, er fühlte sich glücklich.

Das heißt, er hätte sich glücklich gefühlt, wenn nicht ein kleiner Skrupel ihn gequält hätte.

Gleich nach der Besprechung in Sir Broughtons Büro hastete er zum nächsten U-Bahnhof und fuhr nach London zurück, in die kleine Straße in Chelsea, wo Chloe Terrell ihre Wohnung hatte. Es war natürlich nicht ganz aufrichtig von ihm gewesen, Sir Broughton nichts von dem Brief zu sagen, den er Mrs. Terrell in den Kasten geworfen hatte, nachdem er sie ausfindig gemacht hatte. Aber zum Glück wurde ja kein Schaden angerichtet, denn Mrs. Terrell war im Ausland. Blagrove selbst hatte ihm das gesagt. Es würde also nie jemand den Brief zu lesen bekommen, den er indiskreterweise geschrieben hatte, und was er Sir Broughton gesagt hatte, war somit im Grund wirklich keine Lüge. Von ihm hatte kein Mensch etwas über diese Sache erfahren. Und es würde auch niemand etwas darüber erfahren.

Er brauchte jetzt nur den Hausmeister zu suchen, ihm erklären, daß er ein äußerst wichtiges Dokument versehentlich bei Mrs. Terrell in den Briefkasten gesteckt hatte, ohne zu wissen, daß sie verreist war, daß er dieses Dokument unbedingt wiederhaben mußte, um sie unverzüglich anderen Orts benachrichtigen zu können. Der Hausmeister würde einen Wohnungsschlüssel haben, und ihm, Welland, würde es nicht schwerfallen, sich auszuweisen. Er würde den Brief dann sofort verbrennen, und damit würde die kleine Unaufrichtigkeit, die er sich hatte zuschulden kommen lassen, ein für allemal aus der Welt geschafft sein.

Trotzdem war ihm nicht ganz wohl in seiner Haut. Lieber erst einmal zur Wohnung hinaufsehen, ehe er sich den Hausmeister vorknöpfte. Lieber sich erst vergewissern, daß die Wohnung noch immer abgeschlossen und leer war.

Plötzlich hatte er es eilig. Der Lift kam nicht. Er rannte zur Treppe. Er wußte selbst nicht, weshalb er sich so getrieben fühlte. Unmöglich, sagte er sich, daß Mrs. Terrell inzwischen zurückgekehrt war und den Brief gelesen hatte. Trotzdem begann er zwei Stufen auf einmal zu nehmen, noch ehe er das zweite Stockwerk erreicht hatte, und als er in die vierte Etage kam, schlug ihm das Herz bis zum Hals, und er war außer Atem. Er bog um die Ecke und fuhr zurück, als wäre er mit dem Kopf gegen eine Wand gerannt. Die Tür zu Chloe Terrells Wohnung stand offen. Ein schlankes, dunkelhaariges Mädchen stand inmitten eines Berges von Päckchen und Tüten, die es achtlos niedergeworfen zu haben schien, seinen Brief geöffnet und auseinandergefaltet in der Hand.

Als sie ihn hörte, hob sie den Kopf und blickte ihn über das Blatt Papier hinweg aus großen, dunklen Augen an. Er wußte nicht, was er zu ihr sagen sollte. Er wußte nicht, was er denken sollte.

Sie konnte doch nicht Terrells Frau sein! Ausgeschlossen, sie war höchstens achtzehn oder neunzehn! Aber es gab genug Frauen, die in diesem Alter schon verheiratet waren. Woher hätte er wissen sollen, daß Terrells Frau praktisch noch ein Kind war? Bestürzt erklomm er auf bleiernen Füßen die letzten Stufen und trat zu ihr.

»Mrs. Terrell?«

Sie starrte ihn an, als hätte sie nichts gehört. Sie blickte auf den Briefbogen in ihrer Hand und dann wieder auf ihn.

»Sie sind Robert Welland? Sie haben den Brief hier hinterlassen?«

Sie hatte eine Stimme, die überraschte, eine Oktave tiefer, als man erwartete, rauh und ein wenig brüchig. Sie trat einen kurzen Schritt von ihm weg und stolperte über die auf dem Boden verstreuten Pakete.

»Ja, ich bin Robert Welland. Ich wollte nicht – ich wußte nicht – Mrs. Terrell, ich muß mich entschuldigen und –«

»Ich bin nicht Mrs. Terrell«, fiel ihm das Mädchen ins Wort. »Ich hätte ihn nicht öffnen sollen, aber ich dachte, es wäre vielleicht etwas, was ich ihr nachschicken müßte. Ich bin Tossa Barber. Entschuldigen Sie, das sagt Ihnen natürlich nichts.« Sie strich sich mit der Hand zerstreut das dunkle Haar aus der Stirn. »Ich bin Mrs. Terrells Tochter. Ich bin zum Einkaufen nach London gekommen, und ich wohne immer bei meiner Mutter, wenn ich in der Stadt bin.« Merkwürdig, daß sie sich veranlaßt fühlen sollte, ihm eine Erklärung zu geben, wo doch er derjenige war, der so viel zu erklären hatte, den Brief, die Andeutungen, die der Brief enthielt, sein unvorhergesehenes und so plötzliches Auftauchen hier. Plötzlich war sie ganz ruhig, weil es zu spät war, etwas zurückzunehmen, und weil es nur noch einen Weg gab – vorwärts. »Sie schreiben hier«, forderte sie ihn unumwunden, »daß mein Stiefvater ermordet wurde.«

Er wußte genau, daß er dieses Wort nicht gebraucht hatte. Ein ganzes Dutzend diplomatischer, ausweichender Entgegnungen fiel ihm ein, doch er verwarf sie alle unter dem Blick dieser großen, forschenden Augen.

»Ja«, erwiderte er hilflos, »das glaube ich.«

»Kommen Sie herein«, sagte Tossa. »Das ist wahrscheinlich das beste. Jetzt muß ich alles wissen. Das verstehen Sie doch, nicht wahr? Ich muß es wissen.«

Er konnte doch nicht ein Kind wie dieses Mädchen hier ins Vertrauen ziehen, selbst wenn er sich nicht eben erst zur Geheimhaltung verpflichtet hätte. Er konnte aber auch nicht zwischen Tür und Angel stehenbleiben, in unmittelbarer Nähe des Treppenschachts, um Ausflüchte zu machen, die im ganzen Haus mitgehört werden würden.

»Miss Barber«, sagte er, nachdem er die Tür hinter sich geschlossen hatte, »es tut mir leid, daß ich Sie wegen nichts in Aufregung versetzt habe. Nachdem ich diesen Brief für Ihre Mutter hinterlassen hatte, bot sich mir Gelegenheit, mit den Leuten zu sprechen, die über den Tod Ihres Vaters – Mr. Terrells, meine ich – am gründlichsten informiert sind. Es wäre mir lieb, wenn Sie die ganze Sache einfach vergessen würden. Es ist wahr, ich hegte einen gewissen Verdacht, doch er wird von anderen, besser informierten, nicht geteilt. Ich muß mich geirrt haben.«

»Eben sagten Sie noch: ›Ja, das glaube ich‹«, erinnerte sie ihn. »Nicht: ›Ja, das *glaubte* ich.‹« Sie glitt hastig an ihm vorbei, als er Anstalten machte, sich zurückzuziehen, und lehnte sich mit dem Rücken gegen die Tür. »Nein, das dürfen Sie nicht. Sie dürfen jetzt nicht gehen und mich einfach hier stehenlassen.«

Er sah es ein. Nicht nur, weil sie schon so viel begriffen hatte und ihm die Flucht unmöglich machen konnte, sondern weil in ihrem Gesicht verzweifelte Entschlossenheit stand. Es war zu spät. Dementis würden sie nicht überzeugen; Beschwichtigungsversuche würden ihr die Ruhe nicht wiedergeben. Er saß in der Falle.

»Miss Barber«, begann er wieder ganz ernst, »ich kam tatsächlich hierher, weil ich Informationen hatte, die mich beunruhigten. Ich wollte mit Mrs. Terrell sprechen, ehe ich weitere Schritte unternahm. Inzwischen hat man mir mit aller Eindringlichkeit vorgehalten, daß in dieser Angelegenheit strikte Geheimhaltung erstes Gebot ist, und an dieses Gebot bin ich gebunden. Es war töricht von mir, daß ich das nicht von selbst erkannt habe, und es tut mir in der Seele leid, daß meine Ungeschicklichkeit Ihnen jetzt Kummer bereitet. Ich wünschte, ich könnte es ungeschehen machen.«

»Aber das können Sie nicht«, entgegnete Tossa heftig. »Sie können es jetzt nicht einfach dabei bewenden lassen. Vielleicht hätte ich den Brief nicht lesen sollen, aber ich habe ihn gelesen, und er war mein Stiefvater, auch wenn wir einander nicht viel zu sagen hatten. Erwarten Sie denn von mir, daß ich mich jetzt mit Entschuldigungen von Ihnen abspeisen lasse und nichts tue, obwohl ich weiß, daß er ermordet worden ist?«

»Ich hoffe aufrichtig, daß Sie nichts unternehmen müssen. Das ist eine Aufgabe, die anderen zufällt.«

»Nein!« protestierte sie leidenschaftlich. »Damit können Sie mich nicht abwimmeln. Das hilft mir gar nichts.«

Er war bereits so weit, daß er wußte, er würde ihr alles erzählen. Vielleicht besaß er Menschenkenntnis, vielleicht auch nicht, auf jeden Fall schien es ihm nur *eine* sichere Garantie für absolute Geheimhaltung zu geben. Vielleicht war sie großzügig genug, ihm auf halbem Weg entgegenzukommen, wenn er sich ohne Vorbehalt in ihre Hand begab.

»Ich habe mein Wort gegeben, Miss Barber. Wenn ich Sie jetzt ins Vertrauen ziehe, dann verbürge ich mich damit auch für Sie. Mein guter Ruf liegt dann in Ihrer Hand, vielleicht sogar mein Leben.«

Sie starrte ihn aus großen Augen voller Verwunderung und

Zweifel an, doch sie konnte weder in seinem Gesicht noch in seinem Ton Falschheit erkennen.

»Wollen Sie unter diesen Bedingungen immer noch hören, was ich zu sagen habe? Vergessen Sie nicht, daß ich mich dann vollkommen auf Sie verlassen muß.«

»Das können Sie«, versicherte sie. »Ich werde keiner Menschenseele etwas verraten. Das verspreche ich Ihnen. Ja, ich will alles wissen.«

»Und Ihnen ist klar, daß über diese Angelegenheit aus Gründen nationaler Sicherheit kein Wort verlauten darf?«

»Ja, das ist mir klar. Sie können sich auf mich verlassen.«

Ihr Gesicht war ernst, feierlich wie ein Kindergesicht. Er setzte sich mit ihr auf das kleine antike Sofa im Vorsaal und erzählte ihr die ganze Geschichte, verheimlichte ihr nichts, nicht einmal die Bedeutsamkeit der Arbeitsunterlagen, die Alda mitgenommen hatte, als er verschwunden war.

Nachdem er geendet hatte, lehnte sich ihr kritischer Verstand einen Moment lang gegen das auf, was sie gehört hatte. Geheimagenten, Doppelagenten, Wissenschaftler, die auf die andere Seite überwechselten – sicher, solche Leute gab es, geldgierige Händler, die schmutzige Geheimnisse von zweifelhaftem Wert verschacherten. Aber diese Geschichte, in der Ideale und Schmutz, Patriotismus und Zivilcourage Hand in Hand gingen, diese Geschichte konnte doch nicht wahr sein. Robert Welland war ein Träumer, der aus wenigen Fakten die phantastische Theorie eines Romantikers zusammengebastelt hatte. Er würde nichts finden. Weil es nichts zu finden gab. Herbert Terrell hatte schließlich doch einen falschen Schritt getan und war in den Tod gestürzt.

Einen Moment lang betrachtete sie die Tatsache sachlich und kühl. Und dann stürzte das ganze Gerüst der Beweisführung über ihr zusammen und zermalmte ihre Zweifel, und sie glaubte ihm und war verloren. Herbert Terrell war tot, er war ermordet worden, weil er etwas getan hatte, was sein Pflichtgefühl seinem Beruf und seinem Land gegenüber von ihm verlangt hatte. Es hatte mehr in ihm gesteckt, als sie ihm jemals Gelegenheit gegeben hatte zu zeigen, und gerade deshalb schuldete sie ihm jetzt Gerechtigkeit. Zu seinen Lebzeiten hatte sie ihm Gerechtigkeit versagt.

»Sie sehen also, daß alles menschenmögliche unternommen werden wird, um die Wahrheit zu finden. Und nun möchte ich Sie noch einmal bitten, absolutes Stillschweigen zu bewahren. Bitte vergessen Sie nicht, daß ich mich für Sie ebenso wie für mich selbst verbürgt habe.«

»Ich werde es nicht vergessen. Ich danke Ihnen für Ihr Vertrauen. Ich werde Sie nicht enttäuschen.«

»Und Sie werden versuchen, sich nun nicht mehr aufzuregen und alles Weitere uns zu überlassen? Es tut mir leid, daß ich Sie überhaupt in Aufregung stürzen mußte.«

»Aber nein!« versetzte sie energisch. »Es ist viel besser, wenn man Gewißheit hat. Ich weiß, daß Sie alles menschenmögliche tun werden. Ich danke Ihnen.«

Doch seine Verpflichtung war nicht persönlicher Art wie die ihre; ihn quälte nicht das Schuldgefühl, das sie belastete. Wie konnte er erwarten, daß sie jetzt die Hände in den Schoß legen und es ihm überlassen würde, sie vom Druck ihres Schuldbewußtseins zu befreien?

Das erste, was sie heraussuchte, nachdem er gegangen war, war die große Karte von Mitteleuropa, die sie eben erst bei Hatchard gekauft hatte.

»Tschechische Visa«, stellte Toddy nachdenklich fest, »kosten Geld.« Er kauerte sich auf die Fersen, und seine Augen folgten den lockenden Straßen, die in östlicher Richtung über die Karte verliefen. »Damit will ich nicht sagen, daß das keine tolle Reise wäre. Aber so etwas kostet einen Haufen Geld.«

»Da hast du schon recht, aber überlege doch einmal, wie billig wir dort beim gegenwärtigen Wechselkurs für Touristen leben können. Deutschland und Frankreich könnten wir in zwei, drei Tagen durchfahren. In Frankreich ist das Essen sündhaft teuer, wenn man nicht gerade jeden Tag Picknick macht, und wer hat dazu schon Lust? Ich wette, daß wir einen Haufen Geld sparen können, wenn wir möglichst schnell durchfahren, und die Tschechoslowakei wäre doch tausendmal interessanter.«

»Ich habe ja schon immer gewußt, daß du gern gefährlich lebst.« Christine schwang die Beine vom Tischrand. »Ganz abgesehen von Gefängniszellen und Geheimpolizei und all dem Mumpitz – vorausgesetzt, es ist wirklich Mumpitz, wir könnten uns ja auch irren –, wer übernimmt das Reden?«

»Wir kommen mit Englisch bestimmt durch. Die Tschechen seien sehr sprachbegabt, ließ ich mir erzählen. Und wenn wir mit Englisch hängenbleiben, dann kommen wir auf jeden Fall mit Toddys Deutsch weiter.« Tossa zog sich ein wenig zurück, um sie mit diesem neuen Einfall alleinzulassen und ihnen Gelegenheit zu geben, ihn sich zu eigen zu machen. »Ich mache jedenfalls alles mit, das wißt ihr. Aber ich bin gern bereit zu schreiben, damit man uns die Anträge für die Visa schickt. Es dauert angeblich nur ein paar Tage. Jetzt koche ich erst einmal Kaffee«, sagte Tossa und verschwand.

»Ist ja eigentlich wirklich schade, wenn wir das Carnet nicht benützen, da wir es schon einmal haben«, meinte Christine gedankenvoll.

»Am schnellsten geht es über Brüssel und Aachen zur Autobahn und von da direkt über Würzburg und Nürnberg zur Grenze«, meldete Toddy, der sich stirnrunzelnd über die große Karte beugte.

Dominic, der die Straßenverbindung auf dem Kontinent nicht kannte, saß schweigend dabei, während die Geschwister die günstigste Route austüftelten. Dabei war er auch der einzige, dem der Ausdruck auf Tossas Gesicht nicht entging, als sie das Zimmer mit dem Kaffeetablett in Händen wieder betrat. Er sah das kurze, erregte Aufblitzen in ihren Augen, das flüchtige, befriedigte Lächeln, als sie die Diskussion der Zwillinge hörte.

Tossa hatte erreicht, was sie wollte.

3

Am ersten Tag fuhren sie bis Siegburg. Das Rasthaus an der Autobahn war bis auf das letzte Bett belegt. Gemächlich rollten sie den Hügel hinunter in die Stadt am Fuß der Michaelburg. Sie fanden ein kleines Hotel etwas abseits von der Hauptstraße. Toddy parkte den Bus mit viel Umsicht in einer Ecke des engen Hofs und freute sich darauf, Dominic am folgenden Morgen zusehen zu können, wie er den Wagen wieder zur Straße hinausmanövrierte.

Sie schlenderten in der Abenddämmerung durch die belebten Straßen des Städtchens und stiegen zur Burg hinauf.

Und aus heiterem Himmel überraschte Tossa sie mit ihrem nächsten Schachzug.

»Wäre es nicht prima, wenn wir gleich bis in die Slowakei fahren würden?« fragte sie unvermittelt, als die den Hang hinuntertrotteten. »Wenigstens bis zur Tatra. Wir können doch nicht heimkommen, ohne die Berge gesehen zu haben.«

»Wenn die Zeit reicht«, stimmte Toddy friedfertig zu. »Aber erst müssen wir Prag gesehen haben.«

Die Zwillinge kannten Tossa schon seit Jahren. Vielleicht horchten sie deshalb nicht auf. Sie kannten sie so gut, daß sie ihr gar nicht mehr genug Aufmerksamkeit schenkten, um ihre Motive in Frage zu stellen. Dominic jedoch war ihrer Persönlichkeit gegenüber noch nicht abgestumpft. Er ging neben ihr und er spürte eine unerklärliche Spannung, die in ihr zu knistern schien.

In diesem Moment begriff er, ohne konkrete Gründe für diese plötzliche Erkenntnis zu haben, daß sie mit aller Vorsicht und Geduld die kleine Expedition einem Ziel zusteuerte, das nur sie kannte. War nicht sie es gewesen, die vorgeschlagen hatte, ein Carnet für den Wagen zu besorgen? War nicht sie es gewesen, die daran gedacht hatte, tschechische Visa zu beantragen? Und jetzt machte sie, wenn er recht hatte, ihren nächsten Zug, drängte sie, nach Osten zu reisen, in die Tatra. Und wenn er recht hatte, dann würde sie erst dann lockerlassen, wenn sie ihren Kopf durchgesetzt hatte.

»Warum brausen wir nicht einfach auf der Hinfahrt gleich durch«, meinte Tossa in munterem Ton, »und sehen uns zuerst die Berge an. Dann können wir uns auf der Rückfahrt Zeit lassen, um Prag zu besichtigen. Mir war bis jetzt jedesmal die Zeit für Abstecher zu knapp, nur weil sich irgendein begeisterter Anhänger der gotischen Baukunst nicht von dieser oder jener Kathedrale trennen konnte. Ich finde, man sollte zuerst die abgelegenen Winkel erforschen. Zurück müssen wir auf jeden Fall, aber ob wir hinkommen, wenn wir nicht gleich durchfahren, ist die Frage.«

»Toddy!

»Ja?« murmelte Toddy verschlafen. »Was ist denn?«

»Du hast mir doch erzählt, daß Tossas Stiefvater irgendwo im Gebirge abgestürzt ist...«

»Hm, ja. Und?«

»Hatte sie ihn eigentlich gern?«

Verächtliches Gelächter aus dem anderen Bett.

»Von wegen. Sie konnte ihn nicht ausstehen. Er war so unheimlich korrekt, daß sie ihn am liebsten aus dem Anzug gehoben hätte. Tossa ist seinetwegen von zu Hause weg. Warum, was ist denn mit ihm?«

»Ach, nichts. Ich dachte nur, sein Tod beschäftigte sie vielleicht.«

»Unsinn! Der hat schon vor seinem Tod für sie überhaupt nicht existiert. Du, sag einmal, Dom, gefällt dir Tossa eigentlich?«

»Ganz gut«, erwiderte Dominic zurückhaltend. »Sie ist manchmal ein bißchen widerborstig. Wo ist der alte Knabe eigentlich abgestürzt?«

»Ach, irgendwo im Ausland. Österreich oder Schweiz oder so was. Ich weiß es nicht genau. Spielt doch gar keine Rolle.«

»Nein, wahrscheinlich nicht. Tot ist tot. Gute Nacht.«

In der folgenden Nacht kampierten sie kurz vor der tschechischen Grenze in der hügeligen Landschaft der Oberpfalz. Und am Morgen passierten sie die Grenze.

»Wir sind da!« stellte Christine aufseufzend fest, als sie nach etwa einer Stunde Wartezeit von den Grenzbeamten in Gnaden entlassen wurden.

»Kein Eiserner Vorhang, nichts«, stellte Toddy fest, überrascht, daß alles so reibungslos geklappt hatte. »Trotzdem kommt es mir vor, als hätten wir die Schallgrenze durchstoßen.«

Voll aufgeregter Erwartungen stiegen sie wieder in den Wagen. Dominic ließ den Motor an, sie begannen die Fahrt in die Tschechoslowakei. Aus der Mulde, in der sich die Grenzschranken befanden, kletterte der kleine Bus einen von silbern glänzenden Birken bestandenen Hang hinauf. In der Ferne ragte wuchtig die Ruine eines alten Schlosses auf bewaldetem Hügel auf.

Plötzlich erhob sich aus dem Graben neben der Straße die Gestalt eines Mannes, blieb am Straßenrand stehen und winkte energisch. Ein junges, rundes Gesicht unter sonngebleichtem blonden Haar strahlte ihnen vertrauensvoll entgegen. Der junge Mann schien nicht den geringsten Zweifel daran zu haben, daß er mit offenen Armen aufgenommen werden würde. Über der einen Schulter hing ein kleiner Rucksack, in der Hand hielt er ein großes Butterbrot. Dominic bremste, und er rannte hinter dem Wagen her.

»Hallo!« sagte Dominic, nachdem er das Fenster heruntergekurbelt hatte.

»Guten Morgen«, erwiderte der junge Mann in fließendem Englisch. »Bitte entschuldigen Sie, daß ich Sie angehalten habe, aber wenn Sie nach Prag fahren, dann können Sie mich vielleicht mitnehmen. Wenn Sie noch Platz haben.« Er wußte, daß sie Platz hatten, er hatte den Innenraum ihres Wagens mit einem schnellen Blick aus blauen Augen ausgemessen. »Ich kann Ihnen vielleicht behilflich sein, wenn Sie die Straße nicht kennen. Um mir die Fahrt zu verdienen, werde ich mich als Fremdenführer betätigen, wenn Ihnen das recht ist.«

Toddy war es nicht nur recht, er war heilfroh; so gern er selbst am Steuer saß, so ungern spielte er den Navigator. Er warf einen Blick hinter sich auf die freie Straße und war mit einem Satz aus dem Wagen.

»Bitte Platz zu nehmen. Warten Sie, geben Sie mir Ihren Rucksack. Ich lege ihn hinten zu unserem Zeug, und Sie setzen sich gleich hier hin.«

»Wollen Sie mich wirklich mitnehmen? Es stört die Damen nicht, wenn ich mitfahre? Ich möchte Ihnen nicht zur Last fallen, wissen Sie, und manche Leute haben für Anhalter nichts übrig.«

Sie versicherten ihm, daß seine Art zu reisen auch in England üblich sei und daß sie nichts gegen Anhalter hatten, daß sie selbst hin und wieder schon per Anhalter gefahren waren.

»Sind Sie auch Studenten?« erkundigte sich der junge Mann, nachdem er sich auf dem Beifahrersitz niedergelassen und Dominic den Wagen wieder in Gang gesetzt hatte. »Ich heiße Miroslav Zachar. Meine Freunde nennen mich Mirek, das kann man sich leichter merken. Ich studiere Philosophie.«

Sie erzählten ihm, wer sie waren, was sie studierten, und er sprudelte eine Frage nach der anderen hervor, so offen und natürlich, daß man ihm seine Neugier gar nicht übelnehmen konnte. Sie waren auch auf Ferienreise, genau wie er? Besuchten sie die Tschechoslowakei zum erstenmal? Hatten sie in Prag schon eine Unterkunft? Wohin wollten sie sonst noch? Er überschüttete sie mit Vorschlägen. Schlösser, Seen, Städte – er kannte sie alle.

»Sie trampen wohl viel«, meinte Christine. »Sie kennen anscheinend das ganze Land wie Ihre Westentasche.«

»O ja. Ich gehe in den Ferien immer auf Wanderschaft. Manchmal mit Freunden, manchmal allein. Günstiger ist es allein. Da nimmt einen eher jemand mit.«

»Sie leben in Prag?«

»Nein, aber ich habe dort einen Onkel und eine Tante. Bei denen kann ich übernachten. Und morgen kann ich dann einen anderen Wagen anhalten, der in meiner Richtung fährt, nach Osten«, meinte er vergnügt. »Denn Sie bleiben doch wohl in Prag?«

»Vielleicht nur für ein oder zwei Nächte«, sagte Tossa unvermittelt.

Miroslav Zachar drehte sich um und musterte das dunkelhaarige Mädchen. Sein gutmütiges Mondgesicht strahlte sie beifällig an.

»So bald wollen Sie schon weiterfahren? Wohin denn?«

»In die Slowakei«, erwiderte sie ganz selbstverständlich, ohne einen der anderen um Zustimmung zu bitten.

»Wirklich? Vielleicht nach Preßburg?«

»Nein«, antwortete sie mit der gleichen Entschiedenheit. Und wenn jetzt niemand protestierte, dann waren die Würfel gefallen. Niemand protestierte. »Nein, wir wollen in die Tatra. Wir können auf der Rückfahrt noch ein paar Tage in Prag bleiben. Wollen Sie auch in die Richtung? Sie sagten eben, Sie wollten nach Osten. Wo sind Sie denn zu Hause?«

»Ich bin in Liptovsky Mikulas zu Hause«, versetzte Mirek erfreut. »Das ist ganz in der Nähe der Tatra. Wenn Sie wirklich so weit fahren wollen und wenn Sie einen Führer benötigen, dann können Sie sich auf mich verlassen. Haben Sie schon eine Unterkunft in Prag? – Nein? Die kann ich besorgen. Durch den Studentenbund, wissen Sie. Und ich zeige Ihnen die Stadt. Ich kenne sie durch und durch. Wie lange wollen Sie bleiben? Eine Nacht? Zwei Nächte? Ich stelle ein Programm für Sie auf. Und dann nehmen Sie mich mit in die Slowakei, ja? Ich werde mir die Fahrt schon verdienen, das werden Sie sehen.«

Nur der Himmel selbst konnte ihnen den jungen Mann geschickt haben. Die anderen hätten vielleicht unter anderen Umständen Einspruch dagegen erhoben, Prag so schnell wieder zu verlassen, aber da sich plötzlich ein so sachkundiger Führer gefunden hatte, schien es am besten, Tossas Vorschlag anzunehmen und durchzufahren. Dann könnten Sie so lange wie möglich in der Tatra bleiben und die Rückfahrt ohne Führer auf einer Route antreten, die sie schon einmal gefahren waren.

»Abgemacht«, sagte Tossa begeistert. »Eine Nacht in Prag, wenn Sie wirklich alles für uns –«

»Zwei Nächte«, protestierte Christine.

»Eine! Wir kommen ja wieder zurück, dann kennen wir uns schon ein wenig aus und werden uns viel leichter zurechtfinden. Und dann fahren wir weiter in die Tatra. Mirek, Sie müssen die Gegend ja wie Ihre Westentasche kennen, wenn Sie dort zu Hause sind. Kennen Sie zufällig auch einen Ort – er ist nicht in der Hohen Tatra, sondern in der Niederen – namens Zbojská Dolina?«

»Höre sich einer das an!« rief Toddy beeindruckt. »Das Mädel hat die Karte aber wirklich studiert.«

»Sie haben eine so gute Karte?« Mirek war erstaunt und voller Hochachtung. »Es ist nur ein ganz kleines Tal. Auf der Karte, die ich kenne, ist es gar nicht eingezeichnet. Wir haben nicht so große Wanderkarten wie Sie.«

»Nein«, versetzte Tossa ganz lässig, »auf unserer Karte ist es auch nicht eingezeichnet. Aber ich habe eine Bekannte, die einmal dort war, und sie sagte, es wäre idyllisch gewesen. Ich wollte schon immer einmal dort hin.«

Gänse, die im Stechschritt die staubige Landstraße im kleinen Dorf Bor entlangmarschierten, stoben mit entrüstetem Geschnatter auseinander, als der Bus sich näherte. Das kleine, verwahrloste Schloß träumte friedlich unter den Bäumen zu ihrer Rechten, als sie durch die verlassene Straße fuhren.

»He!« rief Dominic. »Rechts oder links hier an der Weggabelung? Ich kann nirgends einen Wegweiser sehen.«

Kinder hüpften auf der Straße fröhlich auf und ab, lächelten und winkten ihnen eifrig nach.

»Links«, sagte Mirek, der sich wieder an seine Pflicht erinnerte.

»Diese Freundin von mir«, fuhr Tossa hinter Dominics Rücken in trügerisch beiläufigem Ton fort, »wohnte damals in einem kleinen Gasthaus in Zbojská Dolina. Es hieß Riavka Hütte. Kennen Sie es?«

»Ja, natürlich«, rief Mirek.

»Meine Freundin sagte, es wäre eine herrliche Gegend zum

Wandern. Wir wandern gern. Glauben Sie, daß wir in dieser Riavka Hütte Zimmer bekommen könnten? Glauben Sie, daß der Studentenbund sie uns besorgen könnte?«

Sie krochen eine lange Steigung hinauf zu dem kleinen Ort Stribro.

»Das heißt Silber«, erklärte Mirek, als sie durch gewundene Gassen zum Dorfplatz gelangten. »Hier waren früher Silberbergwerke.«

Ohne sich umzudrehen, sagte er zu Tossa: »Ja, das läßt sich arrangieren. Ich werde es erledigen.«

Und nicht einer von ihnen hatte danach gefragt, woher sie plötzlich diese gründliche Kenntnis der Gegend hatte, die sie besuchen wollten; nicht einer hatte sich darüber gewundert, und jetzt war es zu spät, sich zu wundern. Jetzt hatte sie das Heft fest in der Hand. Sie näherten sich dem Ziel, das Tossa aus eigenen, unerforschlichen Gründen ansteuerte.

Mirek zeigte ihnen Prag. Er zeigte ihnen das Einkaufsviertel um den Wenzelplatz; er zeigte ihnen den Hradschin, diese imposante Residenz der tschechischen Könige, die hoch über dem Fluß lag, umfriedet von mächtigen Festungsmauern; er zeigte ihnen das Mozart-Museum in dem zauberhaften, stillen Park außerhalb der Stadt; er zeigte ihnen das kleine Kloster von Loretto, in dem längst keine Mönche mehr lebten. Und spät am Abend führte er sie in ein gemütliches Restaurant und danach in zwei winzige Nachtlokale.

Am folgenden Tag brachen sie zeitig zur Fahrt nach Osten auf.

In der ersten Nacht kampierten sie in den Hügeln von Javornik und fuhren am nächsten Morgen hinunter in das Städtchen Zilina.

»Wir können hier zweites Frühstück machen«, schlug Mirek vor. »Heute haben wir es nicht eilig, und die Strecke, die vor uns liegt, ist prachtvoll. Da werden Sie bestimmt anhalten und Aufnahmen machen wollen.«

Sie meinten zustimmend, daß eine Tasse Kaffee wie gerufen

käme. Toddy lenkte den Weg auf den Parkplatz eines Hotels in der Stadtmitte.

»Sieh mal! Ein MG!« Christine wies erfreut auf das Fahrzeug aus der Heimat. »Kein GB. Diplomatische Kennzeichen. Da muß jemand von der Botschaft hier sein.«

»Dummkopf«, sagte Toddy nachsichtig. »Der Eigentümer braucht doch kein Engländer zu sein. Wahrscheinlich stammt er aus der Vereinigten Arabischen Republik oder so.«

»Auf dem Rücksitz liegt jedenfalls ein Koffer.« Christine hatte bereits die tschechische Gewohnheit übernommen, neugierig um ausländische Fahrzeuge herumzugehen und sie ohne eine Spur von Verlegenheit mit aller Gründlichkeit zu mustern. »Er wohnt also nicht hier, sondern macht auch nur Pause wie wir. Wahrscheinlich hat er den Kaffee gerochen. Wetten, daß ich ihn auf Anhieb erkennen kann, wenn wir hineingehen?«

»Wenn man den Code weiß, kann man an den Buchstaben erkennen, welcher Botschaft der Wagen angehört«, bemerkte Tossa. »Wissen Sie es, Mirek?«

»Es ist jemand von der britischen Botschaft«, erklärte Mirek.

Tossas oliv getöntes Gesicht blieb reglos. Sie warf noch einen letzten Blick auf den MG, dann drehte sie sich um.

»Los, kommt«, rief sie ungeduldig. »Ich habe einen unheimlichen Kaffeedurst.«

Sie eilte voraus durch das kahle, schattige Foyer, drückte die Tür zum Gastzimmer mit der Schulter auf und marschierte zielbewußt auf einen freien Tisch am Fenster zu.

»Lauter Tschechen«, konstatierte Christine selbstsicher und sah sich interessiert um, während sie sich an dem großen Tisch mit der Marmorplatte niederließ, an dem sich bequem ein halbes Dutzend Gäste hätte breitmachen können.

Ein Kellner mit weißer Schürze nahm ihre Bestellung entgegen. Das Sprechen überließen sie Mirek. Die einzige Beschwerde, die sie gegen ihn vorzubringen hatten, war, daß er es ihnen zu leicht machte. Doch lange würde es nicht mehr dauern, da würden sie sich selbst überlassen sein.

»Ich habe ihn«, verkündete Christine mit Befriedigung. »Seht euch noch nicht um, er sieht jetzt zu uns herüber. In der Ecke links, gleich bei dem Spiegel. Moment. Wartet noch. Ich sage euch, wenn ihr gucken könnt. Aber das ist er todsicher! Das kann nur ein Engländer sein. Mirek, sagen Sie einmal, fallen wir auch gleich so auf? Schrecklich!«

»Mann, ich bekomme schon einen steifen Hals. Kann ich immer noch nicht schauen?«

»Noch nicht. Ich sage es euch schon. Jetzt! Schnell! Er spricht gerade mit dem Kellner.«

Sie hatte recht. Der Mann konnte nur Engländer sein. Er war noch verhältnismäßig jung, etwa dreißig, zu einem Ausflug aufs Land gekleidet, doch auf so korrekte Weise, daß er, wie Toddy bemerkte, wie ein »Salonwanderer« wirkte. Der Schnitt seines Sportsakkos verriet ihn ebenso wie der Schal aus Krawattenseide, der im offenen Kragen seines Hemdes geknotet war. Selbst die Art und Weise, wie er seinen Kaffee trank, war unverwechselbar englisch.

»Er scheint ganz allein zu sein«, bemerkte Christine. »Sollen wir ihn zu uns an den Tisch holen? Das wäre bestimmt einfach. Er macht Tossa sowieso schon schöne Augen.«

Tossa drehte sich um und maß den fremden Gast mit einem langen, abschätzenden Blick. Kein Muskel in ihrem glatten, ovalen Gesicht zuckte.

»Nicht mein Fall«, erklärte sie nach einer erbarmungslosen Musterung und wandte sich wieder ihrem Kaffee zu. »Außerdem will er wahrscheinlich sowieso in die andere Richtung. Nach Prag.«

Christine kniff einen Moment die Augen zu, um die Tage zu zählen, die seit ihrer Abfahrt von England vergangen waren.

»Montag! Ja, so wird es wohl sein. Zurück in die Tretmühle nach einem Wochenende in den Bergen. Aber nach dem, wie sein Wagen geparkt war, hätte ich gedacht, daß er in unserer Richtung fährt.«

Genau das gleiche hatte Dominic gedacht, und er dachte es noch immer. Zum erstenmal war ihm der Gedanke durch den Kopf geschossen, als Tossas Augen jenen des jungen Engländers begegnet waren, ihn kühl und ohne ein Aufblitzen des Erkennens gemustert hatten und weitergewandert waren, ehe man die Musterung als dreist und unverfroren hätte bezeichnen können. Der junge Mann nämlich hatte nicht so viel Gewandtheit bewiesen. Flüchtig hatte sich in seinen Augen ein Funke entzündet, hatte sich der Schimmer des Erkennens in ihnen gespiegelt, während gleichzeitig ganz plötzlich seine Aufmerksamkeit wachzuwerden schien. Doch einen Moment später schon war sein Gesicht verwandelt, das eines Fremden, der mit Interesse und Wohlgefallen ein hübsches junges Mädchen betrachtet, das er nie in seinem Leben gesehen hat.

Dominic war sicher, daß er Tossa kannte. Warum aber glaubte er, das verbergen zu müssen? Weil Tossa nicht wissen durfte, daß er sie kannte? Oder weil er aus ihrem kühlen, unpersönlichen Blick verstanden hatte, daß sie nicht erkannt werden wollte? Wenn das letztere zutraf, dann teilte er mit Tossa das Geheimnis, das sie hierher in die Slowakei geführt hatte; und doch schien es, als gingen er und Tossa getrennte Wege, denn es war offensichtlich gewesen, daß die Begegnung mit Tossa ihn überrascht hatte.

Dominic trank seinen Kaffee und lauschte dem Geplauder der anderen nur mit halbem Ohr. Immer weniger gefiel ihm diese Geheimniskrämerei. Tossa führte etwas im Schilde, das stand fest. Aber was? Er konnte sie nicht fragen, er konnte ihr nicht seine Hilfe anbieten. Ihm blieb nichts anderes übrig, als abzuwarten und die Augen offenzuhalten.

Als sie gezahlt hatten, marschierte Tossa hinaus, ohne auch nur einen Blick auf den Fremden in der Ecke zu werfen; doch Dominic, der sich an der Tür noch einmal umdrehte, sah, daß der Kellner sich eben einen Weg zum Tisch des Engländers bahnte.

Im Foyer blieb Tossa stehen und kramte in ihrer Handtasche nach Puder und Kamm.

»Geht inzwischen voraus. Ich komme gleich nach.«

Sie schlenderte mit suchendem Blick davon, während die

anderen ohne sie ihren Weg hinaus in den strahlenden Sonnenschein fortsetzten.

Dominic ließ die anderen beiden vorausgehen und blieb vor der Tür stehen. Die breite Glastür stand weit offen, und die Düsterkeit der Wand dahinter bewirkte, daß sie zu einem ziemlich klaren Spiegel wurde. Ganz deutlich konnte er in diesem Spiegel einen Teil des Foyers mit der Tür zum Gastzimmer sehen, die eben hinter einem Kellner mit einem Tablett voller Biergläser zufiel. Einen Augenblick später wurde die Tür wieder aufgemacht und der junge Engländer trat heraus. Hastig blickte er sich um und trat dann vor das Anschlagbrett, um die Kinoplakate zu studieren.

Das Klappern von Tossas Sandalen klang durch die Korridore im Hintergrund, und dann tauchte das Mädchen auf, ein bleicher Schatten zuerst im Glas, der schnell näher kam und deutlich Gestalt annahm. Tossa eilte ohne einen Blick an dem jungen Mann vorüber, allem Anschein nach ganz damit beschäftigt, ihre Puderdose wieder in die Handtasche zu stopfen. Etwas Schmales, Längliches fiel aus der Außentasche, als das Schloß zuschnappte.

Dominic hätte nun eigentlich hineinlaufen und sie darauf aufmerksam machen müssen, daß sie etwas verloren hatte. Statt dessen sprang er von der Wand weg wie eine verbrühte Katze, und als sie herauskam, schlenderte er schon den anderen hinterher um die Ecke. Bevor er abbog, drehte er sich nach ihr um und wartete auf sie. Raschen Schrittes, lächelnden Gesichts eilte sie zu ihm hin und schob sogar ihre Hand unter seinen Arm, als sie sich gemeinsam wieder in Bewegung setzten.

Toddy und Christine standen am Wagen, die Landkarte ausgebreitet gegen die Wagenseite gepreßt.

»In wenigen Minuten«, verkündete Toddy, den Kopf wendend, »werden wir in das großartige Waagtal einfahren, durch die kleine Tatra hindurch, vorbei an romantischen Schlössern und Burgen. Kommt schon! Ich fahre.«

Der junge Mann, dem der MG gehörte, kam in diesem Moment im Laufschritt um die Ecke und winkte.

»Entschuldigen Sie! Warten Sie einen Moment!«

Fast zwei Minuten, dachte Dominic. Genug Zeit, um ein paar Worte zu lesen; genug Zeit, um ein paar Worte zu schreiben. Vorausgesetzt, Tossa hatte vorhin etwas fallenlassen, in dem sich ein Zettel oder ein Brief verbergen ließ.

Oh ja, das hatte sie. Was der junge Mann ihr da entgegenstreckte, als er ein wenig keuchend und lächelnd auf sie zukam, war ihr kleines, ledernes Kammetui.

»Entschuldigen Sie, ich stand eben im Foyer. Ich glaube, das Etui gehört Ihnen.«

Sie nahm es entgegen, erstaunt und reizend verwirrt über ihre Unachtsamkeit und voll überschwenglichen Danks für ihn.

»Keine Ursache. Ich freue mich, daß ich Sie noch erreicht habe.« Er trat einen Schritt zurück, als wollte er keinen Zweifel daran lassen, daß er nicht die Absicht hatte, sie aufzuhalten. »Sie sind im Urlaub hier?« Er sah von einem zum anderen, als wollte er sich ihre Gesichter einprägen. Sein Lächeln war ein wenig zu strahlend und herzlich. »Sie fahren in die Berge?«

Sie machten höflich Konversation, wie man das tut, wenn man weiß, daß eine Begegnung flüchtig ist und sich aller Voraussicht nach nicht wiederholen wird.

»Die Slowakei wird Ihnen bestimmt gefallen. Ein herrliches Fleckchen Erde. Also dann, gute Fahrt und viel Vergnügen.«

Er drehte sich um und ging zu seinem Wagen. Tossa stopfte mit bewundernswerter Gelassenheit das Kammetui in ihre Handtasche und stieg in den Kleinbus.

Und dann lotste Mirek sie nach Zbojská Dolina und fuhr sie selbst das letzte Stück ansteigender, holperiger Straße zur Riavka Hütte hinauf.

»Und jetzt verlasse ich Sie«, verkündete er, als das Gepäck ausgeladen und der Bus geparkt war. »Bei Mrs. Martinek sind Sie in guten Händen. Sie hat zwei Zimmer für Sie reserviert. Sie können deutsch mit ihr sprechen, das versteht sie ganz gut. Und Dana – das ist ihre Tochter – spricht recht ordentlich englisch. Ich marschiere jetzt nach Hause. Vielen Dank noch einmal für die schöne Fahrt. Ich hoffe, wir werden uns eines Tages wiedersehen.«

Er schüttelte ihnen die Hände, wehrte lachend ihr Angebot, ihn nach Hause zu fahren, ab, schulterte seinen Rucksack und machte sich auf den Weg.

4

Die Riavka Hütte unterschied sich kaum von anderen Berghütten in anderen Gebirgsgegenden Europas. Sie war ein großes, behäbiges zweistöckiges Haus, aus Holz und Stein gebaut, mit weit hervorspringendem Dach, einem Balkon, der um das ganze Haus herumlief, und einem Stapel von Feuerholz, der an der Frontwand aufgeschichtet war. Sie stand inmitten saftig grüner Wiesen, und Kühe und Pferde grasten frei und ungehindert bis hinauf zu dem Waldgürtel, der einige hundert Meter oberhalb der Hütte den Fußweg verschluckte.

Die Fichten und Föhren des Waldes sogen die Hitze der Sonne auf und gaben sie in einem schweren, berauschenden Duft an die Erde zurück. Der Nadelteppich unter ihren Füßen war weich und schwammig. Zu ihrer Linken plätscherte ein Gebirgsbach, der in ungebärdigem Lauf nach Zbojská Dolina hinunterhüpfte.

Jenseit des Waldgürtels stießen sie auf Felsgruppen und massige Findlinge, die sich nackt und kahl aus dem von Heidekraut und Mauerpfeffer überwucherten Boden erhoben. Ein Stück bergaufwärts, wo die Felslandschaft wieder Wiesen wich, stießen sie auf den Wildbach und überquerten ihn. Zu beiden Seiten stiegen jetzt Geröllhalden an und geschrammte Felswände. Wenn ein Bergsteiger die Absicht hatte, in Zbojská Dolina ein wenig zu trainieren, dann würde er hierher kommen. Hier gab es einige recht ansehnliche Steilhänge, einige Kalksteinspitzen, die den Kletterer reizen konnten.

Vor ihnen, auf einem niedrigen Sims auf der rechten Seite des Tals, gefährlich am Rand des Abgrunds kauernd, befand sich ein kleines, weißgetünchtes Gebäude, dessen Dach von einem winzigen Turm gekrönt war.

»Was das wohl ist«, meinte Christine.

»Das ist eine Kapelle«, antwortete Tossa. »An dieser Stelle wurden einmal ein paar Leute vom Schnee überrascht und fanden nicht mehr ins Tal hinunter. Sie kamen alle um. Deshalb hat man diese kleine Zufluchtsstätte gebaut, damit so etwas nicht noch einmal vorkommt.«

»Woher weißt du das eigentlich alles?« erkundigte sich Toddy. »Im Führer steht das nicht.«

»Dana hat es mir erzählt. Ich habe sie ein bißchen ausgefragt, ehe wir losgingen.« Tossa sah sich mit weitschweifendem Blick um, und ihre Augen blieben auf dem bleichen Band eines Pfads hängen, der sich am gegenüberliegenden Hang entlangzog. Oberhalb ragte steil und nackt eine geschrammte Felswand auf, unterhalb gähnte ein Abgrund von etwa dreißig Metern. Hätte nicht an einer Stelle des Pfads, wo eine widerstandsfähigere Gesteinsschicht der Erosion nicht nachgegeben hatte, ein kantiger Felsvorsprung herausgeragt, so hätte der Grat in kerzengerader Linie vom Bergkamm auf der einen Seite zu einer Gruppe von Büschen und Bäumen auf der anderen geführt. Doch an dem Felsvorsprung schlug der Pfad einen scharfen, unübersichtlichen Haken, der um das Hindernis herumführte.

Tossa hängte sich ihren Fotoapparat um den Hals und ging vom Pfad weg. Mit gerunzelter Stirn blickte sie aufmerksam zu der Felswand auf, während sie einen Fuß vor den anderen setzte und geradewegs auf den Fuß des Hangs zusteuerte.

Die anderen folgten ihr gehorsam, ohne zu fragen. Sie führte sie zwischen Bäumen hindurch, dem Ziel zu, das sie gewählt hatte. Ihre Füße traten auf rauhen Stein, und über ihnen hing die Wand, an der sich die warmen Strahlen der Sonne brachen. Ein breites Kalksteinsims, in drei unregelmäßigen Stufen nach oben aufsteigend, sprang am Fuß der Wand hervor.

»Wohin gehen wir eigentlich?« erkundigte sich Christine ohne sonderliche Neugier.

»Wir gehen gleich weiter das Tal hinauf.« Tossa kniff die Augen zusammen und blinzelte beinahe überzeugend in den Sucher ihres Fotoapparats, während sie ein Stück von der Wand zurücktrat. »Ich fand nur, der Steilhang hier gäbe einen guten Hintergrund für ein Foto ab.«

Wenn es eine Ausrede war, dann war sie gar nicht schlecht. Das Licht leuchtete jede Schramme der übereinandergelagerten Gesteinsschichten aus, die sich aneinanderreihten wie die Falten eines schweren Vorhangs, und hier hatte sie genug Raum, um der Aufnahme Tiefe und Kontrast zu geben.

»Würdet ihr euch freundlicherweise mal da auf den Stufen arrangieren? Jeder auf einer bitte. Ein bißchen mehr nach links, Chris. Schön. Gut so. Bleibt so.«

Tossa machte zwei Aufnahmen. Als sie die Kamera zum zweitenmal senkte, sah Dominic, wie sie den Kopf hob und einen hastigen Blick zu der Stelle an der Felswand hinaufwarf, die sich direkt über ihm befand; und weil sie eben erst den Apparat weggenommen hatte, der ihr Gesicht verborgen hatte, war es dies eine Mal ein nackter und leicht zu deutender Blick, in dem sich Grimm und Zweifel und Furcht mischten, und eine unterdrückte Erregung.

Sogleich erlosch der Ausdruck in ihren Augen, und sie drehte den Film weiter und winkte ihnen herunterzukommen. Die anderen hatten nichts bemerkt, weil sie auf nichts Besonderes achteten. Doch Dominic blickte verstohlen hinauf zu der Stelle, die sie mit den Augen gesucht hatte, und stellte fest, daß er unmittelbar unter dem Felsvorsprung gesessen hatte, der wie eine Nase aus der Wand herausragte.

Da begriff er. Er hatte genau an jener Stelle gesessen, an der Tossas Stiefvater den Tod gefunden hatte.

Dana Martinek war allein in der Schankstube, als Dominic an diesem Abend hineinging, um Kaffee zu bestellen. Das hatte er gehofft. Seine Freunde saßen auf der kleinen Terrasse vor dem Haus, sicher außer Hörweite. Wenn er sich von seiner regen Phantasie zum Narren hatte halten lassen und einige triviale Zwischenfälle und Tossas unberechenbares Verhalten zum Melodrama aufgebauscht hatte, dann war jetzt der Moment, sich Gewißheit zu verschaffen und den Kurs zu ändern.

»Miss Martinek, wir waren heute nachmittag oben bei der Kapelle. Direkt gegenüber, auf der anderen Seite des Wildbachs, steigt eine steile Felswand auf, über die ein schmaler Pfad führt. Sie wissen doch, welche Stelle ich meine?«

Sie hob den Kopf vom Spülbecken und blickte ihn neugierig an.

»Ja, ich kenne sie«, erwiderte sie ruhig.

»Ist nicht vor ein oder zwei Wochen hier im Tal jemand abgestürzt? Ein Engländer, der hier bei Ihnen gewohnt hat?«

Sie sagte ›ja‹, ohne zu zögern, doch das war alles.

»Und war das die Stelle, wo es passiert ist? Er ist von dem Pfad über den Felsen abgestürzt?«

»Ja«, sagte sie wieder.

»An dem Knick im Pfad?«

»Es hatte den Anschein.«

»Würden Sie mir erzählen, wie es kam?«

»Was gibt es da schon zu erzählen? Mr. Terrell kam hierher und fragte, ob ein Zimmer frei wäre, und da wir gerade eines frei hatten, nahmen wir ihn natürlich auf. Er war den ganzen Tag allein unterwegs. Das ist bei den Touristen hier ganz normal, wenigstens, wenn das Wetter gut ist. Wir haben uns deshalb auch am dritten Abend keine Sorgen gemacht, als er bei Einbruch der Dunkelheit noch nicht zurück war. Aber als es zehn Uhr wurde, wurden wir unruhig und benachrichtigten die Bergwacht und zogen selbst mit Taschenlampen los, um ihn zu suchen. Als wir ihn schließlich fanden, war die Polizei von Liptovsky Pavol schon da. Er war tot, als er gefunden wurde.«

»Die Polizei? Aber Sie hatten doch die Polizei gar nicht alarmiert, oder? Nur die Bergwacht?«

Sie zuckte die Achseln.

»Die Bergwacht wird die Polizei gerufen haben, nehme

ich an. Jedenfalls war die Polizei da. Und sie hat ihn gefunden.«

»Und was für Verletzungen hatte er? Ich meine, sahen sie so aus, als stammten sie von einem Sturz?«

Sie blickte ihm einen Moment ernst in die Augen.

»Mr. Felse, diese Fragen sollten Sie der Polizei stellen. Für mich bestand keine Notwendigkeit, mir den armen Mann anzusehen, der sich das Genick gebrochen hatte, und ich habe ihn mir auch nicht angesehen. Ich weiß nur, was mein Vater erzählte, und der half, ihn hinunterzutragen. Haben Sie eine Ahnung, wie ein Mensch aussieht, wenn er aus dreißig Meter Höhe auf nackten Felsen aufgeschlagen ist? Haben Sie eine Ahnung, wieviel Knochen da gebrochen sind? Ja, so hat er ausgesehen. Ja, er ist abgestürzt. Sie sagten, daß er innerhalb weniger Minuten tot gewesen sein muß, vielleicht sogar augenblicklich. Und ich glaube, Sie haben ein wenig zuviel Phantasie. Sie sollten sie besser zügeln.«

»Oh nein, nicht ich«, versetzte Dominic und zog seufzend die Ellbogen von der Theke. »So einfach ist das nicht. Nun, auf jeden Fall vielen Dank. Ich nehme den Kaffee gleich selbst mit hinaus, dann können Sie sich den Weg sparen.«

Während sie den Kaffee zubereitete, fiel ihm eine neue Frage ein.

»Was für eine Ausrüstung hatte dieser Mr. Terrell eigentlich bei sich?«

Viel hatte er sich auf diese Frage nicht erwartet, doch sie drehte sich um und sah ihn mit Interesse an.

»Ja, das war vielleicht eigenartig. Er hatte einen Eispickel mit, Nylonseile, Kletterschuhe, alles, was zu einer schwierigen Klettertour gehört. Natürlich hat er die Sachen hier nicht benützt. Er brauchte sie ja nicht. Aber vielleicht ist es doch nicht so merkwürdig, weil er ja aus der Hohen Tatra hierher kam. Sie wissen schon, die hohen Berge drüben auf der anderen Seite des Tals. Sie haben sie bestimmt gesehen, als Sie von Ruzomberok herüberfuhren.«

»Ja«, bestätigte er eifrig und sah wieder die sichelförmige Kette schneebedeckter Gipfel vor sich, die sich zu ihrer Linken spitz in den blauen Himmel hineingebohrt hatten. »Ja, dafür brauchte er die Ausrüstung.«

»Ich habe ihn gefragt, wie er es überhaupt übers Herz bringen konnte, den Strba See zu verlassen. Er sagte, er hätte sich einen Armmuskel gezerrt und wäre deshalb hierher gekommen, um zu wandern und nicht in Versuchung zu geraten, den Arm zu früh wieder zu gebrauchen. – Würden Sie mir bitte das Tablett da geben? So, da ist Ihr Kaffee.«

Er dankte ihr, hob das Tablett auf und trug es vorsichtig davon. Er hatte die Tür erreicht, als sie ganz ruhig sagte: »Mr. Felse?«

»Ja?« Er drehte sich eilig um.

»Wissen Sie eigentlich, daß Sie mir genau dieselben Fragen gestellt haben, die mir Ihre Freundin schon heute nachmittag gestellt hat? Das kleine, dunkelhaarige Mädchen – Miss Barber, heißt sie, glaube ich.«

»Ja – das dachte ich mir fast«, erwiderte Dominic und verharrte noch einen Moment auf der Schwelle. »Hat sie Sie auch gefragt, in welchem Hotel er am Strba See gewohnt hat?«

»Nein. Aber das hat er mir sowieso nicht erzählt, und ich habe ihn auch nicht gefragt.«

»Schön. Vielen Dank jedenfalls.«

Er trug das Tablett mit dem Kaffee hinaus auf die Terrasse. Es überraschte ihn nicht, daß er gerade in dem Moment, als er herauskam, Tossa in dem verdächtig munteren Ton, den er allmählich nur zu gut kannte, sagen hörte: »Was haltet ihr davon, wenn wir morgen einen Ausflug in die Hohe Tatra machen?«

Während der Fahrt über die gewundene Straße, die sie aus der Niederen Tatra hinausführte, wartete Dominic voller Spannung darauf, wie Tossa es anstellen würde, sie genau dorthin zu steuern, wohin sie wollte.

Plötzlich breitete sich vor ihnen das weite Tal der Waag aus, und dreißig Kilometer jenseits der grünen Ebene hoben sich glitzernd weiß die steilen Gipfel der Hohen Tatra gegen den leuchtend blauen Himmel ab.

»Nach rechts jetzt«, befahl Tossa, über die Karte gebeugt, als kenne sie nicht den ganzen Weg schon auswendig. »Folge den Wegweisern nach Poprad.«

In Liptovsky Hradok stießen sie auf eine verheißungsvolle Gabelung, deren nach links strebender Zweig direkt zum Fuß der Berge hinzuführen schien.

»Die nicht«, warnte Tossa. »Wir müssen in Richtung Poprad fahren. Die Straße mündet nicht in die Freiheitsstraße, sie führt direkt nach Polen, und da können wir nicht hin. Zwanzig Kilometer von hier biegt eine andere Straße nach links ab, die in diese Freiheitsstraße mündet und dann am Fuß der Berge entlang verläuft.«

All dies wußte Dominic ebenso gut wie sie. Er hatte die Karte noch fleißiger studiert. Er wußte außerdem, daß die gute Straße, die zur Freiheitsstraße hinaufführte, eher vierzig als zwanzig Kilometer vor ihnen lag. Die Zufahrt jedoch, zu der Tossa sie lotsen wollte, kurz und sicherlich äußerst steil, wenn sie auf so geringer Entfernung bis zur hochgelegenen Freiheitsstraße emporkletterte, würde sie zum westlichen Ende der Hochstraße und direkt zum Strba See bringen.

So etwa hatte sich Dominic natürlich den Verlauf der Fahrt vorgestellt. Er wußte ja, was sie von Dana erfahren hatte. Was ihn interessierte, war die Frage, was sie tun, wohin sie sie führen würde, wenn sie den Strba See erreicht hatten. Denn sie konnte ja nicht genau wissen, wo in dem Urlaubsort am See sie nach den Spuren ihres Stiefvaters suchen sollte, wenn sie nicht Informationen besaß, die Dana nicht hatte.

Sie folgten der Straße in östlicher Richtung durch das weite, grüne Tal, erreichten die Zufahrt zur Freiheitsstraße und ließen die fruchtbare Flußebene unter sich, während der kleine Bus sich keuchend eine steile Steigung zwischen bewaldeten Hängen und Felskaskaden hinaufquälte. Schließlich erreichten sie eine breite, gut befestigte Straße, die die Landstraße in rechtem Winkel kreuzte.

»Und jetzt?«

»Das ist ganz gleich«, erwiderte Tossa heuchlerisch. »Das hier muß die Freiheitsstraße sein. Links liegt das höchstgelegene Ende. Da sind wir ganz nahe daran. Was meint ihr: Wollen wir am Strba See zu Mittag essen und hinterher nach Tatranska Lominice hinunterfahren, das am anderen Ende der Straße liegt? Vielleicht können wir da mit der Zahnradbahn in die Berge hinauffahren.«

Der Vorschlag war vernünftig, und sie nahmen ihn bereitwillig an. Die breite Straße stieg zwischen hochragenden Fichtenwäldern weiter an, bis sie plötzlich in ein weites, offenes Plateau einmündete und sich das ganze Panorama des Tals unter ihnen ausbreitete. Das grüne Tal der Waag lag wie ein Samtteppich unter ihnen. Durch träge dahintreibende Wolkenschleier konnten sie klar das weiße Band der Straße und das silberne Band des Flusses erkennen, die sich durch das smaragdgrüne Feld wanden. Winzige Dörfer nahmen sich wie Blumen in einer grünen Wiese aus.

»Aber wartet nur, wenn wir nachher erst mit der Zahnradbahn auf den Lominice hinauffahren!« rief Tossa, selbst von der Begeisterung über den zauberhaften Blick erfaßt. »Schnell, Dominic, sperre den Wagen ab, dann gehen wir gleich zum See.«

Fast ein Viertel des Seeufers wurde von Hotels eingenommen, doch über ihnen erhoben sich die Berge, bewaldet an den unteren Hängen, scharf und kantig in den oberen Regionen. Auf der anderen Seite des Sees, nicht weit vom Ufer, thronte eine Sprungschanze, braun und kahl wie ein Gewächs, das nicht in diese Sommerlandschaft gehörte.

Sie wanderten um den See herum, blieben immer wieder stehen, bewunderten die Aussicht, fotografierten genau wie Horden anderer Urlauber. Und Tossa inspizierte mit Bedacht jedes Hotel, an dem sie vorüberkamen, und gab durch nichts zu erkennen, ob sie gefunden hatte, was sie suchte.

Erst als sie zum Hotel Sokolie gelangten, das direkt am See errichtet war, mit einer Terrasse, die über die klaren, kühlen Wasser hinausragte, blieb Tossa stehen.

»Das sieht eigentlich hübsch aus«, meinte sie. »Und auch nicht zu elegant. Dann ist es sicher nicht so schrecklich teuer. Ist außer mir noch jemand am Verhungern?«

Sie hatte schon gelernt, wie sie es anstellen mußte. Ihr Ton traf genau die richtige Nuance. Sie sprach beiläufig, ohne zu verhehlen, daß sie jetzt gern Pause machen würde, aber dennoch zu erkennen gebend, daß sie nicht unbedingt ihren Kopf durchsetzen wollte, sondern bereit war, sich nach den anderen zu richten. Sie hatte die ganze Zeit gewußt, welches Hotel sie suchte, und diese Information hatte sie nicht von Dana bekommen.

Keine Luxusausgabe, genau wie sie gesagt hatte, nicht einmal neu. Doch der holzgetäfelte Speisesaal war gemütlich und bot einen weiten Blick über die Terrasse hinweg auf den See und die Berge. Die Zwillinge folgten ihr bereitwillig durch die Schwingtür und steuerten im Schlepptau des Obers, der auf flinken Füßen vor ihnen hereilte, auf einen Tisch am Fenster zu. Jedes Hotel am See hätte ihnen die gleiche prachtvolle Aussicht und vergleichbare Küche anbieten können. Doch nur dieses Hotel kam für Tossa in Frage. Denn dies war zweifellos das Hotel, wo Herbert Terrell die wenigen Tage verbracht hatte, ehe er sein Quartier nach Zbojská Dolina in der Niederen Tatra verlegt hatte.

»Ich habe es ja gewußt«, erklärte Tossa seufzend. »Überall, wohin wir kommen, läßt man gleich den Fachmann für Engländer auf uns los. Und dabei haben wir doch nicht ein Wort gesprochen, solange der Ober in Hörweite war. Er hat uns lediglich genau angesehen. Woher wissen die das nur immer gleich?«

»Du würdest dich noch viel mehr ärgern«, versetzte Christine, »wenn sie dich für etwas anderes halten würden. Wie alle Engländer.«

Der Ober hatte sie selbst zu diesem Tisch geführt, sich dann aber, nachdem er sie mit scharfsichtigem Blick gemustert hatte, zurückgezogen und einen stämmigen, gutgelaunten Kollegen zu ihnen geschickt, der sie in akzeptablem Englisch begrüßte.

Tossas Blick folgte aufmerksam und nachdenklich dem Kellner, der durch den Speisesaal zur Küche eilte. Sie war hergekommen, um sich Informationen zu holen. Ein englischsprechender Kellner mußte ihr wie gerufen kommen. Die Hauptschwierigkeit, der sie sich jetzt gegenüber sah, war die Frage, wie sie ihre drei Begleiter lange und geschickt genug loswerden sollte, um mit dem Mann allein zu sprechen.

»Wir könnten doch unseren Kaffee auf der Terrasse trinken«, schlug sie vor und blickte träumerisch aufs blaue Wasser hinaus.

Natürlich! Kaffee auf der Terrasse! Und wenn sie dann faul und schläfrig in der Sonne saßen, würde Tossa wieder in ihrer unergründlichen Handtasche wühlen und mit einer Entschuldigung ins Innere des Hotels zurückkehren, allem Anschein nach auf der Suche nach einem Spiegel, in Wirklichkeit auf der Suche nach dem englischsprechenden Kellner.

Und genau so geschah es. Tossa war die erste, die ihren Kaffee getrunken hatte, und die erste, die sich entschuldigte.

»Ach, du lieber Gott, wie ich aussehe!« Sie betrachtete sich in einem winzigen Taschenspiegel und schnitt eine Grimasse. »So was muß einem Mädchen doch gesagt werden.« Sie packte ihre Handtasche und schob ihren Stuhl zurück. »Ich bin gleich wieder da.«

Er ließ ihr drei Minuten Vorsprung, ehe er ihr durch das jetzt fast leere Restaurant ins Foyer folgte. Der Garten, dachte er. Er erstreckte sich bestimmt über die ganze Breite des Hauses. Und an einem so warmen Tag war gewiß nirgends ein Fenster geschlossen.

Der Garten war verwildert, das hohe Gras verschluckte den Klang seiner Schritte, die Fenster der Gasträume des Hotels lagen in seiner Kopfhöhe. Er wanderte langsam an der Wand entlang und lauschte angestrengt. Und plötzlich hörte er Tossas Stimme. Leise, klar und eindringlich erklang sie aus dem offenen Fenster über ihm.

»Aber *warum* soll er denn so Hals über Kopf ausgezogen sein? Es muß doch etwas passiert sein. Hat er denn keinerlei Erklärung gegeben?«

»Nein, mein Fräulein, er hat überhaupt nichts gesagt.« Ein

volltönender Baß, freundlich und bereitwillig. »Alles war an dem Morgen genau wie sonst. Er konnte nichts unternehmen, weil es regnete. Er saß hier und wartete und las die englische Zeitung. Es ist nichts geschehen.«

»Aber es waren doch auch andere Leute hier. Hat er mit jemandem gesprochen?«

»Nur mit mir, mein Fräulein. Ich hatte gerade Dienst.« Die Stimme des Kellners klang geduldig, wenn auch verwundert. »Wir hatten nicht viele Gäste wegen des Regens. Fast nur Leute, die im Hotel wohnten. Ein paar Leute kamen allerdings, hier aus der Gegend. Sie tranken Kaffee und sie spielten Karten. Der Herr aus England ging zu ihnen hinüber und sah eine Weile zu. Er fragte mich, was das für ein Spiel wäre. Er kannte es nicht. Als die Männer gingen, nahm er den Zettel, auf dem sie die Spielergebnisse aufgeschrieben hatten, und sah ihn sich an. Aber was ist daran schon besonderes?«

»Und kurz danach packte er und zog aus?«

»Ungefähr eine halbe Stunde später sah ich ihn mit seinen Sachen herunterkommen und die Rechnung zahlen. Er bat mich, ihm einen Wagen zu besorgen.«

»Aber er interessierte sich für diese Leute und für das Kartenspiel, das sie spielten? Haben Sie den Zettel gesehen, auf dem sie die Spiele aufgeschrieben hatten? War irgend etwas Besonderes daran? Aber wieso denn!« sagte Tossa hoffnungslos und seufzte tief.

»Ich habe den Zettel nicht gesehen, mein Fräulein. Der Herr aus England hat ihn eingesteckt und mitgenommen.«

Das Schweigen war abrupt und tief. Einen Augenblick später sagte Tossa: »Soviel ich weiß, war seine Witwe hier und hat alle seine Sachen abgeholt. Sie wissen nicht –?« Sie schreckte plötzlich vor dem zurück, was sie hatte fragen wollen, und sagte statt dessen: »Hat er Sie auch nach den Männern gefragt, die hier Karten spielten?«

»Er wollte nur wissen, wer sie waren und woher sie kämen. Ich glaube, die Tracht interessierte ihn. Die beiden älteren Männer trugen die alten Gewänder aus Zdiar.«

»Und welcher von den Männern schrieb die Spiele auf?«

»Ach, das war ein junger Mann, den ich gut kenne. Er ist aber nicht von hier. Er wohnt drüben auf der anderen Seite.«

»Haben Sie Mr. Terrell auch über diesen jungen Mann etwas gesagt?«

»Ich glaube, er fragte mich nach seinem Namen und woher er käme, ja.«

Mit der gleichen gedämpften Stimme, doch in merkwürdig schleppendem Ton, so als hätte sie die erste Etappe ihrer Reise beendet, fragte Tossa jetzt: »Und wie hieß er?«

»Er heißt«, antwortete der englischsprechende Kellner, »Ivo Martinek. Sein Vater hat drüben in der Niederen Tatra eine Hütte.«

Dominic spurtete ins Foyer zurück und erreichte es gerade noch rechtzeitig, um Tossa betont lässig entgegenzuschlendern, als sie aus der verlassenen Bar auftauchte. Er konnte nur hoffen, daß sein etwas hastiges Atmen nicht auffallen würde. Als er sich beim Hinausgehen noch einmal umdrehte, sah er den englischsprechenden Kellner stehen, der ihnen aus reglosem Gesicht nachstarrte. Dann ließ er die Tür hinter Tossa und sich zufallen und zog das Mädchen mit sich zu den Zwillingen.

Er sah nicht mehr, wie der englischsprechende Kellner sich in die Telefonzelle einschloß und eine Nummer wählte. Doch selbst wenn er in Hörweite gewesen wäre, hätte er nicht verstanden, was der Kellner sagte, denn jetzt sprach er nicht englisch.

»Ich spreche vom Hotel Sokolie, Genosse Leutnant«, begann der Kellner. »Ich glaube, es wird Sie interessieren, daß hier eine junge Dame ist, die mir sehr viel Fragen über den toten Engländer gestellt hat, diesen Herrn Terrell.«

Als sie am Abend beim Essen in der Riavka Hütte saßen, bemerkte Tossa resigniert, daß sie endlich ihrer Mutter schreiben müßte.

»Wenigstens eine Postkarte«, sagte sie, »sonst gibt es Ärger. Laßt euch nicht stören. Ich bin gleich wieder da.«

Ganz gleich, was sie jetzt tat, ob sie blieb oder verschwand, ob sie sprach oder schwieg, Dominic entdeckte hinter allem eine versteckte Bedeutung. Er fühlte sich unbehaglich, wenn sie da war, doch er war völlig rastlos, wenn sie nicht da war. Nach ein paar Minuten stand er vom Tisch auf und ging hinaus in den Schankraum, um Briefmarken zu kaufen. Das zumindest war seine Entschuldigung. In Wirklichkeit wollte er still und unauffällig Tossa bewachen.

Er brachte es nicht über sich, ihr nach oben zu folgen. So weit waren die Dinge noch nicht gediehen. Doch vom Schankraum aus, dessen Tür offenstand, würde er sie hören können, wenn sie rufen sollte. Verrückt, sagte er sich, so etwas überhaupt zu denken; und doch war er sicher, daß sie sich in etwas eingemischt hatte, was für andere, unbekannte Menschen von ernster Bedeutung war. Und sie befanden sich weit entfernt von zu Hause, in einem Land, das der orthodoxe Brite noch als feindlich betrachtete.

Dana drehte sich um und reichte ihm seine Briefmarken. Sie sah ihn auf merkwürdige Weise an, als wüßte sie nicht recht, ob sie mit ihm sprechen sollte oder nicht. Als er sich umdrehte und gehen wollte, sagte sie unvermittelt: »Mr. Felse!«

»Ja?« Er wandte sich um.

»Ich weiß nicht«, begann Dana ernst, »worüber sich Miss Barber solches Kopfzerbrechen macht, aber ich glaube, ich sollte Ihnen sagen, daß ihr heute abend noch eine weitere Frage an mich eingefallen ist.«

»Sie meinen, erst nach unserer Rückkehr?«

»Ja. Sie fragte mich, welches Zimmer Mr. Terrell bewohnt hätte, als er hier war.«

Ihre Augen forschten aufmerksam in seinem Gesicht. Er hatte beinahe das Gefühl, unter diesem ernsten, offenen Blick durchsichtig zu sein.

»Und welches Zimmer hat er bewohnt?«

Seine Kehle war trocken und wie zugeschnürt, so sehr mußte er sich anstrengen, einen beiläufigen Ton anzuschlagen.

»Das, in dem Sie und Ihr Freund schlafen«, antwortete Dana.

Er konnte sich des Gefühls nicht erwehren, daß sie genau wußte, was er vorhatte, und daß es überhaupt keinen Sinn hatte zu versuchen, es zu vertuschen oder aufzuschieben.

»Danke«, sagte er ganz einfach und ging aus dem Schankraum hinaus und die Treppe hinauf.

Die hellen, geschrubbten Holzstufen knarrten. Sie würde jeden seiner Schritte hören können. Tossa, die oben vollauf beschäftigt war, würde vielleicht die Schritte hören, aber sie nicht erkennen. Er wußte nur zu gut, daß sie nicht einen Funken Aufmerksamkeit an ihn verschwendete. Trotzdem näherte er sich der Tür seines Zimmers sehr leise und drückte die Klinke mit größter Vorsicht nieder, um dann die Tür mit einem plötzlichen, aber geräuschlosen Ruck aufzustoßen.

Tossa, auf den Knien vor der Kommode, die unterste Schublade aufgezogen, strich glättend über das Auslegepapier und schob die Schublade zu. Sie schwang herum und blickte ihn aus großen Augen mißtrauisch und herausfordernd an. In den Linien ihres verkrampften Gesichts sah er Erregung und Verblüffung, aber keine Furcht, und das erschreckte ihn mehr als alles andere. Dann erkannte sie, wer sie überrascht hatte, und ihr Mut, ihre Kampfbereitschaft fielen in sich zusammen. Doch war es vielleicht nicht Furcht, die jetzt in ihr erwachte, sondern eher eine Spur von Scham und Verlegenheit und Ärger.

»Ach, du bist es!« sagte sie betont unbefangen. »Weißt du vielleicht, wo Toddy die große Karte versteckt hat? Ich dachte, sie wäre hier irgendwo im Zimmer. Ich wußte nicht mehr, wie man verschiedene Namen buchstabiert.«

»Sie liegt noch im Wagen«, erwiderte Dominic im gleichen unbefangenen Ton.

Sie stand auf und wischte sich ganz unnötigerweise über die Knie. Der Boden war blitzblank und frisch gewachst.

»Ach verflixt! Das hätte ich mir denken können. Und wo ist die Straßenkarte, die kleine?«

An dieser soliden Abwehr war nicht vorbeizukommen. Er

suchte ihr die Karte heraus und ließ sie in Ehren und mit der Karte in der Hand den Rückzug antreten. Doch als sie verschwunden war, schloß er die Tür und nahm das ganze Zimmer auseinander. Denn was auch immer sie hier gesucht haben mochte – und er glaubte ziemlich sicher zu wissen, was es war –, sie konnte es noch nicht gefunden haben. Wenn es überhaupt hier war. Und wenn ja, dann würde er es bestimmt nicht übersehen.

Nichts unter dem Schrankpapier in den Schubladen. Sie hatte die unterste schon erreicht gehabt; da brauchte man gar nicht mehr nachzusehen. Nichts unter den Teppichen. Die Ritzen zwischen den Fichtendielen waren verfugt und undurchdringlich. Er erforschte das Innere des Kachelofens in der Ecke und fand nichts. Nichts auch unter den Volants der schweren Vorhänge. Nichts in dem unförmigen Kleiderschrank. Er nahm jeden Bügel heraus, untersuchte jedes Brett auf dem Boden. Auf der einen Seite war eine Stange angebracht, um Kleider aufzuhängen, auf der anderen befanden sich sechs Fächer, in dem Toddy seine Habseligkeiten verstaut hatte. Dominic stand einen Moment reglos da und starrte mit düsterer Miene auf die Fächer. Dann begann er beim obersten Brett, rüttelte ein Brett nach dem anderen hin und her, um festzustellen, wie fest sie saßen.

Das dritte Bord, auf der Höhe seiner Schulter, ließ sich leicht bewegen. Mit der linken Hand zog er es heraus, so weit es sich herausziehen ließ, nicht einmal einen Zentimeter, und fuhr dann mit den Fingerspitzen der rechten Hand am hinteren Rand des Bords entlang. Auf halbem Weg knisterte etwas und verrutschte unter seinem suchenden Finger von seinem Platz. Ein Eckchen Weiß sah unter dem Bord hervor. Er griff zu und zog es langsam und vorsichtig heraus. Ein Stück Papier kam zum Vorschein, sorgfältig so klein gefaltet, daß es hinter dem Bord hatte verborgen werden können, ohne gesehen zu werden. Und jetzt lag es in seiner Hand, und als er es auseinandergefaltet hatte, sah er vier Reihen von Zahlen, jede mit einem großen Buchstaben überschrieben, die Abrechnung eines unbekannten Kartenspiels.

Gar nichts Ungewöhnliches daran, soweit er sehen konnte, bis ihm auffiel, daß die Zahlen auf Manuskriptpapier von guter Qualität gekritzelt waren, bis er den Zettel ans Licht hielt und das Wasserzeichen einer englischen Herstellerfirma entdeckte. Selbst dann dauerte es noch eine volle Minute, ehe ihm einfiel, das Papier herumzudrehen. Auf der anderen Seite waren in großzügiger Hand mit Kugelschreiber ein paar Takte Musik hingeworfen, voll Ungeduld durchgestrichen, abrupt endend. Dominic hatte bei seinen Klavierstunden nie viel Ehrgeiz entwickelt, doch er konnte die Noten immerhin so weit lesen, daß er erkannte, daß es sich hier um die ersten Takte eines ziemlich schwermütigen Klavierpreludes handelte. Vielleicht aber schloß er das auch einfach aus den wenigen Verszeilen, die in der selben ungeduldigen Handschrift und in gutem Englisch über dem mißglückten Vertonungsversuch standen.

›Come, shadow of mine end, and shape of rest,
And like to death, shine through this black-faced night.
Come thou, and charm these rebels in my breast,
Whose raving fancies do my mind affright.‹

Dominic stand einen Moment wie versteinert und starrte auf diese ergreifenden Worte der Einsamkeit von Dowland nieder. Dann stürzte er, ohne einen Moment zu überlegen oder zu zweifeln, mit dem Zettel in der Hand auf den Flur hinaus und rannte zu dem Zimmer, das die Mädchen bewohnten. Tossa saß dort über ihrer Postkarte, um gegebenenfalls ein Alibi nachweisen zu können. Kalt und mißtrauisch wie zu einem Feind blickte sie zu ihm auf.

Dominic legte das Blatt Papier vor sie auf den Tisch.

»Ich glaube, das ist das, was du gesucht hast«, sagte er in sachlichem Ton.

5

Sie warf ihm einen kurzen, flammenden Blick zu, der ihre ganze innere Spannung verriet, und senkte dann die Augen auf das abgerissene Stück Papier. Lange saß sie stumm da und starrte mit angestrengter Konzentration darauf nieder. Einmal las sie die wenigen Verszeilen durch, überflog die zwanzig Takte Musik, ohne auch nur ein Wort oder eine Note in sich aufzunehmen. Beim zweitenmal, die Brauen angespannt zusammengezogen, begriff sie wenigstens den Sinn der Wörter, drehte das Blatt um und blickte auf die Zahlenreihe auf der anderen Seite. Dann sah sie wieder auf, begegnete unerschrocken seinem Blick.

Er wartete darauf, daß sie ganz kühl fragen würde: »Was soll das? Soll das ein Witz sein? Ich habe die Karte gesucht, sonst nichts. Ich weiß überhaupt nicht, was du damit willst.« Einen Augenblick lang war sie tatsächlich daran, genau das zu tun, doch als sie sein düsteres, gespanntes Gesicht sah, als sie sah, daß er, schon im voraus enttäuscht, nur darauf wartete, daß sie ihn belügen würde, da brachte sie es nicht fertig. Was hatte es denn für einen Sinn, wenn ihre Lüge doch nicht überzeugend war? Sie hatte keine Ahnung, was er wußte, doch es reichte, um ihm die Gewißheit zu geben, daß sie dieses Stück Papier in seinem Zimmer gesucht hatte. Bis zu diesem Moment hatte sie nicht bemerkt, daß überhaupt jemand auf ihr Tun geachtet hatte. Jetzt plötzlich schien ihr, als wäre sie schon, seit sie England verlassen hatten, ständig auf der Flucht vor ihm.

»Danke«, sagte sie und packte das Stück Papier mit einer Gelassenheit, die vom Zittern ihrer Hände Lügen gestraft wurde, in ihre Schreibmappe. Sie wartete in dem Schweigen, aber er ging nicht. Sie hatte im Grund auch nicht daran geglaubt, daß er gehen würde. »Jetzt wirst du mich wohl gleich fragen, warum ich diesen Zettel gesucht habe und welche Bedeutung er hat?«

»Ich weiß, welche Bedeutung er hat«, versetzte Dominic

unverblümt. »Das ist der Zettel, den Ivo Martinek zufällig in der Tasche hatte, als dein Stiefvater ihm und seinen Freunden beim Kartenspiel im Hotel Sokolie zusah. Er benutzte es, um die Spielergebnisse darauf aufzuschreiben. Und ich weiß auch, warum du ihn gesucht hast. Weil dein Vater ihn nach dem Spiel an sich genommen hat und gleich darauf Hals über Kopf aus dem Hotel Sokolie ausgezogen ist, um hierher zu kommen. Er wollte wahrscheinlich feststellen, von wem der Zettel stammte, wer den Vers und die Musik geschrieben hatte. Ivo bestimmt nicht, das steht fest, aber jemand, mit dem Ivo auf recht freundschaftlichem Fuß steht. Oder wußte er vielleicht sofort, als er den Zettel sah, wessen Handschrift das war?«

Tossa klappte ihre Schreibmappe mit einem Knall zu.

»Spionierst du mir schon lange nach?« erkundigte sie sich mit bedrohlich freundlicher Stimme.

Es schmerzte ihn nicht so sehr, wie er erwartet hatte, weil er darauf vorbereitet war; er wußte, wie ihr zumute war und konnte sie sogar verstehen.

»Ja, ziemlich lange schon, seit Siegburg. Da hast du dich das erstemal verraten. Nenne es ruhig Bespitzeln, wenn du willst, es macht mir nichts aus. Es ist mir gleich, wie du es nennst, wenn es nur im entscheidenden Moment etwas nützt. Denn wenn du bis jetzt noch nicht erkannt hast, daß du auf dem besten Weg bist, in ein Riesenschlamassel zu geraten«, sagte er eindringlich, »dann wache um Himmels willen endlich auf! Ganz gleich, worum es dir geht, höre endlich auf, alles allein ausfechten zu wollen. Was glaubst du denn, wozu Freunde da sind?«

»Ich kann dir nichts sagen«, wehrte sie ab, unsicher geworden durch die Wärme, mit der er gesprochen hatte.

»Schön, das verlange ich auch gar nicht von dir, zumindest jetzt noch nicht. Dafür werde ich dir sagen, was ich weiß. Seit dem Tag, an dem dein Stiefvater umgekommen ist, hast du uns beharrlich an diesen Ort hier gesteuert. Zuerst hast du vorgeschlagen, wir sollten uns ein Carnet für den Wagen besorgen, dann tschechische Visa, dann, in Siegburg, warst du plötzlich dafür, direkt bis in die Slowakei durchzufahren. Da dämmerte es mir langsam, und danach war es eigentlich gar nicht schwierig, die weiteren Entwicklungen zu beobachten. Urplötzlich kanntest du einen idyllischen kleinen Ort namens Zbojská Dolina, den du nie zuvor erwähnt hattest. Und als wir hier angekommen waren, hast du uns zielstrebig zu der Stelle gelotst, wo Terrell abgestürzt ist. Ich habe gestern abend mit Dana gesprochen, und sie hat mir das gleiche erzählt, was sie vorher schon dir erzählt hatte. Dann schlugst du einen Ausflug in die Hohe Tatra vor, und wir landeten prompt an Strba See, in dem Hotel, in dem dein Stiefvater gewohnt hatte. Und das ist etwas, was du nicht von Dana erfahren hast, weil sie mir sagte, sie wüßte nicht, in welchem Hotel er dort gewohnt hätte, und das glaube ich ihr auch. Aber du hast genau gewußt, wo er gewohnt hatte. Das hattest du von einer anderen Person erfahren, noch ehe wir hierher kamen.«

»Dana muß es gewußt haben«, versetzte Tossa unwillkürlich. »Schließlich war es ja ihr Bruder, der –« Sie unterbrach sich zu spät und warf den Kopf zur Seite, um seinem Blick auszuweichen.

»– der dort im Hotel Sokolie Karten spielte und den Zettel liegen ließ! Richtig, es liegt auf der Hand, daß Terrell ihn bemerkt hat, aber das beweist noch nicht, daß er Terrell auch nur die geringste Aufmerksamkeit geschenkt hat. Er war mit drei Freunden im Hotel, sie tranken Kaffee und spielten Karten, da wird er sich kaum um einen Ausländer gekümmert haben, der eine Weile beim Spiel zusah. Außerdem weiß ich, daß du Dana gar nicht nach dem Hotel gefragt hast. Das brauchtest du nicht, weil du schon wußtest, welches Hotel es war.«

»Du scheinst recht gründlich informiert zu sein«, stellte Tossa mit einem verkrampften Lächeln fest.

»Ich lausche an offenen Fenstern. Hat Toddy dich nicht gewarnt?«

Einer gab dem anderen die Schuld an der unüberwindlichen Mauer, die zwischen ihnen stand. Er hatte sich verleiten lassen, den gleichen Ton anzuschlagen wie sie, und das würde weder ihr noch ihm helfen. Er zog den Hocker, der vor dem Toilettentisch stand, durch das Zimmer, stellte ihn nahe bei ihrem Stuhl nieder und setzte sich. Mit ernstem Gesicht beugte er sich zu ihr und umschloß ihre Hände mit den seinen. Sie zitterte, doch sie zog ihre Hände nicht weg.

»Jetzt höre mir einmal ganz genau zu, Tossa. Wir sind jetzt nicht in England. Wir sind in der Tschechoslowakei, in einem kommunistischen Land. Wenn wir schon glauben, keinen Anlaß zu haben, den Tschechen zu trauen, was glaubst du dann, wieviel Anlaß die Tschechen haben, uns zu trauen? Was glaubst du denn, was es bei uns zu Hause für einen Eindruck machen würde, wenn plötzlich ein Ausländer mit tschechischem Paß auftauchte und allen möglichen Leuten neugierige Fragen über einen Todesfall stellte, der amtlicherseits bereits als Unfall erledigt worden ist? Überlege dir das einmal! Ja, ich habe wirklich am offenen Fenster gelauscht. Ich habe gehört, wie du mit dem Kellner gesprochen hast. Es war das einzige Mal, daß ich gelauscht habe, aber es ist mir nicht einmal peinlich, und du kannst es nennen, wie du willst. Mir geht es einzig und allein darum, daß du nicht in Schwierigkeiten gerätst. Wenn du so weitermachst wie bisher, wirst du aber todsicher im Gefängnis landen. Nein, warte mal!« Er unterbrach sich unvermittelt. »Wir wollen ganz ehrlich sein. Noch ein andermal habe ich dich bespitzelt, wie du es vorhin genannt hast. In Zilina, als wir aus dem Hotel kamen. Ich sah, wie du dein Kammetui fallen ließest. Du hast dem Mann mit dem MG auf diese Weise eine Nachricht zukommen lassen, nicht wahr?«

Tossas Hände lagen noch immer in den seinen. Sie blickte ihn hilflos an und schüttelte den Kopf, ohne Heftigkeit diesmal, doch nicht weniger entschieden.

»Es tut mir leid, ich kann keine Fragen beantworten. Ich kann dir nichts sagen.«

»Nein, entschuldige, ich habe ja gesagt, daß ich nicht fragen würde. Schön, ich glaube jedenfalls, daß du ihm eine Nachricht zukommen ließest. Und er schickte dir auf dem gleichen Weg eine Antwort. Ich weiß, daß du ihn kanntest – oder daß zumindest er dich kannte. Vielleicht war er es, der dich zu dieser wilden Jagd veranlaßte. Vielleicht hat er dir gesagt, wo dein Stiefvater am Strba See wohnte. Und vielleicht war auch er es, der behauptete, beim Tod deines Stiefvaters wäre etwas nicht mit rechten Dingen zugegangen. Mr. X mit dem Diplomatenkennzeichen. Und dann erregst du hier allerseits Aufmerksamkeit, indem du überall neugierige Fragen stellst! Glaubst du denn im Ernst, daß ein englischer Diplomat in diesem Land auch nur einen Schritt tun kann, ohne daß die hiesigen Behörden darüber informiert sind? Das ist in allen Ländern gleich, die Behörden müssen wissen, wo sich die Angehörigen ausländischer amtlicher Vertretungen aufhalten und was sie tun. Verstehst du denn nicht, Tossa, warum du mir Todesangst eingejagt hast? Wenn du wirklich weitermachen mußt, warum dann allein? Wenn wir wüßten, was du willst, dann könnten wir wenigstens versuchen, dir zu helfen, du wärst nicht gezwungen, weiterhin Aufmerksamkeit zu erregen. Wäre das nicht besser?«

»Es tut mir wirklich leid – aber ich kann dir nichts sagen. Nicht, daß ich nicht will – ich kann nicht.« Ihre Hände drehten sich plötzlich in den seinen, erwiderten mit Wärme flüchtig den Druck der seinen und entzogen sich ihm dann scheu. »Ich sage weder ja noch nein. Du mußt mich eben tun lassen, was ich nicht lassen kann.«

»Das kann ich nicht«, erwiderte Dominic und ließ enttäuscht, aber hastig ihre Hände los. Er sah ihr in die Augen, und ein Lächeln flackerte zwischen ihnen auf und erlosch wieder. »Ich werde immer in deiner Nähe sein, und wenn du mich einmal brauchst, dann bin ich da.«

»Ich werde dich nicht brauchen. Mir geschieht nichts. Die anderen – ich meine, sie haben doch nichts bemerkt, oder?«

»Nein, sie haben nichts bemerkt. Und ich werde ihnen auch nichts verraten.«

»Danke, Dominic«, sagte sie nur.

»Schon gut, aber kann ich nicht etwas für dich tun, dir irgendwie helfen? Ohne Fragen zu stellen. Du brauchst mir keinen Grund zu nennen für das, was ich tun soll.«

Einen Moment lang blickte sie ihn durchdringend an. Dann schlug sie ihre Schreibmappe auf und zog aus einem verschließbaren Fach einen Zeitungsausschnitt.

»Doch! Du kannst mir helfen, wenn du wirklich willst. Du kannst mir helfen, diesen Mann ausfindig zu machen. Er hält sich irgendwo hier im Tal oder in unmittelbarer Nähe auf. Sieh ihn dir genau an, damit du ihn erkennst, wenn er dir begegnet. Und wenn du ihm begegnen solltest, dann sage es mir.« Sie schob ihm den Zeitungsausschnitt zu. »Ich habe es an dem Tag, bevor wir abreisten, aus dem Archiv gestohlen. Es war die beste Aufnahme, die ich finden konnte.«

Dominic sah, noch ehe er das Gesicht betrachtete, daß der Untertitel zu dem Bild abgeschnitten worden war. Es war eine scharfe Aufnahme. Ein Mann saß leicht vorgebeugt an einem Schreibtisch, das Kinn auf locker gefaltete Hände gestützt. Er mußte etwa fünfunddreißig Jahre alt sein; ein länglich geschnittenes Gesicht, das zum Kinn hin schmäler wurde. Weit auseinanderliegende Augen, hohe Stirn, leicht eingefallene Wangen, eine schmale, hervorspringende Nase und ein kühler, skeptischer Mund. Die Hände unter dem Kinn waren groß, mit breiten Gelenken. Das glatt zurückgestrichene Haar war hell, die tiefliegenden Augen, klar und durchdringend, blickten unzugänglich, beinahe feindselig.

Dominic vergaß einen Moment lang sein Versprechen, keine Fragen zu stellen.

»Wer ist der Mann?« fragte er neugierig und blickte von der Aufnahme auf in Tossas Gesicht.

»Wenn nicht alles trügt«, erwiderte Tossa ernst und ruhig, »ist das der Mann, der meinen Stiefvater ermordet hat.«

Oberhalb der Kapelle auf dem Felssims dehnten sich plötzlich saftige Wiesen, weite Flächen leuchtend grünen Weidelands. Und jenseits wieder lag die letzte große Mulde, grün auf dem Grund, umsäumt auf allen Seiten von grasbewachsenen Hängen und grau schimmernden Geröllhalden. Gewundene Pfade schlängelten sich zu zwei Gipfeln hinauf, zwischen zackigen Felsen hindurch, und die Hänge der Mulde waren von Wegen durchzogen, auf denen Bergschafe und manchmal dunkelbraune Ziegen sicheren Fußes entlangtrotteten.

Sie hatten jeden Winkel des Tals erforscht, jede Hütte entdeckt. Sie waren jetzt überall bekannt. Viele Gesichter waren ihnen vertraut geworden. Doch nicht einmal hatten sie auch nur einen Schimmer des Gesichts gesehen, das Tossas Zeitungsbild zeigte.

Sie waren auf dem Rückweg zur Riavka Hütte. Das Gras war feucht von einem kurzen Regenschauer, der östliche Himmel leuchtete klar und durchsichtig wie Aquamarin vor ihnen.

»Hört einmal!« Christine blieb stehen und hob lauschend den Kopf. »Was ist denn das?«

Sie ließ den Blick über die Hänge der Mulde gleiten, sah hinüber zu den Hütten, doch das Geräusch, das ihre Aufmerksamkeit erregt hatte, schien keine Quelle zu haben.

Dann hörten auch sie es; ein plötzlich einsetzendes, hohes Trillern, das vibrierend eine Oktave tiefer sprang und zu einer getragenen, langsamen Melodie wurde, leicht und weich im Klang wie eine Baßflöte. Leise und klar und dennoch nicht von einer Quelle kommend, daher zumindest so fern wie die Gipfel und vielleicht weit jenseits der Gipfel. Wie vom Wind getragen, schwebten die Töne durch die Bergluft, reihten sich aneinander zu einem Lied, das wild und traurig zugleich war.

»Eine Art Hirtenflöte oder Schalmei«, sagte Dominic.

»So etwas habe ich noch nie gehört«, erklärte Christine.

»Horch! Da ist es wieder.«

Dünn und hoch klang der erste ungestüme Ruf, verspann sich mit den folgenden Tönen zu einem Klangfaden, dessen Färbung dunkler und dunkler wurde. Weich und tief wehten die Töne zu ihnen herüber und verklangen schließlich in einer wehmütigen Klage. Sie warteten, doch das Lied war verstummt.

»Aus. Schade.«

Tossa drehte sich noch einmal um, ehe sie die Wanderung bergab wieder aufnahmen.

»Schaut! Da kommen die Ziegen.«

Dunkel und glänzend vom Regen traten die kastanienbraunen Bergziegen aus dem Grau des Felsens, tänzelten mit anmutiger Geschmeidigkeit über den Bergkamm, hinein in die leuchtenden Strahlen der Gewittersonne. Angestrahlt wie Akrobaten im Rampenlicht, zogen sie ihres Wegs und waren einen Moment später verschwunden. Und hinter ihnen tauchte unvermittelt, hochgewachsen und hell vor dem Dunkel des Himmels ein Mann auf.

Winzig wirkte er aus der großen Entfernung und doch schien es, als füllte er den ganzen Himmel. Er besaß den hohen, schlanken Wuchs der Einheimischen, und er trug ihre Tracht. Was da über seinem Kopf aufblitzte wie die Juwelen einer Krone, mußten die feinen Ketten sein, die um seinen Hut lagen. Das hell leuchtende Gewand war der Umhang aus grobem Fries. Schwingenden Schrittes trat er in den Glanz der Sonne, und sie sahen klar und deutlich den Gewehrkolben, der über seine Schulter hinausragte und den ungewöhnlich langen Lauf, der unterhalb seiner Hüfte vom Schwung seines Schritts nach vorn geschoben und einen Moment lang sichtbar wurde, ehe der Mann verschwand.

Unten bei der Riavka Hütte hatte es überhaupt nicht geregnet. Die Wiesen waren trocken. Die Gewitterwolke hatte sich verzogen.

Sie lagen im Gras am Rand der Koppel, halb schlafend, die Wärme des Spätnachmittags genießend. Und dort hörten sie wieder das Lied der Flöte. Die Töne tropften in ihr Bewußtsein wie Musik aus einem Traum, so fern waren sie und so schwach. Wenn sie sie an diesem Tag nicht schon einmal gehört hätten, dann wären sie ihnen jetzt wahrscheinlich gar nicht aufgefallen.

Dominic lag bequem ausgestreckt, und ein sachter Wind fuhr behutsam durch Tossas dunkles Haar an seiner Schulter, während er sich der Stimmung des Liedes überließ, das fern und traumhaft herüberklang. Dieser abrupte, perlende, improvisierte Beginn, kaum laut genug, um überhaupt gehört zu werden, und dennoch eindringlich genug, um den Zuhörer aufzurütteln, und dann das volltönende, tiefe Lied. Wenn man der Melodie folgen wollte, mußte man sich entspannen und sich von ihr führen lassen, denn ihre Entwicklung war planmäßig und von ganz eigener Art. Erst als er aufhörte, bewußt zuzuhören, erkannte er ihre Form und stimmte so automatisch in die lose, klagende Kadenz ein, daß die Worte ganz von selbst kamen.

›Sometimes I am uneasy
And troubled in my wind ...‹

Wie Tossa mit ihrem feinen Gewissen und ihrem Schuldgefühl einem Menschen gegenüber, den sie herzlich wenig gemocht hatte. Er wandte vorsichtig den Kopf und betrachtete ihr ruhendes Gesicht, das mit geschlossenen Augen den schrägen Strahlen der Sonne zugewandt war. Kindlich und wehrlos sah sie aus im Halbschlaf, und der Mund war weich und traurig.

›Sometimes I think I'll go to my love
And tell to her my mind.‹

Er beugte sich behutsam auf dem Ellbogen über sie, als sie die Augen aufschlug, ihm benommen ins Gesicht blickte und ihn anlächelte, ganz ohne Zurückhaltung, ganz ohne Vorbehalt. Und ganz plötzlich, im selben Moment, als sein Herz einen Sprung tat vor Glück beim Anblick dieses offenen, zärtlichen Lächelns, das ihm galt, ging ihm schlagartig die wahre Bedeutung seiner ziellos umherschweifenden Gedanken auf. Er wälzte sich auf die andere Seite und setzte sich kerzengerade auf.

›Sometimes I am uneasy
And troubled in my mind ...‹

Er irrte sich nicht. Das war das Lied, das er nun schon seit mindestens zwei Minuten hörte, und er hatte es erkannt und gar nicht begriffen, was es bedeutete, wie völlig unmöglich das war. Wie konnte eine Hirte in der Niederen Tatra, im Herzen von Mitteleuropa, auf seiner Flöte ein englisches Volkslied namens ›Bushes and Briars‹ spielen?

6

Das erstaunlichste war, daß den anderen nichts aufgefallen war. Sie lagen träge in der Sonne und kauten auf Grashalmen und rührten sich nicht. Keiner außer ihm hatte das Lied gehört und erkannt. Und einen Augenblick später war es verklungen.

Er überlegte voll Unbehagen, ob er Tossa von seiner Entdeckung Mitteilung machen sollte, doch die Entscheidung wurde ihm aus der Hand genommen. Er fand keine Gelegenheit mehr, vor dem frühen Abendessen unter vier Augen mit ihr zu sprechen. Und als sie noch über Schweinefleisch und Klößen saßen, erschien Dana an der Tür und verkündete mit ausdrucksloser, unpersönlicher Stimme: »Miss Barber, Sie werden am Telefon verlangt.«

Tossa ließ die Gabel aus der Hand fallen, unvermittelt zurückgerissen in ihre geheime Welt voller Fallstricke und Probleme. Einen Moment lang war ihr Gesicht starr und verkrampft.

»Am Telefon?« echote Toddy ungläubig. »Was, hier? Was für geheime Verbindungen haben Sie in dieser Gegend, Agent 007 und ein halb?«

Dominic konnte die Dickfelligkeit Toddys nicht begreifen. Der kannte das Mädchen seit Jahren, er hätte doch wenigstens etwas von ihrer inneren Spannung spüren müssen.

»Blödsinn« sagte Tossa seufzend und stand mit einem glaubhaft gelangweilten und resignierten Gesichtsausdruck von ihrem Platz auf. »Das ist natürlich meine Mutter.«

Keiner dachte daran, darauf hinzuweisen, daß sie einer Augenblickseingebung gefolgt waren, als sie beschlossen hatten, nach Zbojská Dolina zu kommen, und daß ihr Aufenthaltsort keinem Menschen in England bekannt sein konnte, da Tossas Karte nach Hause erst am Tag zuvor aufgegeben worden war.

»Ich hätte nie gedacht, daß deine reizende Mama so reizend ist, ein Pfund pro Minute dafür auszugeben, mit ihrer geliebten Tochter sprechen zu können«, bemerkte Christine zynisch.

»Sei nicht albern. Die Rechnung zahlt natürlich Paul.«

Dana, die immer noch abwartend auf der Schwelle stand, sagte laut und klar: »Es ist ein Mann am Apparat.«

Sie warf einen Blick auf Dominic und zuckte die Achseln. Sie war der Geheimniskrämerei überdrüssig und nicht unbedingt geneigt, weiterhin Diskretion walten zu lassen.

»Was habe ich euch gesagt? Paul entwickelt Vatergefühle.«

Tossa eilte davon, um ihren Anruf entgegenzunehmen.

Ein paar Minuten später kehrte sie zurück, noch immer bewundernswert ruhig und gelassen, wenn auch ein wenig gezwungen in ihrem Gebaren. Mit einem tiefen Seufzer ließ sie sich auf ihren Stuhl fallen und machte sich mit Appetit wieder über Schweinebraten und Klöße her.

»Alles in Ordnung?« erkundigte sich Christine munter.

»Natürlich, alles in bester Ordnung. Sie sind zu Hause. Sie wollten sich nur einmal erkundigen, wie es der lieben Tochter geht.« Sie war nicht allzu redselig, weil sie nie viel über ihre Beziehung zu ihrer Mutter sprach und lange Erklärungen jetzt verdächtig gewirkt hätten. »Paul war ganz besorgt. So sind sie immer. Er meint es gut.«

Obwohl sie mit jedem Wort, mit jedem Blick, mit jeder Bewegung log, gelang es ihr, so schien es, ihr Geheimnis vor den Zwillingen zu bewahren. Nicht jedoch vor Dominic. Und das wußte sie. Nur einen hastigen, forschenden Blick warf sie ihm zu und wich dann beharrlich seinen Augen aus.

Und ihm fiel auf, daß sie jetzt wiederholt auf die Uhr sah. Mußte sie eine Verabredung einhalten? Oder zählte sie die Minuten, bis sie endlich allein sein und aufhören könnte zu lügen? Es quälte sie, lügen zu müssen, das wußte er; verständlich, wenn sie da den Moment herbeisehnte, wo sie endlich wieder sie selbst sein konnte.

Doch nein, sie hatte eine Verabredung. Sie trank ihren Kaffee in aller Eile, obwohl er kochend heiß war. Mit einem Auge schielte sie ständig nach der Uhr und stellte im stillen angestrengte Überlegungen an, das sah er an ihrem Stirnrunzeln.

»Es macht euch doch nichts aus, wenn ich jetzt schnell hinaufgehe und einen ausführlichen Lagebericht nach Hause schreibe?« fragte sie mit resignierter Miene und schob ihren Stuhl zurück. »Auf die Art und Weise werden sie mich wenigstens für den Rest der Ferien in Ruhe lassen.«

»Das könntest du doch auch hier unten tun«, schlug Toddy vor, »und uns hin und wieder freundlich zunicken.«

»Was? Wo der Fernseher läuft? Du hast ja keine Ahnung, welche Konzentration so ein Brief erfordert. Ich bin in einer Stunde oder so wieder da.«

Er ließ ihr zwei Minuten Vorsprung; ihr mehr Zeit zu geben wagte er nicht. Dann erklärte er leichthin, er wollte die Karten holen und sich die Route nach Levoca ansehen, wo eine bemerkenswerte Kirche zu besichtigen war. Sie nickten zustimmend und dösten weiter vor sich hin, froh, daß nach diesem Tag ermüdender Wanderungen nichts von ihnen verlangt wurde.

Er ging durch den Schankraum zur Terrasse hinaus und von dort hinüber zum Waldsaum. Dort wartete er, denn das Licht im Zimmer der Mädchen brannte noch. Wenn sie in den nächsten Minuten nicht erschien, dann brauchte er sich wahrscheinlich keine Sorgen zu machen und konnte tatsächlich die Karten holen.

Das Licht erlosch.

Er zählte die Sekunden und hoffte, daß sie nicht kommen würde, bereit, sich unbegründeten Argwohns anzuklagen. Dann entdeckte er Tossas schmale Gestalt in der Tür, sah, wie sie die Tür vorsichtig hinter sich schloß und sich vom Haus entfernte.

Er blieb reglos im Schatten der Bäume stehen und ließ sie vorübergehen. Es war noch nicht dunkel, obwohl die Strahlen der Sonne das Tal verlassen hatten und jetzt nur noch die Höhe beleuchteten. In der Mulde unter den Gipfeln war der Tag gewiß noch hell; hier unter den Bäumen war es schon dämmerig.

Dominic glitt aus seinem Versteck und folgte ihr lautlos. Im Schutz der Bäume war es einfach, relativ dicht hinter ihr zu bleiben und dennoch einer Entdeckung zu entgehen; doch dann, als sie zum Heideland gelangten und zu den verstreuten Felsgruppen, durch die der Pfad sich hindurchschlängelte wie durch ein Labyrinth, mußte er ein gutes Stück zurückbleiben und mit größter Vorsicht von einer geschützten Stelle zur anderen huschen. Wenn sie sich an einer Biegung des Pfads umgeblickt hätte, dann hätte sie ihn leicht bemerken können; aber er wollte nicht von ihr ertappt werden.

Von den zertretenen Gräsern unter seinen Füßen stieg ein würziger Duft in die kühler werdende Nachtluft, und der leichte Wind, der sich mit dem Kommen des Abends erhoben hatte, trug das gelegentliche leichte Knirschen von Tossas Schuhen auf losem Geröll zu ihm zurück. Wie weit mochte sie gehen? Doch sicher nicht hinauf bis zur obersten Mulde, wo die Hütten standen? Um diese Zeit und ohne Mantel?

Sie hatte den Felsengürtel jetzt hinter sich und schritt zielstrebig, ohne einen Moment zu zögern, über die Wiesen. Er blieb zurück, hinter einer Felsgruppe versteckt, und ließ sie gehen. Einmal blickte sie sich um, stand einen Moment da, den Kopf lauschend erhoben. Dann, gewiß, daß sie allein war, eilte sie weiter, fiel in Laufschritt.

Er wagte nicht, aufs freie Feld hinauszutreten, bevor sie hinter der ersten Rundung des Pfads verschwunden war. Doch dann rannte er schnell und lautlos durch das hohe Gras, um den Abstand zu ihr wieder zu verringern. Selbst wenn sie sich jetzt umdrehte, konnte sie ihn nicht sehen, und auf diesem weichen, elastischen Teppich konnte sie seinen Schritt nicht hören. Er erreichte die Felsen und eilte ihr nach, von Biegung zu Biegung, bis er vor sich, gar nicht mehr weit entfernt, einen Stein fallen hörte, der sich unter ihrem Fuß gelöst hatte.

Sie hatte den Pfad verlassen; zwar war er schmal und gewunden, doch er war fast eben und teilweise mit Gras überwachsen. Ein Stein würde dort nicht so rollen. Sie mußte angefangen haben zu steigen. Dem Geräusch nach hatte sie sich vom Pfad aus nach rechts gewandt. Auf diesem Weg gab es zumindest ein mögliches Ziel; er konnte das Dach der kleinen Zufluchtsstätte sehen, rote Ziegel, die sich vom grauen Hintergrund der Geröllhalde abhoben. Sie lag noch in der Sonne, ein langer Strahl durchbohrte das offene Türmchen wie eine goldene Lanze. Sie waren ein beträchtliches Stück gestiegen und hatten, zumindest für eine Weile, das Zwielicht hinter sich gelassen.

Ja, sie strebte der Kapelle zu. Obwohl sie leise vorwärtseilte, drangen die kleinen Geräusche, die sie verursachte, zu ihm hinunter und ermöglichten es ihm, ihren Weg zu verfolgen. Der Weg zum Sims hinauf war einmal mit flachen Steinen ausgelegt worden, doch viele von ihnen hatten sich gelockert und saßen jetzt wackelig. Hier gab es dichte Büsche und sogar Bäume, die im Schutz des kleinen Felsvorsprungs gedeihen konnten. Steine von der Geröllhalde hinter der Kapelle waren bis hier herunter gerollt und lagen nackt und bleich im Gras. Als der Pfad dann das Sims erreichte, lichteten sich die Bäume, und Tossa trat hinaus auf die Felstafel vor der Tür zur Kapelle.

Sie zögerte nicht einen Moment. Rasch überquerte sie den kleinen Vorplatz und steuerte auf die Tür zu, die schief in der gebrochenen Angel hing. Dominic schlängelte sich bis zum Rand der Bäume hinauf und blickte ihr nach. Dort oben war alles still. Die Kapelle schien verlassen zu sein. Gefahr drohte hier nicht. Er suchte sich einen geschützten Fleck und machte es sich bequem, um auf ihre Rückkehr zu warten.

Tossa hatte die Tür erreicht, drückte die Hand gegen das Holz und glitt ins Innere der Kapelle. Anscheinend war sie einige Minuten zu spät daran; auf jeden Fall war es nach Dominics Uhr jetzt drei Minuten nach acht. Sie verschwand. Er begann, beinahe unbewußt, die Sekunden zu zählen.

Vier Sekunden, um genau zu sein. Vier Sekunden tiefen Schweigens von dem Moment an, als sie hinter der schiefhängenden Tür in der Dunkelheit der Kapelle verschwunden war. Dann der kurze harte Knall, den er im ersten Moment für das Knacken eines brechenden Asts hielt und den er gleich darauf als den Knall eines Schusses erkannte.

Er entdeckte, daß er ihn erkannt hatte, als er sich plötzlich bäuchlings im Gras liegen sah. Ohne zu überlegen wand er sich wie ein Aal aus dem Gebüsch hinauf zum grauen, geschrammten Felsen, robbte hinüber zur Tür der Kapelle. Und zur gleichen Zeit nahm sein Ohr das Geräusch eines dumpfen Falls auf und einen schwachen, leisen Schrei, während das Echo des Schusses noch durch die Täler hallte.

Dominic kroch über den harten Felsboden, zog seine Füße hinter sich in den Schatten der Tür und hievte sich an dem großen, eisernen Schloß hoch. Er stolperte um die Tür herum, und das erste, was ihn traf, war der schräge Strahl der Sonne, der durch den leeren Fensterrahmen zu seiner Linken fiel. Einen Moment lang blendete ihn das Licht, und dann, noch ehe er wieder sehen konnte, noch ehe er den Arm, der die Augen beschattete, gesenkt hatte, erfaßte er die Bedeutung dieser späten Helligkeit und ließ sich wieder zu Boden fallen. Seine ausgestreckte rechte Hand landete auf etwas Warmem, Rauhen, einem schlaffen Arm, der in einem Tweedärmel steckte.

Einen Meter von seinem Gesicht entfernt, auf gleicher Höhe, sah er Tossas Gesicht, starr und leer vom Schock, die Lippen leicht geöffnet, in den großen Augen grenzenloses Erschrecken. Das war das erste, was er sah, als seine Augen sich an die Düsterkeit gewöhnt hatten. Dann sah er den jungen Mann, der ausgestreckt zwischen ihnen lag, halb auf der Seite, den einen Arm unter dem Körper, den anderen zur Tür hin ausgestreckt. Auf der rechten Seite seines Hinterkopfes quoll träge Blut aus einer Wunde, rann in das blonde Haar und sammelte sich unter seinem Hals zu einer kleinen Pfütze auf dem staubigen Boden. Es war ein gut gekleideter junger Mann in einer grauen Hose und einem Sportsakko, ein typischer Engländer. Es wäre eigentlich gar nicht mehr nötig gewesen, das reglose, verwunderte Gesicht zu betrachten; Dominic tat es trotzdem.

Der Mann mit dem MG, der Mann, der in einem Café in Zilina Kaffee getrunken und geheime Nachrichten mit Tossa ausgetauscht hatte, würde über seine Mission, welcher Art auch immer sie gewesen sein mochte, keinen Bericht mehr erstatten können. Kein Pulsschlag war an dem Handgelenk zu spüren, das Dominic betastete; nicht eine Spur von Beschlag zeigte sich auf dem Uhrglas, das Dominic ihm mangels eines Spiegels vor den schlafflippigen Mund hielt.

Mr. X mit dem diplomatischen Kennzeichen war einwandfrei tot.

Tossa erwachte mit einer Heftigkeit aus ihrer Benommenheit, die sie beinahe beide um ihr Leben gebracht hätte. Sie brach plötzlich in heiseres, trockenes Schluchzen aus, wich voller Entsetzen vor dem unglückseligen Menschen auf dem Boden zurück und sprang auf. Dominic ließ die schwere Hand fallen, die er gehalten hatte, und packte sie grob an den Schultern, um sie herunterzuziehen.

»Nicht aufstehen! Verstehst du denn nicht? Das Fenster! Das Licht.«

Er streckte über den Toten hinweg die Arme aus und zog sie an sich. Aufrecht kniend hielt er sie fest in den Armen. Sein Rücken schmerzte unter ihrem Gewicht und seinem eigenen, doch das spielte keine Rolle. Und ebenso wenig spielte im Moment der Tote eine Rolle, der zwischen ihnen lag, während sie einander dankbar umschlungen hielten.

»Ich bin ja da. Ich bin ja bei dir. Ich lasse dich nicht allein. Bleibe unten und halte mich fest. Es wird schon alles gut. Tossa, du kennst mich doch – Dominic. Komm, nimm dich zusammen, dann schaffen wir es schon. Ich bin dir nachgekommen. Ich habe dir doch gesagt, daß ich da sein würde, wenn du mich brauchst.«

»Er ist tot«, flüsterte Tossa, zitternd vor Entsetzen. »Er ist doch tot, nicht wahr? Wir können nichts mehr für ihn tun?«

»Nein, wir können nichts mehr für ihn tun. Er ist tot.«

Damit, das spürte er, fühlte sie sich des ersten dringenden Problems entbunden. Er spürte, wie sie sich in seinen Armen entspannte. Jetzt waren sie zu zweit, nur für sich selbst verantwortlich. Es war gar kein Trost, doch es vereinfachte die Dinge. Es beschleunigte sogar das Verstehen.

»Ich bin hergekommen, weil ich mich mit ihm treffen wollte«, murmelte sie wie betäubt. »Er hat mich angerufen. Es war gar nicht meine Mutter.«

»Das weiß ich. Aber das ist jetzt unwichtig. Was ist geschehen? Als du hier hereinkamst? Erzähle mir alles ganz genau.«

»Er stand dort drüben«, sagte sie mit tonloser Stimme, »da drüben, auf der anderen Seite vom Fenster, wo es dunkel ist. Als ich hereinkam, wollte er mir entgegengehen. Er trat genau in die Sonne. Und da stolperte er plötzlich und stürzte an mir vorbei. Ich konnte gar nicht verstehen, was so plötzlich geschehen war.«

»Er ist erschossen worden«, sagte Dominic. »Irgendwo da draußen ist jemand mit einem Gewehr. Ich habe den Schuß gehört. Er zielte auf das Fenster, wartete auf den richtigen Moment, und der Moment kam, als der Mann ins Licht trat. Bleibe also auf jeden Fall hier unten im Schatten.«

»Vielleicht hat er uns kommen sehen«, flüsterte sie schaudernd, »mich oder auch uns beide. Besonders mich – ich habe gar nicht versucht, mich zu verstecken. Wenn er nun denkt, Mr. Welland hat mir etwas gesagt, bevor er getötet wurde? Denn er wollte mir etwas sagen, weißt du.«

»Der Kerl da draußen war fest entschlossen, es dazu nicht kommen zu lassen. Konnte dieser Welland denn überhaupt noch etwas zu dir sagen?«

»Als ich hereinkam, da wollte er sagen: ›Ah, Miss Barber, da sind Sie ja.‹ Etwas in der Art. Dann krümmte er sich plötzlich vornüber und stürzte.«

»Und danach? Als du bei ihm knietest?«

»Da hat er versucht, etwas zu sagen. Es klang so wie: ›Aber er kann es nicht gewußt haben – keiner sonst wußte es.‹ Und gleich darauf sagte er ganz klar und beinahe ärgerlich: ›Unmöglich!‹ Nur ›unmöglich‹. Und dann nichts mehr. Und jetzt ist er tot.«

»Und am Telefon? Da hat er dir nichts gesagt?«

»Er erklärte nur, er müßte mich sprechen und ob ich mich hier mit ihm treffen könnte. Es ist meine Schuld. Wenn ich nicht gewesen wäre, wenn ich mich nicht eingemischt hätte, dann wäre er jetzt noch am Leben. So ist es immer mit mir. Ich mache alles kaputt.«

Ein heftiger Tränenausbruch schüttelte sie, doch sie verscheuchte die Schwäche ärgerlich und klammerte sich an Dominics Pullover, als könnte sie bei ihm Kraft finden.

»Wenn der Mann da draußen – der Mann mit dem Gewehr –, wenn er weiß, daß wir hier drinnen sind, wenn er weiß, daß wir uns nicht wehren können, dann sind wir doch verloren, nicht wahr? Denn er kann es sich doch nicht leisten, daß es Zeugen gibt.«

»Vielleicht weiß er es nicht. Und selbst wenn, dann kann er nicht zu gleicher Zeit auf allen Seiten von uns sein. Hör zu, Tossa. Du bleibst hier und rührst dich nicht. Bleibe auf dem Boden liegen, verstanden? Ich möchte einmal einen Blick aus dem Fenster werfen.«

»Das kannst du doch nicht! Er ist bestimmt auf dieser Seite. Er muß da sein. Er wird wieder schießen.«

Sie umklammerte ihn wild, nicht hysterisch, sondern fest und entschlossen, weil sie nicht wollte, daß er sich in Gefahr begab.

»Keine Angst, ich werde mich nicht sehen lassen. So dumm bin ich doch nicht. Aber ich muß sehen, wo er möglicherweise sein kann und wie weit er von uns entfernt ist.«

Er löste ruhig ihre Hände und glitt von ihr weg über den staubbedeckten Boden, um sich vorsichtig auf der dunklen, westlichen Seite des Fensters hochzuziehen.

Die Wange gegen die Wand gepreßt, konnte er mit einem Auge hinausblicken über das Stück Land, in dem sich irgendwo der Mann mit dem Gewehr, das auf diese Stelle gerichtet war, verborgen hielt. Sein Blick umfaßte die volle Breite des Tals, denn unter ihm fiel der Fels ab zum Pfad und zum Wildbach. Nur ein langes Teilstück der gegenüberliegenden Wand des Tals bot sich seinem Auge. Das war tröstlich, denn das bedeutete, daß der Heckenschütze sich in reichlicher Entfernung von ihnen befinden mußte, zu weit weg, um schnell seinen Standort zu wechseln. Seine Feuerlinie war mehr oder weniger festgelegt. Dominic rief sich ins Gedächtnis zurück, wie die Kugel eingedrungen war. Ein kleines Stück rechts von der Kopfmitte im unteren Teil des Hinterkopfs. Das schien darauf hinzudeuten, daß der Schütze von einer Stelle aus geschossen hatte, die auf der gegenüberliegenden Seite, etwa auf gleicher Höhe mit der Kapelle lag.

Unmittelbar gegenüber von dem Fenster, an dem er stand, vielleicht einige Meter höher, ragte der Felsvorsprung aus der Wand, wo Herbert Terrell den Tod gefunden hatte. Ein Stück seitlich von der Stelle befand sich ein ganzes Gewirr von Büschen. Von dieser Position aus konnte der Mörder geschossen haben.

Wie groß mochte die Entfernung sein? Bestimmt siebenhundert Meter. Hieß das, daß der Mörder mit Teleskop geschossen hatte? Wenn er sie von der Stelle aus, wo er sich befand, nicht mit bloßem Auge erkennen konnte, dann konnte er gewiß nicht mit großer Schnelligkeit seinen Standort wechseln und die Reichweite verkürzen. Und wenn er von dieser Stelle aus auf das Fenster zielte, dann konnte er die Tür gar nicht sehen, die sich auf der anderen Seite der Kapelle befand. Vielleicht also hatte er sie überhaupt nicht beobachtet. Wenn das der Fall war, dann konnte er nur mit einigem Unbehagen vermuten, daß der junge Mann, der zuviel wußte, zur Kapelle gekommen sein mußte, um sich mit jemandem zu treffen, und vielleicht hatte er auch eine Ahnung, wer diese Person sein würde. Doch wissen konnte er es in diesem Moment nicht, und er konnte sein Versteck nicht verlassen und sich zeigen, weil er fürchten mußte, daß jemand entkam und Alarm schlug. Das wesentliche für ihn war, daß er unentdeckt blieb. Wenn er tötete, dann mußte er unerkannt töten, wenn er nicht absolut sicher sein konnte, daß er jeden beseitigte, der ihn mit diesem Mord in Verbindung bringen konnte.

Der Weg zur Riavka Hütte war größtenteils geschützt; gefährlich waren lediglich das Stück kahler Fels unmittelbar vor der Kapelle und die freien Wiesen weiter unten. Und das erste Stück war entschieden das gefährlichere. Es war schön und gut, sich auszurechnen, daß der Feind sich an einem Standort befinden mußte, von dem aus er die Tür nicht sehen konnte; aber vielleicht konnte er trotzdem die letzten paar Meter dieses Simses überblicken, ehe der Pfad von den Bäumen verschluckt wurde. Und allem Anschein nach war er ein ausgezeichneter Schütze. Konnte er von seinem Posten aus die Wiesen überblicken? Langte die Reichweite seines Gewehrs aus, um ein Ziel dort unten zu treffen?

Dominic leckte sich den Schweiß von der Oberlippe und stand einen Moment unschlüssig da. Der schräge Lichtstrahl, der mit jedem Moment schmäler wurde, begann sich jetzt stetig zu senken. Der Lichtschein, der die andere Seite des Fensterrahmens beleuchtete, klomm höher und höher. Er begriff. Die Sonne ging hinter den Gipfeln unter, und wenn das letzte Stück des orangefarbenen Balls verschwunden war, würde es plötzlich halbdunkel sein. Einen kurzen Moment lang würde es gefahrlos sein, über das Felssims zu den Bäumen hinüberzulaufen. Die Dämmerung fiel in das Tal wie ein Stein; selbst Augen, die darauf warteten, mußten ein oder zwei Sekunden blind sein.

Er sah auf Tossa nieder, die unverwandt zu ihm aufblickte. Sie trug einen lavendelfarbenen Rock, der mit dem Grau der Dämmerung verschmelzen würde. Doch ihr Pullover war cremefarben. Dominic schlüpfte aus seinem dunkelroten Pullover und warf ihn ihr zu.

»Ziehe ihn an. Und tue dann genau das, was ich dir sage. Keine Widerreden, verstanden? Wir müssen hier heil herauskommen, das ist das einzig Wichtige.«

Sie blickte auf den Toten und sagte leise: »Wir können ihn doch nicht einfach so hier lassen.«

»Quatsch! Wir können ihn nicht mitnehmen, und wenn wir selbst abgeknallt werden, dann können wir nicht einmal seinen Tod melden. Tue, was ich dir sage. Ziehe den Pullover über und gehe hinüber zur Tür. Bleibe drinnen, bis ich dir das Zeichen gebe. Dann rennst du hinüber zu den Bäumen. Du *rennst,* verstanden? Und dann rennst du weiter. Versuche, immer in Deckung zu bleiben. Wenn du zu den Wiesen kommst, dann ist es hoffentlich so dunkel, daß man dich nicht sehen kann, aber renne trotzdem wie der Teufel. Lauf, bis du zu Hause bist. Ich komme dir nach.«

Der goldene Lichtschein kroch immer schneller den Fensterrahmen hinauf. Tossa schlüpfte hastig in den dunkelroten Pullover und glitt wie eine Katze über den Steinboden, doch zu ihm hin, nicht zur Tür. Ehe er begriff, was sie vorhatte, war sie bei ihm, lehnte zitternd an seiner Schulter.

Er drehte sich wütend um.

»Los, gehe hinüber zur Tür. Ich habe dir doch gesagt –«

Da brach er verwirrt ab. Im Halbdunkel war ihr beschmutztes, angespanntes Gesicht nur Zentimeter von seinem entfernt, nicht eigensinnig und trotzig, wie er erwartet hatte, sondern vollkommen ruhig und ernst.

»Ja, ich gehe ja gleich«, sagte sie beschwichtigend und beugte sich plötzlich vor und hob sich auf die Zehenspitzen. Ihr Mund berührte zögernd den seinen. »Nur für den Fall«, flüsterte sie hastig, und schon war sie wieder weg, glitt gebückt hinüber zur Tür.

Die goldene Lichtkugel hatte das oberste Stück des Fensterrahmens erreicht und erlosch. Plötzlich war es dunkel.

»Jetzt«, rief Dominic heiser. »Lauf!«

Sie schoß davon wie ein Pfeil. Er hörte ihren leichten Schritt, als sie über den glatten Fels eilte, hörte ihn leiser werden und verklingen. Er hielt den Atem an, bis das Blut in seinen Ohren toste, wartete auf den Schuß, doch der kam nicht.

Seine Knie zitterten ihm vor Erleichterung. Er klammerte sich an das Fensterbrett und lehnte seine Stirn gegen die kühle, gekalkte Wand. Jetzt lasse ihr Zeit, folge ihr nicht zu bald. Es kann sein, daß *er* jetzt etwas unternimmt, um die Kapelle genauer aufs Korn zu nehmen. Denn er muß doch wissen wollen, ob sein Anschlag gelungen ist, ob der arme Kerl wirklich tot ist und ob er rechtzeitig tot war. Nichts hier bei der Kapelle darf sich rühren, bis Tossa weit weg und in Sicherheit ist.

Fünf Minuten mindestens mußte er verstreichen lassen, ehe

er ihr folgte, und jetzt konnte er nichts tun als zusehen, wie die Dunkelheit sich vertiefte, angespannt auf jedes Geräusch lauschen. Jetzt mußte sie unten bei den Felsen sein, kurz vor den Wiesen. Und der Mann mit dem Gewehr war siebenhundert Meter weit entfernt, im Vogelflug, doppelt so weit vielleicht auf dem Landweg. War man ihm aus der Sicht, so war man ihm auch aus der Reichweite.

Die fünf Minuten waren um. Jetzt konnte er loslaufen. Wenn er gesehen wurde, so war wenigstens sie in Sicherheit. Und da Tossa das Sims überquert hatte, ohne daß eine Reaktion erfolgt war, sprach alles dafür, daß seine Berechnungen richtig gewesen waren und daß der ganze freie Platz vor der Kapelle außerhalb des Blickfelds des Schützen lag. Trotzdem war es besser, dieses Stück schleunigst hinter sich zu bringen.

Er ging um den Toten, der auf dem Boden ausgestreckt lag, herum, und einen Moment lang war ihm der Gedanke, ihn allein hier zurückzulassen, beinahe unerträglich. Niemals hatte er den Tod so nahe gesehen, niemals so unverbrämt, ohne Ritual, ohne Trauerrede. Unschlüssig, schaudernd stand Dominic vor dem Toten. Dann wandte er mit Entschlossenheit den Kopf und steuerte auf die Tür zu. Er glitt um die Tür herum, trat vorsichtig hinaus auf den Felsen und rannte los.

Er hatte die Hälfte des Wegs zurückgelegt, als ein Stein ihm unter den Fuß rollte. Er stolperte und stürzte. Einen Moment versagte ihm der Atem. Der Lärm schien unglaublich laut, und sein Widerhall pflanzte sich von einer Seite des Tals zur anderen fort. Halb benommen lag Dominic da, doch schon mit den Händen sich abstützend, um wieder auf die Füße zu springen. Und plötzlich peitschte ein zweiter scharfer Knall durch die Luft, und neue, härtere Echos vibrierten durch das Tal, und dicht neben seinem rechten Ohr prallte mit einem häßlichen, klirrenden Geräusch und einem durchdringenden Pfeifen etwas gegen den Felsboden.

Mit einem wilden Sprung war er auf den Beinen und stürzte zu den schützenden Bäumen hin. Er hatte wenig Erfahrung mit Schußwaffen, doch er wußte, wie es klingt, wenn eine Gewehrkugel pfeifend von Stein abprallt. Nicht ein Zentimeter des Simses war jetzt außer Reichweite des Schützen, und ein Getöse, wie er es durch seinen Sturz verursacht hatte, ermöglichte einem Schützen, der ein genaues Ohr besaß, beinahe ebenso präzise Maß zu nehmen wie ein sichtbares Ziel. Der Schütze hatte tatsächlich seinen Standort gewechselt, doch er war noch immer dort oben am Berg. Er hatte sich lediglich etwas weiter talabwärts geschoben, um die Tür im Auge zu haben. Über die einzig mögliche Route – die Traverse, von der Terrell in den Tod gestürzt war.

Dominic erreichte die ersten Bäume und ließ sich in ihren Schatten fallen. Und aus dem dunklen Grün flog ihm jemand entgegen und umschloß ihn mit einem Schluchzen der Dankbarkeit und der Erleichterung. Er war so überrascht und entsetzt, daß er wütend wurde.

»Was, zum Teufel, machst du hier noch?« zischte er sie an. »Ich habe dir doch gesagt, daß du hinunterlaufen sollst, so schnell du kannst.«

»Ohne dich?« zischte Tossa empört. »Wofür hältst du mich denn?«

»Schön, dann komm jetzt endlich. Wir müssen hier verschwinden, und zwar schnell.«

»Du gefällst mir! Ich habe doch nur auf dich gewartet!«

»Halt jetzt den Mund. Lauf lieber.«

Er packte sie beim Handgelenk und zog sie mit sich den steilen Pfad hinunter. Hinter sich hörten sie das Geräusch rollender Steine, das Knirschen rutschenden Gerölls. Vielleicht hatte die verirrte Kugel einen kleinen Steinschlag verursacht. Sie hielten nicht an, um sich Gewißheit zu verschaffen. Hand in Hand rutschten, stolperten sie den Pfad hinunter, prallten gegen Felsvorsprünge, glitten auf nassem Gras aus, rannten und rannten, bis sie den Hauptpfad erreichten und in gleichmäßigen Laufschritt fielen. Über die Wiesen eilten sie geräuschlos, und jenseits, im felsdurchsetzten Heideland, liefen sie ein wenig langsamer, fühlten sich fast schon in Sicherheit, fast schon außer Gefahr.

»Dominic, er hat dich doch nicht getroffen, oder?«

»Nein, er hat mich nicht getroffen. Ich bin noch ganz heil. Aber Tossa –«

»Ja?«

»Jetzt können wir nichts mehr verheimlichen. Das war Mord. Jetzt wirst du alles sagen müssen, was du weißt.«

»Das kann ich nicht.«

»Du mußt! Wenn du es nicht tust, dann erzähle ich. Und du hast doch nur ihm versprochen, daß du nichts sagen würdest, nicht wahr?«

»Ja«, antwortete sie leise.

Sie hatten jetzt die Dunkelheit des Waldes erreicht und mußten vorsichtig einen Fuß vor den anderen setzen, weil sie plötzlich merkten, wie müde und unsicher auf den Beinen sie waren, auch weil der Weg schmal und die Nacht hier dunkler war. Er legte den Arm um sie, und sie schritten eng aneinander gelehnt nebeneinander her.

»Er ist tot, Tossa. Schon seinetwegen mußt du jetzt die Wahrheit sagen. Sein Tod entbindet dich von deinem Versprechen.«

»Nein«, entgegnete sie fröstelnd »Du verstehst das nicht. Dir will ich es erzählen, aber den Leuten hier kann ich es nicht erzählen. Ich kann es nicht. Du wirst schon sehen. Ich kann nicht.«

»Laß nur. Mache dir jetzt kein Kopfzerbrechen. Jetzt gehen wir erst einmal nach Hause und sehen, wo die Zwillinge stecken. Dann besprechen wir alles und überlegen, was wir unternehmen werden.«

7

Ein Blick auf die schmutzbefleckten, abgespannten Gesichter ließ alle Fragen und Ausrufe verstummen. Mit einem kurzen Kopfnicken forderte Dominic die Zwillinge auf, mit nach oben zu kommen. Sie folgten wortlos, ohne Widerspruch.

Im Zimmer der Mädchen, wo sie vor Überraschungen sicher waren, ließ Tossa sich auf ihr Bett fallen und sprach sich endlich alles, was sie bedrückt und beschäftigt hatte, von der Seele. Sie erzählte, wie sie durch reinen Zufall in die Geschichte hineingeraten war, als sie den Brief gelesen hatte, den Robert Welland für ihre Mutter hinterlassen hatte; wie er zurückgekommen war, um ihn zu spät wieder an sich zu nehmen und eingesehen hatte, daß er ihr alles erklären mußte; wie er ihr das heilige Versprechen abgenommen hatte, über die Geschichte strengstes Stillschweigen zu bewahren Sie erzählte ihnen alles, was sie über Karel Alda gehört hatte, weshalb er irgendwo hier im Tal sein mußte, weshalb beinahe mit Sicherheit anzunehmen war, daß er zwei Morde begangen hatte. Die Zeitungsaufnahme, der Zettel mit den Noten und den wenigen Zeilen eines Gedichts von Dowland gingen unter bestürztem Schweigen von Hand zu Hand.

»Ich glaube, mein Stiefvater erkannte die Handschrift auf den ersten Blick, als er den Zettel im Hotel Sokolie sah. Er muß die Handschrift ja gekannt haben. Sie arbeiteten beide im Marrion Institute, und zu seinen Aufgaben gehörte es, sich gerade solche Dinge einzuprägen. Ich glaube, daß er Ivo Martinek hierher folgte, um Alda zu suchen. Ich will nicht behaupten, daß die Martineks etwas wissen, was von Belang ist, oder daß sie Alda besonders nahestehen. Die Hütte hier ist ein Gasthaus. Den Zettel kann Alda vergessen haben, als er hier einmal ein Bier trank und mit der Idee spielte, ein neues Musikstück zu komponieren. Soviel ich weiß, ist er nicht nur Physiker, sondern auch Musiker, und allem Anschein nach ein sehr guter Musiker. Die Komposition hier gefiel ihm nicht. Er riß den mißlungenen Anfang einfach ab und ließ ihn auf dem Tisch liegen. Vielleicht hat Ivo den Zettel aus reiner Neugier an sich genommen und ihn dann automatisch eingesteckt. So etwa muß es gewesen sein, ganz harmlos und zufällig, denn als er dann einen Zettel brauchte, um beim Kartenspiel aufzuschreiben, hatte er das Stück Papier ohne Zögern dafür verwendet und es danach achtlos liegenlassen. Aber es bewies, daß Alda sich irgendwo hier in der

Gegend aufhält, daß er hier bekannt war und als Einheimischer akzeptiert wurde. Deshalb ist mein Stiefvater hierher gekommen, um ihn zu suchen. Und er kam dort oben an der Felswand um, wo wir am ersten Tag Fotos machten. Gegenüber von der Stelle, wo heute abend Mr. Welland erschossen wurde.«

»Und aus dem gleichen Grund«, bemerkte Toddy zustimmend, und seine Augen funkelten vor Erregung. »Weil sie beide Alda gefunden hatten. Das ist doch klar, oder? Dieser Welland sollte versuchen, seine Spur zu finden und dann über die Botschaft in Prag dem Institut Meldung zu erstatten. Und das hatte er getan. Er war in Zilina, als wir durchkamen. Er sah dich, und du hast ihn wissen lassen, wo du zu erreichen wärst. Und drei Tage später ruft er an und bittet dich um ein Gespräch. Er hatte Alda gefunden. Er war in Prag gewesen, um, wie vereinbart, Meldung zu erstatten. Dann kehrte er hierher zurück, um die weitere Entwicklung der Dinge zu beobachten. Du warst für ihn eine Komplikation.«

»Ich würde sagen«, schaltete sich Christine ein und nagte an ihren Fingernägeln, »daß ihn dein plötzliches Auftauchen beunruhigte. Es störte ihn, und deshalb wollte er heute abend mit dir sprechen, um dich zu bewegen, die Hände von der Sache zu lassen. Vielleicht hatte er vor, dir alles zu sagen, was er inzwischen herausgefunden hatte, um dich zu beschwichtigen. Bestimmt aber wollte er dich ermahnen, nichts auf eigene Faust zu unternehmen.«

»Ganz gleich, was er mir sagen wollte«, stellte Tossa fest, »er konnte es mir nicht am Telefon sagen. Vielleicht wollte er mir mitteilen, wo Alda zu finden ist, vielleicht auch nicht. Was spielt das jetzt schon für eine Rolle? Derjenige, der ihn getötet hat, ließ sich jedenfalls auf kein Risiko ein. Und was tun wir jetzt?«

»Wir melden seinen Tod«, sagte Dominic entschieden, »und helfen der Polizei.«

»Ja, ich sehe ein, daß wir den Tod melden müssen«, erwiderte Tossa leise. »Das schulden wir ihm. Aber ich kann der Polizei nicht alles sagen. Ich kann ihnen nichts vom Institut erzählen, nichts von den Dingen, die unsere nationale Sicherheit betreffen. Ich bin an mein Versprechen gebunden, siehst du das nicht ein, Dom? Ich habe kein Recht, auch nur das geringste Risiko einzugehen. Es steht mir nicht zu, ein Urteil darüber zu fällen, ob den hiesigen Behörden zu trauen ist oder nicht.«

»Aber du könntest ihnen doch wenigstens von der Schießerei erzählen«, meinte Christine, »ohne etwas von den Hintergründen zu erwähnen. Du könntest sagen, daß du nach dem Abendessen da oben spazierengegangen bist, daß du plötzlich einen Schuß hörtest und ihn dann gefunden hast. Du brauchst ja nicht zu sagen, daß du hinaufgegangen bist, um dich mit ihm zu treffen.«

»Genau! Damit hättest du der Polizei alles gesagt, was zur Aufklärung des Mords an Welland von Nutzen wäre. *Wenn* sie überhaupt daran interessiert ist, den Mord aufzuklären«, fügte Toddy skeptisch hinzu. »Ich bin überzeugt, daß die hiesigen Behörden genau über alles Bescheid wissen. Ihr sagt einfach, ihr beide habt zusammen einen Spaziergang gemacht und seid ganz ohne Absicht in die Sache hineingeraten. Mehr brauchst du nicht zu erklären.«

»So weit müssen wir auf jeden Fall gehen, schon um uns selbst zu decken«, erklärte Christine stirnrunzelnd. »Aber weiter auf keinen Fall! Oder sollen wir vielleicht hingehen und sagen: ›Entschuldigen Sie, aber eben hat einer von Ihren Geheimagenten zwei von unseren Agenten umgelegt, weil sie einer heißen Sache auf die Spur gekommen waren?‹ Aufrichtigkeit in allen Ehren, aber so weit braucht man sie nicht zu treiben.«

»Und wenn nun Staat und Behörden mit diesem Mord nichts zu tun haben?« fragte Dominic. »Wenn es sich hier um eine persönliche Sache handelt und die Polizei ebenso sehr daran interessiert ist, den Täter zu fassen, wie ihr? Meint ihr nicht, daß wir der Polizei die Arbeit erheblich erschweren, wenn wir neun Zehntel der Tatsachen verschweigen?«

»So einfältig kannst du doch nicht sein!« widersprach Toddy heftig.

»Was heißt hier einfältig? Schön, das Institut können wir nicht in die Sache hineinziehen, aber deswegen könnten wir über die Geschehnisse von heute abend trotzdem die Wahrheit sagen. Wir könnten trotzdem erklären, daß er Tossa angerufen und gebeten hatte, sich mit ihm zu treffen; wir könnten sogar sagen, daß sie gewisse Zweifel daran hatte, daß ihr Stiefvater wirklich einem Unfall zum Opfer gefallen war und daß sie hierher gekommen ist, weil sie sich Gewißheit verschaffen wollte; daß sie Mr. Welland ins Vertrauen gezogen hatte, und daß er sich bereit erklärt hatte, ihr zu helfen. Auf jeden Fall müßt ihr euch endlich entschließen. Ich bin dafür, daß wir uns möglichst genau an die Wahrheit halten.«

»Und ich bin dafür, daß wir es darauf ankommen lassen und so wenig wie möglich sagen«, versetzte Toddy eigensinnig. »Hast du denn nicht gehört, daß es hier um geheime Arbeitspapiere geht, ganz gefährliche Sachen? Dieser Mord ist garantiert keine persönliche Sache. Ihr habt zufällig den Schuß gehört und da seid ihr hineingegangen und habt ihn gefunden. Lieber Himmel, Dominic, auf wessen Seite stehst du eigentlich?«

»Christine?« fragte Dominic, ohne auf die letzte Bemerkung einzugehen.

»Ich bin der gleichen Meinung wie Toddy«, erklärte Christine angriffslustig. »Wir kommen doch nicht darum herum, daß die Tschechoslowakei ein feindliches Land ist. Wir können einfach nicht mit den Behörden zusammenarbeiten.«

Dominic blickte auf Tossas gequältes Gesicht und berührte ihre Hand.

»Du mußt die Entscheidung fällen, Tossa. Was du sagst, wird gemacht.«

Sie schüttelte ratlos den Kopf und blickte nicht auf.

»Ich kann nicht«, murmelte sie nach kurzem Schweigen. »Ich würde gern reinen Tisch machen, wirklich, es wäre mir viel lieber. Aber ich kann nicht. Ich bin für Toddys Vorschlag, Dominic.«

»Gut, dann machen wir es eben so.«

Er sah Toddy an, der als einziger genug deutsch sprach,

um sich mit den Leuten hier zu verständigen, wo englisch weniger geläufig war als in Prag.

»Würdest du bitte anrufen, Tod! Am besten fragst du Dana, mit wem du dich in Verbindung setzen mußt. Du brauchst nur zu sagen, daß wir einen Toten gefunden haben, und zu beschreiben, wo er liegt. Dann erklärst du, daß wir persönlich kommen werden, um unsere Aussagen zu machen. Erkundige dich genau, wie wir zur Polizeidienststelle kommen. Ich hole inzwischen den Wagen heraus.«

Liptovsky Pavol war ein kleines Dorf, das aus fünf kurzen Straßen bestand, die alle in den weiten, kopfsteingepflasterten Platz vor der Kirche mündeten. An der Spitze des keilförmigen Platzes stand das Rathaus, das einzige moderne Gebäude, in dessen Hinterhaus die Polizeidienststelle untergebracht war.

Es war zehn Uhr vorbei, als sie das Rathaus fanden und den Wagen auf dem Kopfsteinpflaster parkten. Sie waren nicht überrascht zu sehen, daß die Tür offenstand und der düstere Korridor erleuchtet war. Ihr Anruf hatte die einheimischen Polizeibeamten natürlich aus ihrer ländlichen Ruhe geschreckt, und sicherlich war längst jemand fluchend und schimpfend zur Kapelle hinaufgeklettert. Normalerweise war in einem so kleinen, stillen Ort die Polizeidienststelle sicherlich spätestens um sechs Uhr abends geschlossen.

Unterwegs hatten sie sich geeinigt, daß Dominic das Wort führen sollte. Er schritt durch den gewölbten Gang, an dessen Wänden der Verputz abblätterte und spürte, wie Beklommenheit ihm die Kehle zuschnürte. Er stieg langsam die steile Holztreppe hinauf und hatte das Gefühl, daß er mit jedem Schritt tiefer in ein fremdes, unvertrautes Land eindrang. Was, wenn Toddy recht hatte? Was, wenn der kalte Krieg noch immer auf dem Gefrierpunkt stand und er sich auf feindlichem Gebiet befand? Seit dem Tag ihrer Ankunft hier hatte er das Gefühl gehabt, sich unter Freunden zu bewegen, doch plötzlich erfaßte ihn Furcht. »Er spricht englisch«, hatte Toddy gemeldet, als er verwirrt von seinem

Telefongespräch zurückgekommen war. »Gutes Englisch.« Es hatte Toddy Angst gemacht, wo es ihn doch hätte beruhigen sollen; und es jagte jetzt Dominic Angst ein. Wenn man über einen Dolmetscher verhandelt, hat man immer die Möglichkeit, Sprachschwierigkeiten und Mißverständnisse vorzutäuschen. Im Gespräch mit diesem Mann würde er schutzlos sein. Doch wenigstens war er gewarnt.

»Pod'te d'alej!« erklang eine gutmütige Baßstimme auf sein Klopfen an der Tür am Ende der Treppe. Und darauf, im gleichen freundlichen Ton: »Bitte, kommen Sie herein.«

Er sprach ausgezeichnet englisch, fast akzentfrei.

Dominic öffnete die Tür und trat ein. Die drei anderen hielten sich dicht hinter ihm. Toddy zog die Tür wieder zu. Das Zimmer war klein und kahl. Vor dem Schreibtisch standen einige Stühle, an der Wand zwei alte Aktenschränke und ein kleiner eiserner Ofen. Die Wände waren cremefarben gestrichen, zur Decke hin gelblich verfärbt von Tabakqualm.

»*Nadporučik* Ondrejow?« fragte Dominic sorgfältig artikulierend. Er meinte, der Höflichkeit halber wenigstens den Versuch machen zu müssen, den Beamten in der Landessprache zu titulieren.

Der ältliche, bäurisch wirkende Mann hinter dem Schreibtisch hob sein breites Gesäß vom Stuhl und pflanzte sich breitbeinig auf wie ein Bauer, der seine Felder überblickt.

»Kommen Sie herein! Treten Sie näher. Ja, ich bin Ondrejow.« Der jüngere Mann, der an einer Ecke des Schreibtischs gesessen hatte, stand auf, warf einen Blick auf seinen Vorgesetzten, nahm das kurze Nicken des grauen Kopfes wahr und ging dann ins Nebenzimmer, dessen Tür er leise hinter sich schloß.

»Bitte, Miss Barber, nehmen Sie diesen Stuhl dort. Miss Mather? Bitte nehmen Sie Platz. Und Sie sind Mr. Felse? Ja, wir haben auf Sie gewartet. Es war recht von Ihnen, uns sofort Meldung zu erstatten.«

Er mußte an die sechzig Jahre alt sein, stämmig und untersetzt, nicht schlank und hochgewachsen wie die Slowaken, mit breiter Brust und breitem Gesäß, breiten Backenknochen und breit ausladendem Unterkiefer. Über dem freundlichen, gutmütigen Gesicht ringelte sich dichtes, eisengraues Haar. Die hellen, klugen Augen leuchteten so blau wie Saphire und waren so klar wie Quellwasser. Er war in Hemdsärmeln, und die Krawatte hing ihm lose um den kurzen, massigen Hals.

Dominic fühlte sich wohler, als er den Mann sah. Ein gutmütiges Bäuerlein, sagte er sich, das am liebsten vor seinem Bierglas saß. Umsonst warnte er sich, daß der Schein trügen konnte, daß es gefährlich war, sich in Sicherheit zu wiegen.

»Wir sind Ihnen dankbar, daß Sie uns angerufen haben. Sie dürfen versichert sein, daß alles unter Kontrolle ist. Aber jetzt möchte ich natürlich die Geschichte von Ihnen selbst hören. Bitte, Mr. Felse. Sie können unbesorgt sprechen. Im Augenblick ist dieses Gespräch noch nicht amtlich.« Er lächelte wohlwollend in Dominics müdes, abgespanntes Gesicht. »Sie wundern sich, daß ich englisch spreche! So verwunderlich ist das gar nicht. Die Leute meiner Generation hier lernten Englisch, weil sie Verwandte in England oder Amerika hatten. Besonders in Amerika. Wir lernten Englisch, weil wir hofften, daß wir eines Tages auch auswandern würden. Ich war vor dem Krieg fünf Jahre drüben, und jetzt halte ich mich mit Büchern auf dem laufenden. Meine Kinder haben ihr Englisch vergessen, meine Enkel lernen es gar nicht mehr. Sie sprechen ausgezeichnet russisch, und ich bin antiquiert. Die Zeiten ändern sich. Das ist nicht bedauerlich, aber interessant. Also – Sie brauchen keine Angst zu haben, daß ich Sie nicht verstehe. Bitte sprechen Sie.«

Und Dominic berichtete, ackerte sich mit verbissener Entschlossenheit durch die Geschichte hindurch, auf die sie sich geeinigt hatten und die ihm mit jedem Wort weniger gefiel.

»Miss Barber und ich machten heute abend nach dem Essen noch einen Spaziergang. Wir hatten ziemlich früh gegessen. Ich glaube, es muß ungefähr zwanzig vor acht gewesen sein, als wir weggingen. Wir wanderten den Pfad hinauf, der aus dem Tal herausführt, und als wir in die Nähe der kleinen Kapelle am Berg kamen, beschlossen wir, hinaufzugehen und sie uns anzusehen.«

Leutnant Ondrejow war ein idealer Zuhörer, unterbrach nicht ein einziges Mal, nicht einmal mit einer hilfreichen Frage. Dennoch ermunterte er Dominic immer wieder durch ein freundliches, verständnisvolles Nicken. Als Dominic zum Ende gekommen war, lehnte er sich mit einem Seufzer in seinem Stuhl zurück und blickte nachdenklich von einem zum anderen, während er sich mit dickem Finger das stoppelige Kinn rieb.

»Ich verstehe. Sie gingen also zusammen spazieren, Sie und Miss Barber?«

»Ja«, antwortete Tossa rauh und ersparte Dominic diesmal eine Lüge.

Es war das erste Mal, daß Ondrejow ihre Lausbubenstimme hörte, und er warf ihr einen kurzen Blick zu, in dem Interesse aufblitzte.

»Und Sie waren zusammen, als Sie den Schuß hörten und die Kapelle betraten?«

»Ja.«

»Sagen Sie, kannten Sie den Mann eigentlich? Ich meine, den Toten?«

»Nein, gekannt haben wir ihn nicht. Aber wir waren ihm schon einmal begegnet«, erklärte Dominic mit fester Stimme, »als wir auf der Fahrt in die Slowakei waren.«

»In dem Hotel in Zilina?« erkundigte sich Ondrejow freundlich.

Vier Herzen setzten aus. Er hatte ihnen den Boden unter den Füßen weggezogen, und der Sturz, auch wenn sie ganz ruhig, mit ausdruckslosen Gesichtern dasaßen, raubte ihnen den Atem. Er klopfte auf den Busch. Er konnte nichts wissen. Höflich, geduldig, verständnislos starrten sie ihn an.

»Ja, in einem Hotel unterwegs«, antwortete Dominic. »Wir sind durch so viele Ortschaften gekommen, daß ich die Namen vergessen habe.«

Ondrejow beugte sich über seinen Schreibtisch und wackelte mahnend mit dem Finger.

»Kinder, Kinder! Sie sollten nie versuchen, uns alte Leute zu beschwindeln. Es ist vielleicht lange her, daß wir jung waren, aber dank unserer Kinder und Enkel bleiben wir auf dem laufenden. Also, wollen Sie mir nicht noch mehr erzählen? Oder sich das, was Sie mir bereits erzählt haben, noch einmal durch den Kopf gehen lassen?«

»Nein«, erklärte Dominic für sie alle.

Was sonst gab es noch zu sagen? Sie hatten sich festgelegt, wie katastrophal auch immer das sein mochte.

»Gut. Dann wollen wir einmal sehen, ob nicht auch wir etwas beisteuern können.« Er kippte seinen Stuhl nach hinten und streckte den Arm aus, um die Klinke der Tür zum Nebenzimmer herunterzudrücken. »Mirku! *Pod'sem!*«

Und in das Zimmer trat rund und rosig und blond Miroslav Zachar.

»Mirek«, sagte Ondrejow herzlich und schlug dem jungen Mann kräftig auf die Schulter, »ich finde, Sie sollten unseren vier jungen Gästen kurz erklären, was Sie hier tun. Erzählen Sie ihnen alles. Wir haben nichts zu verbergen.«

»Ich bin hier«, sagte Mirek einfach, »weil ich heute abend den toten Robert Welland entdeckte. Ich meldete meine Entdeckung vom nächsten Haus aus, drüben auf der anderen Seite der Nordwand. Dann wartete ich bei dem Toten, bis die Leute kamen, und kehrte hierher zurück, um persönlich Bericht zu erstatten.«

»Vielleicht«, schlug Ondrejow vor, »wäre es nützlich, wenn Sie in aller Ausführlichkeit erklären würden, was Sie mit den Angelegenheiten dieser vier jungen Leute zu schaffen haben und wie es kam, daß Sie heute abend zur Stelle waren. Von Anfang an.«

»Gewiß.«

Sein Blick wanderte von einem Gesicht zum anderen. Jedem von ihnen sah er klar und offen in die Augen. Warum auch nicht? Es gab nichts, dessen er sich hätte schämen müssen. Er hatte nur seine Pflicht getan. Dominic, dessen Vater Polizeibeamter war, erwiderte seinen Blick mit einem schattenhaften Lächeln. Alle vier starrten ihn aufmerksam und unverwandt an.

»Ich wurde beauftragt, Sie an der Grenze abzufangen, so lange wie möglich bei Ihnen zu bleiben und Sie auch später im Auge zu behalten.«

»Warum?« fragte Tossa feindselig.

»Warum? Nun, genau wie alle anderen ausländischen Touristen mußte Miss Barber für ihren Besuch hier ein Visum beantragen. Angesichts der Ereignisse, die sich erst vor kurzem hier abgespielt hatten und angesichts der Möglichkeit, daß es immer zu diplomatischen Komplikationen kommen kann, hat unsere Polizei in Preßburg natürlich nicht versäumt, sich über die Persönlichkeit von Mr. Terrell zu informieren. Man wußte, daß er mit einer Witwe namens Barber verheiratet war, die aus erster Ehe eine Tochter hatte. Man wußte ferner, daß diese Tochter in Oxford studierte. So war der Zusammenhang hergestellt. Man war der Ansicht, daß es angebracht wäre, Miss Barber während der Dauer ihres Aufenthalts in diesem Land in ihrem eigenen und unserem Interesse im Auge zu behalten. Wir wollen keinen Ärger. Wir vermuteten, daß Miss Barber und ihre Freunde in die Tatra kommen würden. Ich bin hier geboren und habe unter Leutnant Ondrejow Dienst getan, ehe ich zur Kriminalpolizei versetzt wurde. Da ich aus dieser Gegend stamme und gut Englisch spreche, wurde ich für die Aufgabe ausersehen.«

»Dann haben Sie uns also von dem Moment an, als Sie sich von uns trennten, unablässig bespitzelt«, stellte Tossa mit Bitterkeit fest.

»Ich habe mich nur an meine Weisungen gehalten. Ohne, wie ich hoffe, Ihre Urlaubsfreuden zu stören. Heute abend lag ich oberhalb der Kapelle am Berg in Deckung. Dort ist eine Stelle, von der aus man mit dem Feldstecher das ganze Tal überblicken kann. Ich hatte Sie fast ständig im Blickfeld. Lediglich wenn Bäume mir die Sicht versperrten, konnte ich Sie nicht beobachten.«

»Und? Kamen sie zusammen?« erkundigte sich Ondrejow in aller Unschuld.

In die Stille hinein fiel schwer wie ein Stein Mireks »Nein«.

»Haben sie die Kapelle zusammen betreten?«

»Nein. Miss Barber kam zuerst. Aus ihrem Verhalten war klar zu entnehmen, daß sie glaubte, sie wäre allein, aber ich hatte Mr. Felse schon gesehen, der ihr vorsichtig folgte. Sie stieg zum Felssims hinauf und ging direkt auf die Tür der Kapelle zu. Ich hatte sie bis zu den letzten Metern im Gesichtsfeld. Die Tür selbst war von meinem Standort aus nicht zu sehen. Mr. Felse blieb unten in den Bäumen und machte zunächst keinen Versuch, ihr zu folgen.«

»Und dann?«

»Dann kam der Schuß. Ich hörte ihn vielleicht fünf, sechs Sekunden, nachdem Miss Barber aus meinem Blickfeld verschwunden war und die Kapelle betreten hatte. Ich konnte nicht bestimmen, aus welcher Richtung der Knall kam, das ist in diesem engen Tal, das überall von Wänden eingeschlossen ist, sehr schwierig. Der Schuß kann außerhalb der Kapelle abgegeben worden sein, selbst aus einiger Entfernung. Doch mein erster Eindruck war, daß der Knall aus der Kapelle selbst kam.«

Tossas Hände, die gefaltet in ihrem Schoß lagen, verkrampften sich; doch Tossa gab keinen Laut von sich. Es war Toddy, der auffuhr, erregt und ärgerlich.

»Das ist eine Lüge! Sie wollen ihr angst machen. Sie wissen genau, daß das nicht wahr ist.«

»Bitte, Mr. Mather! Weiter, Mirek. Was geschah dann?«

»Mr. Felse ließ sich zu Boden fallen und kroch hinüber zur Kapelle. Sie waren mehrere Minuten lang zusammen dort drinnen. Ich habe mit aller Aufmerksamkeit das ganze Tal nach irgendeinem Anzeichen von Bewegung abgesucht, aber ich entdeckte nichts. Deshalb kroch ich langsam den Hang hinunter zur Kapelle, aber wie Sie wissen, muß man sich auf dieser Geröllhalde sehr vorsichtig bewegen. Als ich noch ziemlich weit oben war, sah ich Miss Barber aus der Tür kommen. Sie rannte über den Sims zum Pfad, der in die Bäume führt. Ungefähr fünf Minuten später tauchte auch Mr. Felse auf und folgte ihr. Da begann es schon dunkel zu werden. Auf dem Felssims stürzte er. Und gleich darauf sah ich, daß Miss Barber unter den Bäumen auf ihn gewartet hatte.«

»Und als Sie dann hinunterkamen?«

»Da waren beide schon weit weg. Und als ich die Kapelle betrat, fand ich dort Mr. Welland. Er war tot.«

»Mr. Felse könnte also lange genug zurückgeblieben sein, um die Taschen des Toten zu durchsuchen?« meinte Ondrejow mit Gelassenheit.

Unwillkürlich stieß Dominic einen ärgerlichen Laut aus, als ihm einfiel, daß dieser Gedanke ihm überhaupt nicht gekommen war. Und Miroslav lächelte.

»Ich will nicht behaupten, daß er das tatsächlich getan hat, aber die Zeit hätte dazu gereicht, ja.«

»Und hörten Sie dann einen zweiten Schuß, wie Mr. Felse sagt. Als er stürzte?«

»Nein, ich hörte keinen. Aber ich muß dazu sagen, daß ich ziemlich schnell die Geröllhalde herunterrutschte. Ich konzentrierte mich ganz auf den Abstieg und verursachte einen Höllenlärm.«

Tossa hob die Lider gerade lange genug, um Dominic einen hastigen Blick zuzuwerfen und seinen bestürzten Blick aufzufangen. Sie hatten das Knirschen des Gerölls gehört, aber keinen Moment war ihnen der Gedanke gekommen, dort oben nach einem Zeugen zu suchen.

»Noch eine Frage«, sagte Ondrejew gemütlich und bog seine breiten Schultern nach rückwärts, daß der Stuhl knarrte. »Bei dem Zusammentreffen in Zilina, hatten Sie da den Eindruck, daß Miss Barber mit Mr. Welland bekannt war?«

»Oh ja, ganz entschieden.«

»Und begrüßte sie ihn bei der Begegnung?«

»Nein, sie tat so, als kenne sie ihn nicht. Ich glaube, ihre Freunde kannten ihn tatsächlich nicht. Doch sie nahm die Gelegenheit wahr, um ihm eine Nachricht zukommen zu lassen, und ich bin fast sicher, daß er ihr ebenfalls eine Mitteilung zusteckte.«

»So, wie dieses gefaltete Stück Papier vielleicht?«

Ondrejew zog es ganz gemächlich aus seiner Tasche hervor, entfaltete es und las mit seinem tiefen, volltönenden Baß:

»Ich bin in der Riavka-Hütte zu erreichen. Bitte setzen Sie sich mit mir in Verbindung.« Mit zwinkernden blauen Augen und einem nachsichtigen Lächeln blickte er von dem Briefchen auf zu den vier jungen Leuten hinüber. »Wenn unser junger und galanter Freund die Taschen des Toten tatsächlich durchsucht hat, dann offenbar nicht sehr gründlich. Zachar hat in solchen Dingen natürlich auch mehr Übung«, fügte er, zu Dominic gewandt, tröstend hinzu und faltete den Zettel sorgsam wieder zusammen, um ihn wegzustecken.

»Es sieht also so aus, als hätte sich das Bild nun etwas geändert. Sie wollen Ihrer Aussage nichts hinzufügen?«

Welchen Sinn hätte das gehabt? Alle ihre Lügen waren bereits geplatzt wie Seifenblasen, und sich jetzt neue Lügen einfallen zu lassen, wäre völlig ausgeschlossen gewesen. Stumm saßen sie da und blickten ihn aus verschlossenen Gesichtern und unruhigen Augen an. »Dann werden Sie verstehen, daß ich mich jetzt in einer unangenehmen Lage befinde. Sie sollten aber auch bedenken, daß die Patronenhülse noch nicht gefunden worden ist, und da die Kugel noch im Schädel des Toten sitzt und nur bei einer Autopsie entfernt und danach untersucht werden kann, ist es doch im Moment so, daß sie ebensogut aus einer Pistole wie aus einem Gewehr abgefeuert worden sein kann. Ist das nicht richtig?«

Tossa war die letzte, die begriff, worauf er hinauswollte. Hilflos schüttelte sie den Kopf, als könnte sie damit das Gefühl verscheuchen, einen beklemmenden Alptraum zu erleben.

»Keiner von uns hat eine Schußwaffe oder hat je eine besessen«, sagte Dominic schnell und ruhig. »Ganz gewiß kann Tossa gestern abend keine bei sich gehabt haben. Ich bin ihr auf Schritt und Tritt gefolgt.«

»Aber immer in sicherem Abstand. Und gewiß ist ein starkes Wort. Eine kleine Pistole läßt sich leicht verbergen.«

»Sie war niemals länger als ein paar Sekunden aus meinem Blickfeld.«

»Die wenigen Sekunden, als der Schuß fiel.«

»Aber das ist ja phantastisch!« rief Toddy wild. »Jetzt sagen

Sie mir doch einmal, wie sie es fertiggebracht haben soll, eine Pistole mit sich herumzuschleppen, ohne daß meine Schwester es merkte? Wie hätte sie die Waffe überhaupt hier ins Land bringen sollen?«

»Aber, Mr. Mather! Wollen Sie wirklich behaupten, daß die Zollkontrolle derart gründlich war? Hat man denn in Rozvadov überhaupt Ihre Koffer geöffnet?«

Tossa hob die Hände und strich sich über die Schläfen und über die Wangen, als müßte sie sich vergewissern, daß sie wirklich in Fleisch und Blut auf diesem Stuhl in diesem Dienstzimmer saß.

»Aber ich habe noch nie in meinem Leben eine Pistole in der Hand gehabt. Nie in meinem Leben. Wenn Sie wirklich glauben, daß ich eine mithatte, wo ist sie dann jetzt? Was habe ich mit ihr gemacht?«

»Die Frage ist noch nicht beantwortet. Sie können die Waffe beispielsweise unmittelbar nach der Tat aus dem Fenster geworfen haben. Das wäre das natürlichste gewesen. Aber das Tal ist groß, und es war schon dunkel, als Sie die Kapelle verließen. Sie können die Waffe an allen möglichen Orten versteckt haben, Miss Barber. Ich hoffe, meine liebe Miss Barber, Sie werden einsehen, daß ich Sie unter diesen Umständen verhaften muß.«

In den nächsten Minuten war der Raum von erregten Gesprächen erfüllt. Tossa hockte stumm und benommen mitten im Sturm, zu müde, um Stimmen unterscheiden zu können, zu verwirrt, um Freund und Feind trennen zu können. Christine hatte den Arm um sie geschlungen und begleitete mit ihrem hellen Sopran kontrapunktisch Toddys wütendes Gekläff. Toddy entrüstete sich lautstark über Polizeistaaten und Verschwörungen, drohte mit der diplomatischen Intervention bis zu der Entsendung von Kanonenbooten. Tossa, einsam und verzweifelt, fiel plötzlich ein, daß die Tschechoslowakei nicht am Meer lag. Und sie lachte, sie lachte wirklich, doch niemand bemerkte es, außer vielleicht Ondrejow, der alles bemerkte, ob er das nun zeigte oder nicht. Er sah aus wie ein gutmütiger, schlauer Bauer, und er saß hinter seinem Schreibtisch und ließ sie alle nach seiner Pfeife tanzen. Sie argwöhnte, daß er sich über Toddy ganz außerordentlich amüsierte. Ein Theater gab es in Liptovsky Pavol sicher nicht.

»Kommen Sie, mein Junge. Beruhigen Sie sich. Ich garantiere Ihnen, daß Miss Barber kein Haar gekrümmt werden wird. Wir werden gut auf sie aufpassen. Und da es auch für Sie zu spät ist, jetzt noch nach Zbojská Dolina zurückzufahren, werde ich Zimmer für Sie besorgen. Wir rufen die Hütte an und geben den Martineks Bescheid, daß Sie über Nacht hier bleiben.«

»Damit können Sie uns nicht abspeisen. Sie wissen genau, daß Sie kein Recht haben, Miss Barber festzuhalten. Sie sind der Beamte, der in diesem Fall die Untersuchung führt, Sie wird man dafür zur Rechenschaft ziehen.«

Bleich vor Wut stand Toddy zwischen Tossa und den Polizeibeamten. Dominic, versunken in Schweigen und Zweifel, blickte Ondrejow scharf an und wünschte, er könnte dessen Gedanken lesen. Doch das gutmütige Gesicht war eine undurchdringliche Fassade. Hatte er wirklich Tossa in Verdacht? Oder hatte vielleicht ein ganz anderes Motiv ihn zu diesem Schritt veranlaßt? In quälender Unschlüssigkeit neigte er bald zu der einen, bald zu der anderen Auffassung. Nur eines wußte er mit Sicherheit: Er mußte Tossa da herausholen. Toddy mochte sich gebärden wie ein Wilder, auf diese Weise würde er gar nichts erreichen. Wenn Ondrejow wirklich alles das gewesen wäre, wessen Toddy ihn bezichtigte, dann hätte er Toddy schon längst eines auf die Nase gegeben – mit allem Nachdruck.

»Ich die Ermittlungen führen? In diesem Fall?« Ondrejows blaue Augen weiteten sich wie die eines grenzenlos erstaunten Kindes. »Sie glauben, daß solche Fälle hier der Landpolizei überlassen werden? Nein, nein, ich warte auf die Leute von der Kriminalpolizei in Preßburg. Nur ihnen habe ich Rechenschaft zu geben. Deswegen bin ich gezwungen, Sie hier zu behalten, denn mir sind die Hände gebunden. Der Mann von Scotland Yard«, sagte er, erfreut über diesen Einfall, »wird innerhalb von wenigen Stunden hier sein. Vor ihm können Sie Ihre Beschwerden vorbringen und Ihre Aussagen machen.«

»Dann verlange ich zumindest«, rief Toddy tapfer, obwohl er sich in die Enge getrieben sah, »daß die Britische Botschaft in Prag sofort darüber unterrichtet wird, daß Miss Barber hier festgehalten wird.«

»Die Britische Botschaft«, versetzte Ondrejow mit Wohlwollen, »ist bereits unterrichtet worden. Reine Formsache, Sie verstehen, da Mr. Welland ja britischer Bürger und Angehöriger der Botschaft war. Die Botschaft wird ferner informiert werden, daß Miss Barber hier ist und unter Mordverdacht in Haft genommen wurde. Spätestens morgen früh wird zweifellos jemand hier sein, um Ihre Interessen zu vertreten, und ich kann Ihnen schon jetzt versichern, daß ich dagegen keinerlei Einwendungen erheben werde.«

Toddy verstummte und starrte ihn an, verlegen wie jemand, der sich mit seinem ganzen Gewicht gegen eine unverschlossene Tür geworfen hat und platt auf die Nase gefallen ist.

»Im Grunde genommen«, bemerkte Dominic unvermittelt, »hat Tossa ja gar nichts zu befürchten.« Er wußte selbst nicht recht, ob er das zu ihr oder zu Ondrejow sagte. »Sobald die Kugel zur Verfügung steht, wird sich zeigen, daß sie mit der Sache nichts zu tun hat. Denn es wird eine Gewehrkugel sein.«

»Das«, meinte Ondrejow und musterte ihn mit nachdenklichem Blick, »ist eine sehr vernünftige Feststellung. Morgen sollten Sie alle in das hiesige Hotel ziehen, damit Sie in Miss Barbers Nähe sein können. Wenn Sie Gelegenheit haben, sich zu vergewissern, daß jemand da ist, der ihre Interessen wahrnimmt, dann würden vielleicht Sie, Mr. Felse, freundlicherweise mit dem Wagen nach Zbojská Dolina fahren, die Rechnung zahlen und das Gepäck abholen.«

Er sah immer noch aus wie ein gutmütiges Bäuerlein, doch es gab keinen Zweifel, daß dies ein Befehl war und daß er Gehorsam verlangte.

»Ich bin gespannt«, meinte Ondrejow wie in Gedanken, »wer hier auftauchen wird, um Miss Barber unter seine Fittiche zu nehmen.« Er lächelte geheimnisvoll und wiederholte vergnügt:

»Ja, ich bin sehr gespannt.«

8

Der Mann, der die Ermittlungen führte, traf gegen vier Uhr morgens in Liptovsky Pavol ein. Er hieß Kriebel und sah aus wie ein kluger, selbstsicherer, athletischer Schulmeister. Er stand in der Rangordnung zwei Dienstgrade höher als Ondrejow, war zwölf Zentimeter größer und fünfundzwanzig Jahre jünger. Mit einem prüfenden Blick schätzte er seinen Mann ab und setzte sich dann, lässig die Beine schwingend, auf die Kante des Schreibtischs. Diese Geste, die bestimmt war, auf zwar nonchalante Weise, aber dennoch entschieden das Verhältnis des einen Mannes zum anderen zu fixieren, beraubte gleichzeitig Ondrejow seines Lieblingsplatzes, ohne daß der Vorgesetzte ihn usurpiert hätte. Kriebel fand das taktvoll, Ondrejow fand es albern. Doch im Umgang mit jungen Männern, die ehrgeizig waren und gerade älteren Untergebenen gegenüber gern auf ihren höheren Dienstgrad pochten, besaß er Erfahrung und Geschick. Er führte sie, während er sie in dem Glauben ließ, daß sie ihn führten. Er hatte nie den Wunsch gehabt, zur Kriminalpolizei aufzusteigen. Und nicht nur deshalb, weil er dann Pavol hätte verlassen müssen. Er wußte, auf welchem Gebiet seine Begabung lag.

Er pflanzte sich auf seinen stämmigen Beinen vor Kriebel auf und erstattete Bericht. Die jungen Leute? Die waren längst in den Betten, die kleine Barber unten in der Zelle, die andern im einzigen Hotel von Pavol. Ob sie schon amtliche Aussagen zu Protokoll gegeben hätten? Nein, er hatte es vorgezogen, auf die Beamten aus Preßburg zu warten. Es gelang ihm, durchblicken zu lassen, daß ihm ein bißchen unwohl gewesen wäre bei dem Gedanken, vier englische Studenten einem Verhör auf Herz und Nieren zu unterziehen. Das hätte internationale Komplikationen geben können. Er legte die Beweise gegen Tossa vor, malte sie in leuchtenden Farben aus und sorgte gleich wieder dafür, daß die Farbe ein wenig verblaßte, indem er andeutete, daß die Beweise vielleicht doch nicht ausreichten, um sie festzuhalten. Kriebel, der ihm mit zusammengezogenen Brauen zuhörte, fand den Ton einerseits zu gönnerhaft, andererseits zu zaghaft. Er gelangte zu dem Schluß, daß das Mädchen in Haft bleiben mußte.

»Und die anderen drei?« erkundigte sich Ondrejow mit einer Miene, die zeigte, daß er mit diesem Beschluß nicht einverstanden war. »Keiner von ihnen kann mit dem Mord etwas zu tun gehabt haben. Nur die kleine Barber hatte die Gelegenheit dazu. Ich nehme doch an, daß keine Notwendigkeit besteht, ihnen ihren Urlaub zu verpatzen. Wir können sie jederzeit in Zbojská Dolina erreichen, wenn Sie gebraucht werden sollten. Es ist nicht nötig, daß wir sie holen.«

»Im Gegenteil, ich halte es für wichtig, daß wir sie ständig im Auge behalten können. Ich schlage vor, wir bringen sie hier in der Stadt unter und überwachen sie wenigstens so lange, bis wir die Berichte vom Arzt und vom Spurensicherungsdienst erhalten haben. Dann werden wir besser wissen, was gespielt wird.«

Schön und gut: Ausländern gegenüber soll man tadellose Korrektheit und Höflichkeit walten lassen, doch schließlich trug Kriebel die Verantwortung – und hier ging es um Mord.

»Wie Sie meinen«, erwiderte Ondrejow mit so ausdrucksloser Miene, daß selbst ein Dummkopf hätte erraten müssen, was sich dahinter verbarg. »Dann ist es wohl am besten, wenn ich, nachdem Sie mit den Leuten gesprochen haben, den jungen Felse mit seinem Wagen wegschicke, um ihre Sachen zu holen.«

»Ja, tun Sie das«, antwortete Kriebel.

»Gewiß, Genosse Major, wie Sie meinen.« Ondrejow hatte erreicht, was er wollte. »Ach übrigens, Genosse Major, ich habe die Britische Botschaft über die Lage des jungen Mädchens unterrichtet. Da die Botschaft von der Sache sowieso betroffen ist – der Tote war ja einer ihrer Leute –, hielt ich es für ratsam, gleich jeder möglichen Kritik in bezug auf Miss Barber die Grundlage zu entziehen. Ich hoffe, das habe ich recht gemacht. Es wird Sie natürlich in Ihrer Ermittlungsarbeit nicht beeinflussen«, beeilte er sich mit einer gelungenen Mischung aus Schmeichelei und Boshaftigkeit hinzuzufügen.

Tossa fuhr benommen aus tiefem, traumlosem Schlaf hoch, als man sie viel zu bald aus der Zelle holte. Doch sie war jetzt ganz ruhig. Sie war beinahe froh darüber, daß man sie von den anderen getrennt hatte; sie allein mußte mit der Last fertigwerden, die sie sich aufgebürdet hatte. Anteilnahme und gute Ratschläge hätten sie nur verwirrt. Sie wußte jetzt ganz genau, was sie zu tun hatte, obwohl sie bewußt eigentlich gar nicht darüber nachgedacht hatte. Am vergangenen Abend war es ihr sinnlos erschienen, ihre erlogene Geschichte zu korrigieren, da Mirek alle Lügen aufgedeckt hatte. Jetzt erschien es ihr wichtig, selbst so ausführlich, wie es ihr möglich war, zu berichten. Es gab noch immer Dinge, über die sie nicht sprechen konnte; doch wenn sie zugab, daß sie nicht an einen Unfall ihres Stiefvaters geglaubt hatte, daß sie auf eigene Faust Erkundigungen einziehen wollte, so wurde dadurch das Marrion Institute gar nicht in diese Affäre einbezogen. Keine Lügen diesmal. Wahrheit, nichts als die Wahrheit, wenn auch nicht die ganze Wahrheit. Es würde ihr vielleicht nicht aus der Patsche helfen, aber es würde ihr helfen, mit sich selbst ins reine zu kommen.

»Ich möchte eine Aussage machen«, sagte sie, als Ondrejow kam, um sie zum Kaffee zu holen.

»Das dürfen Sie gleich tun, aber nicht vor mir. Und beeilen Sie sich nur nicht so sehr.« Er musterte sie mit scharfsichtigen, nachdenklichen Augen. »Trinken Sie ruhig erst Ihren Kaffee. Zeit haben wir genug.«

Sie schüttelte den Kopf. Merkwürdig schien ihr diese Einstellung.

»Der Mann von Scotland Yard ist also gekommen?« fragte sie mit einem flüchtigen, blassen Lächeln.

»Ja, und er ist nicht der einzige, der gekommen ist. Heute morgen sind drei Herren eingetroffen, die Ihnen helfen wollen.«

»Gleich drei?« Sie war beeindruckt und ein wenig belustigt, sogar etwas neugierig. Doch sie wollte ihm keine Fragen stellen. »Ich glaube, das können sie gar nicht«, meinte sie nach kurzem Nachdenken. »Mir kann erst geholfen werden, wenn Sie die Kugel gefunden haben.«

»Stimmt«, bestätigte Ondrejow. »Ich glaube auch nicht, daß sie Ihnen helfen können.«

»Wie geht es den anderen? Kann ich mit ihnen sprechen?«

»Es geht ihnen gut, und Sie werden selbstverständlich mit Ihnen sprechen können.«

Sie saßen schon im Vorzimmer, als er ihr die schmale Treppe hinauf folgte und ihr die schwere braune Tür öffnete. Mit geröteten Augen, abgespannt nach einer schlaflosen Nacht, saßen sie da und warteten darauf, vernommen zu werden. Ihre Augen leuchteten auf, als sie sie sahen, und Dominic sprang von seinem Stuhl auf. Doch ehe sie ein Wort wechseln konnten, öffnete sich die Tür zum Nebenzimmer, und Kriebel streckte den Kopf heraus.

»Hier herein bitte, Miss Barber.«

Sie warf einen schnellen Blick zu Dominic hinüber, und einen Moment lang starrten sie einander hilflos an. Dann ging sie gehorsam in das anschließende Zimmer, und Ondrejow folgte ihr und schloß die Tür.

»Miss Barber, mein Name ist Kriebel. Ich leite die Ermittlungen. Bitte nehmen Sie Platz.«

Der Stuhl, den man ihr hingerückt hatte, stand vor einem großen Tisch im Licht, das durch das Fenster gegenüber fiel. Der Rest des Raums wirkte im Vergleich beinahe düster. Dieses Büro war größer als das schäbige Vorzimmer, das Ondrejow bevorzugte. Sie sah die Männer in Zivil, die im Zimmer waren, doch sie hielt sie für Kriminalbeamte.

»Ich möchte eine Aussage machen.«

Prompt, als hätte sie eine Alarmsirene betätigt, traten die Retter auf den Plan. Drei waren es, wie Ondrejow gesagt hatte, und alle drei waren in dem Moment, als sie sich bewegten und ihr Augenmerk auf sich zogen, unfehlbar als Engländer zu erkennen. Und alle drei geboten ihr zu schweigen und abzuwarten.

»Miss Barber, ich würde Ihnen empfehlen, sich sorgfältig zu überlegen, in was für einer Situation Sie sich befinden, und nichts Übereiltes zu tun.«

»Wir sind hier, um Ihre Interessen wahrzunehmen, Miss Barber.«

Der erste war ein Mann mittleren Alters von untadeliger Erscheinung, mit einem glatten Gesicht, grauhaarig, rundlich und behende; der zweite war ein hochaufgeschossener junger Mann mit lässigen Bewegungen und einem gutgeschnittenen, hochmütigen Gesicht, das an ein Rassepferd erinnerte. Der dritte, der an seinem Platz geblieben war und bisher nichts gesagt hatte, sah aus, als wäre seine Besorgnis ehrlicher als die der anderen, als könnte er auch mehr erreichen als die anderen. Er wirkte vielleicht noch typischer englisch als die anderen, aber auf eine Art, die besser hierher paßte, wo die Felder nur einen Steinwurf entfernt waren und die Gipfel der Berge sich draußen vor dem Fenster vom blauen Himmel abhoben. Er war ein älterer Mann, groß und ziemlich mager, mit dunklem Haar, das an den Schläfen grau zu werden begann, und einem gutaussehenden, jugendlich wirkenden Gesicht, das einem pensionierten Offizier oder einem hohen Beamten hätte gehören können. Er trug eine helle Cordhose und eine Tweedjacke, die ausgebeult war vom langen Tragen und an den Ellbogen mit Lederflecken besetzt.

Keinen von ihnen hatte sie je in ihrem Leben gesehen; aber sie waren natürlich für alle möglichen verlaufenen Lämmer zuständig. Kein Wunder, daß der kleine Rundliche sie so indigniert ansah. Als wäre es nicht genug, daß ein Attaché der Britischen Botschaft sich hatte ermorden lassen, mußte auch noch eine englische Studentin sich unter dem Verdacht festnehmen lassen, ihn erschossen zu haben.

»Ich bitte um Entschuldigung, Major Kriebel. Miss Barber sollte auf ihre Rechte aufmerksam gemacht werden, und man sollte ihr Zeit zum Nachdenken lassen. Mir ist natürlich klar, daß Ihre Aufgabe keinen Aufschub duldet, aber gestatten Sie, daß ich einige Worte mit ihr spreche, ehe Sie mit dem Verhör beginnen?«

»Unter allen Umständen. In meinem Beisein natürlich, im gegenwärtigen Stadium, aber ich versichere Ihnen, daß Sie ganz ungehindert sprechen können. Miss Barber, diese Herren kommen von der Britischen Botschaft in Prag. Sie sind hergekommen, um in dieser unglückseligen Angelegenheit Ihre Interessen wahrzunehmen. Bitte, Herr Rechtsanwalt.«

»Mein Name ist Charles Freeling«, sagte der Anwalt, »ich bin Rechtsberater bei der Botschaft. Dieser Herr ist Adrian Blagrove, der uns bei der Vorbereitung gewisser technischer Unterlagen hilft, die im Zusammenhang mit den Beratungen über ein Handelsabkommen übersetzt werden müssen. Ich habe ihn mitgebracht, weil er mit Ihrem verstorbenen Stiefvater eine Zeitlang zusammengearbeitet hat und Ihnen natürlich helfen möchte, wenn ihm das möglich ist. Und hier«, er deutete auf den Mann im Tweedsakko, der jetzt mit einem kurzen, warmen Lächeln vortrat, »ist Sir Broughton Phelps, dessen Name Ihnen gewiß bekannt ist. Sir Broughton hielt sich zufällig in seinem Urlaub in den Karpaten auf. Ich erlaubte mir, ihn zu unterrichten, als ich von Ihrem Dilemma hörte.«

Ja, das wenigstens war ein Name, den sie kannte. So, der Direktor des Marrion Resarch Institute war also ›zufällig‹ im Urlaub hier! Und hatte sie nicht den anderen Namen auch schon einmal gehört? Hatte nicht Robert Welland erwähnt, daß Adrian Blagrove der neue Leiter der Sicherheitsabteilung im Marrion Institute war? Der Mann, der Herbert Terrells Posten übernommen hatte? Und plötzlich tauchte er hier auf, um ›bei der Vorbereitung technischer Unterlagen zu helfen, die übersetzt werden müssen‹.

Diese Erkenntnis war für Sie ein Schock, doch sie war sogleich gewappnet. Diese Männer sollten hergekommen sein, um ihre Interessen wahrzunehmen? Sie waren einzig und allein hergekommen, in höchster Eile hergekommen, um sicherzustellen, daß sie nichts verriet. Abgesehen davon würden sie gewiß ihr ganzes diplomatisches Geschick einsetzen, um ihr zu helfen.

»Ihr Stiefvater hat bei mir gearbeitet, mein Kind.« Sir Broughton nahm ihre Hand und blickte mit seinem warmen, besorgten Lächeln auf sie nieder. »Es wäre mir die größte Freude, wenn ich Ihnen helfen könnte. Mr. Freeling hat fast die ganze Nacht versucht, mich zu erreichen, aber es gelang ihm erst heute morgen, mit mir Verbindung aufzunehmen. Ich war unten in der Gegend bei Topolcianky beim Fischen. Sie brauchen sich keine Sorgen zu machen, mein Kind. Sie haben doch nichts Unerlaubtes getan, nicht wahr? Dann brauchen Sie nur ganz vernünftig Ihre Geschichte zu erzählen und ein wenig Vertrauen zu den Behörden zu haben.«

Eine wunderschöne Trostrede, doch sie verstand die Warnung, die darin enthalten war.

»Es war sehr nett von Ihnen allen«, bemerkte sie pflichtschuldigst, »mir so schnell zu Hilfe zu kommen. Sie mußten doch sicher die ganze Nacht fahren.«

»Blagrove und ich sind heute in aller Frühe nach Poprad geflogen«, erklärte Freeling. »Sir Broughton kam mit dem Wagen aus Topolcianky. Wir waren froh, daß man uns so prompt vom Tod des armen Welland und von Ihrer mißlichen Lage unterrichtete, und wir sind Major Kriebel sehr dankbar, daß er uns gestattete, gleich mit Ihnen zu sprechen. Also, die Hauptsache ist, daß Sie in aller Ruhe überlegen und nichts überhasten. Sie müssen an Ihre Rechte denken und auch an Ihre Verpflichtungen. Keiner kann eine Aussage von Ihnen verlangen, darauf wollte ich Sie nur hinweisen.«

»Es hat auch niemand eine verlangt«, erwiderte sie, »aber ich möchte aus freien Stücken eine Aussage machen. Ich habe Leutnant Ondrejow verschiedenes erzählt, was nicht der Wahrheit entsprach. Das möchte ich jetzt berichtigen.«

Sie sagte, so schien es, genau das, was sie nicht hätte sagen sollen. Alles war verkehrt, nur ihre Feinde freuten sich, besonders Ondrejow, der sie anstrahlte, daß seine Augen in dem ziegelroten Gesicht nur so blitzten. Die Delegation von der Botschaft gab sich krampfhaft wohlwollend. Selbst Sir Broughton, der menschlichste der drei, blickte sie mit mahnendem Stirnrunzeln an.

Das Schweigen der Genugtuung und der Fassungslosigkeit wurde jäh unterbrochen von einer lauten, fordernden Stimme im Vorzimmer. Tossa spitzte die Ohren und wandte sich dann mißtrauisch an Ondrejow.

»Das ist noch jemand für mich«, sagte sie. »Ich kenne ihn. Er – er ist ein Bekannter meiner Mutter.« Wie hätte sie diesen Leuten, die, wenn sie von Terrell sprachen, noch den Trauerton anschlugen, sagen können: ›Er ist der zukünftige Mann meiner Mutter‹?

Ondrejow stand auf und ging ins Vorzimmer. Gleich darauf kehrte er mit unbewegtem Gesicht zurück, in Begleitung eines breitschultrigen, offensichtlich ärgerlichen Mannes im dunklen Anzug. Wie ein wütender Habicht stürzte er sich auf Tossa.

»Lieber Himmel, Mädchen«, rief Paul Newcombe, »was machst du denn für Sachen? Da ruft mich aus heiterem Himmel deine Mutter in Wien an und erklärt mir, sie hätte von einem gewissen Welland erfahren, daß du dich in der Gegend herumtreibst, wo der arme Herbert abgestürzt ist, und ob ich bitte so lieb sein würde, festzustellen, was du eigentlich vorhast, und dir mitzuteilen, daß du die Hände davon lassen sollst. Und als ich dann schließlich das gottverlassene Nest gefunden hatte, dessen Namen sie mir angegeben hatte, da mußte ich erfahren, daß du mit deinen Freunden nach hier übersiedelt bist. Hierher, aufs Polizeirevier! Was, zum Teufel, geht hier vor?«

Tossa war bleich und verstört. Alles würde wieder von vorn anfangen. Einer war schlimmer als der andere. Sie würde diesen Menschen genauso verachten, wie sie Terrell verachtet hatte; es gab kein Entrinnen. Sie starrte an der massiven Gestalt vorbei auf die beiden Slowaken, die dem Auftritt mit nachdenklichem Interesse gefolgt waren.

»Major Kriebel, das ist Mr. Newcombe. Er ist nicht mit mir verwandt, aber er ist der Freund meiner Mutter. Er fühlt sich anscheinend verantwortlich für mich. Mr. Newcombe, ich wollte gerade eine Aussage machen. Die dürfte alle Ihre Fragen beantworten. Und wenn es Major Kriebel und Leutnant Ondrejow paßt, dann möchte ich die Aussage jetzt machen.«

»Bitte, bitte«, Kriebel hatte einen raschen Blick mit Ondrejow getauscht. »Meine Herren, wenn Sie Miss Barber jetzt ohne Unterbrechung sprechen lassen, dann können Sie hier bleiben. Das ist ein Zugeständnis, das ich nicht zu machen brauche, aber ich mache es.« Ondrejows unzugängliche Miene und seine leicht gehobenen Brauen waren beredt. Wie Sie wollen, sagten sie. Sie schaufeln sich damit das eigene Grab. »Genosse Leutnant, würden Sie Miss Barbers Aussage mitschreiben, bitte?«

»Der Grund, weshalb ich gestern abend die Unwahrheit sagte und auch Mr. Felse dazu überredete zu lügen, obwohl er mir abriet, war, daß ich Angst hatte, noch tiefer in die Sache hineingezogen zu werden, wenn ich die Wahrheit sagte. Ich dachte, ich könnte Ihnen alle notwendigen Einzelheiten über Mr. Wellands Tod mitteilen, ohne eingestehen zu müssen, daß ich selbst aus einem ganz bestimmten Grund hierhergekommen bin. Ich überredete meine Freunde, ebenfalls hierher zu fahren und den Urlaub hier mit mir zu verbringen, weil mein Stiefvater in Zbojská Dolina umgekommen war und ich nicht daran glaubte, daß es ein Unfall war. Ich wollte mir das Gebiet selbst ansehen. Mr. Welland traf ich, als ich auf Urlaub in London war. Wir sprachen über den Tod meines Stiefvaters, und er versprach mir, sich persönlich um die Sache zu kümmern. Aber ich wollte trotzdem herkommen. Das habe ich ihm nicht gesagt, und er hatte keine Ahnung davon, bis er uns in Zilina begegnete, als wir auf der Fahrt hierher waren. Offensichtlich hat es ihm nicht gepaßt, daß ich hergekommen war, sonst hätte er sicher nicht meine Mutter verständigt.

Sie erzählte es genau so, wie Dominic am vergangenen Abend vorgeschlagen hatte, bekannte aufrichtig, daß Welland sie angerufen und sich mit ihr verabredet hatte, schilderte in aller Einzelheit die Umstände seines Todes. Doch alles, was das Marrion Institute betraf, die Frage der nationalen Sicherheit, die Flucht von Karel Alda, mußte weiterhin verschwiegen werden, und deshalb mußten auch Wellands letzte rätselhafte Worte der Zensur zum Opfer fallen. Hatten sie denn überhaupt eine Bedeutung gehabt? Sie ließen sich nicht aus ihrem Gedächtnis verbannen, doch sie wußte nicht, wie sie auszulegen waren.

Es stand zu viel auf dem Spiel. Dort saß der Direktor des Forschungsinstitutes, hörte ihr mit besorgter und teilnahmsvoller Miene zu, während sein hypnotischer Blick ihr befahl zu schweigen, selbst wenn es ihren Tod bedeuten sollte. Und der Leiter der Sicherheitsabteilung musterte sie mit vorsichtiger Beifälligkeit, als sie, sorgsam sich vorantastend, jede Erwähnung des Unternehmens umging, das er vertrat. Sie spürte es, als sie aufatmeten. Verglichen mit den geheimen Plänen und Aktivitäten, die sie zu schützen hatten, waren Tossa Barber und Robert Welland gleichermaßen entbehrlich.

Ondrejow schrieb ihre Angaben nieder und tippte dann sofort das Protokoll auf der Maschine im Vorzimmer. Keiner versuchte sie zu hindern, ihre Unterschrift darunter zu setzen, als er ihr das Papier vorlegte. Sie waren unendlich erleichtert über den Inhalt der Aussage. Ihr persönliches Dilemma war im Vergleich kaum von Belang. Doch mit ermutigenden Blicken gaben sie ihr zu verstehen, daß sie als Gegenleistung für ihre Dienste ihr helfen würden.

»Es tut mir nur so entsetzlich leid um Robert Welland«, sagte sie plötzlich. Ihre Stimme klang wie ein stummer Protestschrei.

»Natürlich, natürlich. Das geht uns allen so. Aber ich bin überzeugt, daß die Angelegenheit schnellstens aufgeklärt werden wird«, versicherte Freeling beschwichtigend.

»Mir kommt da eben ein Gedanke, Major. Da Ihre Räumlichkeiten hier in Pavol recht unzulänglich sind und da es doch reichlich umständlich wäre, Miss Barber an einen andern Ort zu bringen, würde ich vorschlagen, daß sie Miss Barber bis auf weiteres auf freien Fuß setzen. Ich verbürge mich selbstverständlich für sie. Sie wird jederzeit zu Ihrer Verfügung stehen und wird keinesfalls den Ort verlassen.«

»Ich kann mir kaum vorstellen«, bemerkte Sir Broughton Phelps trocken, »daß ein solcher Vorschlag auch nur in Erwägung gezogen werden kann, wenn er von Ihrer Dienststelle kommt. Ich jedoch, der ich die größte Achtung vor Miss Barbers Stiefvater hatte, wäre nur zu gern bereit, meinen Urlaub zu opfern und hierzubleiben, wenn Sie *mir* gestatten, die Verantwortung für Miss Barber zu übernehmen. Und natürlich auch für ihre Freunde, wenn diese auch, soweit ich unterrichtet bin, nicht in Haft sind.«

Paul Newcombe plusterte sich kampflustig auf.

»Ich vertrete Mrs. Terrell hier, und wenn Tossa auf freien Fuß gesetzt werden kann, dann werde ich mich um sie kümmern.«

Ondrejow summte leise vor sich hin. Er sah wohlgefällig und zufrieden aus wie ein satter Säugling.

»Miss Barbers Freunde können sich innerhalb von Liptovsky Pavol frei bewegen, wenn ich ihnen auch leider nicht gestatten kann, den Ort zu verlassen. Miss Barber jedoch bleibt vorläufig unter meiner Obhut«, entschied Kriebel. »Sie haben selbst gehört, warum wir es für notwendig halten, sie in Haft zu halten. Diese Gründe sprechen für sich selbst. Nur Miss Barber besaß die Gelegenheit, den Mord zu verüben, jedenfalls nach allem, was *wir* bisher wissen. Deshalb können wir sie nicht auf freien Fuß setzen. Ich muß meine Pflicht tun.«

Diesen Moment suchte sich Ondrejow aus, um zu seinem Vorgesetzen aufzublicken und ganz harmlos zu sagen: »Vielleicht könnten wir als nächstes gleich die Aussage des jungen Mr. Felse zu Protokoll nehmen, Genosse Major. Dann kann ich ihn zur Riavka Hütte schicken, um die Sachen zu holen, während wir die Aussagen der beiden anderen jungen Leute aufnehmen. Sie brauchen ja ihre Kleider und Toilettenartikel.«

»Gewiß«, stimmte Kriebel zu. »Rufen Sie ihn herein. Und Sie, meine Herren, wenn Sie bleiben wollen ...«

Warum dieses generöse Angebot, wunderte sie sich. Nicht, weil er es ihnen schuldig war, nicht weil er sich dazu verpflichtet fühlte oder bedrängt; im Gegenteil, er schien sich mit jeder Sekunde wohler zu fühlen. Er wollte ihre Reaktion sehen, ob sie die Gelegenheit beim Schopf packen würde, sich zu vergewissern, daß Dominics Bericht mit dem von Tossa übereinstimmte; und er wollte ihre Reaktion beobachten, falls sich Diskrepanzen ergeben sollten.

Drei der Männer zeigten vorsichtige, aber merkliche Erleichterung.

»Das ist sehr entgegenkommend von Ihnen«, sagte Freeling. »Wir haben diesen jungen Leuten gegenüber eine Verpflichtung. Wir bleiben gern, danke.«

Nur Paul Newcombe stand auf, groß und schwer, den Kopf gesenkt wie ein gereizter Stier.

»Meine Pflicht ist es, mich um Miss Barber zu kümmern. Verstehe ich recht – sie bleibt in Haft?«

»Leider ja«, antwortete Kriebel kühl.

»Ich darf Sie vielleicht darauf aufmerksam machen, daß ich noch keine Gelegenheit gehabt habe, mit ihr zu sprechen, und daß ich auf ausdrücklichen Wunsch ihrer Mutter hergekommen bin. Kann ich mich nun wenigstens eine Viertelstunde mit ihr unterhalten?«

»Wenn Sie jetzt mit ihr hinuntergehen«, erwiderte Kriebel, »können Sie selbstverständlich mit ihr sprechen.«

Paul war so überrascht, daß sein Gesicht sogar einen Schimmer von Dankbarkeit zeigte. Diese Korrektheit war beinahe übertrieben. Auch Tossa war über so viel Großzügigkeit verwundert. Erst als man sie aus dem Zimmer in ihre Zelle zurückführte, begriff sie. Der Beamte in Zivil, der ihnen die Tür öffnete und ihnen in die Zelle folgte, war Miroslav Zachar. Wenn Paul etwas von Interesse zu sagen hatte, so würde das nicht geheim bleiben.

Ondrejow führte Dominic ins Büro und spitzte mit einem breiten, zufriedenen Lächeln seinen Bleistift.

Die Zwillinge, stumm vor Nervosität, wurden gemeinsam in Kriebels Büro geführt, und Dominic ging, von Ondrejow begleitet, die Treppe hinunter. Er hatte das Gefühl, auf Eiern zu gehen oder auf einem nicht straff gespannten Seil zu balancieren. Er hatte keine Ahnung, ob er das richtige gesagt hatte, als er drinnen unter dem wachsamen Auge der drei besorgten Engländer seine bruchstückhafte Aussage gemacht hatte, die nur einen Teil der Wahrheit enthalten hatte. Er wußte nicht einmal, wer sie waren, diese drei, die so aufmerksam an seinen Lippen gehangen hatten. Sie konnten doch nicht alle von der Botschaft sein, oder?

Der VW-Bus stand vor dem Hotel Slovan, einem kleinen, schäbigen Giebelhaus.

»Fahren Sie vorsichtig«, sagte Ondrejow. »Sie kennen die Straße?«

»Ja, ich kenne die Straße. Ich bin doch gestern abend hergefahren.«

»Am besten essen Sie drüben auch gleich. Zeit haben Sie. Und fahren Sie auf dem Rückweg unbedingt durch. Verstanden? Halten Sie auf keinen Fall an, fahren Sie durch und trödeln Sie nicht. Ihre Freunde werden Sie hier erwarten«, fügte Ondrejow beruhigend hinzu. »Machen Sie sich ihretwegen keine Sorgen. Es geschieht ihnen nichts. Auch Miss Barber nicht. Ich gebe auf sie acht.«

»Wer war eigentlich der andere?« fragte Dominic unvermittelt. »Der mit Tossa hinausgegangen ist?«

»Sie kennen ihn nicht? Ein Mr. Newcombe. Er scheint der Meinung zu sein, er müßte an Miss Barber Vaterstelle vertreten. Ich denke mir, daß ihre Mutter beabsichtigt, ihn zu heiraten.«

»Ach so!« Er stieg in den Wagen und steckte den Zündschlüssel ein. Der Motor heulte auf. »Sie ist doch nicht allein, nicht wahr?« fragte er. Er sah plötzlich ganz klar. »Sie wird doch nicht alleingelassen?«

»Nein, sie wird keinen Augenblick allein sein. Ich habe selbst zwei Töchter, mein Junge. Und ich habe eine kleine Enkelin. Sie können ganz beruhigt sein.«

Der Wagen holperte über das Kopfsteinpflaster und verschwand. Hinter Ondrejow tauchte Mirek Zachar auf.

»Ich kann den Jungen schon im Auge behalten«, versicherte er, während er seinen Sturzhelm zuschnallte. »Ich kenne die Straßen besser als er. Und Sie warten an der Kurve bei Kral?«

»Ich oder ein anderer. Wenn etwas schiefgeht, dann rufen Sie sofort an.«

»Natürlich«, versprach Mirek und schwang sich auf seine Jawa.

»Wenn Sie ihn verlieren«, brüllte Ondrejow, um das Geknatter des Motorrads zu übertönen, »ziehe ich Ihnen das Fell über die Ohren.«

9

Jetzt, wo er allein war, konnte er nachdenken; es gab vieles, worüber er nachdenken mußte. Eines wußte er mit Gewißheit – alles lastete jetzt auf ihm. Mochten sie aus allen Richtungen herbeieilen, um Tossa zu helfen; verantwortlich für sie waren nur sie selbst und Dominic, sonst niemand. Und Tossa saß in einer Gefängniszelle, unfähig, etwas zu unternehmen; blieb also nur Dominic.

Wellands Ermordung mußte einen Sinn haben. Keinesfalls, dessen war Dominic sicher, war das die sinnlose Tat eines Irren. Daher mußte er, wenn alle Tatsachen ihm vorlagen, imstande sein, den Sinn zu entdecken; doch da er nicht alle Tatsachen zur Hand hatte, mußte er zunächst versuchen, die Lücken durch logische Schlußfolgerungen zu schließen.

Mit einer Tatsache galt es zu beginnen: Es gab jemanden, der sich nicht scheute zu töten, um sicher sein zu können, daß jene Menschen, die Karel Alda aus seiner Zeit in England kannten, auf keinen Fall mit ihm Verbindung aufnehmen würden. Sowohl Terrell als auch Welland waren ums Leben gekommen, sobald sie Aldas Spur aufgenommen hatten; und beide waren in diesem engen, kleinen Tal umgekommen. Deshalb war anzunehmen, daß Alda sich in eben diesem Tal aufhielt.

War aber nun aus diesen Umständen unbedingt zu schließen, daß Alda selbst getötet hatte? Dominic scheute davor zurück, diese Frage zu bejahen. Wenn Alda und seine Arbeit für dieses Land von so lebenswichtiger Bedeutung waren und mit allen Mitteln vor Entdeckung geschützt werden mußten, dann war es weit wahrscheinlicher, daß die Morde von Fachleuten ausgeführt worden waren, die in der edlen Kunst des Tötens Erfahrung besaßen, während man das Genie ungestört seiner Arbeit überlassen hatte. Diese Überlegungen basierten auf der Annahme, daß es hier tatsächlich um die nationale Sicherheit ging. Wenn die Morde hingegen aus persönlichen Motiven verübt worden waren, dann konnte man annehmen, daß Alda selbst Hand angelegt hatte, um dafür zu sorgen, daß er in Ruhe gelassen wurde.

Gleichgültig, ob nun das eine oder das andere zutraf: Wenn die Geheimhaltung von Aldas Aufenthalt so ungeheuer wichtig war, dann ergab sich daraus die nächste Überlegung ganz von selbst. Denn die Person, die Welland erschossen hatte, hatte bei dieser Gelegenheit auch Dominic aufs Korn genommen. Der Mörder wußte, daß ein Zeuge seine Tat beobachtet hatte; er wußte wahrscheinlich sogar, daß es zwei Zeugen gewesen waren, wußte vielleicht auch, wer sie waren. Er konnte nicht wissen, ob Welland Zeit geblieben war, sein Geheimnis diesen Zeugen preiszugeben, ehe er den Tod gefunden hatte, und er konnte es sich nicht leisten, ein Risiko einzugehen. Dominic und Tossa waren eine Gefahr für ihn. Sie mußten beseitigt werden. Wenn er hinreichend informiert war, dann mußte Tossa sein erstes Ziel sein. Doch Tossa saß in einer Gefängniszelle, war für ihn nicht greifbar. Und wer hatte das besorgt? Ondrejow, dieser undurchschaubare, scheinbar so einfältige Bauersmann.

War Tossa wirklich in Haft, weil er sie verdächtigte? Oder weil er sie aus Sorge um ihre Sicherheit nicht auf freien Fuß setzen wollte?

So oder so, das nächste Ziel des Mörders mußte dann Dominic Felse sein; und Dominic Felse saß nicht in einer Zelle; er saß hier im VW-Bus und fuhr allein die Bergstraße entlang.

Gab es sonst noch eine Tatsache, die als Grundlage dienen konnte? Ja, die wenigen Worte, die Robert Welland gesprochen hatte, ehe er gestorben war. Tossa hatte sie ihm wiederholt. ›Aber er kann es nicht gewußt haben – niemand sonst hat es gewußt.‹ Und dann, ärgerlich: ›Unmöglich!‹ Man konnte fast mit Sicherheit davon ausgehen, daß Welland überzeugt gewesen war, Alda hätte Terrell getötet. Deshalb mußte Alda der ›er‹ gewesen sein, der nicht gewußt haben konnte, daß Welland ihn gefunden hatte. Und dann ›Unmöglich!‹ Was, in Wellands Augen, war unmöglich gewesen? Doch gewiß nicht, daß Alda versuchen sollte, ihn zu töten; damit hätte er aufgrund seiner eigenen Theorie rechnen müssen.

Er hatte die Kurve erreicht, wo nach rechts der ausgefahrene Pfad abzweigte, der nach Zbojská Dolina hineinführte. Der kleine Bus nahm die Kurve und kroch dann die Steigung empor. Anderthalb Kilometer weiter tauchte wie ein Pilz plötzlich das flachgiebelige Dach der Riavka Hütte aus dem Grün der Wiesen auf.

Irgendwie war er zu einer vollkommen unerwarteten Schlußfolgerung gelangt. Ganz gleich, wie er die Tatsachen drehte und wendete: Seine Überlegungen endeten immer am selben Punkt. In einer Wirrnis von Geheimniskrämerei und Argwohn hatten sie auf einen Menschen Jagd gemacht, ohne jemals seinen Namen auszusprechen, ohne jemals nach ihm zu fragen, ohne jemals daran zu denken, daß er vielleicht gar nicht wußte, daß sie ihn suchten. Nie war ihnen der Gedanke gekommen, daß er sich vielleicht gar nicht versteckte, daß er ihnen vielleicht gar nicht bewußt aus dem Weg ging, daß er sie vielleicht einfach nicht bemerkt hatte, weil sie viel zu überzeugt gewesen waren von ihrer eigenen Schlauheit, um sich dazu herabzulassen, sich den Weg zu ihm zeigen, ihn für sich selbst sprechen zu lassen.

Er wußte immer noch nicht, was er tun würde, als er den Wagen vor der Hütte anhielt. Er wußte nur, daß keine Zeit mehr blieb, wie die Katze um den heißen Brei zu schleichen. Die Polizei würde Tossa kaum länger festhalten können, wenn sich herausstellte, daß die Kugel, die Welland getötet hatte, aus einem Gewehr stammte. Und wie lange würde das noch dauern? Höchstens einen Tag.

Er mußte sofort etwas unternehmen; er mußte die Lösung finden. Er mußte mit Karel Alda sprechen.

Die Martineks waren ein wenig befangen, aber herzlich. Dana half ihm, die Sachen der Mädchen zu packen, und ihr Bruder lud das Gepäck in den Wagen, während Dominic das Mittagessen verzehrte, das Frau Martinek ihm zubereitet hatte. Er zahlte die Rechnung, und Dana, Botschafterin der Familie, ging mit ihm hinaus, um ihm auf Wiedersehen zu sagen. Doch die Befangenheit war noch immer da, und sie setzte ihre Worte achtsam. Er konnte ihr keinen Vorwurf daraus machen. Kein Mensch sieht sich gern in Verbrechen, vielleicht sogar Landesverrat, verwickelt. Wenn er ihr jetzt die Fragen gestellt hätte, die er zu Anfang hätte stellen sollen, sie hätte ihm nicht geantwortet.

Er steuerte den Wagen so weit den Pfad hinunter, daß er von der Hütte aus nicht mehr gesehen werden konnte, fuhr ihn an einer ebenen Stelle unter die Bäume am Wegrand und ließ ihn dort stehen. Dann schlug er einen weiten Bogen um die Riavka Hütte und erstieg die Höhe.

Es war kurz nach ein Uhr, der Tag war warm und klar, ein leichter Wind machte das Wandern angenehm. Weit und breit rührte sich nichts, alles war still und verlassen. Gemächlich stieg er zur oberen Mulde hinauf, wo die Hütten sich am Rand des leuchtend grünen Sumpfgrases zusammendrängten. Auch hier war alles still. An einem solchen warmen und ruhigen Nachmittag waren Tiere und Menschen oben auf den hochgelegenen Almen.

Er kletterte langsam, ohne sich anzustrengen, schräg am Hang hinauf, als er eine Herde kastanienbrauner Ziegen hoch über sich einen Bergpfad entlanglaufen sah, hinüber zu den aufragenden Felsen des nördlichen Gipfels. Ein Stück unter ihm lag eine einsame Hütte, die höchstgelegene im Tal; vor ihm befand sich der gefurchte Grashang und jenseits die lange, graue Narbe der Felsrinne, durch die Geröll und Felsbrocken aus der Höhe hinunterstürzten auf die Schutthalde. Er stand auf gleicher Höhe mit der Oberschicht der Halde, keine fünfzig Meter von der Stelle entfernt, wo überschüssiges Gestein ins Gras gerollt war und das Grün grau sprenkelte. Von hier aus sah sie gar nicht so schreckerregend, gar nicht so steil aus. Sie sah beinahe aus wie ein rauher, unregelmäßig verlaufender Pfad, ähnlich wie der oben, aber drei Meter hoch mit losem Gestein aufgeschichtet. Der Schaftrieb, auf dem er stand, führte zu ihr hin und wandte sich dort nach rechts, um eine Treppe ausgewaschener Felsstufen zu erklimmen.

Und hoch über ihm strebten die kastanienbraunen Ziegen, geführt von der hochgewachsenen Gestalt ihres Hirten, dem Gipfel zu. Dem einzigen Hirten in Zbojská Dolina, den er noch nicht aus der Nähe gesehen hatte!

Dominic legte die Hände wie eine Muschel um den Mund und schickte einen langen Jodler den Berg hinauf. Die Ziegen sprangen weiter, ohne sich stören zu lassen. Der Mann blieb stehen, volle zwei Sekunden später, als wäre der Ruf eben erst zu ihm aufgestiegen, und ließ den Blick ruhig über das Tal zu seinen Füßen schweifen. Dominic hob den Arm und winkte, und der Mann oben winkte zurück, ehe er sich umdrehte, um weiter bergauf zu steigen.

Er würde gehen. Nichts konnte ihn halten. Nur fünfzig Meter Anstieg noch, dann würde er über den Paß verschwinden. Und selbst wenn Dominic ihn verfolgte – würde er ihn wiederfinden?

Zum Nachdenken blieb ihm keine Zeit. Er wußte nur, daß er ohne Zögern handelte. Er hatte den steinigen Rand der Halde erreicht. Er hastete weiter, über den Pfad hinaus, der hier einen Knick machte, hinauf zu dem unwegsamen Feld aus Geröll und Felsbrocken. Es war zu spät, noch einmal zu rufen, zu spät, um in die Höhe zu spähen, sich zu vergewissern, daß er gesehen wurde. Ganz klar und einfach war plötzlich alles, nur einen Feind gab es; nur ein brennendes Problem: ob er überlebte oder unterging.

Wenn er wirklich ahnungslos gewesen wäre, dann wäre es ein leichtes gewesen, diesen Weg zu beschreiten; doch wenn er ahnungslos gewesen wäre, dann hätte er ihn nie beschritten, weil er nicht gewußt hätte, daß dies das einzige Mittel war, sein Ziel zu erreichen. Und weil er kein unerfahrener Anfänger war, erfaßte ihn die Furcht, noch ehe der erste Felsbrocken unter seinem Fuß zu zittern begann, so daß er mitten im Schritt verharrte, den Atem angehalten, die Arme ausgestreckt, um Gleichgewicht ringend. Erschwert wurde sein halsbrecherisches Unternehmen noch dadurch, daß er den Anschein erwecken mußte, sich seiner ganz sicher zu sein, bis er weit genug gegangen war, um den Ziegenhirten aus seinen Höhen herunterzulocken. Wenn seine List durchschaut wurde, wer würde sich dann die Mühe machen, ihm zu Hilfe zu kommen, selbst wenn er sie wirklich brauchen sollte?

Er stand noch immer starr, um sein Gleichgewicht bemüht, abwartend, um den nächsten Schritt wagen zu können, als er den langgezogenen, gebieterischen Ruf von oben hörte. Ihm fiel ein Stein vom Herzen. Er wagte nicht aufzublicken. Der Schweiß brach ihm aus allen Poren, als er einen Arm hob und kurz winkte, wie ein frohgemuter Narr, der die Warnung völlig mißverstand. Er mußte weiter. Wie lange würde es dauern, ehe der Hirte den Hang hinunterklettern würde? Wie weit noch mußte er diesen trügerischen Weg gehen, der nirgendwo hinführte, außer in den Tod?

Er konnte nicht hinunterblicken und er konnte nicht hinaufblicken. Am liebsten hätte er sich auf allen vieren fallen lassen, um seinen Schwerpunkt möglichst weit in die Tiefe zu verlagern und die Gewichtsverschiebungen zu vermeiden, die den ersten Stein in Bewegung setzten und die ganze Geröllmasse ins Rutschen bringen würden.

Noch einen kurzen Schritt, ganz vorsichtig, das Gewicht langsam von einem Fuß auf den anderen schieben, die Augen starr geradeaus gerichtet halten. Die ganze Erde schien unter seinen Füßen zu beben, und die Versuchung, sich hangwärts zu lehnen und nach der Felsnase zu seiner Rechten zu greifen, war beinahe unwiderstehlich; doch er wußte, daß er genau das nicht tun durfte. Auf diese Weise würde er unweigerlich den ersten losen Stein ins Rollen bringen und die Lawine auslösen. Der graue Fels war vor ihm. Er zog die Hand zurück, bemühte sich, ruhig zu atmen, und tastete mit ausgestrecktem Fuß nach dem nächsten unsicheren Stück Grund.

Trügerisch ruhig blieb der Stein unter seinem Gewicht, und im letzten Moment verschob er sich knirschend, und beinahe wäre Dominic zu Boden gerissen worden. Er schwankte und starrte blind vor sich hin, voller Angst, die Augen zu schließen, um sein Gleichgewicht kämpfend, überströmt von Schweiß, der in einer plötzlichen Flut hervorbrach, ihm über Stirn und Brauen salzig und brennend in Augen und Mund rann. Sein Standbein rutschte ab, der Stein darunter rollte langsam bergab und fand einen neuen Ruhepunkt. Er war jetzt auf Händen und Knien, zitternd, schwankend, keuchend. Der Stein fühlte sich an wie ein gepflügtes Feld, das unter einem Erdbeben erzittert. Langsam, ganz langsam ließen die Zuckungen seines Körpers nach. Reglos hing er am Hang, unverletzt, zutiefst verwundert, durchnäßt von Schweiß.

Und hinter sich hörte er eine Stimme ganz ruhig und klar sagen: »Erschrecken Sie nicht. Halten Sie sich ganz still. Ich bin hier, dicht hinter Ihnen.«

Die Stimme war so nah, so körperlos wie Stimmen, die man im Fieberwahn hört; und wie solche Stimmen, erschreckte sie ihn nicht, schien ihm seltsam vertraut; selbst die Tatsache, daß die Worte in akzentfreiem Englisch kamen, überraschte ihn nicht. Gedanken machte er sich nur über die Zeit. Wie lange mochte er hier gekauert haben, betäubt und blind vor Angst, wenn der Fremde Zeit gehabt hatte, den Hang herunterzukommen und ihm hinaus auf diese Todesfalle zu folgen?

»Rühren Sie sich erst, wenn ich es Ihnen sage.«

Eine lange, muskulöse Hand mit knochigen Gelenken schob sich über seine Schulter, umschloß seine rechte Hand und preßte sie fest gegen den Stein. Eine zweite Hand glitt stützend unter seine rechte Achsel.

»Jetzt! Drehen Sie sich zum Hang hin. Vorsichtig. Ich halte Sie fest.«

Die Hände, die ihn stützten, schienen das einzige Sichere auf der Welt zu sein. Er vertraute ihnen und drehte sich um die Achse seines festverankerten Arms. Er konnte nichts sehen außer grauem, großporigem Gestein dicht vor seinem Gesicht.

»Gut so?« fragte die Stimme.

»Ja.«

»Dann halten Sie sich ruhig. Ich krieche voraus. Nein, bleiben Sie unten.«

Die Hände lösten sich von seinem Körper. Er holte vorsichtig Atem, und allmählich verebbten Entsetzen und Furcht, Vernunft und Überlegung kehrten zurück.

»Gut. Folgen Sie mir jetzt ganz dicht. Ich krieche langsam. Halten Sie sich an meinem Fuß fest, während Sie mir nachkriechen.«

»Es geht schon. Ich folge Ihnen.«

Der Rückweg schien länger als der Weg hinaus auf die Halde. Sie bewegten sich vorsichtig Zentimeter um Zentimeter vorwärts, die Körper langgestreckt und dicht am Boden wie Katzen. Die Sonne brannte auf Dominics bloßen Hals, und die Steine unter seinen Händen waren warm. Er tastete nach der Stelle, die unter der Last seines Führers ruhig geblieben war, ergriff den Absatz des weichen Schuhs und kroch verbissen weiter; bis plötzlich der Schuh seiner Hand entzogen wurde und seine Sohle aufsetzte, und Dominic dünne, gebleichte Grashalme sah, die neben seinem Fuß zitterten.

Dominic starrte sie an und begriff einen Moment lang nicht, wie sie dahin kamen. Eine Hand zog ihn hoch. Sein Retter stand am bleichen, terrassenförmig abgestuften Hang am Ende der Geröllhalde. Sie hatten es geschafft. Sie lebten. Dominic setzte seinen Fuß auf den Boden, und der Grund unter ihm war fest und sicher. Jetzt waren es seine Knie, die nachgaben, so daß er beinahe gestürzt wäre.

Er konnte sich kaum auf den Beinen halten. Wenn nicht der Arm seines Retters ihn umschlungen gehalten und ihn den Hang hinuntergezogen hätte, dann hätte er sich ins Gras setzen und warten müssen, bis die Nachwirkungen des Schocks vergangen waren. Beschämt und verlegen ließ er sich in die höchstgelegene Hütte führen. Er sank auf das Feldbett, das in einer Ecke des Raumes stand. Den Kopf in die Hände gestützt, blieb er sitzen, die Augen geschlossen, tief Atem holend.

Eine Hand tippte ihn an, und er öffnete die Augen und sah das Glas, das ihm hingehalten wurde.

»Hier, trinken Sie das.«

Die Stimme klang jetzt nicht mehr kühl und körperlos; sie klang gebieterisch, warm und zornig. Kleinlaut nahm Dominic das Glas entgegen. Die Flüssigkeit war scharf und brennend und rüttelte ihn aus seiner Benommenheit. Zum erstenmal begriff er, was er getan hatte. Abgesehen davon, daß er auf dieser Strecke sein Leben aufs Spiel gesetzt hatte, hatte er sich jedem, der ihm nach dem Leben trachtete, als Zielscheibe dargeboten. Wie hätte er sich dort draußen auf dieser schwankenden, bebenden Masse von Gestein wehren sollen, wo er nicht einmal eine Hand frei gehabt hatte, um ein paar Steine zu werfen, und noch viel weniger die Möglichkeit, bei einem Angriff in Deckung zu gehen? Hätte er diesen Mann, der da vor ihm stand, falsch eingeschätzt, dann wäre er jetzt tot gewesen.

Doch er hatte ihn nicht falsch eingeschätzt. Hier saß er, wohlbehalten und unverletzt; und dieser Mann hatte ihn hierher gebracht.

Er blickte von seinem leeren Glas auf und richtete zum erstenmal sein ganzes Augenmerk auf den Retter. Er blickte in ein ärgerlich verzogenes Gesicht mit hoher Stirn, weit auseinanderliegenden Augen, breiten Backenknochen, eingefallenen Wangen und schmaler Kinnpartie; in ein Gesicht mit kühn hervorspringender, schmaler Nase und einem schmallippigen, skeptischen Mund. Die tiefliegenden Augen unter den hellen Brauen starrten auf Dominic nieder, nicht gerade nachsichtig, nicht gerade freundlich.

»Und jetzt werden Sie mir vielleicht erklären«, sagte der Mann grimmig, »was, zum Teufel, Sie da oben zu suchen hatten.«

»Ich habe Sie gesucht, Mr. Alda«, antwortete Dominic. »Und ich habe Sie gefunden.«

10

Einen Augenblick blieb es ganz still, während sie einander anstarrten. Der Zorn wich aus dem kühlen, unnahbaren Gesicht und machte einer Mischung aus Verwunderung, Interesse und Nachdenklichkeit Platz. Doch weder Verständnis noch Unruhe blitzte in ihm auf. »Sie kennen also meinen Namen. Sollte ich auch den Ihren kennen?«

»Ich heiße Dominic Felse. Aber nein, meinen Namen können Sie gar nicht kennen. Ich bin Engländer.«

»Das dachte ich mir schon«, versetzte Alda trocken. »Nur ein Engländer, vielleicht sollte ich sagen ein Londoner, würde mit solcher Selbstsicherheit ein derart tollkühnes Unternehmen wagen. Ist Ihnen jetzt wenigstens klar, daß Sie auf dem besten Weg waren, Selbstmord zu begehen? Oder sind Sie noch einfältiger, als ich dachte?«

»Ich stamme nicht aus London«, erklärte Dominic. »Ich bin vom Land, beinahe könnte man sagen aus einer Gebirgsgegend. Ich wußte genau, was ich tat.« Kaum hatte er es gesagt, da war er zornig auf sich selbst. Es klang wie das Auftrumpfen eines eigensinnigen Kindes, dabei hatte er es ganz anders gemeint. »Ich bin schon ziemlich viel geklettert«, erklärte er, beinahe wie um Verzeihung bittend. »Ich kenne die Gefahren.«

»Dann sind Sie tatsächlich ein vollkommener Narr. Oder aber«, fügte der Mann hinzu und blickte ihn aus zusammengekniffenen Augen forschend an, »es lag Ihnen sehr viel daran, mich zu erreichen. Können Sie mir erklären, warum?«

»Sie sind doch Karel Alda?«

Er wußte es, doch er wollte es hören.

»Man nennt mich hier Karel Veselsky. Aber ja, Sie haben recht, ich bin Karel Alda – Karel Alda oder Charles Alder, was Ihnen lieber ist. Und was wollen Sie von ihm?«

»Ich habe eine Freundin, die in großen Schwierigkeiten ist, und ich möchte Sie um Ihre Hilfe bitten. Es betrifft Sie unmittelbar. Aber das ist eine lange Geschichte.«

»Erzählen Sie.«

Dominic erzählte, ließ sich kaum Zeit, um Atem zu schöpfen. Er hatte keine Angst, daß er nicht verstanden werden würde. Er hatte keine Angst mehr, daß der Mann ihm ausweichen würde.

»Wir sind zu viert hier. Wahrscheinlich haben Sie uns sogar schon gesehen. Eines der Mädchen ist Tossa Barber, und ihr Stiefvater war ein Mann namens Terrell, der hier in diesem Tal vor ungefähr drei Wochen ums Leben kam. Es ist nicht so, daß sie sehr an ihm gehangen hat oder so, aber sie fühlte sich ihm verpflichtet, und sie glaubte nicht, daß sein Tod ein Unfall war. Deshalb lotste sie uns hierher. Sie wollte selbst Nachforschungen anstellen. Und sie fand heraus, daß Sie hier irgendwo in der Gegend sein mußten, daß er ihre Spur gefunden und Sie gesucht hatte. Tossa meinte, ihr Stiefvater müßte ermordet worden sein. Aber die slowakische Polizei betrachtet den Fall als erledigt und hat alles Interesse daran verloren.«

»Vielleicht«, meinte Alda und sah ihm ruhig in die Augen, »weil an diesem Tod nichts Geheimnisvolles war.«

»Sie meinen, es ist bekannt, wie er ums Leben gekommen ist?«

»Oh, ja, es ist genau bekannt, wie er ums Leben gekommen ist.«

»Wieso?« fragte Dominic und fuhr sich mit der Zunge über

die trockenen Lippen. »Ich meine, wieso ist es der Polizei so genau bekannt?«

»Weil sie es von mir wissen. Ich habe den Tod gemeldet.«

»*Sie* haben ihn gemeldet? Ich dachte, die Martineks –« Er brach ab, als ihm einfiel, was Dana ihm von der abendlichen Suchaktion erzählt hatte. Die Martineks hatten die Bergwacht alarmiert. Beim Eintreffen der Bergwacht jedoch war die Polizei schon zur Stelle gewesen. Weil die Polizei genau gewußt hatte, wo der Tote zu finden war. »Könnten Sie mir das erzählen? Ich frage nicht aus Neugier, es ist ungeheuer wichtig.«

»Ganz einfach. Ich war auf dem Heimweg oben auf dem Pfad, der die Felswand überquert. Da Sie herkamen, um über Terrells Tod Nachforschungen anzustellen, haben Sie sich die Stelle sicher angesehen. Ich dachte überhaupt nicht an Terrell. Ich habe schon seit Jahren nicht mehr an ihn gedacht. Mich haben andere Dinge beschäftigt. Ich hatte keine Ahnung, daß er hier in der Gegend war. Und da stand ich ihm plötzlich genau an der scharfen, unübersichtlichen Biegung oben am Pfad von Angesicht zu Angesicht gegenüber.« Er sah das kurze, furchtsame Aufblitzen in Dominics Augen, als für einen flüchtigen Moment die Zweifel neu erwachten, und er lächelte ein wenig traurig. »Nein, ich habe ihn nicht angerührt. Dazu blieb gar nicht die Zeit, denn er hatte mich ebenfalls erkannt, und seine Reaktion war um so schneller und um so tödlicher. Er fuhr zurück, als er mich sah. Er sprang zurück und verlor das Gleichgewicht. Als ich zu ihm hinunterkam, war er schon tot. Da habe ich die Polizei in Pavol alarmiert. Für sie hat es an seinem Tod nie etwas Geheimnisvolles gegeben; Spekulationen rief höchstens die Frage hervor, was er ganz allein in der Dämmerung dort auf dem Pfad zu suchen hatte.«

»Aber weiß die Polizei denn auch von der Verbindung, die früher zwischen Ihnen bestanden hatte?« erkundigte sich Dominic unumwunden. »Haben Sie der Polizei gesagt, daß er der Mann war, der Ihren Fall bearbeitete, nachdem Sie England verlassen hatten?«

Aldas Brauen zuckten in die Höhe.

»Sie sind sehr eingehend unterrichtet, wie ich sehe. Ich sagte der Polizei, daß ich ihn gekannt hatte und mit ihm zusammengearbeitet hatte. Das war notwendig für seine Identifizierung. Aber was den Rest angeht – wozu? Es schien mir belanglos. Ich konnte genau erklären, wie es zu seinem Absturz kam, und die Polizei stellte meine Erklärung nicht in Frage. Ich war der Meinung, daß unsere Verbindung in der Vergangenheit in dieser Sache keine Rolle spielte. Der Mann war tot. Ich ging davon aus, daß unser Zusammentreffen reiner Zufall gewesen war.«

»Aber das stimmt nicht. Er hat Sie gesucht. Er wollte herausfinden, was Sie hier taten, woran Sie arbeiteten. Er hatte ein Stück Papier gefunden, auf dem Sie ein paar Takte Musik und einige Verszeilen niedergeschrieben hatten. Er erkannte Ihre Handschrift. Er ist nur deshalb hierher nach Zbojská Dolina gekommen. Er suchte Sie. Wahrscheinlich wäre er zu Hause der Held des Tages gewesen, wenn er mit einer sensationellen Nachricht über Sie hätte aufwarten können.«

Er sah, daß Alda an der Felswand lehnte und lautlos lachte. Verwirrt starrte er ihn an.

»Sie müssen entschuldigen. Aber wie verblüfft wäre er gewesen, wenn er festgestellt hätte, woran ich arbeite. Wissen Sie, was es ist? Wissen Sie, warum man mich so rücksichtsvoll in Ruhe gelassen hat, warum man dafür sorgte, daß in der Öffentlichkeit kein Wirbel um meine Geschichte entstand? Dank meiner ungeheuer wichtigen Arbeit! Weil ich an einer Oper über Comenius arbeite! Was für Geheimcodes er wohl in die Noten hineingelesen hätte! Das gehörte zu seinem Beruf, und es scheint, daß er an seinem Beruf gestorben ist.«

Jedes Wort klang aufrichtig und wahr. Dominic war um so eher bereit, ihm zu glauben, als er keinen Versuch machte, ihn zu überzeugen. Trotzdem begriff er noch immer nicht.

»Aber warum ist er denn abgestürzt? Selbst wenn er erschreckt war, selbst wenn es schon dunkel wurde, warum? Er war ein geübter Bergsteiger. Warum ist er so hastig zurückgesprungen? Erwartete er, daß Sie ihn angreifen würden?«

»Möglich, wenn auch nichts mir ferner lag. Wenn er nur gewußt hätte, daß er mir im Grunde gleichgültig war. Aber ich halte es für wahrscheinlicher, daß sein Zurückfahren eine Reflexbewegung war, die aus seinem schlechten Gewissen resultierte. Es war eine Art entsetzten Zurückweichens vor den bösen Geistern seiner schändlichen Tat, die ihn plötzlich mit einem Menschen konfrontiert hatten, den er auf seine Art und Weise buchstäblich ermordet hatte.«

Alda nahm Dominic das leere Glas aus der Hand und füllte es.

»Hier, das kann Ihnen nicht schaden. Sie sehen immer noch so aus, als könnten Sie es gebrauchen. Was wissen Sie alles über Terrell und mich und das Marrion Institute? Und woher wissen Sie es? Die Sicherheitsmaßnahmen dort sind doch bestimmt noch so streng wie früher.«

»Tossa erfuhr alles von einem Mann namens Welland, der bei der Botschaft in Prag arbeitete und Terrell kannte. Er wußte, daß Terrell ein erfahrener Kletterer war und glaubte nicht daran, daß sein Tod ein Unfall war. Er kramte in der Vergangenheit herum und ja, als er fand –«

»Er fand mich. Natürlich. Einen Slowaken, einen Feind, einen möglichen Mörder. Ein Wissenschaftler, der an streng geheimen Projekten gearbeitet hatte und zu den Kommunisten übergelaufen war. Ein wenig abgedroschen, heutzutage, aber für ihn sicherlich sehr überzeugend. Wollen Sie auch das übrige noch hören? Was wissen Sie denn selbst schon?«

Dominic erzählte es ihm mit verlegen gerötetem Gesicht. Es war, als gäbe er die Handlung eines 08/15 Spionageklamauks wieder.

»Ja, ich glaube, Sie sollten doch alles wissen. Nach Ihren hartnäckigen Anstrengungen von vorhin«, meinte Alda nachsichtig, »haben Sie das verdient. Als ich in Urlaub nach Savoyen fuhr, um mir noch einmal zu überlegen, ob ich meine Stellung aufgeben sollte oder nicht, stieg ich zu den höchsten Gipfeln hinauf, um allein zu sein. Ich war mit keinem Menschen in Verbindung. Ich wollte meinen Geist und meinen Körper kasteien, weil ich hoffte, daß dann die Erleuchtung käme. Und kurz bevor mein Urlaub zu Ende ging, überraschte mich in der Dauphiné ein Wettersturz. Ich zog mir eine leichte Verletzung zu und konnte nicht absteigen. Ich fand Zuflucht in einer einsamen Berghütte. Dort war ich vierzehn Tage lang eingeschlossen. Vorräte waren vorhanden, und ich war dankbar für die Fristverlängerung. Aber als ich schließlich nach Briançon hinunterkam, da entnahm ich der ersten englischen Zeitung, die ich kaufte, daß die Hysterie der damaligen Zeit aus mir einen Überläufer und Verräter gemacht hatte. Die Hauptpunkte des Dossiers, das Terrell über mich zusammengestellt hatte, waren bereits in Druck. Man hatte mir nicht einmal eine Gnadenfrist von zwei Wochen gelassen.«

»Sie meinen«, fragte Dominic, und das Glas zitterte in seiner Hand, »daß Sie in Wirklichkeit gar nicht geflohen sind?«

»Bis zu dem Moment hatte ich nie auch nur die Absicht gehabt. Und danach ging ich einfach. Man hatte mich zum Verräter abgestempelt, und das Kesseltreiben hatte schon begonnen. Ich nahm es als Omen. Nein, geflohen bin ich nicht, ich marschierte einfach zum nächsten Ausgang. Diese Akte war ein wahres Kunstwerk. Keine einzige offene Lüge, verstehen Sie, nur Halbwahrheiten. Vielleicht war sie nur das Werk eines leicht beeinflußbaren, ehrgeizigen Mannes, der darauf brannte, in seinem Beruf vorwärtszukommen, und der es schaffte, sich allmählich von der Richtigkeit seines Tuns selbst zu überzeugen. Vielleicht auch war sie aus den gleichen persönlichen Gründen mit eiskalter Berechnung konstruiert worden. Ich vermute, daß er dank der hervorragenden Arbeit, die er in meinem Fall geleistet hatte, zum Leiter der Sicherheitsabteilung befördert wurde.

Natürlich hätte ich zurückkehren können, aber ich hätte dann einen wahren Schauer von Schmutz über mich ergehen lassen und vielleicht mein Leben lang um die Wiederherstellung meines guten Namens kämpfen müssen. Die Zeiten waren damals gegen mich. Doch das war nicht der Grund, weshalb ich dem allen den Rücken kehrte. Ich war angeekelt.

Nicht Angst trieb mich weg, sondern Abscheu. Und noch etwas anderes. Ein Gefühl, daß sich vor mir ein Tor geöffnet hatte und ich nicht zögern durfte, die Schwelle zu überschreiten. Ich wandte mich also einfach ganz ohne Hast ab und ging fort.«

»Und Ihre Talente nahmen Sie mit, um sie hier einzusetzen.«

»Talente setzt man dort ein, wo man sich aufhält. Und was für Talente waren es denn überhaupt? Die Hexenjagd, die auf mich veranstaltet wurde, war mir ein Orakel und eine Gelegenheit. Jahrelang hatte ich für den Staat gearbeitet und versucht, mir meinen Glauben an die Ideale der Staatsführung zu bewahren. Wider alles bessere Wissen zwang ich mich, mich einer Lebensform anzupassen, für die ich nie bestimmt war. Erst dank dieser Krise wurde mir klar, daß ich meine Energien auf eine Art eingesetzt hatte, die für mich überhaupt nicht geeignet war, auf einem Gebiet, auf dem ich nicht das Höchste leisten konnte. Jeder Mensch muß sich der ihm mitgegebenen Werkzeuge bedienen, wenn er an der Gestaltung der Welt mitarbeiten will. Ich bin zu den Werkzeugen zurückgekehrt, die mir mitgegeben sind: Musik und Menschlichkeit. Ich kehrte nach Hause zurück und bat darum, daß man mich das sein ließ, was ich in erster Linie bin – Komponist. Und sie nahmen mich zu meinen Bedingungen wieder auf. Ich nahm den Namen meiner Großmutter an, Veselsky, weil ich nicht zur internationalen Sensation werden wollte oder zum Zankapfel zwischen der Tschechoslowakei und England. Ich will mich nicht als Waffe einsetzen lassen, und ich brauche Ruhe und Frieden, um arbeiten zu können.«

»Dann widmen Sie also jetzt Ihre ganze Zeit der Musik?« fragte Dominic zweifelnd.

»Sie finden, das ist zuviel? Dieses ländliche Idyll ist nur ein Bruchstück des Bildes. Zum Komponieren ist die Ruhe hier in den Bergen ideal, aber es gibt auch noch andere Aspekte meines Lebens. Ich gebe gelegentlich Klavierabende, ich dirigiere sehr viel. Ich kann Ihnen versichern, meine ganze Zeit reicht mit knapper Not.«

»Ja, wahrscheinlich. Aber in England«, fügte Dominic hinzu, »lag Ihre Arbeit doch auf einem ganz anderen Gebiet, war rein wissenschaftlich. Und sie war doch auch von großer Bedeutung. Tossa sagte, Welland hätte ihr erzählt, daß Sie Leiter des Marrion Institute hätten werden können. Fehlt Ihnen das alles nicht? Wollen Sie nicht auch hier wieder auf diesem Gebiet arbeiten?« Er besaß nicht die Kaltschnäuzigkeit zu sagen: ›Und wenn nicht, warum haben Sie dann Ihre Arbeitsunterlagen mitgenommen?‹

Alda lächelte. »Ich will nicht behaupten, daß mich die Arbeit nicht befriedigte, vielleicht werde ich sie sogar eines Tages wieder aufnehmen, aber wenn, dann auf andere Weise. Vorläufig jedoch will ich mich ganz dem widmen, was mir am meisten am Herzen liegt. Noch einmal lasse ich es nicht zu, daß die Musik aus meinem Leben verdrängt wird. Aber ich halte mich auf dem laufenden«, fügte er hinzu und begegnete Dominics hingerissenem Starren mit einem gutmütigen Lächeln. »Ich habe einen Freund in Amerika, der mich mit technischen Fachzeitschriften versorgt. Wenn ich jemals den Entschluß fassen sollte, wieder auf diesem Gebiet zu arbeiten, werde ich nicht viel nachholen müssen. Für wahrscheinlich halte ich es allerdings nicht«, sagte er ruhig. »Wenn ich mich jemals für unersetzlich gehalten habe, so bin ich von dieser Illusion endgültig geheilt. Zumindest eines meiner unfertigen Projekte wurde in diesem Frühjahr von einer französischen Firma auf den Markt gebracht und zu besserer Verwendung, als wenn ich es für das Institut ausgearbeitet hätte. Wie das Institut die Erfindung eingesetzt hätte, daran wage ich gar nicht zu denken. Prunières jedoch hat sie in einen leichten Hubschrauber eingebaut, der in tropischen Ländern zur Schädlingsbekämpfung eingesetzt wird. Keine Geheimnisse, zumutbare Herstellungskosten und eine vernünftige Verwendung. Zweifellos werden innerhalb der nächsten Jahre andere Leute auch auf all die anderen neuen Ideen kommen, die ich gehabt habe. In der Musik ist es weniger wahrscheinlich, daß verschiedene Leute zu gleicher Zeit die gleichen Entdeckungen machen. Ich bleibe lieber bei der Musik.«

»Dann«, meinte Dominic, »kann Ihnen natürlich gar nicht der Gedanke gekommen sein, daß Terrell sich hier aufhielt, um festzustellen, woran Sie arbeiteten. Und Sie konnten nicht ahnen, daß es zu einem zweiten Todesfall kommen würde.«

»Ein zweiter Todesfall?« Alda blickte ihn scharf an. »Davon weiß ich nichts. Da hätte sich doch die Polizei mit mir in Verbindung gesetzt.«

»Dazu war wohl noch keine Zeit. Es geschah erst gestern abend. Außerdem war der Fall Terrell ja für die Polizei abgeschlossen, sie kannten die Hintergründe nicht, sie hätten diesen Mord gar nicht mit Ihnen in Verbindung gebracht. Und wir haben auch nicht alles gesagt, was wir wußten, weil wir ja nicht sicher waren – wir dachten, Sie –«

»Ich hätte Terrell getötet und könnte sehr wohl noch einen zweiten Menschen getötet haben? Ja, das leuchtet mir ein. Wenn Sie diesen Gedanken jetzt aufgegeben haben«, fügte er ernst hinzu, »dann wäre es mir lieb, wenn Sie mir erzählen würden, was eigentlich geschehen ist.«

Dominic erzählte die Geschichte von Wellands Tod und allem, was sich danach ereignet hatte. Alda war aufgestanden und schritt ratlos und stumm im Spiel von Licht und Schatten auf und ab.

»Und jetzt hat man also Ihre Freundin unter Mordverdacht verhaftet? Und Sie kamen her, um mich zu suchen. Als Zeugen oder als Mörder?«

»Woher sollte ich das wissen? Ich hatte Sie nie kennengelernt, ich kannte Sie nur aus Terrells Dossier. Lag es da nicht auf der Hand anzunehmen, daß Sie derjenige waren, der die Störenfriede beseitigte, als sie Ihnen zu nahe kamen? Wir hatten Sie einmal hier oben mit den Ziegen gesehen, wir sahen, daß Sie ein Gewehr trugen –«

»Ein Gewehr?« Alda fuhr herum. »Ich soll ein Gewehr getragen haben? Ich hatte nie im Leben eines in der Hand. Sie träumen!«

»Aber ich habe Sie doch da oben auf den Gipfeln mit dem Gewehr gesehen«, protestierte Dominic unsicher. »Es hat einen langen Kolben, der über Ihre Schulter hinausragte, und der Lauf –«

Hoffnungslos verwirrt brach er ab. Alda stand neben dem Fenster und lachte aus vollem Hals.

»Was soll das?« Dominic sprang auf, und seine Wangen brannten, weil er das Gefühl hatte, sich lächerlich gemacht zu haben. »Ich glaubte ja, als ich hier herauf kam, sowieso nicht mehr daran, daß Sie geschossen hatten. Aber ich weiß, was ich gesehen habe –«

»Das wissen Sie eben nicht! Aber ich weiß es jetzt. Das hier – das hier haben Sie gesehen.«

Mit drei großen Schritten hatte er den Raum durchquert, holte hinter dem Friesumhang, der in einer Ecke hing, ein langes, schmales Rohr hervor, trat zum Fenster und hielt es ins Licht, noch immer lachend. Es war ein Rohr aus hellem Holz, glatt poliert vom Alter und vom ständigen Gebrauch, fast so lang, wie Alda groß war, ungefähr so dick wie ein Kinderhandgelenk. An seinem oberen Ende war mit fest geknüpften Hanfschnüren ein dünnes Rohr, etwa sechzig Zentimeter in der Länge, befestigt, an dessen unterem Ende ein kleines, rundes Mundstück hervorsprang. Als Alda das Instrument anhob und das Mundstück an seine Lippen setzte, bog sich die Doppelpfeife, die etwa vierzig Zentimeter über seinen Kopf hinausragte, ganz leicht über seine linke Schulter. Er hielt sie mit der linken Hand in Taillenhöhe, während die Finger seines ausgestreckten rechten Arms auf dem Rohr spielten.

Eine Kaskade dünner, heller Töne perlte aus dem Instrument und ging über in eine tiefe, klangvolle, klagende Weise. Es klang kaum lauter hier als damals, als sie es vom Berggipfel her vernommen hatten.

»Das ist mein Gewehr«, sagte Alda, löste das Mundstück von seinen Lippen und drehte das Instrument behutsam in den Händen. »Wir nennen es eine Fujara. Haben Sie mich nicht unten im Tal einmal gehört?«

»Doch.« Dominic streckte die Hand aus und ergriff fasziniert das Instrument. Das Holz unter seinen Fingern fühlte sich seidenglatt an. »Aber wir wußten nicht, wie das Instrument aussah. Wir hatten noch nie eines gesehen. Woher hätten wir das ahnen sollen?« Er legte die Finger auf die Löcher und drückte das Instrument an sich. »Wie haben Sie es genannt? Fujara? Es ist wunderschön.«

»Mein Urgroßvater hat es gemacht. Für eine Fujara ist es klein, die meisten sind fast zwei Meter lang.«

Er stellte das Instrument fürsorglich wieder in seine Ecke und verhüllte es in den Falten seines Umhangs.

»Sie waren das also«, sagte Dominic. »Dann habe ich mich nicht getäuscht. Sie haben ›Bushes and Briars‹ gespielt.«

»Sehr wahrscheinlich. Sind Sie deshalb hier heraufgestiegen, um mich zu suchen?«

»Zum Teil, ja. Ein Musiker, der hier in den Hügeln lebte und englische Volkslieder spielte – ich war ziemlich sicher, daß das Karel Alda sein mußte. Und da hatte ich mir auch schon überlegt, daß die ganze Geschichte vielleicht doch nicht so klar und durchsichtig war, wie sie schien. Jetzt weiß ich, daß Sie nichts zu fürchten und nichts zu verbergen haben, weshalb also hätten Sie Welland töten sollen? Aber sehen Sie, es gibt jemanden, der etwas zu verbergen hat; es gibt jemanden, der Angst hat. Und ich glaube, unsere Vermutung, daß Sie es sind, vor dem er Angst hat, trifft noch immer zu. Er hat einmal schon einen Menschen getötet, um zu verhindern, daß Ihr Fall wieder aufgerollt werden würde, und ich glaube, er wäre imstande, aus diesem Grund wieder zu töten.«

»Terrell ist nicht ermordet worden«, erklärte Alda und sah ihn nachdenklich an.

»Nein. Aber sein Tod führte Welland auf die gleiche Spur, und Welland ist ermordet worden. Und jetzt, wo wir wissen, wer Sie sind und daß nichts Verräterisches daran ist, der Polizei zu helfen, kann nichts Tossa und mich mehr daran hindern, die ganze Wahrheit zu sagen. Werden Sie mit mir nach Pavol hinunterkommen? Zusammen sollte es uns doch gelingen, diesen Fall zu klären.«

»Ich bin bereit«, erwiderte Alda. »Wir können gehen, wann immer Sie wollen.«

Dominic war der erste, der durch die offene Tür ins Freie trat, auf den sonnenbeschienenen Fels unter dem Überhang.

Ein scharfer, kurzer Knall. Knirschend schlug etwas gegen die verwitterte Wand vor seinem Gesicht, fliegende Splitter schlugen brennend in seine Wange. Erschreckt schlug er die Hand auf sein Gesicht, und als er sie wegzog, sah er Blut auf seinen Fingern. Im selben Augenblick schlang Alda einen Arm um ihn und riß ihn mit einer heftigen Bewegung in die Hütte zurück, während er gleichzeitig die Tür zuschlug und ihn vor der zweiten Kugel rettete, die sich an der Stelle, wo eben noch Dominic gestanden hatte, in das dicke Holz bohrte.

»Ich habe ihn angelockt«, sagte Dominic heiser, als der erste Moment der Benommenheit vorüber war. »Ich habe Sie hier oben aufgespürt, weil ich Ihre Hilfe brauche – und was habe ich getan? Ich habe ihn direkt zu Ihnen geführt.«

»Das wissen Sie gar nicht. Und spielt es denn überhaupt eine Rolle?« Er glitt an Dominic vorbei zu dem kleinen Fenster.

»Doch, ich weiß es«, sagte Dominic. »Wenn er genau gewußt hätte, wo Sie zu finden waren, dann wäre er gleich zu Ihnen gekommen. Denn auf Sie hat er es abgesehen. Doch er ahnte, wo ich zu finden war. Jetzt habe ich Ihnen die Deckung genommen.«

»Nein, Sie haben etwas viel Nützlicheres getan. Sie haben *ihm* die Deckung genommen. Und wenn er Ihnen gefolgt ist, warum hat er uns dann nicht beide beseitigt, als wir draußen auf der Halde waren?«

»Er kann mir nicht unmittelbar gefolgt sein. Aber er wußte, wohin ich wollte. Ich glaube – ich glaube, er wollte mich auf der Rückfahrt überraschen, und als ich dann zu lange auf mich warten ließ, machte er sich auf die Suche nach mir. Er muß den Wagen gefunden haben. Er muß daraus geschlossen haben, daß ich noch irgendwo hier oben war. Wenn er angekommen wäre, solange wir noch da draußen waren, hätte er uns beide erschossen. Er muß also erst später gekommen sein. Er erreichte dieses Gebiet erst, als wir schon in der Hütte waren. Und er hatte keine Ahnung, daß sich hier drinnen jemand aufhielt. Erst als er die Fujara hörte, wußte er es. Wie sonst kann es gewesen sein? Er suchte doch einen Musiker. Er brauchte nur zu warten, bis jemand aus der Hütte trat, um festzustellen, ob er auf der richtigen Spur war oder nicht. Jetzt weiß er es. Er weiß, daß wir beide hier sind. Er hat uns gesehen.«

»Sie scheinen es für selbstverständlich zu halten«, meinte Alda gelassen, die Wange gegen die Wand neben der staubigen Fensterscheibe gedrückt, »daß er mich kennt.«

»Bestimmt kennt er Sie. Davon bin ich überzeugt.«

»Und daß ich eine entscheidende Gefahr für ihn darstelle. Aber ich schwöre Ihnen, ich sehe keinen Grund, weshalb.«

»Ich auch nicht, aber ich bin sicher, daß ich recht habe. Welland ist getötet worden, weil er entschlossen war, Sie zu finden, und weil es den Anschein hatte, daß es ihm gelungen war. Tossa und ich stehen auf der Abschußliste, weil Welland uns gesagt haben könnte, was er wußte. Doch im Brennpunkt stehen Sie. Es gibt etwas in Ihrer Vergangenheit, das den Mörder ruinieren kann, und wenn es ihm gelingt, Sie zum Schweigen zu bringen, besteht keine Gefahr mehr. Und jetzt habe ich ihn zu Ihnen geführt.«

»Bis jetzt«, stellte Alda fest, »sind wir noch am Leben. Er weiß, wo wir sind. Mal sehen, ob wir nicht feststellen können, wo er ist. Er muß sich auf dieser Seite befinden, denn die Tür scheint er bequem unter Beschuß halten zu können. Kommen Sie her.«

Dominic glitt zum Fenster.

»Man hat mich immer als eine Art mathematisches Wunderkind angesehen«, bemerkte Alda heiter. »Wir wollen einmal sehen, ob ich genaue Berechnungen anstellen kann. Ich habe nicht vor, die Tür zu öffnen und den Einschuß zu untersuchen, aber ich würde sagen, daß er schräg in die Tür geschossen hat. Aus einem Winkel von etwa dreißig Grad. Und er befindet sich mit Sicherheit an einer Stelle, die höher gelegen ist als die Hütte.« Er schwieg einen Moment, während seine Augen den felsigen Hang absuchten, auf dem kaum ein Grashalm wuchs. »Ich könnte mir vorstellen, daß er sich dort oben auf der Höhe des Felspfades befindet. Denken Sie sich von seinem anderen Ende eine gerade Linie von etwa zwanzig Metern. Irgendwo innerhalb von zehn Metern oberhalb oder unterhalb der Linie müßte er meiner Schätzung nach sein. Haben Sie die Stelle?«

»Ja.«

Niedrige Gebüschgruppen wucherten dort, und der Boden wies leichte Erhöhungen auf. Dort konnte der Mörder sein Versteck haben.

»Behalten Sie sie im Auge. Ich werde jetzt versuchen, ihn aufs Glatteis zu führen. Wenn ich Ihnen das Signal gebe, dann passen Sie scharf auf, ob Sie dort oben eine Bewegung bemerken können.«

Es war kaum zu fassen. Seine Stimme klang heiter, sein Schritt war federnd. Es gab keinen Zweifel, er genoß die Situation. Dominic, der getreulich auf das Oval am Hang blickte, das Alda ihm umrissen hatte, hätte sich liebend gern umgedreht, um zu sehen, was sein Gefährte tat.

»Ein Hut wäre nicht überzeugend«, murmelte Alda hinter ihm. »Ein Hemdsärmel vielleicht. Sind Sie bereit?«

»Ich bin bereit«, erwiderte er mit rauher Stimme. Seine Augen brannten vor Anstrengung.

Der Schuß ließ ihn zusammenfahren, mit um so größerer Heftigkeit, weil er so angespannt auf ihn gewartet hatte. Alda stieß einen leisen, zischenden Laut aus, der beinahe wie ein Lachen klang. Und das niedrige Buschwerk, das ganz am Rand des Pfades sachte im Wind bebte, durchfuhr plötzlich ein Zittern, das nicht der Wind verursacht hatte.

»Er ist dort. Ich habe ihn.« Er konnte jetzt den Kopf drehen und griff nach Aldas Arm, als dieser wieder zum Fenster kam. »Ihnen ist nichts passiert? Er hat Sie nicht getroffen?«

»Nein, nein.« Er lachte leise vor sich hin. »Wo war er?«

»Direkt am Rand der Felsrinne, ungefähr einen Meter oberhalb des Pfads. Jetzt ist es ganz still, aber ich habe gesehen, wie er sich bewegte. Aber wer weiß, ob er dort bleiben wird«, fügte er entmutigt hinzu. »Wenn wir nicht bald sein Feuer erwidern, kann er ganz gemütlich herunterkommen und uns erledigen. Aber wenn wir ihn täuschen können, wenn wir ihm vormachen könnten, daß wir eine Waffe haben, dann würde er vielleicht in seinem Versteck bleiben.«

Plötzlich fiel ihm ein, daß sie nicht völlig wehrlos waren. Ein Mann auf dieser Seite der Hütte mit einem Gewehr an der Tür postiert, und der Feind würde in Deckung bleiben und sein Augenmerk auf diese Gefahr richten. Durch das Fenster an der hinteren Wand konnte dann der andere vielleicht entkommen und ins Tal hinunter gelangen. Der Bursche dort oben konnte seine Augen nicht überall zu gleicher Zeit haben.

Er wandte wieder den Kopf und sah Alda an, der aus zusammengekniffenen Augen das Versteck des Heckenschützen beobachtete.

»Wäre es Ihnen sehr unangenehm, wenn ich mir Ihre Fujara ausleihe?«

Alda fuhr hoch, löste seinen Blick vom Berghang und sah seinen Verbündeten belustigt an.

»Einen Slowaken können Sie damit nicht täuschen«, warnte er.

»Nein, das weiß ich«, bekannte Dominic. »Aber das brauche ich ja auch nicht, oder?«

Sie verstanden einander vollkommen.

»Sie kennen das Gelände hier besser als ich. Sie sprechen die Sprache, ich nicht. Und sie sind jetzt der wichtigere Zeuge. Ich weiß nicht, warum, aber es ist so. Ich werde ihn hier festhalten, und Sie verschwinden durch das Fenster und holen Hilfe. Wenn ich ihn mit der Fujara täuschen kann, wird er es nicht wagen, mich aus der Nähe anzugreifen.«

Einen Moment blieb es still, dann sagte Alda mit einem leisen, befriedigten Lachen: »Ein guter Einfall. Gut, ich gehe. Nehmen Sie die Fujara.«

»Sagen Sie mir, wenn Sie soweit sind. Ich werde versuchen, Ihnen Deckung zu geben.«

Er hörte das Knirschen eines rostigen Riegels, das Knarren des Fensterrahmens.

»Jetzt, wenn Sie wollen.«

»Gut. Jetzt!«

Dominic riß mit einem schnellen Schwung die Tür auf, machte einen blitzschnellen Schritt auf den Stein hinaus und fuhr im selben Moment zurück, um sich an den Türrahmen zu pressen. Die Kugel schlug in den gegenüberliegenden Türpfosten. Er starrte auf den Einschuß. Wenigstens wußte er jetzt den Winkel. Wenn der Schütze auf der gegenüberliegenden Seite des Felspfads gelauert hätte, dann wäre Dominic Felse jetzt tot gewesen.

Wie im Traum hörte er Aldas eilende Schritte draußen vor dem Fenster verklingen. Und dann war alles still. Selbst der Wind hatte sich gelegt.

Er hielt die Augen auf die Buschgruppe gerichtet, wo der Feind versteckt lag, und verlor alles Zeitgefühl. Nicht einen Schimmer von Aufmerksamkeit konnte er auf irgendeine andere Stelle dieser Kampfbahn aus Gras und Fels und Geröll verschwenden. Deshalb sah er Karel Alda auch erst, als dieser etwa zwanzig Meter oberhalb des Schützen lag. Er erstarrte, entsetzt und hilflos.

Deshalb also hatte Alda seine Rolle mit so täuschender Gelassenheit übernommen. Wie hatte er glauben können, daß ein Mann wie Karel Alda den gefährlichen Teil der Aufgabe auf ihn abwälzen würde? Er hätte es wissen müssen.

Die Sonne stand noch hoch, und die Schatten waren noch kurz und schwarz. Nur wenn man sich platt an den Boden gedrückt hielt, konnte man unentdeckt aus dem Südwesten nähergleiten. Alda bewegte sich so geschmeidig wie eine Schlange. Er mußte einen großen Bogen um den Punkt geschlagen haben, an dem er sich jetzt befand. Von der Hütte aus war er so deutlich zu sehen wie eine Eidechse, die auf einer sonnenbeleuchteten Mauer liegt, obwohl er die weiten Ärmel seines Hemdes bis zu den braungebrannten Schultern aufgekrempelt hatte. Doch von der Stelle aus, wo der Feind lag, ebenfalls flach zu Boden gedrückt im Dickicht struppiger Büsche, mußte Alda unsichtbar sein.

Der eine Mann aber hatte ein Gewehr, der andere nichts als seine bloßen Hände.

Wieder ein Meter gewonnen. Dominic sah die rasche, geschmeidige Bewegung, als Alda durch das Gras glitt. Fünfzehn Meter lagen jetzt noch zwischen ihnen, mehr nicht, und alles war still, kein Lüftchen regte sich, kein Blatt raschelte, um die leisen Geräusche seines Anpirschens zu verbergen.

Die Büsche dort oben am Rand der Felsrinne regten sich leicht. Ein brauner Schatten schlängelte sich aus der Deckung silbergrüner Blätter: der Körper eines Mannes. Der Schütze hatte Aldas letzte Bewegung gespürt und war auf die gefährliche Nähe des Gegners, der ihm auflauerte, aufmerksam geworden. Er schob sich aus seinem Versteck und rutschte bäuchlings hangabwärts, zwischen sich und seinem Verfolger das Gewirr der Büsche, während er sich nach rückwärts zum Rand der Felsrinne tastete und sich vorsichtig über den Rand gleiten ließ.

Natürlich! Er wußte nicht, ob sein Gegner bewaffnet war, und wollte sich auf kein Risiko einlassen. Er wollte Fels, nicht Buschwerk, zwischen sich und Alda wissen. Er ließ sich hinunter, wo sein Fuß festen Halt fand, knapp anderthalb Meter unterhalb des Rands, wo die losen Felsbrocken ihn decken würden.

Die ferne Gestalt, gesichtslos und anonym, hatte der Hütte jetzt den Rücken zugewandt und reagierte nicht, als Dominic, der in einem Aufruhr des Entsetzens erfaßte, was kommen würde, die Tür weit aufriß und hinaus rannte ins Freie. Seine Aufmerksamkeit galt allein dem unsichtbaren Feind im Gras über ihm, der kühl und geduldig näher und näher an die verlassene Buschgruppe heranrückte und sich jetzt zum letzten langen Sprung spannte.

Dominic legte die Hände um den Mund und stieß einen lauten, wilden Schrei aus. Im gleichen Augenblick sprang Alda, genau auf jene Stelle, die der andere Mann lautlos verlassen hatte.

Das Gewehr, dessen Lauf in der Sonne blitzte, war schon angelegt. Dominic sah, wie es hochgerissen wurde, dem Körper entgegen, der durch die Luft flog. Er biß die Zähne aufeinander und hielt den Atem an und wartete auf den Schuß. Ein scharfer, durchdringender Knall. Die Hänge fingen ihn auf und warfen ihn in unzähligen Echos zurück, bis er in den Tiefen des Tals verklang.

Die Büsche bogen sich auseinander unter Aldas fallendem Körper und verschlangen ihn. Dominic holte krampfhaft Atem und starrte wie betäubt hinüber zum Hang, so außer sich über seine eigene Ohnmacht, daß er das, was dann geschah, nur wie eine unlogische Folge von Ereignissen sah wie in einem Traum.

Der Mann stand bewegungslos am Rand des Felskamins. Dann senkten sich langsam seine Arme und breiteten sich aus, und das Gewehr entglitt seiner Hand und rutschte langsam von ihm weg, um auf einem Grasflecken etwa drei Meter tiefer liegenzubleiben. Seine ausgestreckten Hände klammerten sich an den Fels und fanden keinen Halt oder besaßen nicht die Kraft zuzupacken. Seine Knie gaben unter ihm nach, sein Körper kam ins Gleiten, unglaublich langsam zuerst, dann immer schneller, bis er auf eine vorspringende Felskante aufschlug und mit einem Ruck zur Mitte der Felsrinne hingeschleudert wurde. Erneut prallte er auf und rollte dann hüpfend und springend wie ein Stein in die Tiefe.

In den Büschen oberhalb rappelte sich Karel Alda hoch und glitt eilig die wenigen Meter zu der Stelle hinunter, wo der Felspfad seinen Anfang nahm. Er erreichte den Rand gerade noch rechtzeitig, um zu sehen, wie der Körper, so schlaff wie eine ausgestopfte Puppe, auf den Steinhaufen der Geröllhalde unterhalb aufschlug. Eine plötzliche Zuckung durchfuhr den Berg aus Fels und Geröll. Mit einem plötzlichen Tosen dann löste sich die ganze zuckende Steinmasse und stürzte in einer donnernden Flut talwärts, den leblosen Körper mit sich reißend, eine Wolke bleichen Staubes hinterlassend.

11

Vom nördlichen Gipfel herunter eilte mit behenden, geschickten Bewegungen seines stämmigen Körpers Ondrejow. Das Gewehr schlug ihm immer wieder hart gegen die Hüften, während er rannte. Dicht auf seinen Fersen folgte Miroslav Zachar in seiner ledernen Motorradjacke, und dahinter kamen zwei junge Polizeibeamte in Uniform. Sie hetzten zur Hütte hinunter, wo Dominic noch immer benommen und fassungslos ins Tal hinunterstarrte, aus dem eine dicke, erstickende Staubwolke aufstieg, während das letzte Grollen des Donners noch in der Luft widerhallte.

Ondrejow riß ihn an den Schultern herum, untersuchte ihn auf Verletzungen und fand nichts als eine aufgerissene Wange.

»Ein Glück für Sie beide«, rief er dröhnend, während er Dominic in seiner Erleichterung einen harten Schlag aufs Gesäß versetzte, »daß ich mit dem Gewehr noch umzugehen weiß. Und ein Glück für Sie, junger Mann, daß ich Mirek auf Sie angesetzt hatte. Er hat unten auf Sie gewartet, aber Sie kamen nicht. Er mußte ganz schön suchen, ehe er den Wagen fand, und ich bekam einen netten Schrecken, als er mich anrief, um mir das mitzuteilen. Wenn ihr jungen Leute doch nur tun würdet, was man euch sagt! Ihretwegen hatte ich an der ganzen Straße Posten aufgestellt, aber wir mußten dann schleunigst umorganisieren. Und ein Glück war es auch, daß der erste Schuß uns sagte, wo wir nach Ihnen zu suchen hatten. Alles in Ordnung?«

»Ja. Danke. Alles in Ordnung«, antwortete Dominic. »Aber Mr. Alda –«, stammelte er. »Mr. Veselsky, meine ich –«

»Mr. Veselsky ist auf dem Weg hierher. Da, sehen Sie! So springlebendig wie seine Ziegen. Sieht er vielleicht verletzt aus? *Nie,* es ist ja nur ein Schuß gefallen – meiner.«

Alda eilte in weiten Sprüngen den Hang herunter. Sie sahen, daß er ein Gewehr in der Hand hielt.

»Gut«, meinte Ondrejow. »Die Waffe wenigstens haben

wir, wenn wir schon den Täter nicht haben.« Er legte Dominic den Arm um die Schultern und drehte ihn herum. »Kommen Sie, gehen wir hinunter. Sehen wir nach, was wir da haben.«

Wildnis und Chaos trafen sie unten an. Schweigend sammelten sie sich in der Hütte der Mulde und gingen dann an den ausgefransten Rändern einer Steinwüste entlang, durch Schleier beißenden Staubs hindurch, der sich in dicker Schicht auf jeden Grashalm zwischen den Felsen senkte, bis kein Grün mehr zu sehen war. Irgendwo unter diesen aufeinandergetürmten Gesteinsmassen lag der Mörder Robert Wellands begraben.

»Wir werden ihn kaum identifizieren können«, meinte Ondrejow grimmig, »aber wir werden ihn wohl ausgraben müssen. Ohne Maschinen geht das nicht. Sie haben ihn wohl nicht zufällig erkennen können?«

»Nein. Ich sah nur seinen Sturz.«

»Und wir hatten keine Feldstecher bei uns. Auch kein Zielfernrohr. Unsere besten Schützen überwachten die Straße.« Ondrejow nickte düster und blickte auf das Gewehr in seiner Hand. »Dafür hatte er ein Zielfernrohr. Ein Zbrojovka Brno natürlich. ZKM 581 Kleinkalibergewehr. Automatisch. Leicht zu tragen, leicht zu verbergen, praktisch jeder hier in der Gegend hat so eine Waffe. Das sagt uns also gar nichts, solange wir nicht festgestellt haben, wer sich den Waffenschein geholt hat, um es zu erwerben.« Er schüttelte sich wie ein alter Hund und wandte sich hustend dem Pfad zu, der bergabwärts führte. »Gehen wir. Hier kann man ja kaum atmen. Wir werden das Rätsel in Pavol lösen.«

»Dann wissen wir also immer noch nicht, wer er ist«, sagte Dominic, von Ondrejows starkem Arm mitgezogen.

Ondrejow zuckte die Achseln.

»Wir werden es bald wissen. Jetzt haben wir es nicht mehr eilig.«

»Eigentlich bin ich jetzt nicht im Dienst«, erklärte Ondrejow selbstzufrieden, »aber da Major Kriebel sich in Liptovsky Mikulas aufhält, um dort das Gepäck Mr. Wellands in seinem Hotel zu durchsuchen und um Erkundigungen über sein Tun und Lassen während der letzten Tage einzuholen, erlaube ich mir, ihn bis zu seiner Rückkehr zu vertreten.«

Und das tat er, und die Drähte liefen heiß. Erst die Bergungsarbeiten in Zbojská Dolina; dann natürlich pflichtschuldigst ein Anruf bei Major Kriebel, sorgfältig so formuliert, daß dieser es für seine unaufschiebbare Pflicht halten mußte, die Verwüstung im Tal zu beseitigen, ehe er nach Pavol zurückkehrte; und schließlich Anrufe in den beiden Hotels in Mikulas, wo Freeling, Blagrove und Sir Broughton Phelps abgestiegen waren, und im Hotel Slovan gegenüber, wo Paul Newcombe seine Zelte aufgeschlagen hatte. Keiner der Männer war persönlich zu erreichen, kaum verwunderlich an einem so strahlenden Augustnachmittag. Ondrejow bat also den Herren auszurichten, daß sie sich bei ihrer Rückkehr entweder telefonisch oder persönlich in seiner Dienststelle melden sollten.

Nachdem dies alles erledigt war, versammelte Ondrejow sein Ensemble zum letzten Akt. Die Mather Zwillinge aus dem Slovan Hotel, wo sie endlose und fruchtlose Palaver abgehalten hatten, Tossa aus der Zelle. Und endlich sprachen sie alle ganz offen.

Und danach redete Ondrejow.

»Als Mr. Terrell tot aufgefunden wurde«, sagte er, »war ich über die Umstände seines Todes bereits unterrichtet, nicht aber über die Hintergründe. Ich wußte daher von Beginn an, daß es sich hier nicht um einen Mordfall handelte. Doch dem Unfall hafteten gewisse merkwürdige Züge an, die mich interessierten. Und als Sie, Miss Barber, und Ihre Freunde Visa beantragten, da setzten sich die zuständigen Behörden, die über den Fall ebenfalls informiert waren, mit mir in Verbindung. Wir gaben Ihnen Mirek als Begleiter mit und warteten darauf, was folgen würde. Und noch ehe durch den Tod Mr. Wellands einiges ans Licht kam, wußte ich, daß Sie über das Verhalten Ihres Stiefvaters in den Tagen vor seinem

Tod Erkundigungen einzogen. Wir wußten bereits, was er in diesen Tagen unternommen hatte, doch Ihre offensichtliche Sorge ließ die Handlungen dieser letzten Tage in einem neuen Licht erscheinen. Sie entdeckten sogar verschiedenes, was uns nicht bekannt war. Zum Beispiel, im Hotel Sokolie – Sie erinnern sich doch an den englischsprechenden Kellner? Er war ganz konfus, der arme Mann, ganz konfus. Über das Kartenspiel und den Zettel, auf dem Ivo Martinek die Spiele aufgeschrieben hatte, hatte er sich überhaupt keine Gedanken gemacht. Erst Ihre offensichtliche Erregung, als er Ihnen davon erzählte, ließ ihn vermuten, daß dieser Punkt wichtig sein könnte.«

Frisch und strahlend saß Tossa an Dominics Seite und erwiderte Ondrejows Lächeln von ganzem Herzen. Sie war vom Verdacht befreit, und sie war von ihren Schuldgefühlen befreit. Terrell war kein Held und Patriot gewesen; er war nichts weiter gewesen als ein intriganter Ehrgeizling, der Karriere machen wollte – um jeden Preis.

»Natürlich befragte ich die Martineks über diesen Zwischenfall; so bot sich mir schon vor Mr. Wellands Tod ein neues Bild von dem Fall, der seine Ursprünge irgendwo in der Vergangenheit haben mußte. Ich wußte von Herrn Veselsky – oder soll ich ihn Herrn Alda nennen? –, ich wußte also von Herrn Alda, daß er Terrell gekannt und in England für dasselbe Unternehmen gearbeitet hatte wie er. Ich wußte dank Ihrer Nachforschungen, daß Sie argwöhnten, Terrell hätte in der Gegend von Zbojská Dolina jemanden gesucht, und ich wußte von Ivo, welche Spur er gefunden hatte. Von Welland wußte ich nur, daß auch er Terrell gekannt hatte und daß auch er mit auffälliger Hartnäckigkeit immer wieder zu dem Ort zurückkehrte, wo Terrell umgekommen war. Es lag auf der Hand, daß auch er auf der Suche war. Weiter war mir ebenso klar wie Ihnen, daß alle Spuren hier im Tal zusammenliefen und daß sie nur zu Herrn Alda führen konnten; dem Mann, der Terrell gekannt und mit ihm zusammengearbeitet hatte; dem Mann, der seinen Tod anzeigte; dem Mann, der früher in England gelebt hatte und dort eine nicht ganz unbedeutende

Persönlichkeit gewesen war. Denn wir hatten natürlich auch Ermittlungen über Herrn Aldas Vergangenheit angestellt.

Sie, Miss Barber, haben freundlicherweise alle noch offenen Fragen geklärt. Ich wußte natürlich, daß Terrell nicht ermordet worden war, doch die Tatsache, daß es Leute gab – Engländer übrigens –, die einen Mord argwöhnten, machte mich neugierig. Und beim zweiten Todesfall lag dann tatsächlich ein Mord vor. Ihr Räuber- und Gendarm-Spiel war ganz plötzlich Wirklichkeit geworden. Es hatte ganz den Anschein, als gäbe es tatsächlich jemanden, der mit allen Mitteln verhindern wollte, daß Sie Herrn Alda fanden.

In einem Punkt war ich Ihnen voraus: ich wußte, daß nicht Herr Alda der Mörder sein konnte. Wir sorgen dafür, daß er hier seine Ruhe hat, aber mit Geheimniskrämerei hat das nichts zu tun. Sein Leben ist ein offenes Buch, er hat nichts zu verbergen und nichts zu fürchten, ihm wäre es völlig gleichgültig, wie viele Engländer auftauchen, um Erkundigungen über ihn einzuholen, solange sie ihn nur nicht bei seiner Arbeit stören. Und aus eben diesem Grund, weil es um Herrn Alda keine Geheimnisse gibt, konnte auch sonst kein Tscheche oder Slowake als Täter in Frage kommen.«

Als er bei diesem Punkt angekommen war, klopfte es. Mirek stand auf und sah den Leutnant fragend an.

»Lassen Sie ihn herein«, sagte Ondrejow und rutschte noch ein wenig tiefer auf seinen Stuhl. »Mal sehen, wer der erste ist.«

Alle wandten sich zur Tür hin. Mit angriffslustiger Miene, die seine innere Unruhe verbergen sollte, trat Paul Newcombe ein. Stumm blickte er von einem zum anderen, spürte die Erregung, die sie alle gefangenhielt, war erschreckt, sah Tossas strahlendes Gesicht und war beruhigt. Unsicher blieb er stehen.

»Sie hinterließen im Hotel eine Nachricht für mich. Ich habe nur einen Spaziergang gemacht.«

»Treten Sie ein, Mr. Newcombe. Mirek, holen Sie Mr. Newcombe einen Stuhl. Sie kommen gerade zur rechten Zeit«, fuhr Ondrejow liebenswürdig fort, »um meine

Schlußfolgerung zu hören. Der einzige, der überhaupt ein Interesse daran haben konnte, die Entdeckung Herrn Aldas zu verhindern, mußte jemand sein, der sich an dem Kesseltreiben, das ihn veranlaßte, England zu verlassen, beteiligt hatte, jemand, der aus Aldas Sturz Nutzen zog und dem eine Wiederaufnahme des Falles geschadet hätte. Kurz, es mußte ein Engländer sein.«

»Ich weiß überhaupt nichts über diese Geschichte«, verkündete Paul laut und aggressiv. »Ich bin nur wegen Tossa aus Wien gekommen. Aber ich kann über jede Minute meines Aufenthalts in diesem Land Rechenschaft ablegen.«

»Das brauchen Sie gar nicht, Mr. Newcombe. Nehmen Sie doch Platz. Als Verdächtiger kamen Sie für mich sowieso kaum in Frage. Wenn Terrell tatsächlich ermordet worden wäre, dann hätte ich mir vielleicht Gedanken gemacht ... Aber Ihre Anwesenheit hier ist ein ausreichendes Alibi«, erklärte Ondrejow und grinste vergnügt.

»Kommen wir noch einmal auf Mr. Welland zurück«, nahm Ondrejow den Faden wieder auf. »Miss Barber habe ich es zu danken, daß ich mittlerweile recht eingehend über ihn informiert bin. Wir wissen, daß er das Marrion Research Institute aufsuchte und den Vorschlag machte, daß er – da er sich an Ort und Stelle fand – Nachforschungen über Terrells Tod anstellte, da er überzeugt war, daß hier ein Mord verübt worden war. Er vertrat die Ansicht, dies sei man dem Toten und der Gerechtigkeit schuldig. Ich frage Sie – wie hätten die leitenden Herren soviel ehrenhaften Eifer bremsen sollen? Sie konnten es nicht. Es scheint, daß er so und so fest entschlossen war, sich nicht von seinem Kreuzzug abbringen zu lassen. Alles spricht dafür, daß Mr. Welland ein guter, gewissenhafter und ehrlicher Mann war. Und was folgt daraus? Er wäre auf jeden Fall ausgezogen, die Wahrheit zu entdecken. Und ich glaube, er hätte die Wahrheit auch publik gemacht, ganz gleich, wie sie ausgesehen hätte. Und das hätte unserem Mann natürlich ganz und gar nicht gepaßt, denn er allein wußte, was es da zu entdecken gab.«

»Ich hoffe«, bemerkte Alda trocken, »Ihre Erklärungen werden Hand und Fuß haben. Ich persönlich tappe nämlich noch immer völlig im dunklen.«

»Warten Sie ab, ich werde Ihnen gleich meine Theorie entwickeln. Ich bin überzeugt, daß sie zutreffend ist, denn was Miss Barber mir inzwischen berichtet hat, stimmt mit ihr überein.

Mr. X, der Mann, um den es hier geht, sieht sich also unerwartet einem loyalen Verfechter von Recht und Gerechtigkeit gegenüber, der entschlossen ist, der Wahrheit auf den Grund zu gehen, der auf gütliche Art und Weise von seinem Vorhaben nicht abzubringen ist und der leider durch ein Verbot nicht davon abgebracht werden kann. Was ist da zu tun? Man bedient sich seiner. Man wartet, bis er Alda gefunden hat, und dann kann man sowohl ihn als auch Alda ausschalten, und die Sache ist erledigt. Sollte er ruhig Alda ausfindig machen; sichergestellt werden mußte lediglich, daß er seine Entdeckung einzig und allein an die richtige Person meldete. Ich gelangte zu der Ansicht, daß X über das Gespräch im Institut unterrichtet gewesen sein mußte, ja, daß er in der Lage gewesen sein mußte, Welland in bezug auf den Fall Anweisungen zu geben, zu sagen: ›Sie werden absolutes Stillschweigen bewahren und nur mir Mitteilung machen‹, und sich darauf verlassen zu können, daß Welland gehorchen würde. ›Nationale Sicherheit‹ ist ein so nützliches Wort, hinter dem sich persönliche Niederträchtigkeit verbergen läßt.

Betrachten wir noch einmal die letzten Worte, die Mr. Welland vor seinem Tod zu Miss Barber sagte. ›Er kann es nicht gewußt haben ...‹ Er? Es liegt auf der Hand, daß er an Herrn Alda dachte, den Überläufer, der an einem streng geheimen Projekt arbeitete. ›– keiner sonst wußte es ...‹ Keiner außer jenem oder jenen, denen er bereits Meldung gemacht hatte, jenen, die ein Recht hatten, Bescheid zu wissen. Das hat er sich selbst gesagt, und dann begriff er, was es bedeutete, und rief: ›Unmöglich!‹ Unmöglich, daß sein Auftraggeber auch sein Mörder sein sollte. Doch er wußte, daß es nicht unmöglich, daß es die Wahrheit war. Soweit meine Theorie. Und wenn sie zutraf, dann waren sowohl Miss Barber als auch Mr. Felse nach dem gelungenen Anschlag auf Mr. Welland in Gefahr, weil sie zugegen gewesen waren, weil Welland ihnen etwas anvertraut haben konnte. Zum Glück ermöglichten es mir die Umstände, Miss Barber in Sicherheit zu bringen, indem ich sie unter Mordverdacht in Haft nahm. Sie hätten mir die Dinge wesentlich erschwert, wenn Sie gleich zu Anfang die Wahrheit gesagt hätten, aber zum Glück taten Sie das nicht. Und dies wiederum gab mir Gelegenheit, die Britische Botschaft zu informieren, daß sie unter Arrest stand. Sie werden verstehen können, daß ich neugierig war, wer hier erscheinen würde, um sie –«

Diesmal war es kein Klopfen, sondern eine ziemlich schrille, gebieterische Stimme im Vorzimmer, die Ondrejow unterbrach. Die Worte waren Englisch.

»Noch einen Stuhl, Mirek«, befahl Ondrejow und rieb sich die Hände. »Ah, Herr Rechtsanwalt. Kommen Sie herein. Sie haben also meine Nachricht erhalten?«

Charles Freeling schloß mit abgezirkelter Bewegung die Tür hinter sich.

»Ich wäre schon früher gekommen, aber ich hatte einige Mühe, einen Wagen zu mieten. Ich dachte, es wäre am besten, wenn ich persönlich vorbeikäme. Darf ich annehmen, daß der Fall jetzt bereinigt und Miss Barber auf freiem Fuß ist? Oder beabsichtigen Sie, sie unter Anklage zu stellen?«

Er pflanzte sich gewichtig neben Tossa auf und legte ihr beruhigend die Hand auf die Schulter. Sie merkte es nicht einmal. Sie hielt fest Dominics Hand, während ihre Augen verwundert und voller Erleichterung auf Ondrejow gerichtet waren.

»Nein, sie wird nicht unter Anklage gestellt werden, Mr. Freeling. Ich bin eben dabei, im Verfahren der Aussonderung den Mörder von Mr. Welland zu bestimmen. Ich hoffe, Sie werden sich den Schluß meiner Ausführungen mit anhören.«

Freeling hob die Brauen und lächelte ironisch.

»Da kann ich nur hoffen, Leutnant, daß nicht ich übrigbleibe.«

»Keine Sorge, Herr Rechtsanwalt«, erwiderte Ondrejow ernst, ohne sich von Freelings spöttischer Miene stören zu lassen. »Der Mann, der den Mord verübt hat, ist tot. Nun, wie Sie wissen, eilten Miss Barber gleich vier edle Ritter zu Hilfe. Und jeder von ihnen brachte triftige Gründe dafür vor, weshalb ich Miss Barber seiner persönlichen Obhut überlassen sollte. Dazu ließ ich mich selbstverständlich nicht überreden, denn zu der Zeit war ich bereits überzeugt davon, daß einer von ihnen ihr nach dem Leben trachtete. Ich ließ dem Täter jedoch Gelegenheit, Mr. Felse aufs Korn zu nehmen, selbstverständlich nicht, ohne zuvor alle erdenklichen Sicherheitsvorkehrungen zu treffen.

Inzwischen sind aus vier Verdächtigen zwei geworden. Motive haben sich herauskristallisiert. Beide Männer profitierten davon, wenn sie sicherstellten, daß Herr Alda weiterhin in Ungnade blieb. Der eine von ihnen hat, wie ich erfahren habe, Terrell bei der Zusammenstellung des berüchtigten Dossiers geholfen, wurde für seine Arbeit mit einer Beförderung belohnt und hat inzwischen Terrells Posten übernommen. Der andere wurde Leiter des Marrion Institute, was er wahrscheinlich nie geworden wäre, wenn Herr Alda nicht zum Verräter abgestempelt worden wäre.«

»Das reicht nicht«, erklärte Alda plötzlich mit Bestimmtheit. »Keines der beiden Motive reicht für einen Mord aus. Ein Mann, der seine Karriere oder seinen guten Ruf retten will, würde vielleicht einen so verzweifelten Schritt wagen. Doch wenn ich jetzt zurückkehren würde, wenn ich mich rechtfertigen könnte, dann würde trotzdem keiner der beiden Männer seine Stellung verlieren. Selbst wenn sie an der Zusammenstellung des Dossiers beteiligt waren, brauchten sie lediglich klaren Kopf zu behalten und zu behaupten, daß sie in gutem Glauben gehandelt hätten. Keiner von beiden würde deswegen seines Postens enthoben werden. Glauben Sie mir, ich kenne meine Pappenheimer. Man würde die beiden Herren decken, soweit wie möglich. Ich würde meinen guten Namen ein wenig angeschmutzt wieder zurückerhalten, aber sie würden den ihren nicht verlieren.«

»Hm«, Ondrejow rieb sich nachdenklich das struppige Kinn. »Dann muß also mehr dahinter stecken.«

Dominic sah Tossa an und schloß seine Finger fester um die ihren.

»Tossa, weißt du noch, du hast uns doch erzählt, daß Arbeitsunterlagen verschwunden sind?« Diese Einzelheit hatte sie zu erwähnen vergessen, als sie eine Stunde zuvor voller Eifer Ondrejow berichtet hatte. »Erzähle das einmal. Was Welland dir darüber sagte.«

Seine Erregung teilte sich ihr mit, ohne daß sie ihren Grund begriff. Hastig wandte sie sich Alda zu.

»Mr. Welland sagte, im Marrion Institute hätte man ihm erzählt, daß Sie alle Ihre Arbeitspapiere mitgenommen hätten, die einen ungeheuren Wert besessen hätten und –«

»Meine Arbeitspapiere?« echote Alda überrascht. »Aber ich hatte doch gar nicht die Absicht, England zu verlassen. Ich fuhr mit meinem Rucksack in Urlaub, und als ich nach Briançon kam, stellte ich fest, daß man mich bereits zum Verräter abgestempelt hatte. Ich habe nichts mitgenommen, nur ein paar Kleidungstücke, Notenpapier und etwas Geld.«

»Aber Sie arbeiteten an neuen Projekten?« fragte Dominic gespannt. »Sie befaßten sich mit neuen Erfindungen, die sich hätten verwirklichen lassen und sehr viel Geld wert gewesen wären? Sie hatten die Unterlagen im Institut?«

»Oh ja, ich arbeitete an verschiedenen Dingen. Einige hätten sich vielleicht nicht durchführen lassen, die Mehrzahl wäre wahrscheinlich zu verwirklichen gewesen. Aber ich gebe Ihnen mein Wort, daß ich alles zurückgelassen habe.«

»Aber Mr. Welland sagte mir«, erklärte Tossa, »daß ihm im Institut berichtet wurde, Herr Alda hätte seine Aufzeichnungen und Pläne mitgenommen. Er sagte nicht, *wer* von den beiden Männern ihm das erzählte. Er sagte, niemand wüßte davon, nur das Institut und das Ministerium.«

»Und erinnern Sie sich«, wandte sich Dominic eifrig an Alda, »oben in Ihrer Hütte haben Sie mir doch erzählt, daß eine Ihrer Erfindungen von einem französischen Unternehmen auf den Markt gebracht worden ist. Wie viele Jahre Arbeit hätte man gebraucht, um die Erfindung bis zur Produktionsfähigkeit zu entwickeln?«

»Drei, vielleicht vier ohne mich. Aber ich bin überzeugt, daß dieser neuen Maschine nicht meine Aufzeichnungen zugrunde liegen. Es ist einfach zufällig jemand auf die gleiche Idee gekommen. Weshalb sollte meine Erfindung in Frankreich auf den Markt gebracht werden?«

»Weil es sicherer war, sie nach Frankreich zu verkaufen als nach England«, versetzte Dominic. »Und wissen Sie denn überhaupt, ob es die einzige Ihrer Erfindungen ist, die auf diese Weise zu Geld gemacht wurde?«

»Nein«, gestand Alda. »Woher sollte ich das wissen. Aber es ist mir auch gleichgültig. Ich fühle mich nicht betrogen. Mir ist es lieber, meine Erfindungen werden auf friedliche Weise eingesetzt, als daß sie in den Archiven des Instituts herumliegen, bis sich ein militärischer Verwendungszweck für sie finden läßt.«

»Und wie viele solcher entwicklungsfähiger Projekte enthielten Ihre Unterlagen?« fragte Ondrejow.

»Ich erinnere mich kaum mehr. Vielleicht neun oder zehn, die sich bereits in einer vorgerückten Entwicklungsphase befanden. Einige weitere, die nur in Skizzen und ersten grundlegenden Berechnungen vorhanden waren.«

»Ein Vermögen!« stellte Ondrejow fest und lehnte sich mit einem befriedigten Aufatmen zurück. »Ist das jetzt ein ausreichendes Motiv? Zu verhindern, daß der geistige Diebstahl entdeckt wurde? Hätten die Männer ihre Stellungen behalten, wenn er ans Licht gekommen wäre? Oder ihren guten Namen? Jeder von beiden kann der Dieb sein. Sie waren weg, die Papiere lagen da. Es muß ein leichtes gewesen sein, zu erklären, seht, er hatte seine Flucht geplant, er hat alle seine Unterlagen mitgenommen. Wer hätte daran gezweifelt? Wer hätte auch nur eine Frage gestellt? Jeder –«

Das Klopfen an der Tür und das Läuten des Telefons erklangen im selben Moment.

»Herein«, rief Ondrejow und griff nach dem Hörer. »Ondrejow! *No, ĭslo to! Dobre, dobre!*«

Den Hörer ans Ohr gedrückt, richtete er seine klaren blauen Augen gespannt auf die Tür. Adrian Blagrove trat ein, Argwohn in dem langen Gesicht, Skepsis in den hochmütigen Augen.

»D'akujem, už *to viem«,* sagte Ondrejow in den Hörer. *»Viem, kto to je.«* Er legte auf. »Ich weiß es«, wiederholte er in Englisch wie zu sich selbst. »Ich weiß jetzt, wer er ist.«

Er schob das Telefon mit einer müden Bewegung von sich weg.

»Sie haben den Wagen aus Preßburg gefunden, ein Stück oberhalb der Stelle, wo Sie Ihren Bus versteckt hatten, Mr. Felse, aber besser verborgen. Er hatte mehr Anlaß, sich zu verstecken. Und oben in der Mulde hat man auch Sir Broughton Phelps gefunden.«

12

Die Strahlen der Abendsonne tauchten den Raum in warmes, goldenes Licht. Es war still geworden, nachdem Karel Alda die jungen Leute mit einer Bestimmtheit, die keinen Widerspruch duldete, mitgenommen hatte, um sie auf den Hof seiner Großmutter zu bringen; nachdem Paul Newcombe sich zurückgezogen hatte, um sich um die Vorbereitungen für seine Rückreise nach Wien zu kümmern; nachdem der junge Wachtmeister ins Vorzimmer verschwunden war, um seine Notizen ins reine zu schreiben; nachdem Mirek Zachar sich auf seine Jawa geschwungen hatte und nach Hause gebraust war, froh, daß er endlich dienstfrei war.

»Leutnant«, begann Charles Freeling sehr vorsichtig und ernst, als die drei Männer allein waren, »im Namen meiner Botschaft möchte ich Ihnen unseren Dank dafür ausdrücken, daß Sie diesen jungen Leuten mit soviel Güte und Fürsorge begegnet sind, und unsere Bewunderung darüber, wie geschickt Sie diese äußerst schwierige Angelegenheit gehandhabt haben. Ich brauche Ihnen nicht zu sagen, was für ein großer Schock es für uns war. Es versteht sich von selbst, daß mein Land alles tun wird, um das Unrecht gutzumachen, das Herrn Alda widerfahren ist. Es scheint jedoch, daß ihm nichts daran liegt, seinen Fall erneut ins Rampenlicht gerückt zu sehen. Dafür bin ich dankbar. Keiner von uns ist sein eigener Herr, und die absolute Gerechtigkeit ist ein Luxus, den wir uns nicht immer leisten können. Hätte es zu einer Zeit, da die technische und kulturelle Zusammenarbeit unserer Länder solche Fortschritte macht, Sinn, alte Reibereien wieder aufleben zu lassen, um neue Zweifel zu säen? Wir müssen eingestehen, daß wir Unrecht getan haben. Aber da der Mann tot ist –«

Innerhalb einer Stunde war aus Sir Broughton Phelps ›der Mann‹ geworden, ein unbequemer Störenfried, dem man keine Achtung mehr schuldete.

»Meine Herren«, sagte Ondrejow und breitete seine Arme mit einem tiefen Seufzer auf dem Schreibtisch aus. »Ich bin nur ein einfacher Polizeibeamter, der seine Pflicht tut. Ich werde Major Kriebel Bericht erstatten, und Major Kriebel wiederum wird den zuständigen Stellen Meldung erstatten. Danach haben wir nichts mehr mit dem Fall zu tun. Aber ich glaube, Sie brauchen sich keine allzu großen Sorgen zu machen. Unsere Presse neigt nicht zu blutrünstigen Sensationsberichten über Kapitalverbrechen. Es wird keine Anklage erhoben werden, es wird kein Prozeß stattfinden. Wie Sie sagten, der Mann ist tot.«

Freeling sah Blagrove an, und Blagrove sah Freeling an, und sie waren beruhigt.

»Und was Sie in England berichten oder veröffentlichen, vorausgesetzt, Sie fügen Herrn Alda nicht weiteres Unrecht zu, das ist nicht meine Sache. ›Sir Broughton Phelps verunglückt tödlich bei einem Erdrutsch in der Tatra!‹ Mir ist es gleich«, erklärte er gelassen, »ob Sie hinzufügen wollen, daß er eine Kugel im Kopf hatte, ehe er abstürzte. England ist *Ihr* Haus«, meinte Ondrejow, »*Sie* müssen es in Ordnung halten.«